I0823535

MIL RECUERDOS TUYOS

Tillie Cole

¿Podrán dos corazones rotos
formar uno solo?

Esta edición se publica por acuerdo con Mcintosh and Otis Inc. a través de International Editors & Yáñez Co' S.L.

Traducido por: © Gloria Padilla Sierra
Diseño de portada: © Hang Le
Imágenes de portada: © firina/iStock, Thanyathon/iStock, vetas/iStock, Maica/iStock
Adaptación de portada: © Genoveva Saavedra García / aciditadiseño

Bajo el sello editorial BOOKET M.R.
Avenida Presidente Masarik núm. 111,
Piso 2, Polanco V Sección, Miguel Hidalgo
C.P. 11560, Ciudad de México
www.planetadelibros.us

Primera edición impresa en esta presentación: noviembre de 2025
ISBN: 978-607-39-2829-8

Impreso en los talleres de Impregráfica Digital, S.A. de C.V.
Av. Coyoacán 100-D, Valle Norte, Benito Juárez
Ciudad De Mexico, C.P. 03103
Impreso en México - *Printed in Mexico*

Para quienes perdieron a un ser querido, los acompaño.
Para quienes perdieron un trozo de su corazón, tomo su mano.
Para quienes no saben cómo seguir adelante,
ruego que este libro les dé consuelo.

Para Papá.
Te extrañaré por siempre.
Hasta que nos volvamos a ver.
«Endure Fort»

«Llegué a comprender que, para los enfermos, la muerte no es tan difícil de soportar. Para nosotros, el dolor termina al final, vamos a un lugar mejor. Sin embargo, para los que se quedan, el dolor solo se magnifica».

—POPPY, *MIL BESOS TUYOS*

Prólogo

Savannah
13 años
Blossom Grove, Georgia

No podía escuchar nada, más que el ensordecedor latido de mi corazón. Palpitaba con un ritmo exagerado y retumbaba como las destructivas tormentas de verano que azotaban Georgia cuando el calor arreciaba.

Mi respiración empezó a dificultarse a medida que mis pulmones dejaron de funcionar poco a poco. El aire en mi pecho se endureció hasta convertirse en bloques de granito que me aplastaban con tal fuerza que me dejaron paralizada. Paralizada mientras veía a Poppy consumiéndose en su cama. Mientras veía a mis padres, que se sujetaban entre sí como si ellos también estuvieran muriendo. Su bebé, su primera hija, estaba perdiendo la batalla contra el cáncer frente a nuestros ojos, la muerte acechándola como una sombra ominosa que se preparaba para llevársela. La tía DeeDee estaba parada con los brazos alrededor de su cintura, como si fueran lo único que la mantuviera de pie.

Sentí que Ida me apretaba la mano con tal fuerza que podría romperme los huesos. Sentí el grácil cuerpo de mi hermana menor que temblaba, sin duda por el temor o el dolor, o la absoluta incomprensión de que esto pudiera ser real.

De que estuviera sucediendo *en verdad.*

Mi rostro estaba empapado con las lágrimas que brotaban en cataratas de mis ojos.

—¿Savannah? ¿Ida? —dijo mi mamá con voz suave. Parpadeé a través de la bruma acuosa hasta que vi a mi mamá frente a nosotras. Empecé a sacudir la cabeza mientras mi cuerpo parecía revivir de su estado anestesiado y catatónico.

—No... —susurré mientras sentía la mirada aterrada de Ida sobre mí—. Por favor... —añadí y mi ruego casi silencioso se dispersaba en el viciado aire que nos rodeaba.

Mamá se inclinó y acarició mi mejilla con mano temblorosa.

—Necesitas despedirte, cariño. —Su voz ronca y exhausta vaciló. Miró sobre su hombro hacia donde estaba Rune, sentado a la orilla de la cama mientras plantaba beso tras beso sobre las manos, dedos y rostro de mi hermana mayor y contemplaba a su Poppymin como siempre lo hizo; como si la hubieran diseñado solo para él. Un grito ahogado escapó de entre mis labios mientras los miraba.

Esto no era real; no *podía* serlo. Poppy no podía abandonarlo; no podía *abandonarnos...*

—Niñas —insistió mamá de nuevo con tono urgente. Mi corazón se rompió cuando vi que el labio inferior de mamá empezaba a temblar—. Poppy... —Mamá cerró los ojos en un intento de controlarse de alguna manera e interrumpió lo que estaba a punto de decir. No supe cómo lo hacía; yo no era capaz de ello. No podía enfrentar esto; no podía *hacer* esto.

—Sav —dijo Ida, a mi lado. Volteé a ver a mi hermanita. Su cabello oscuro, sus ojos verdes, sus profundos hoyuelos y su piel, roja de tanto llorar. A su dulce y destrozado rostro—. Tenemos que hacerlo. —Su voz temblaba, pero asintió en un intento por animarme. En este instante, Ida tenía más fuerza de la que yo podía reunir.

Ida se puso de pie, sin dejar de apretarme la mano con la misma fuerza descomunal, y me ayudó a hacer lo mismo. En cuanto me levanté, miré nuestras manos entrelazadas; muy pronto, así es como sería para siempre. Solo nuestras dos manos, sin una tercera que nos sostuviera, que nos guiara.

Seguí a Ida para acercarnos a la cama y sentí que cada paso era como tratar de moverme a través de un lago de miel. Estaba orientada hacia la ventana para que Poppy pudiera ver al exterior. Volaban pétalos rosas y blancos de las flores de cerezo, que después se regaban por el piso al caer de los árboles. Rune levantó la mirada cuando nos acercamos, pero no fui capaz de verlo a los ojos. No tenía la fuerza suficiente para verlo en este momento; en este instante que ninguno de nosotros se atrevió a contemplar. Aquel que, en el fondo de mi alma, nunca terminé de creer que llegaría.

Respiré lo más hondo que pude mientras Ida y yo dábamos la vuelta a la cama. Lo primero que escuché fue la respiración de Poppy. Había cambiado, era profunda e irregular, y podía ver en su precioso rostro el agotamiento de su lucha…

El trabajo que le costaba tan solo esperar unos momentos más para quedarse con nosotros el tiempo que le fuera posible. Y, a pesar de todo eso, esbozó una enorme sonrisa cuando nos vio. Sus hermanas; sus mejores amigas.

Nuestra Poppy… la mejor persona que jamás conocí.

Después de levantar sus delgadas y frágiles manos, Poppy las estiró para que cada una de nosotras las tomara. Cerré los ojos cuando sentí lo fría que estaba, la debilidad con la que sostenía mi mano.

—Te quiero, Poppy —susurró Ida. Abrí los ojos y me esforcé por no derrumbarme al piso mientras Ida colocaba su cabeza sobre el pecho de Poppy y la abrazaba con fuerza. Poppy cerró los ojos y plantó el fantasma de un beso sobre la cabeza de Ida.

—Yo… también… te quiero —respondió, sosteniendo a nuestra hermana menor como si jamás fuera a soltarla. Ida era la doble de Poppy en todos los sentidos posibles: en su personalidad, su aspecto, su perspectiva eternamente positiva de la vida. Los dedos de Poppy acariciaron el cabello de Ida—. Nunca cambies —murmuró cuando Ida levantó la cabeza. Poppy puso su debilitada mano sobre la mejilla de Ida.

—No lo haré —respondió ella, y su voz se quebró mientras daba un paso atrás y, dudosa, soltaba la mano de Poppy. Me concentré en ello. No sabía por qué, pero quería que Ida siguiera sujetando la mano de nuestra hermana. Quizá, si tan solo nos aferrábamos a ella juntas, Poppy no tendría que marcharse; quizá pudiéramos mantenerla aquí, donde estaría a salvo...

—Sav —susurró Poppy, con sus ojos brillantes cuando se encontraron con los míos.

Me deshice. Mi rostro lucía descompuesto mientras empezaba a sollozar.

—Poppy... —dije mientras tomaba su mano y la acercaba a mí. No dejaba de sacudir la cabeza de lado a lado, rogándole en silencio a Dios, al universo, a *quien fuera* que detuviera esto, que nos bendijera con un milagro que la mantuviera aquí con nosotros, aunque fuera solo por un poco más de tiempo.

—Estoy... bien... —dijo Poppy, interrumpiendo mis plegarias silenciosas. Su mano temblaba y la levanté hasta mis labios para besar su helada piel. Sin embargo, cuando lo hice, me percaté de que la mano de Poppy estaba firme, mientras que la que temblaba era la mía. Las lágrimas no dejaban de correr por mis mejillas—. Savannah, estoy... lista... para... irme...

—No —le contesté mientras sacudía la cabeza. Sentí una mano que se posaba sobre mi espalda y un brazo que me rodeaba la cintura. Supe que eran mamá e Ida, que me estaban sosteniendo de pie—. No estoy lista... Te necesito... Eres mi hermana mayor... Te necesito, Poppy. —Mi pecho se comprimió y empecé a sentir dolor; supe que era mi corazón, que se astillaba en miles de diminutos fragmentos.

—Siempre... estaré... contigo... —insistió Poppy y noté una nueva palidez en su rostro mientras escuchaba cómo se profundizaba el aterrador estertor de su respiración cada vez más errática.

«No... no, no, no...», pensé—. Nos... —Poppy tomó un ligero soplo de aire, un *debilitado* aliento—, volveremos... a ver...

—Poppy... —alcancé a decir antes de que unos intensos sollozos se apoderaran de mí. Bajé la cabeza sobre el pecho de Poppy y sentí que sus débiles brazos me envolvían. Habrá perdido su fuerza, pero ese abrazo se sintió como un manto de protección. No quería soltarla.

—Te... quiero... Savannah. Mu... muchísimo —siguió Poppy, luchando por hablar con su tenue respiración. Cerré los ojos con fuerza en un vano intento por retenerla. Poppy me besó en la cabeza.

—Savannah —escuché la voz de mi mamá—. Nena... —dijo en un murmullo. Levanté la cabeza y me topé con la debilitada sonrisa de Poppy.

—Te quiero, Pops —dije—. Has sido la mejor hermana mayor que jamás pudiera haber tenido. —Poppy tragó con fuerza y sus brillantes ojos se llenaron de lágrimas. Estudié su rostro. Estaba tan cerca de dejarnos. Memoricé el verde de sus ojos, los reflejos naturales de fuego en su oscuro cabello. Ahora se veía pálida, pero me aferré al recuerdo del tono durazno de su suave piel. Me aferré al recuerdo de cómo me rodeaba su dulce aroma, al de su rostro lleno de risas y de vida.

No quería soltar su mano y no sabía si sería capaz de hacerlo alguna vez, pero cuando mamá me apretó los hombros, lo hice, al tiempo que me negaba a dejar de sostenerle la mirada, hasta que mamá y papá se acercaron a la cama y se interpusieron entre nosotras.

Tropecé al retroceder, agobiada por la conmoción. Ida tomó mi mano y se acurrucó contra mi pecho. Miré, casi como si no estuviera allí, mientras mamá y papá abrazaban a Poppy y se despedían de ella. Mis oídos se llenaron de ruido blanco cuando mamá y papá se alejaron de su lado y Rune volvió a acercarse a la cama. Me quedé paralizada mientras Ida empezaba a sollozar contra mi pecho; la tía DeeDee, mamá y papá se hicieron a un lado mientras Rune le decía algo a Poppy para después inclinarse sobre ella y besarla en los labios...

Aguanté la respiración cuando, segundos después, se echó hacia atrás lentamente. Y entonces lo vi. Miré el rostro de Rune y, al ver su expresión destrozada, supe que Poppy se había ido. Nos había dejado...

La cabeza de Rune empezó a temblar mientras mi corazón, de manera casi imposible, se despedazaba todavía más. Después, salió de la habitación a toda prisa y, cuando lo hizo, regresé al presente con un atronador sobresalto. El sonido de un llanto agonizante fue lo primero que llegó a mis oídos; los devastadores sonidos partieron mi alma por la mitad. Miré a mamá y, después, a papi. Mamá se derrumbó al piso y papi trataba de sostenerla en sus brazos. La tía DeeDee estaba volteada hacia la pared, que le servía de apoyo, mientras sollozaba sin control.

—Sav —gritó Ida al tiempo que se aferraba con más fuerza a mi cintura. La apreté contra mí. La abracé mientras miraba a la cama con fijeza; mientras miraba la mano de Poppy fijamente. Su mano yacía inmóvil sobre la cama. Su mano *inerte* e inmóvil. Todo parecía suceder en cámara lenta, como si fuera algún truco de los que utilizaban en las películas.

Pero esta era la vida real. Esta era *nuestra* casa y esa era *mi* amada hermana sobre la cama; sobre la cama sin nadie junto a ella.

Mamá estiró los brazos hacia Ida. Mi hermana pequeña cayó en el abrazo de nuestros padres, pero yo me moví hacia adelante, como si un imán me acercara a Poppy. Como si una fuerza invisible, algún hilo transparente, me atrajera hacia donde yacía.

Con la respiración entrecortada, le di vuelta a la cama y me quedé quieta. Me detuve mientras miraba fijamente a Poppy. De su boca no provenía algún aliento. Su pecho no se levantaba, ni había ningún rubor en sus mejillas. Y, sin embargo, era igual de bella en la muerte como lo fue en vida. Después, mis ojos cayeron de nuevo en su mano inerte. Estaba vuelta hacia arriba, como si quisiera que alguien la tomara por última vez.

De modo que me senté en la orilla de la cama y envolví su mano con la mía. Y, mientras me sentaba allí, sentí que algo cambiaba en mi interior. En ese momento, perdí una parte de mi alma que supe que jamás recuperaría. Llevé la mano cada vez más fría de Poppy hacia mis labios y besé su suave piel. Después, bajé nuestras manos entrelazadas a mi regazo. Y no la solté. Me *rehusé* a soltarla.

No estaba segura de que algún día fuera capaz de hacerlo.

Alientos perdidos y nubes en movimiento

Savannah
17 años
Blossom Grove, Georgia

Había exactamente cuarenta y dos grietas en el piso de linóleo. Rob, que dirigía la terapia, estaba hablando, pero lo único que pude escuchar fue el metálico rumor del sistema de calefacción que zumbaba sobre nuestras cabezas. Mi vista estaba desenfocada y apenas percibía los rayos de luz que entraban por las altas ventanas, junto con las difuminadas siluetas de los demás participantes sentados en un círculo alrededor de mí.

—¿Savannah? —Parpadeé para enfocar la vista y volteé la mirada hacia donde estaba Rob. Me estaba sonriendo con un lenguaje corporal abierto, y con ello me demostraba su apoyo. Me moví inquieta en mi asiento. No fui bendecida con el don de la palabra y batallaba para expresar en voz alta los turbulentos sentimientos de mi interior. Estaba mejor a solas. Me extenuaba estar rodeada de personas por demasiado tiempo, y un número excesivo de estas me hacía replegarme hacia mi interior. No era para nada como mi hermana Ida, cuya personalidad era sociable y contagiosa.

Igual que Poppy…

Tragué para disolver el nudo instantáneo que brotó en mi garganta. Habían pasado casi cuatro años. Cuatro largos e insoportables años sin ella, y todavía no podía pensar en su nombre o imaginarme su bonito rostro sin sentir que mi corazón se encogía como una montaña que se venía abajo; sin sentir que la sombra de los implacables dedos de la muerte rodeaban mis pulmones, dejándolos hambrientos de aire.

De inmediato, las sagaces acometidas de la ansiedad empezaron a surgir de las profundidades en las que dormitaban para hundir sus dientes en mis venas y enviar sus torrentes de veneno por todo mi cuerpo hasta dominarme como reticente prisionera.

Las palmas de mis manos se humedecieron y mi respiración se agitó.

—Savannah. —La voz de Rob había cambiado; aunque hizo eco en mis oídos al tiempo que todo alrededor se comprimía en un estrecho vacío, pude discernir su tono preocupado. Al sentir el peso de las miradas de todos los que me rodeaban, salté de mi asiento y corrí hacia la puerta. Mis irregulares pisadas retumbaron en un tamborileo arrítmico mientras seguí el haz de luz del pasillo hasta el exterior. Volé a través de la puerta y aspiré enormes bocanadas del aire invernal de Georgia.

Luces bailarinas invadieron mi campo de visión y a trompicones llegué al árbol que crecía en los jardines del centro terapéutico. Me recargué contra el enorme tronco, pero mis piernas cedieron y caí al endurecido piso. Cerré los ojos y me recargué contra la madera, la corteza irregular me raspó la parte posterior de la cabeza. Me concentré en mi respiración, en tratar de recordar cada una de las lecciones que alguna vez me impartieron acerca de cómo manejar un ataque de ansiedad; pero jamás parecían servir de nada. Siempre era rehén de esas crisis hasta que por fin decidían liberarme.

Estaba absolutamente agotada.

Me puse a temblar durante lo que me pareció una eternidad, mientras mi corazón galopaba y brincaba, hasta que mi garganta al fin se dignó a ofrecerle a mi cuerpo el oxígeno que tanto ansiaba. Inhalé por la nariz y exhalé por la boca hasta que quedé derrumbada contra el árbol. El aroma del pasto y la tierra se abrieron paso entre la bruma de ansiedad que siempre bloqueaba mis sentidos.

Abrí los ojos y los levanté hacia el brillante cielo azul, miré las blancas nubes que navegaban en las alturas y traté de encontrarles forma. Las miré aparecer y después esfumarse, y me pregunté cómo sería mirarnos desde allá arriba, lo que ellas verían mientras nos miraban a todos amar, perder y desmoronarnos.

Una gota de agua cayó sobre el dorso de mi mano. Bajé la vista, solo para ver que otra gota caía sobre la articulación de mi dedo anular; venían de mis mejillas. El agotamiento se adueñó de mí y consumió toda mi fuerza. Ni siquiera podía levantar las manos para limpiarme las lágrimas, de modo que volví a concentrarme en observar las nubes viajeras y deseé ser como ellas: en movimiento constante, sin tiempo para detenerse a procesar y a pensar.

Pensar abría el espacio para que me resquebrajara.

Ni siquiera me percaté de que alguien se sentó junto a mí hasta que detecté un cambio sutil en el aire que me rodeaba. Las nubes seguían acaparando mi atención.

—¿Otro ataque de ansiedad? —preguntó Rob. Asentí y mi cabello rozó la corteza suelta que apenas se sujetaba a su hogar. Rob apenas tenía cerca de treinta años. Era amable y excepcional en lo que hacía, y había ayudado a incontables personas. A lo largo de los últimos cuatro años fui testigo de múltiples adolescentes que entraban por las puertas del centro y que después lo abandonaban, cambiados, empoderados y una vez más, capaces de funcionar en el mundo.

Yo simplemente estaba destrozada.

No sabía cómo sanar, cómo reintegrarme. La verdad era que, al momento de la muerte de Poppy, toda luz había desaparecido de mi mundo y, desde entonces, me encontraba dando tumbos en una absoluta oscuridad.

Por un momento, Rob se quedó en silencio, pero al fin dijo:

—Necesitamos cambiar de estrategia, Savannah. —Las comisuras de mis labios se levantaron cuando vi la forma de una margarita en las nubes. A Ida le fascinaban las margaritas, eran su flor favorita. Junto a mí, Rob se recargó contra el árbol y compartió el amplio tronco conmigo—. Recibimos algo de financiamiento. —Sus palabras entraron en mis oídos una sílaba a la vez mientras el mundo, de manera dolorosamente lenta, empezaba a reconfigurarse—. Hay un viaje —me dijo y dejó que la información quedara suspendida en el aire entre los dos. Parpadeé y la imagen residual del sol en mi retina empezó a bailar en la oscuridad cuando cerré los ojos con fuerza para evitar su brillo enceguecedor.

»Quiero que vayas —afirmó. Me paralicé y después giré la cabeza para verlo de frente. Rob era pelirrojo, tenía el cabello corto, pecas y penetrantes ojos verdes. Era toda una paleta de colores otoñales en dos piernas. También era un sobreviviente. Sería poco decir que lo admiraba. Castigado en su adolescencia por su sexualidad a manos de aquellos que debían amarlo, luchó a través de un infierno para alcanzar la libertad y la felicidad, y ahora se dedicaba a ayudar a otros que también batallaban a su manera.

«*Hay un viaje... Quiero que vayas...*».

Las palabras demoradas se filtraron al interior de mi cerebro y mi vieja amiga, la ansiedad, empezó a resurgir.

—Un pequeño grupo de personas de todos los Estados Unidos va a tomar un viaje por cinco diferentes países. Es un viaje de sanación. —Volteó la cabeza hacia arriba para mirar las nubes que antes capturaron mi atención—. Son adolescentes que están lidiando con el duelo.

Sacudí la cabeza, de manera más pronunciada con cada segundo que pasaba.

—No puedo —susurré cuando un temor instantáneo se apoderó de mi voz.

La sonrisa de Rob fue compasiva, pero siguió adelante:

—Ya hablé con tus padres, Savannah. Coincidieron en que sería bueno para ti. Ya reservamos tu lugar.

—¡No!

—Ya terminaste la preparatoria y lograste entrar a Harvard. A *Harvard*, Savannah. Es increíble —Rob se detuvo un momento para pensar, pero luego añadió—: eso está en Boston. Muy muy lejos de aquí.

Comprendí el mensaje. Si no podía funcionar aquí en casa, ¿cómo demonios lograría hacerlo en una universidad que se encontraba en otro estado?

Cuando Poppy murió, me hundí en mis estudios. Tenía que ocupar mi mente en todo momento. Fue la manera en que logré no derrumbarme. Siempre fui estudiosa, siempre fui la inteligente. El ratón de biblioteca, la que hablaba de física y de ecuaciones y de estructuras moleculares. Ida era la estridente, la hermana dramática, la chistosa, la que capturaba la atención de todos, en todos los mejores sentidos. Y Poppy… ella fue la soñadora. La creyente, la creativa, la que llevaba música, felicidad inacabable y esperanza dentro de su corazón.

La que hubiera cambiado al mundo.

Después de la muerte de Pops, no podía enfrentar la escuela de nuevo; las miradas de la gente, sus expresiones de tristeza, el reflector que brillaba sobre mí de manera constante y que me distinguía como la chica que vio morir a su hermana mayor. De modo que empecé a estudiar en casa y me gradué de manera anticipada. Harvard me aceptó, hice todo lo necesario para lograrlo. Sin embargo, con mis estudios finalizados, el tiempo que ahora me sobraba se convirtió en mi enemigo. Horas sin nada que hacer en las que revivía el gradual desvanecimiento de Poppy, su lenta muerte frente a nosotros. Minutos sin fin que le dieron a mi ansiedad el espacio necesario para atacarme, para planear sus incursiones como un grupo de mercenarios que jugueteaban con una presa fácil. Día con día, sentía la ausencia de Poppy como una soga que se iba apretando alrededor de mi cuello.

—Sé que puede parecer atemorizante y sé que es algo que no crees que puedas hacer —continuó Rob con voz gentil y alentadora—, pero *puedes* hacerlo, Savannah. Creo en ti. —Sentí que mi labio inferior empezó a temblar cuando lo miré a los ojos—. No me daré por vencido. —Me ofreció una amable sonrisa—. Vamos a ayudarte a superar esto. Vamos a lograr que empieces tus estudios en Harvard este otoño. Y vas a prosperar.

Quería devolverle la sonrisa, mostrarle mi aprecio porque pensaba en mí, por nunca rendirse conmigo, pero mi nerviosismo me lo impidió. Nuevas personas, nuevos lugares, tierras desconocidas: era más que aterrador. Sin embargo, no me quedaban fuerzas para oponerme y, Dios mío, ninguna otra cosa me funcionó. Cuatro largos años de terapia individual y de grupo no habían sido capaces de ponerme de pie, ni de reintegrar lo que estaba roto dentro mí. Estaba demasiado agotada como para discutir, así que volteé de nuevo hacia el cielo. Una enorme nube flotó encima de nosotros y me quedé quieta.

Se veía como un violonchelo.

Entré a Blossom Grove acompañada de la banda sonora de una sinfonía de aves que cantaba. Sin que importara la época del año, siempre había algo sobrenatural en este sitio. Era como un trozo de cielo colocado aquí en la Tierra, un vistazo de lo celestial, de la paz. O quizá solo fuera el espíritu de quien aquí residía lo que lo hacía tan especial; de quien protegía este lugar que tanto adoraba.

Los árboles estaban desnudos y los capullos aún estaban renuentes a mostrarnos su belleza mientras el invierno los mantenía lejos apenas un momento más. Sin embargo, eso no disminuía la belleza de la arboleda. Respiré el aire fresco que silbaba entre las ramas pardas y mis pies me llevaron hasta ese árbol, el que protegía a mi mejor amiga.

La lápida de mármol blanco brillaba como un ángel en la penumbra del atardecer mientras el crepúsculo cubría la tumba con idílicos tonos dorados. POPPY LITCHFIELD podía verse en letras de oro; abajo, estaban grabadas las palabras POR SIEMPRE JAMÁS.

Limpié algunas hojas secas caídas sobre la lápida y me senté frente a ella.

—Hola, Poppy —dije, al tiempo que sentía que mi garganta empezaba a cerrarse. Sabía que, para muchas personas, cuatro años después de la muerte de alguien eran más que tiempo suficiente como para poder encontrar el camino de vuelta a algún tipo de vida. Para seguir adelante como pudieran. Sin embargo, para mí, cuatro años bien podrían haber sido cuatro minutos. Sentía que Poppy nos había dejado apenas ayer; nos dejó a Ida y a mí, a mamá y a papi, y a la tía DeeDee, a Rune. Las heridas que atravesaban mi corazón seguían abiertas y sin sanar.

Esos cuatro años no cambiaron nada. Ese día, se presionó un botón de pausa y no había sido capaz de pulsar el botón de reproducción desde ese momento.

Puse un beso en mis dedos y, después, los apreté contra la lápida. Se sentía cálida bajo mi mano, por el sol que siempre calentaba la arboleda y le dejaba saber al mundo entero que alguien de verdadera belleza residía en este lugar.

Bajé la vista y me percaté de una fotografía colocada cerca de la base de la lápida. Las lágrimas brotaron de inmediato cuando, con asombro, miré la espectacular escena que mostraba. En la fotografía, las luces de la aurora boreal estaban capturadas a la perfección, con sus verdes y azules dispersos sobre un cielo negro salpicado de estrellas.

Rune.

Rune estuvo aquí. Siempre hacía lo mismo. Cada vez que regresaba a casa, pasaba horas junto a la tumba de Poppy, bajo su árbol favorito. Pasaba el día entero hablando con su único amor, con su alma gemela, contándole de su vida en la Universidad de

Nueva York. Sobre las prácticas que logró obtener bajo la tutela de un fotógrafo ganador del premio Pulitzer. Sobre sus viajes alrededor del mundo, sus visitas a países lejanos y sus paisajes, como la aurora boreal, que siempre capturaba en una imagen que después le traía a Poppy para que pudiera verla.

«*Para que no se pierda de ninguna nueva aventura*», solía decirme.

Y también había días en que visitaba a Poppy y yo me quedaba detrás de un árbol cercano, oculta, sin que pudiera verme, y lo escuchaba hablar con ella; momentos en que las lágrimas caían en cascada de mis ojos ante la injusticia del mundo. Porque nosotros perdimos a la estrella más brillante de nuestro firmamento, y Rune, la mitad de su corazón. Hasta donde sabía, jamás había salido con nadie más. En alguna ocasión, me dijo que nunca más sentiría por nadie lo que sintió por Poppy y que, aunque el tiempo que pasaron juntos había sido muy breve, le bastaba para el resto de su vida.

Yo nunca experimenté un amor como el suyo y no estaba segura de que mucha gente lo hiciera. Mientras que Ida buscaba y rezaba por tener un amor como el de Rune y Poppy, yo temía que solo me ocasionara más dolor. ¿Qué pasaría si también perdiera a esa persona? ¿Cómo lograría afrontarlo? No sabía cómo era posible que Rune sobreviviera día con día, no sabía cómo lograba abrir los ojos con cada nuevo amanecer para *respirar*. Nunca se lo pregunté porque jamás tuve el valor.

—Hoy tuve otro ataque —le dije a Poppy después de recargarme en su lápida. Descansé mi cabeza contra el cálido mármol y me cautivó el tranquilizante canto de las aves que siempre la acompañaban. Después de muchos minutos en silencio, saqué el cuaderno de mi bolsa, el que nunca me atreví a abrir. Con el dedo, recorrí las palabras *Para Savannah,* escritas sobre la portada con la letra de Poppy.

Era el cuaderno que me dejó; ese que jamás leí, ni abrí siquiera. No sabía por qué. Tal vez era porque me daba demasiado miedo leer lo que Poppy tenía que decirme o quizá se debía a que era lo último que me quedaba de ella y, una vez abierto, una vez que terminara de leer cada palabra, se habría marchado de verdad.

Apreté el cuaderno contra mi pecho.

—Me van a mandar lejos, Pops —dije con mi silenciosa voz fuerte en la arboleda casi carente de sonidos—, para tratar de curarme. —Suspiré. La pesadez en mi pecho casi me lastimaba las costillas—. Simplemente no sé cómo dejarte ir.

La verdad era que si Poppy pudiera hablarme, sabía que estaría deshecha por la forma en que su muerte me había paralizado y herido de manera tan irreparable. Y, sin embargo, no podía dejarla atrás. Rob me dijo que el dolor jamás nos abandonaba. Más bien, nos adaptábamos a él, como si fuera una nueva extremidad que teníamos que aprender a utilizar. Dijo que, en cualquier momento, el duelo y el dolor de corazón podían golpearnos y hacernos trizas, pero, con el paso del tiempo, desarrollábamos las herramientas para poder afrontarlo y encontrar una manera de seguir adelante.

Yo seguía esperando que ese día llegara.

Vi el sol crepuscular desaparecer a través de los árboles y la media luna menguante ocupar su lugar. El manto dorado que nos cubría adquirió un color azul plateado al llegar la noche, y me puse de pie.

—Te quiero, Pops —dije y con renuencia atravesé la arboleda hasta la casa. Nuestra casa que, en aquellos días, perdió su latido. Porque Poppy estaba enterrada en una tumba tras de mí. Con diecisiete años por siempre. La edad que yo tenía ahora. Nunca envejecería y nunca brillaría su luz. Nunca podría compartir su música.

Era una obra de la que el mundo se vería privado.

Sueños abandonados y estanques congelados

CAEL
18 AÑOS
MASSACHUSETTS

—Eso no va a suceder —exclamé, mientras observaba fijamente a mi mamá y a mi papá, sentados en el sillón. Estaba de pie al centro de la sala, furioso, con el cuerpo tenso por la ira mientras escuchaba lo que me estaban diciendo.

Una esquirla de culpa trató de instalarse en mi corazón cuando vi que las lágrimas de mi mamá se desbordaban y resbalaban por sus mejillas, pero el fuego que corría por mis venas convirtió en vapor ese instante de consciencia.

—Cael, por favor... —susurró mamá con las manos estiradas hacia mí en actitud tranquilizadora. Se movió a la orilla del sillón, como si quisiera acercárseme, ofrecerme algún tipo de consuelo. Sacudí la cabeza y di tres pasos atrás, hasta que quedé casi sobre la chimenea apagada. No quería su consuelo. No quería *nada* de esto. ¿Qué diablos *pensa*ban?

Mi papá se quedó sentado sobre el vetusto sillón café, estoico, como el íntegro agente del orden público que era. Seguía vestido con uniforme, el de la policía de Massachusetts, y me miraba con enojo y con la cara enrojecida, mientras que mamá *volvía* a llorar por mí.

Apreté la quijada con tal fuerza que sentí que los huesos podrían fracturarse. Apreté los puños y me resistí al impulso de estrellarlos sobre el ladrillo de la chimenea que rozaba mi espalda. Pero eso era algo cotidiano en este infierno. En esta casa repleta de recuerdos que ya no quería tener metidos en mi cabeza. Mi papá estaba más que harto de tener que reparar los hoyos que hacía en las paredes con mis puños. Igual de harto de lo que yo estaba con este constante torrente de enojo que nunca me dejaba. De modo que supongo que ninguno de los dos estaba obteniendo lo que deseaba.

—Vas a ir, muchacho —dijo papá, con evidente autoridad en cada palabra. Era un hombre de pocas palabras. Era breve y esperaba que sus órdenes se obedecieran. Todo mi interior me exigía que le gritara a dónde diablos podía irse. La dureza de su tono era como gasolina para las llamas en mi interior. Traté, de verdad traté mantenerme en calma, pero estaba perdiendo el control. Como una bomba en cuenta regresiva, podía sentir que estaba a punto de explotar.

—Cael, tenemos que intentar algo —siguió mamá, con una sutil súplica en su voz quebrada. Hace mucho tiempo, me hubiera deshecho ver alterada a mi mamá. ¿Ahora? Nada—. Hablamos con tu terapeuta más reciente. Te graduaste de la preparatoria el año pasado y te rehusaste a empezar tus estudios universitarios. El viaje podría ayudarte. Regresarte algo de propósito, ya que ahora, tan solo existes. No trabajas, no tienes metas, no estudias y no juegas *hockey*. Hablamos con tu entrenador en Harvard. Te sigue la pista de manera constante; todavía quiere que vayas, que estés en la alineación del año que entra. Puedes hacerlo, todavía puedes asistir…

—¡ME IMPORTA UN CARAJO LA UNIVERSIDAD! —grité, interrumpiendo lo que estaba a punto de decir. En algún momento me *interesó* la universidad. Era todo en lo que podía pensar, todo lo que *soñaba*, para poder reunirme con él, para que pudiéramos jugar juntos, como siempre lo planeamos....

De manera involuntaria, mis ojos se dirigieron al cúmulo de fotografías que colgaban de la pared detrás de mis padres en el sofá. Imagen tras imagen de mí y de él al paso de los años. Durante los partidos en los estadios, rodeándonos los hombros con los brazos, sonrisas en nuestros rostros y palos de *hockey* en las manos. Equipo EUA escrito sobre mi pecho. Ya ni siquiera estaba seguro de cómo se sonreía. Se sentía ajeno para mis músculos faciales funcionar de esa manera. Aparté la mirada de esas fotografías que ahora son un maldito santuario de lo que podría haber sido. Ni siquiera podía mirarlas. No eran más que una vil mentira, contaban la historia de una vida ficticia.

Nada de aquellos días era real.

—No voy a ir —dije con una oscura advertencia en mi voz. Pero mi papá no se inmutó. Se puso de pie. Su figura ancha y alta se levantaba sobre mí, pero ahora, mis 1.93 metros de estatura me colocaban cerca de ocho centímetros por encima de él; mis amplios hombros y mi cuerpo atlético eran equiparables a su fuerza y poder—. Jamás te perdonaré por esto —espeté. Como fondo, el silencioso llanto de mi madre rebotaba sobre el escudo constante que tenía alrededor de mí. En esos momentos, nada parecía penetrarlo.

—Será algo con lo que tendré que vivir, hijo —respondió y metió las manos en los bolsillos.

Supe que no habría manera de que cambiara de parecer.

Me quedé estático mientras temblaba y un calor abrasador me invadía, como si se tratara de lava. Sin mirar a mi madre, corrí hasta la puerta, que azoté al salir de la casa. Me arrojé al interior de mi Jeep y mi aliento se condensó en una nube blanca cuando chocó con el intenso frío. Había una espesa capa de nieve en los campos que nos rodeaban y mis botas quedaron empapadas tan solo por caminar de la casa al estacionamiento. El invierno tenía a Nueva Inglaterra aprisionada en su gélido puño.

Apreté las manos sobre el volante de piel. Como sucedía cada vez que me ponía tras el volante, esa noche regresó a mi mente de manera explosiva. Mis manos empezaban a temblar con solo entrar en el Jeep. Mi respiración se agitó y me sentí débil; tan endemoniadamente debilitado por la manera en que los recuerdos podían derrumbarme, por cómo tan solo sentarme en un coche podía destruirme, que me rendí a la furia que tenía en mi interior. Dejé que inundara mi cuerpo, ardiente y furiosa, hasta que comencé a sacudirme. Los músculos de mi pecho se tensaron a tal grado que empezaron a dolerme. Apreté los dientes y dejé que las llamas ardientes en mi interior arrasaran con cualquier rastro de lo que fui antes. Dejé que crecieran y crecieran, desde la punta de mis pies hasta el cuero cabelludo, hasta que fue lo único de lo que estaba hecho, y dejé que tomaran el control. Les di rienda suelta y solté un rugido hacia la noche, lleno de toda la furia que trataba de escapar de mí. Golpeé el volante con las manos, pateé con una de mis piernas hasta que mi pie chocó contra el estéreo y lo desmontó del tablero, hasta que quedó suspendido frente a mí.

Cuando perdí la voz y saqué todo el aire de mis pulmones, me quedé en el asiento, tenso, mientras miraba la casa rural estilo granja que alguna vez fue mi refugio. Ahora *detestaba* este lugar. Mi mirada volteó a la ventana superior del lado derecho y una astilla de dolor logró penetrarme hasta convertirse en una puñalada en mi corazón.

—No —murmuré y alejé la mirada. «*Ahora no*». No iba a darle entrada al dolor en este momento.

Traté de mover el coche pero, por un momento, quedé paralizado. Atrapado en el purgatorio en el que entré hacía un año, cuando todo cambió en un instante y la máscara de perfección que había encubierto nuestra vida familiar se arrancó de cuajo…

Cerré los ojos y dejé que el fuego se adueñara de mí. Metí la llave con fuerza en el *switch*, abrí los ojos y salí disparado de la entrada, con las llantas que chirriaban mientras intentaban hacer contacto por debajo del hielo negro que cubría la entrada terregosa. Olí el caucho que se quemaba y apreté el acelerador a fondo. Allí estaba el temor de conducir, como una especie de fiebre que amenazaba con empeorar. Sin embargo, lo mantuve a raya. Simplemente me dejé arder y evadí cualquier tipo de emoción que intentara salir a flote.

Así era como tenía que ser. No podía permitir volver a hundirme en ese sitio en el que todo estaba vacío y carente de todo; ese pozo sin fondo del que resultaba imposible salir. En lugar de eso, me dejé llevar por esta rabia visceral que ahora me controlaba. Me rendí ante el odio: por el mundo, por la gente, por todo lo que se atreviera a exponer lo que enterré a tanta profundidad.

Pero, más que nada, me concentré en odiarlo a él. El odio y la furia que sentía por él eran una inmensa pira empapada de gasolina.

Parpadeé y regresé a mí mismo. Conduje sin dirección, sin pensarlo, perdido dentro de mi cabeza, y me encontré cerca del único lugar del que trataba de alejarme.

Tenemos que intentar algo…

Las palabras de mi mamá empezaron a repetirse de manera incesante dentro de mi cerebro. *No*, lo que querían era alejarme. Querían deshacerse del hijo que estaba ocasionándoles problemas. ¡De mí! Nada de hablar del *otro* hijo, sino solo de mí, del que se quedó. Aquel que él dejó atrás. Ese al que no le importó nada cuando hizo lo que hizo…

Las primeras señales de que mi pecho colapsaría empezaron a cosquillear mi esternón. Desesperado, me estacioné y abrí de un empujón la puerta del conductor. El frío del inmisericorde invierno de Massachusetts golpeó mi piel. Mi playera negra henley, mi gorro y mis *jeans* rotos no servían de nada para protegerme del frío, pero dejé que me calara hasta los huesos. *Quería* que me doliera. Era lo único que me recordaba que seguía vivo. Eso y el enojo que perforó un camino hasta mi interior desde hacía un año y que solo se había hecho cada vez más fuerte desde entonces.

Antes de que me diera cuenta, mis pies empezaron a moverse. Pasé coche tras coche y reconocí cada uno de ellos. ¿Qué estaba haciendo aquí? No *quería* estar aquí y, sin embargo, mis pies me impelían hacia adelante. Me llevaron hasta la entrada lateral, donde los sonidos que alguna vez me parecieron mi hogar ahora se sentían distantes y para nada como parte de mi vida. Voces graves que gritaban, palos de *hockey* que golpeaban el hielo, discos y cuchillas que parecían cortar vidrio.

Y, de todas maneras, no sentí nada.

Subí y subí por las escaleras y no dejé de hacerlo hasta que estuve en las gradas más elevadas, lejos de toda vista. Me senté en el duro asiento de plástico y entrelacé las manos. Cada músculo de mi cuerpo estaba en tensión, mis ojos fijos sobre el hielo. Empecé a ver cómo practicaban mis anteriores amigos y compañeros de equipo, que patinaban veloces, esquivando a los contrarios y haciendo fintas. Lanzaban tiro tras tiro hacia Timpson, nuestro portero, que rara vez dejaba que pasara alguno. No por nada le decían el Invicto.

—¡Aquí! —gritó la voz más conocida, resonante en toda la arena, y sentí una fuerte punzada en el estómago.

Eriksson avanzó con fuerza, tomó el disco y voló sobre el hielo. Con un tiro alineado a la perfección, lo impulsó hasta la red y causó que se encendiera la lámpara.

Yo solía estar *justo allí*, junto a él.

Mi pierna empezó a saltar, agitada, y luché para no inhalar la frescura del hielo, para no sentir la intensidad del frío aire que llenaba la arena. Me quité el gorro y me pasé los dedos por el pelo. Los tatuajes sobre los dorsos de mis manos se destacaban contra la palidez de mi piel. Tatuajes. Ahora, mi cuerpo estaba tan atestado de tatuajes y de perforaciones que casi borraron toda señal de la persona que fui antes.

Cerré los ojos cuando el ruido del choque de los palos de *hockey* y de los cuerpos que azotaban contra las tablas empezó a provocarme una migraña de terror. Me levanté de un brinco y corrí por los escalones hasta la puerta lateral. Acababa de llegar al pasillo cuando oí que alguien me llamaba.

—¿Woods?

Me congelé de inmediato. Escuché el sonido de Erickson, que abandonaba el hielo y trataba de correr con dificultad sobre la dura superficie tras de mí, con sus pies todavía dentro de los patines. Pero no me detuve, seguí adelante para evitar a mi mejor amigo hasta que una camiseta enmarcada sobre la pared de la arena me detuvo al instante. WOODS 33, colgaba con orgullo en el pasillo. En una placa de bronce encima de la misma, estaba escrito IN MEMORIAM, una fotografía individual del equipo con su sonriente rostro justo frente a mí.

Fue como un gancho directo al hígado. No estaba preparado para eso. Llegó casi por casualidad y me golpeó sin darme aviso…

—¡*Cael!* —La voz de Eriksson estaba más cerca ahora. Volteé y lo vi acercarse; mi corazón empezó a golpear con fuerza dentro de mi pecho. La mirada de esperanza y emoción en su rostro casi hizo que me derrumbara—. ¡Cael! Debiste decirme que vendrías. —Stephan Eriksson apenas podía respirar en su intento de alcanzarme. Todavía traía el palo de la práctica que acababa de abandonar y se quitó el casco para dejarlo sobre el piso junto a sus pies. Solo me le quedé viendo. No pude moverme.

Estuvo allí conmigo. Lo vio todo *conmigo*.

Los ojos de Eriksson se dirigieron a la camiseta frente a mí y la tristeza inundó su rostro.

—El *coach* hizo que la colocaran allí hace algunos meses. Dijo algunas cosas muy emotivas acerca de él. Te invitaron, pero…

Sentí que un escalofrío recorría mi espalda y se me puso la piel de gallina de los pies a la cabeza. Podía ver que Stephan analizaba mi aspecto actual. Lo vi mirando mis manos, mi pecho y cuello tatuados, mi nariz y labio inferior perforados, los expansores negros en mis orejas.

—He tratado de comunicarme contigo, amigo —dijo mientras se acercaba poco a poco. Hizo un gesto en dirección al hielo—.

Durante meses. Te extrañamos. —Respiró muy hondo—. *Te* extraño. No es lo mismo sin ti, hermano.

Hermano...

Esa palabra fue como un machete que me cortaba el pecho, que me partió por completo. Sentí el conocido fuego que derritió el hielo que se acumuló en mi interior en el instante en que pisé el estadio.

—No soy tu hermano —escupí. Después, con los ojos puestos en la camiseta enmarcada que colgaba como presagio frente a mí, estrellé mi puño derecho al centro del número 33 en color azul marino. Sentí que el vidrio roto se hundía en mis nudillos y el calor de la sangre que empezaba a gotear hasta mi muñeca.

—¡Dios mío, Woods, detente! —gritó Stephan, pero yo ya estaba saliendo por la puerta hacia la noche invernal. Atravesé el estacionamiento a toda prisa, mis pulmones ardían por el esfuerzo, y salté al interior del carro mientras ignoraba a Stephan, que me hacía señas para que me detuviera desde la puerta lateral.

¿Qué demonios estaba pensando al venir hasta aquí?

Salí derrapado del estacionamiento y traté de controlar el temblor de mis manos. Ese marco, esa camiseta colgada allí. «¿Por qué tuvieron que hacer eso? ¿Por qué *tuve* que ver eso?».

Manejé y manejé, muy por encima del límite de velocidad, pero no podía hacer que mis manos dejaran de sacudirse. ¿Fue así como él se sintió mientras volaba por el camino? ¿Cuando hizo lo que hizo? La sangre corría por mi brazo. Mis nudillos estaban abiertos, las heridas en carne viva.

Pero lo peor era que podía oler mi sangre.

Sangre...

El aroma metálico me remontó en un instante a ese momento que rogaba poder olvidar. Ese que estaba tatuado en mi cerebro con la misma profundidad que la tinta negra y roja que llevaba sobre el cuello. Sentí mi respiración entrecortada y las volutas blancas que salían de mí se convertían en nubes dispersas. Sentí un vuelco en el estómago y el fuego al que me había aferrado era como una muleta que empezó a extinguirse segundo a segundo, a medida que el recuerdo de esa noche regresaba en andanadas.

Giré a la derecha con fuerza sobre el camino de tierra que llevaba a la casa, pero a la mitad de este frené súbitamente a la altura del estanque. Jadeaba como si acabara de correr un maratón. No podía quedarme en el coche, estaba demasiado encerrado, demasiado sofocado. Me recordaba demasiado a aquella noche...

Salté del asiento del conductor y corrí hacia el estanque cubierto por una capa negra de hielo. Me detuve en la orilla con la cabeza inclinada hacia atrás mientras miraba al cielo que se oscurecía.

In memoriam...

Un sonido ahogado e incoherente salió con fuerza de mi garganta. Me acuclillé y presioné mis palmas contra el hielo, lo que fuera que pudiera aterrizarme. Dios. ¿Cómo diablos llegamos a esto? ¿Cómo fue que las cosas salieron así de mal?

¿Por qué no dijo nada? ¿Por qué no simplemente *habló* conmigo...?

Arrojé la cabeza hacia atrás y grité hacia la noche, y las aves que dormían en las ramas cercanas huyeron de mí. Me levanté poco a poco, con la garganta ardiente y el cuerpo atestado de adrenalina, y me dirigí al cobertizo que no había abierto en quién sabe cuánto tiempo.

Coloqué mi mano ensangrentada en la perilla, abrí la puerta de un jalón y encontré mis viejos patines frente a mí. Ignoré el golpe al estómago que recibí al ver el segundo par que se encontraba detrás.

Tomé los míos y me quité las botas a patadas, sin importarme que mis calcetines se empaparan al hacer contacto con la nieve. Me los puse y sentí náuseas cuando me inundó la familiar oleada de esa sensación de *rectitud*. Miré hacia los palos, que se me quedaron viendo como si poseyeran un alma propia, como si tuvieran recuerdos atrapados en sus capas de madera.

Antes de pensar demasiado en ello, tomé el que estaba envuelto en cinta negra y dorada... los colores de los Bruins. Sostenerlo se sintió casi sacrílego. Jamás creí que mereciera sostener este palo. ¿Cómo podría, si le pertenecía a mi héroe? A quien me enseño todo lo que sabía. A quien admiré y emulé, con quien me reí y a quien siempre acudí. A quien brillaba con tal fuerza que iluminaba todo el maldito cielo.

Y ahora estaba atrapado de manera permanente bajo su eclipse.

Me moví hacia el estanque de manera instintiva, coloqué el patín derecho sobre el hielo y me empujé de la orilla hasta que empecé a deslizarme sobre la superficie. Mis pulmones, que se sentían como si hubieran olvidado cómo funcionar, jalaron una larga bocanada de aire. La punta del palo que tenía en la mano corría sobre la superficie congelada del estanque. Di golpes de lado a lado con él, como si estuviera pasando un disco por el centro. Me era tan natural como respirar. Esto: el hielo, el *hockey*.

Cerré los ojos mientras daba vueltas sobre el estanque y, como si hubiera viajado a un plano diferente, escuché el eco distante de dos chicos que reían...

—¿Crees que puedas conmigo, muchacho? —la profunda voz de Cillian sonó por encima de la nieve y el viento mientras volé hacia él, robándome el disco de donde lo tenía—. ¡Oye! —rio para después perseguirme por el estanque a lo que pareció millones de kilómetros por hora. Ahora ya no podía atraparme. Cuando deslicé el disco entre las dos ramas que funcionaban como portería, me rodeó con sus brazos y me levantó en vilo del hielo—. ¡Ya eres mejor que yo, muchacho! ¿Cómo demonios pasó eso?

La sonrisa en mi rostro era tan amplia que me dolían las mejillas. Solo levanté los hombros.

—Lo sabes, ¿verdad? —preguntó Cillian, soltándome y dando vueltas alrededor de mí—. Vas a llegar muy lejos. Todos pueden verlo. La mirada del mundo entero está sobre ti.

Yo no lo veía así. Cill era el mejor jugador de hockey *que jamás había visto. Estaba bastante seguro de que nunca lo igualaría.*

Era mayor que yo y era la estrella de cada equipo en el que jugó. Desde que tuve uso de razón, quise ser como él.

—Está escrito en las estrellas, muchacho —afirmó mientras despeinaba mi cabello desordenado con su mano enguantada—. Vamos a jugar juntos en Harvard y después en las profesionales. La NHL, los All-Stars y las Olimpiadas. —Sonrió y me plantó un beso en la cabeza—. Juntos, ¿va?

—Juntos —repetí al sentirme el chico más afortunado del mundo. Cillian y yo. Juntos podríamos conquistar el mundo entero…

Sentí sobre mis hombros una enorme carga que me hundía, diez toneladas de peso que me empujaban al piso. Abrí los ojos solo para encontrarme parado en la oscuridad, en medio del descuidado y abandonado estanque. Solo. Sin el futuro que soñamos frente a mí. Nada de que los *hermanos Woods* conquistarían al mundo. Solo yo y el espectro de mi hermano, que flotaba sobre mí como una bomba de vacío que succionara todo lo que bueno y luminoso hacia el interior de su hambrienta vaciedad.

La madera del palo de *hockey* crujió entre mis manos cuando mis dedos lo apretaron como una prensa. Mientras más tiempo estuve allí, inmóvil, mayor fue la furia que llenó el vacío de mi alma y que se acumuló más y más hasta que levanté el palo sobre mi cabeza y lo estrellé contra el hielo con cada gramo de fuerza del que era capaz, rompiéndolo en mil pedazos astillados.

Ahora nuestros sueños también estaban hechos trizas, de modo que ¿qué tanto podía importar una víctima más en esta situación de mierda? Salí del hielo, me quité los patines y los arrojé hacia la masa de árboles altos y desnudos que rodeaban el estanque, para después dejarme caer al piso.

«*Vas a ir, muchacho…*».

Papá bien pudo haber estado justo detrás de mí, en vista de la fuerza con la que escuché su voz en mi cabeza. Tenía dieciocho años… y estaba a punto de partir a un viaje alrededor del mundo con otros que, en apariencia, eran «como yo». Tenía dieciocho y debía estar esforzándome por construir el futuro que soñé, pero lo que se me prometió se lo robó aquel a quien más quería, en quien más *confiaba* en el mundo entero. Nada más me importaba ya, estaba completamente solo.

Ya lo había estado por tantísimo tiempo que ni siquiera podía lograr que me importara en absoluto.

Corazones retraídos y primeros encuentros

SAVANNAH
NUEVA YORK

—¿Ya terminaste de empacar?

Levanté la mirada desde mi asiento en la orilla de la cama, perdida en mis pensamientos.

Ida estaba parada frente a mí, su largo y oscuro cabello suelto en suaves ondas y una preciosa sonrisa que formaba hoyuelos en su bonito rostro. Mamá y papi me trajeron a Nueva York para tomar el vuelo que se dirigiría a nuestra primera parada en el viaje de terapia. Teníamos que reunirnos en el aeropuerto, donde por primera vez conocería al resto de los chicos que irían y, claro está, a nuestros dos terapeutas. Tuve algunas videoconferencias con ambos en un par de ocasiones y parecían agradables, pero eso no aliviaba mi nerviosismo.

Ida se negó a quedarse en Georgia e insistió en venir a despedirse de mí.

Coloqué mi mano sobre la maleta cerrada.

—Creo que sí —dije. Ida compartió la habitación conmigo la noche anterior. Me contó infinidad de historias de su escuela, así como los chismes más recientes del equipo de porristas del que formaba parte.

Si existiera la encarnación misma de la alegría, sería Ida Litchfield.

Se dejó caer junto a mí sobre la cama y entrelazó su mano con la mía. Me quedé viendo nuestros dedos enlazados, el brillante rosa de su barniz de uñas junto al mío, transparente. Ida puso la cabeza sobre mi hombro y ese simple acto de amor entre hermanas me hizo un nudo en la garganta.

—No quiero ir —confesé en un susurro al tiempo que sentía el revoloteo de mi corazón provocado por la ansiedad que, sabía, se estaba preparando para atacarme.

Ida apretó mi mano.

—Lo sé… —declaró y supe que se había detenido de decir más. Esperé, sin estar segura de que quisiera escucharla. Pero, después, con una temblorosa inspiración, dijo— … pero necesitas hacerlo. —La repentina tristeza de su voz fue como un cuchillo directo a mi corazón.

Me quedé inmóvil ante sus palabras y volteé para verla. Mantuvo su rostro hacia abajo, con su cabeza acurrucada contra mi cuello.

—Ida…

—Por favor… —dijo, rogándomelo casi en silencio, para después levantar la cabeza. Me destrozó ver que su mirada, habitualmente feliz, estaba apesadumbrada por la tristeza. El brillo de las lágrimas iluminó sus ojos verdes. Mi corazón empezó a latir con fuerza. Ida miró hacia la ventana por la que podía verse el Aeropuerto JFK y luego volteó a verme de nuevo—. Necesito que mi hermana regrese —dijo al fin y sentí que el cuchillo se hundía todavía más. Quise decirle algo, pero la culpa me invadió y me resultó imposible hacerlo.

»Perder a Pops… —Mi hermanita quedó en silencio y una sola lágrima rodó por su mejilla. La limpié con mi pulgar. Ida me dirigió la sombra de una sonrisa agradecida y respiró profundo.

»Perder a Pops fue lo más duro que me ha pasado en toda mi vida. —Puse la mano sobre su rodilla—. Pero ver a mamá y a papi después... y verte a *ti*... —Ida pausó y supe que se encontraba de vuelta allí, que estaba reviviendo esos primeros meses después de la muerte de Poppy. Los días más oscuros que jamás soportamos. El después, el *saber* que nada volvería a ser igual de nuevo—. Ver lo que les hizo a todos ustedes... eso fue lo que más me dolió. Mi familia. Mi familia preciosa y perfecta estaba irremediablemente fracturada y no podía hacer nada para arreglarlo. Mamá y papi se estaban desmoronando. Poppy, *nuestra* Poppy perfecta, se había ido y la extrañaba tanto que no podía respirar, pero... —Ida se quedó callada.

La acerqué a mí.

—¿Qué? Dímelo, por favor.

Ida se acomodó y me miró directo a los ojos.

—Pero sabía que te tenía a ti. Quería aferrarme a ti, Savannah, para asegurarme de que no me dejaras también.

Mi respiración se entrecortó. Ida era tan pequeña cuando todo eso sucedió. Lo bastante mayor como para recordarlo todo, pero tan pequeña que debe haberle resultado casi imposible procesar su dolor.

—Solía meterme en tu habitación a escondidas solo para asegurarme de que estuvieras respirando.

«No lo sabía».

—Ida...

—Me aferré al hecho de que, aunque Poppy ya no estuviera, sabía que se había ido un mejor lugar. Podía sentirlo en mi corazón. Después de todos esos años de dolor, de luchar por vivir... —Sacudió la cabeza—. No puedo explicarte cómo, pero sabía que estaba velando por nosotros. Siempre que pensaba en ella, sentía una especie de calidez sutil que me rodeaba y que ni siquiera te puedo describir. A veces, en la casa, sentía su presencia, como si estuviera caminando junto a mí o estuviera sentada en el sillón a mi lado. —Se rió como burlándose de sí misma—. Me daba tanto consuelo y todavía es así. Lo más seguro es que suene tonto…

—No, para nada —le dije para tranquilizarla. De hecho, al principio, yo también recé para que sucediera eso mismo. Le pedí una señal a Poppy muchísimas veces, pero nunca llegó. Solo quería saber que estaba bien, que su vida no había terminado por completo, que se encontraba en un lugar que era mejor que este mundo, riéndose y amándolo todo, quizá reunida con nuestra abu, a la que tanto adoraba. Que seguía queriéndonos y que nos ayudaría a superar su irreparable pérdida.

—Pero lo que se me ha hecho más difícil desde que perdimos a Poppy… —Contuve la respiración en espera de lo que diría. Ida dejó caer los hombros y susurró—. Fue ese terrible día… en que te perdí a ti también.

Lo poco que quedaba de mi corazón se destrozó ante las palabras de mi hermana, que tuvieron el efecto de una granada. La mano de Ida se cerró con enorme fuerza alrededor de la mía.

—Te vi desvanecerte, Sav. Te vi ensimismarte tanto que te volviste impenetrable. Construiste paredes tan altas alrededor de tu corazón que nadie podía franquearlas. —Dos lágrimas escurrieron de sus ojos—. Ni siquiera yo pude hacerlo. Nos dejaste fuera a todos. —Dejó salir una larga y temblorosa exhalación—. Hace poco menos de cuatro años, perdí a dos hermanas y… —su voz se quebró y me dejó destruida. Se aclaró la garganta y continuó con voz quebrada— … solo quiero que regreses… con toda mi alma.

El dolor en su voz me provocó náuseas porque tenía razón, ¿no? Alejé a todo el mundo. Dejé que mi hermanita menor sufriera y no hice nada para ayudarla. Sin embargo, no fue de forma deliberada. Las paredes se construyeron solas sin instrucciones mías y me dejaron atrapada adentro, pero yo permití que lo hicieran.

Y seguía allí adentro, pero al escuchar lo que le estaba haciendo a Ida…

Me llevó demasiado tiempo responder, pero después de respirar hondo, le confesé:

—No sé *cómo* regresar. —Esta vez, fue ella la que limpió las lágrimas de mis mejillas—. Pero lo he intentado, Ida, te lo juro…

—Sé que sí. —Ida me abrazó y, en el instante en que lo hizo, mi corazón acelerado se calmó un poco—. Estoy demasiado orgullosa de ti por lo mucho que lo intentas, pero necesito que hagas este viaje. No solo por mí y no solo por Poppy, sino por *ti*. —Se echó atrás y sostuvo mi rostro entre sus manos. Había una infinidad de amor y aliento en sus ojos—. Mereces vivir, Sav. Eres tan amada y especial, inteligente y bella y amable, y *mereces* ser feliz. —La voz de Ida volvió a entrecortarse—. Eso es todo lo que quiero para ti: felicidad. Y Pops también querría lo mismo.

Me le quedé viendo y luché contra la voz dentro de mi cabeza que insistía en que me resistiera, que me decía que no necesitaba ir. Que estaba bien, que lo único que necesitaba era más tiempo, más terapia con Rob en casa. Terapia a la que asistí por años… que no funcionó… porque nada estaba funcionando…

—Está bien —respondí, traicionando el temor de mi interior mientras abrazaba con fuerza a mi hermana. Poppy siempre fue mi hermana mayor, a la que acudía para todo. Pero ahora, yo era la hermana mayor. A la que Ida debería ser capaz de recurrir, quien debía ser su confidente y de quien debería poder depender, así que tenía que hacer el intento. Haría el intento por ella.

Un repentino golpeteo a la puerta nos tomó desprevenidas. Ida se rio por la forma en que las dos brincamos y yo sonreí también.

—Niñas, es hora de irnos —dijo papi desde el pasillo.

Ida bajó la cabeza para encontrar mi mirada.

—¿Estás bien? —Podía ver la preocupación en sus ojos, el temor de que hubiera dicho demasiado, de que me hubiera presionado demasiado.

Me sentía agotada y en carne viva, pero la apreté con fuerza.

—Estoy bien. —Era una mentira y las dos lo sabíamos, pero ambas decidimos ignorarlo.

—¿Quién sabe? —dijo con sonrisa pícara—. Quizá haya algunos chicos guapos que también vayan al viaje y lo hagan un poquito más tolerable.

Volteé los ojos al techo ante su enorme sonrisa.

—Hermana, estoy segura de que eso me importará un comino.

Ida tomó mis manos.

—O chicos *extranjeros*, con acentos y romance corriendo por sus venas.

Sacudí la cabeza ante las palabras de mi hermanita y nos levantamos de la cama para tomar mi saco y mi equipaje. Ignoré el temblor de mis manos y las mariposas que estaban levantando el vuelo en mi interior. Ida entrelazó su brazo con el mío y nos dirigimos hacia el pasillo. Mamá y papi ya nos esperaban. Mamá dio un paso al frente con rostro preocupado. Estoy segura que se dio cuenta de que estuvimos llorando.

—Estamos bien —afirmé antes de que pudiera preguntarnos. Apreté el brazo de Ida—. Vamos… vamos a estar bien.

Esperaba que, si me lo decía las veces suficientes, podría lograr que se hiciera realidad de alguna manera.

El aeropuerto JFK era más ruidoso y bullicioso de lo que esperaba. Papi nos condujo en dirección a un amplio grupo de personas paradas a un lado, lejos de las filas y de los puñados de viajeros agobiados que trataban de consultar los tableros de llegadas y salidas. De inmediato reconocí a nuestros terapeutas, Mia y Leo, gracias a nuestras videoconferencias. Ida todavía me tenía del brazo, sirviendo como mi apoyo constante, pero ver rostros curiosos y nuevos que volteaban a verme hizo que mis nervios se pusieran de punta y que deseara estar donde fuera, menos aquí. Conté a otros cuatro adolescentes de casi mi misma edad, junto con sus familias. Todos voltearon cuando mi papi estiró la mano hacia Mia para saludarla.

—¡Savannah! —exclamó Mia, extendiendo la mano hacia mí. Tenía el cabello corto y rubio, y amables ojos azules. Parecía tener más de cuarenta años y su sonrisa era cálida. A continuación se presentó Leo. Era un hombre alto de cincuenta y tantos años, piel color ébano y preciosos ojos oscuros. Durante una videoconferencia, Leo y Mia nos dijeron que eran psicólogos especializados en el duelo.

Mi papi tomó las maletas de mis manos.

—Savannah, déjame presentarte a tus compañeros de viaje —dijo Mia. Ida soltó mi brazo y, por un momento, estuve a punto de no dejarla ir, pero ella me vio a los ojos y asintió para alentarme. Me llevé las manos temblorosas a la cintura, respiré hondo para tratar de controlar el pánico que quería apoderarse de mí y seguí a Mia, dejando atrás a Leo, quien hablaba con mis padres y mi hermana.

Primero me presentó a una chica de piel bronceada y ojos oscuros.

—Savannah, esta es Jade.

—Hola —dijo con timidez y agitó la mano. Parecía que estaba con sus padres y sus abuelos.

—Y estos son Lili y Travis. —Lili tenía pelo castaño rizado y ojos azules; Travis era pelirrojo y usaba lentes con armazón negro. Los dos levantaron una mano sin gran entusiasmo. Al parecer, a nadie le emocionaba el viaje.

—Y este es Dylan. —El chico dio un paso y me abrazó. Me quedé inmóvil, desacostumbrada a estar alrededor de personas así de afectuosas, pero después le devolví el abrazo. Me ofreció una amplia sonrisa cuando se apartó de mí. Dylan tenía la piel oscura y los ojos color caramelo más bellos que jamás hubiera visto. Era alto y delgado, y tenía una sonrisa gentil y cálida.

—Esa es la mayoría de quienes vamos. Estamos esperando solo a una persona más… —Mia se detuvo a mitad de lo que estaba diciendo—. Ah, ya llegó.

Me di vuelta y casi dejé de respirar cuando vi a un chico alto que se acercaba a nosotros. Tenía pelo castaño oscuro corto a los lados, pero más largo arriba, por lo que caía sobre su frente en gruesos mechones desordenados. También tenía una infinidad de tatuajes y perforaciones. Era de hombros muy anchos y resultaba evidente que se ejercitaba y que estaba en excelente condición física, ¿sería deportista? Vestía todo de negro y mantuvo sus ojos fijos en el piso mientras seguía a quienes supuse que eran sus padres. Me descubrí mirándolo fijamente mientras se acercaba. Parecía igual de cerrado que yo y, por un instante, percibí una especie de sensación de camaradería hacia él dentro de mi pecho.

—Hola, Cael —dijo Leo y el muchacho al fin levantó los ojos. Eran impactantes: color azul cristal, casi plateados. Eran los ojos más increíbles que había visto en mi vida. Como si sintiera mi mirada sobre él, ignoró el saludo de Leo y volteó hacia mí. Mi corazón saltó cuando parpadeó y sus largas pestañas rozaron sus mejillas—. Ven, déjame presentarte con los demás.

Cael y Leo se acercaron a nosotros. Bajé la mirada, pero seguí sintiendo los ojos de Cael sobre mí. Leo lo presentó con los otros miembros del grupo y, al final, llegó a donde yo estaba.

—Esta es Savannah —le indicó Leo y, después de inhalar con fuerza, levanté la cabeza. Cael estaba justo frente a mí y tuve que subir la cabeza para mirarlo a los ojos.

—Hola —dije y Cael asintió en respuesta a mi saludo. Inclinó la cabeza a un lado, como para observarme un poco más. Apretó la quijada y tenía una expresión atormentada en su apuesto rostro.

Sentí que empezaba a ruborizarme, pero me salvó el anuncio de Leo.

—Excelente, ya estamos todos —sonrió—. Chicos, es momento de que se despidan de sus seres queridos.

Cualquier sensación de calor que hubiera subido a mi rostro desapareció cuando volteé hacia mis padres y mi hermana. De inmediato, mi corazón empezó a galopar tanto, que sentí que me mareaba. Traté de concentrarme en mi respiración, de obligarme a no desmoronarme ante el primer reto que enfrentaba.

Mamá se acercó a mí y me envolvió en sus brazos y yo esperé que no sintiera el temblor de mi cuerpo. Pude oír que se entrecortaba su respiración y sentí unas cuantas lágrimas sobre mi hombro. Me aferré a ella con fuerza y tuve que obligarme a soltarla.

—Te va a ir de maravilla —dijo mientras acariciaba mi espalda con la palma de su mano.

Asentí, incapaz de hablar. Mamá dio un paso hacia atrás y papi me abrazó a continuación.

—Puedes hablarnos en el momento que quieras, ¿de acuerdo? Estamos a solo una llamada de distancia. —Asentí y se echó hacia atrás para verme a los ojos. Mi labio inferior empezó a temblar y, por la tristeza que embargó su rostro, vi que se dio cuenta—. Estoy muy orgulloso de ti, amor. Esto será excelente para ti, estoy seguro. —Tosió y señaló hacia el cielo—. Y ella estará velando por ti. Estará contigo a cada paso del camino, ayudándote a superar esto. —Sus palabras, aunque amables, fueron como un sorpresivo golpe contra mi pecho.

—Sí —respondí, controlándome. No me desmoronaría. Tenía que hacer esto. *Tenía* que hacerlo.

—¡Ahora me toca a mí! —Una sola risa atravesó la oscuridad de mi ansiedad y mi hermana me rodeó con sus brazos con una fuerza casi sofocante—. Te quiero —dijo con sencillez. Sentí sus palabras hasta los huesos. Estaba haciendo esto por ella; por *toda* mi familia.

—Yo también te quiero —respondí, y soné mucho más confiada de lo que me sentía. Cuando Ida se separó de mí estaba sonriéndome, con sus hoyuelos mostrándose—. Estoy tan orgullosa de ti. —Asentí, incapaz de responderle—. Háblame y mándame mensajes. Quiero que me cuentes todo, cada paso del camino. ¡Y fotos! ¡Mándame montones de fotos, por favor!

—Lo haré. —Caminé hacia atrás y cada pisada se sentía como si mis pies estuvieran hechos de granito. De verdad no quería ir.

Todo en mi interior gritaba que me negara a hacerlo, que me subiera a un vuelo de vuelta a Georgia y que regresara a mi vida normal, pero sabía que mi existencia normal no era buena para mí. Y, al lanzar una última mirada a mi mamá, a mi papi y a mi hermanita, que tenían los ojos llenos de lágrimas, supe que tenía que estar mejor por ellos.

Tenía que estar mejor por *mí.*

Levanté mi equipaje de mano y me acerqué a Mia y a Leo. La mayoría de los demás también se despidió de sus familiares. Cuando alcé la mirada, Cael se quitó la mano de su padre de encima del hombro de manera bastante agresiva y se alejó de su familia con una mirada de seriedad en el rostro, sin siquiera decirles adiós. Se detuvo junto a mí, tenso y con un estado de ánimo oscuro, pero sentí el calor de su cuerpo como si estuviera parada junto a un horno. Al otro lado de mí estaba Dylan.

—¿Estás lista, Savannah? —me preguntó.

Me encogí de hombros y Dylan me dio un afectuoso empujoncito, tratando de consolarme.

—Veamos si pueden ayudarnos, ¿quieres? —A pesar de su tono divertido, pude detectar el asomo de desesperación en su voz y su contagiosa sonrisa perdió algo de esplendor.

Al ver a mi familia una vez más, mi corazón se aceleró y la ansiedad contra la que había luchado me invadió con toda su fuerza, dejándome sin aliento. Mi cuerpo se estremeció y de inmediato me llevé la mano al pecho. Jadeé, tratando de encontrar algo de oxígeno. Mis manos empezaron a sacudirse y sentí una gota de sudor sobre la frente.

—¿Savannah? —Mia se paró frente a mí y, de reojo, vi que mi mamá y mi hermanita trataban de acercarse. Respiré por la nariz. Volteé a ver a mi hermana y a mi madre, y noté sus miradas de preocupación, pero levanté una mano para detenerlas. Lo hicieron de inmediato y les dirigí una débil sonrisa.

Tenía que hacer esto por mí misma.

—Savannah, ¿puedes hablar? —insistió Mia, con amable preocupación en su pregunta. Comencé a oír un zumbido, el que me mantenía presa de mi pánico, pero después de unas cuantas respiraciones profundas, este empezó a desvanecerse y la abrumadora estridencia del aeropuerto llegó hasta mis oídos como un tsunami de ruido.

Vi a Mia y asentí. Mi cuerpo se sentía débil y al instante me sentí agotada, como después de todos los ataques de pánico que siempre tenía. Mis nervios estaban destrozados.

—Estoy bien —dije, temblorosa, y Mia colocó una mano tranquilizadora sobre mi hombro, con un destello en su rostro de lo que pareció ser orgullo. Dirigí una mirada a mi familia. Vi la profunda preocupación en los rostros de mis padres, en tanto que los ojos de Ida parecían llenos de lágrimas. Sin embargo, me sonrió y me lanzó un beso con la mano. Le sonreí y me esforcé por recuperar la calma, aunque fuera un poco.

—Muy bien, vámonos —dijo Leo, y Dylan se acercó a mí un poco más.

—¿Estás bien, Savannah? —preguntó.

—Sí, gracias —respondí. Agradecía su preocupación.

Después, sentí que alguien se me acercaba desde la izquierda, y un aroma a sal de mar y aire fresco perfumado con nieve pareció rodearme. Me quedé quieta cuando me di cuenta de que se trataba de Cael. Me superaba en estatura por mucho. Tenía que voltear hacia arriba para verlo. Él tenía la mirada al frente, con un oscuro vacío en sus ojos claros, pero después parpadeó y bajó sus ojos para verme. Se acercó una fracción de centímetro y una sensación de calidez surgió en mi interior. Tenía los brazos cruzados sobre su pecho, aislándose por completo. No dijo una sola palabra. Ni siquiera lo conocía pero, de alguna extraña manera, era como si me estuviera protegiendo.

Cuando empezamos a caminar, Cael y Dylan se colocaron a mis costados, como centinelas protectores. Verifiqué que tuviera mi equipaje de mano conmigo y metí la mano al interior para rozar el cuaderno que llevaba a todas partes. Esperaba que papi tuviera razón: que Poppy me acompañara en este viaje, que caminara a mi lado, con su mano sobre mi espalda para darme fuerza. Y recé para que, sin importar lo que pasara en el viaje, esta fuera la ocasión en que pudiera abrir la primera página del cuaderno para comunicarme con mi hermana una vez más.

Solo necesitaba encontrar el valor.

Después de pasar por las revisiones de seguridad, nos sentamos a esperar en la sala de salidas del aeropuerto, y me pregunté si el viaje le serviría a cualquiera de nosotros. Ya lo veríamos, supuse. Aunque quería con todas mis fuerzas que esto funcionara, seguía sintiéndome anestesiada por dentro y, al mirar a los seis adolescentes seleccionados, a los que Leo y Mia estaban tratando de rescatar de la permanente fosa negra del duelo, estuve segura de que podía sentir la obstaculizadora tristeza que emanaba de cada una de nuestras almas. En cada rostro pude reconocer las máscaras de normalidad que todos usábamos y que ocultaban a la persona que gritaba de dolor detrás de ellas.

Sentí que todos tendríamos que nadar a contracorriente.

Con una profunda respiración, envié una silenciosa plegaria hasta mi hermana.

«Poppy, por favor, si puedes escucharme… Por favor, solo una última vez. Ayúdame a pasar por esto».

«Ayúdame a aprender a vivir sin ti».

«Ayúdame a estar bien».

Aviones y cielos lluviosos

Cael

—No sabía qué esperar de las otras personas que estaban haciendo este viaje. Todos provenían de lugares distintos de Estados Unidos y tenían diversos acentos. Nuestros antecedentes eran diferentes; sin embargo, al vernos en la sala de espera del aeropuerto, sin que casi nadie hablara, fue evidente que estábamos perdidos en el mismo asqueroso pozo de pérdidas. Al parecer, Mia y Leo eligieron bien a sus seis casos irremediables.

Mis ojos se dirigieron al asiento frente a mí, donde estaba Savannah. No podía negar que en el instante en que puse los ojos en ella, me dejó paralizado. Sorprendente, dado que no había notado a alguien en ese sentido en mucho más de un año. Sin duda era la persona más bella que hubiera visto en toda mi existencia. Me aferré a los brazos del asiento cuando lo primero en que pensé fue contarle a Cill acerca de ella…

Me removí en mi asiento y la sensación en mi estómago se convirtió en náuseas con solo pensar en él. Apreté tanto la quijada que los dientes me dolieron. ¿Qué demonios hacía aquí?

Alcancé mi mochila para sacar mis audífonos, pero el cordón que la mantenía cerrada se había enredado. Lo jalé una y otra vez, pero mientras más lo jalaba, más se enredaba.

—¡Me lleva! —espeté frustrado, cuando el cordón se rompió en mi mano y rasgó el lado de la mochila. La pateé debajo de mi asiento y me llevé las manos al pelo, aferrándome a los mechones mientras intentaba respirar. Volví a apretar los dientes y traté de obligarme a calmarme, pero no sirvió de nada.

Mis pies empezaron a moverse sobre el piso mientras mis piernas rebotaban, agitadas. No podía quedarme sentado aquí. No podía simplemente *quemarme* en este asiento. Estiré un brazo bajo el asiento y arrastré la mochila hacia mí. Después, justo en el instante en que me iba a poner de pie de un brinco para tratar de quitarme este insoportable peso de alrededor del cuello, levanté la cabeza y de inmediato vi a Savannah, que estaba sonriendo por algo que Jade, una de las otras chicas, le estaba diciendo. En el momento en que vi su sonrisa, una parte de mí se apaciguó. Una oleada de paz me cubrió por completo y, por un segundo, un solo y eufórico momento de *libertad*, todo quedó en silencio. No insensibilizado, *nunca* insensibilizado. Pero ver esa sonrisa... no pude comprender por qué me afectó a ese grado. Solo era una chica y solo fue una sonrisa, pero, por la fracción de un instante, se hizo un alto al fuego dentro de mí.

Lili, la tercera chica del grupo, se inclinó sobre el asiento y se unió a la conversación. Savannah sonrió de manera educada mientras Jade y Lili reían. Ella no rió. Tenía los brazos fijos alrededor de su cintura y noté que las mangas de su camisa le cubrían las manos, como si eso le diera cierto consuelo, como si la protegiera de alguna manera.

Incliné la cabeza mientras la observaba con detenimiento. Nunca antes vi a alguien que tuviera un ataque de pánico. Jamás había visto que algo tan incapacitante en sentido emocional afectara a alguien en forma tan repentina. Savannah palideció y después empezó a temblar. Su cuerpo se sacudía mientras luchaba por respirar. Sus ojos azules se abrieron, aterrados, y sus labios perdieron todo color.

Por lo general, yo no sentía nada más que ira. Desde hacía mucho. No me sentía conmovido por películas, libros o historias personales, sin importar lo trágicas que fueran. Demonios, ni el llanto cotidiano de mi mamá, ni los intentos por consolarla de parte de mi padre podían atravesar las paredes impenetrables que ahora encerraban mi corazón. Sin embargo, ver que la frágil chica con el pelo rubio oscuro y los enormes ojos azules se esforzaba por respirar en medio del aeropuerto fue la primera vez que se coló cualquier tipo de emoción.

Por un momento, un momento muy breve, realmente *sentí* algo.

Como si percibiera el peso de mi mirada, Savannah alejó sus ojos de los aviones que despegaban afuera de las ventanas de la sala de espera y volteó hacia mí. De inmediato, sus mejillas enrojecieron bajo mi atención y volví a experimentar esa misma sensación de atracción dentro del pecho. Después, Dylan regresó de donde hubiera estado y se dejó caer en el asiento junto a ella. Le dio una bolsa de frituras. Esta vez, la pequeña sonrisa que le dirigió me puso tenso. Savannah… era espectacular. Sin exagerar. Era preciosa pero, si acaso era posible, parecía todavía más aislada que yo. Por un amplio margen, era la más silenciosa del grupo y eso ya era decir mucho. Dylan se inclinó hacia ella, le dijo algo que no pude oír, y ella soltó una sola carcajada divertida.

Sentí otro jalón en mi corazón y no me gustó para nada. No quería sentirlo de nuevo. Estaba acostumbrado a las llamas. Las prefería a esos agonizantes primeros días después de que Cill…

Travis se sentó junto a mí y rompió la espiral en la que estuve a punto de caer. Miré al pelirrojo con los pesados armazones negros de sus lentes acomodados sobre su pálido rostro lleno de pecas.

—¿Quieres? — me preguntó mientras sacaba un paquete de golosinas.

—No —respondí cortante para voltear a ver a Savannah de nuevo. Dylan seguía hablando con ella, pero la chica solo asentía y le sonreía con amabilidad.

No podía quitarle los ojos de encima.

Travis se aclaró la garganta.

—Entonces... ¿nada de *hockey* este año? —Me quedé helado, su pregunta era tan efectiva como una cubeta de gasolina sobre mi cabeza. Volteé hacia el chico cercano a mi edad y sentí el fuego que crepitaba por mis venas, ardiente y poderoso. Me llevó un momento darme cuenta de que todos los del grupo nos miraban. Vi que Savannah y Dylan nos estaban observando, con Jade y Lili junto a ellos, a la espera de mi respuesta.

—No hablo de *hockey* —espeté con mayor brusquedad. Miré a Travis con furia para asegurarme por completo de que no continuara con esta línea de cuestionamientos, pero solo asintió, como si mi respuesta no estuviera teñida por la amenaza de que no siguiera por este mismo camino. De hecho, no pareció afectado en lo absoluto por mi actitud de mierda y, de manera más que evidente, me quedó claro que era fanático del deporte.

Fantástico, eso era justo lo que necesitaba: alguien que conocía mi pasado.

Travis tomó otro bocado de sus golosinas y, de manera casual, afirmó:

—Me gustan los datos. —Señaló su pecho—. *Nerd* de las matemáticas. —Ignoró mi expresión de enojo—. Los deportes generan algunos de los mejores datos. —Se alzó de hombros—. Vi algunos de tus juegos de *hockey* de la liga juvenil mientras los reunía. Te reconocí en el instante en que te vi, y por tu nombre, claro está. —Un destello de compasión atravesó sus ojos y lo vi; sabía la razón por la que estaba aquí. Si era fan del *hockey*, si conocía mis estadísticas y quizá las de Harvard, *tendría* que saber.

Eso era parte de lo que ya no podía escapar. Lo que le pasó a Cill fue una importante noticia en el mundo de los deportes y, en el mundo del *hockey*, fue el mayor golpe en años recientes, la máxima tragedia.

Pero en mi mundo personal... fue el fin del mundo.

Salté de mi asiento y lo interrumpí antes de que pudiera decir nada más. Sentí la mirada de todo el grupo sobre mí cuando lo hice, pude sentir la misma compasión dirigida hacia mí. La misma manera en que vieron a Savannah momentos antes. Después de ver un puesto de café, me dirigí hacia la larga fila frente a él. Tenía los puños apretados a mi lado y luché por no lanzar un golpe contra la pared más cercana.

De repente, me rodeó un aroma adictivo a cerezas y almendras. Cuando volteé a ver de dónde venía, allí estaba Savannah, *justo* detrás de mí. Sus ojos azules estaban fijos en mí. De nuevo, tenía las mejillas sonrosadas. Mi pecho se cerró y amenazó con sentir algo, pero alejé la sensación de tajo. No podía lidiar con *cualquier* sentimiento en este instante, no después de que me recordaran a mi her…

—*¿Qué?* — lancé con una voz teñida de veneno.

Savannah pareció pasmada ante mi actitud.

—¿E-e-e-estás bien? —Su voz dulce y nerviosa se deslizó hasta mis oídos y me golpeó como un tren de carga. Era sureña, del área del Cinturón Bíblico, supuse. Su acento campirano se envolvía como seda alrededor de las vocales, de manera suave y melódica. Al contrario de mi acento de Massachusetts, que es cortante como vidrio.

—¿Y a ti qué te importa? —solté con brusquedad—. Regresa con el grupo y déjame en paz. —Volteé de nuevo a la fila y sentí que mi estómago daba un vuelco por alguna inexplicable razón. No me importaba haberle hablado como lo hice. *No me importaba.* Sentí su presencia detrás de mí como la de un ángel, consoladora, afectuosa, tranquilizadora. Pero no quería eso. Prefería arder, permanecer incinerado. Esperé unos segundos y, después, no pude evitar mirar tras de mí. La vi regresar con la cabeza algo inclinada hacia la sala donde esperaban los demás. Era evidente que recibió mi mensaje.

Pedí un café y acababa de regresar a la sala cuando anunciaron que debíamos abordar el vuelo. Mia nos dio un boleto a cada uno y nos formamos. Me aferré a mi café y a mi mochila rota, e ignoré a todos los demás. Vi que Savannah y Dylan estaban a un par de lugares frente a mí y traté de no dejar que la culpa se colara a mi corazón. Ella solo fue a ver cómo estaba. No podía recordar que le importara a alguien desde hacía mucho tiempo. Había tenido éxito en alejar a todos a los que quería, pero ella hizo el intento…

De todos modos, no me importaba. No la necesitaba a ella, ni a nadie más en mi vida.

Como si fuéramos ganado, nos subieron al avión y tuve que soltar una carcajada incrédula cuando llegué a mi asiento. Era uno de los de en medio, en una fila de cuatro. Mis tres compañeros ya estaban sentados. El asiento que quedaba libre era el que estaba entre Savannah y Travis, con Dylan junto a ella en el asiento del pasillo.

«Perfecto».

Me senté, guardé mi mochila debajo del asiento frente a mí, y empecé a ponerme los audífonos. Sin embargo, antes de que pudiera hacerlo, sentí un leve codazo. Era Travis.

—Perdóname —dijo mientras señalaba hacia su boca—. Hay veces que se me olvida mantenerla cerrada. Necesito aprender a no decir en voz alta todo lo que me viene a la mente. No debí mencionar nada. —El tipo parecía sentirse tan culpable que no pude evitar que se disolviera parte de mi irritación.

—*Jamás* hablo de *hockey* —repetí para asegurarme que no quedara la más mínima duda. Después me puse los audífonos y mi música ahogó todo sonido del exterior. Cerré los ojos y me hice a la idea de que no volvería a abrirlos hasta que aterrizáramos. Sin embargo, el aroma a cerezas y almendras empezó a flotar de nuevo alrededor y abrí un ojo para sorprender a Savannah, que me miraba con nerviosismo. Ni siquiera sé qué fue lo que me hizo voltear, pero terminé respondiendo a su pregunta de la fila del puesto de café—. Estoy…. —respiré hondo y dije—, estoy bien… —En el espacio entre dos canciones, pude escuchar que inhalaba con asombro—. Gracias —añadí torpemente.

Un destello de lo que pareció ser alivio pasó por los ojos de Savannah y asintió, volviendo a concentrarse en el libro que llevaba entre sus manos. No presté atención a qué era; estaba demasiado ocupado cerrando los ojos y tratando de no visualizar su bonito rostro, ni la manera en que acababa de verme.

Como si le importara.

Distrito de los Lagos, Inglaterra

La escarcha era como encaje y parecía adherirse a las muchas paredes grises frente a las que pasamos, hechas de capas y capas de ladrillos antiguos. Caminos pequeñísimos y serpenteantes parecían desafiar las habilidades del conductor del autobús, y enormes gotas de lluvia se estrellaban contra las ventanillas mientras nos mecíamos de un lado a otro sobre las irregulares vías de asfalto llenas de baches, al tiempo que intentábamos llegar a nuestro destino. Pequeñas construcciones antiguas se erguían en los pastizales que se extendían por kilómetros y kilómetros donde solo residían multitudes de ovejas y ganado. Me así al brazo del asiento mientras contaba los minutos faltantes para llegar a nuestro hospedaje. Detestaba estar en cualquier tipo de coche o autobús por demasiado tiempo.

Me quedé paralizado ante Inglaterra extendida frente a mí, al tiempo que intentaba alejar mis pensamientos de todo lo demás. Jamás había estado aquí y solo escuché hablar de Londres y de otras importantes ciudades, cuando del Reino Unido se trataba. Al parecer, íbamos a estar muy, pero muy lejos de todas ellas. Excelente. No quería estar rodeado de masas de personas.

Acá, en el campo, el cielo tenía un aspecto sombrío y nebuloso, sin un rayo de sol a la vista. El aire estaba helado y a lo largo de la breve caminata que hicimos del aeropuerto al autobús, el gélido viento me caló hasta los huesos. Sin embargo, esa era una sensación que me agradaba, por algunos momentos me recordó a cuando me encontraba sobre el hielo. La respiración cálida que se convertía en una neblina blanca con cada exhalación, el frío intenso y brutal que golpeaba tu piel como si fuera un látigo con miles de puntas afiladas.

Después de diez minutos más, el autobús que nos conducía al Distrito de los Lagos se detuvo con lentitud. Yo estaba sentado en la parte posterior del autobús para ser el último en descender, pero, al bajar por los escalones, la vista del lago frente a mí hizo que me detuviera. Era enorme y abarcaba hasta donde la vista podía alcanzar, con una bruma que flotaba sobre su superficie, como si se tratara de una oscura nube que hubiera descendido del cielo. Era como algo salido de una clásica película gótica. Lejanas embarcaciones subían y bajaban sobre la marea, rodeadas de la niebla gris. Había pequeñas islas que parecían embrujadas, con sus árboles altos y delgados, y las aves camufladas que chirriaban desde la niebla. Las montañas rodeaban el lago como las agrestes paredes de algún castillo, y pequeños grupos de turistas estaban reunidos frente a un conjunto de tiendas al otro lado del lago, envueltos en abrigos, sombreros, guantes y bufandas de invierno.

No albergué grandes esperanzas para este viaje, pero esto… esto era algo que valía la pena ver. Nada de enormes tiendas, de rascacielos y de tráfico. Solo los sonidos del lago y del helado viento que soplaba entre los árboles.

—¡Bienvenidos a Windermere! —anunció Mia mientras el conductor sacaba todo el equipaje del compartimiento debajo del autobús y lo colocaba sobre el pavimento donde nos encontrábamos. Detrás de nosotros había una edificación tipo hospedaje, construida con los mismos ladrillos grises de los que parecía conformarse todo lo demás en este sitio. Por fuera, tenía bancas y un fogón con troncos alrededor. Todo era oscuro e inquietante… y completamente aislado.

Me imaginé que esa era la razón por la que lo eligieron.

—Este será nuestro hogar por el siguiente par de semanas —dijo Leo mientras nos hacía una señal para que tomáramos nuestro equipaje y lo siguiéramos por el camino hasta la entrada principal. Había botes de remo, hechos de madera, atracados en la orilla rocosa que rodeaba la casa, y columpios improvisados de tablones que colgaban de las ramas de los árboles circundantes.

Seguimos a Mia y a Leo a la casa, donde nos condujeron por un pasillo y hasta una amplia habitación amueblada con sillones y un televisor.

—Tenemos uso exclusivo del hospedaje durante nuestra estadía —explicó Mia. Leo empezó a darnos llaves a cada uno—. Los chicos compartirán un dormitorio y lo mismo harán las chicas —Respiré de manera profunda y exasperada. Tendría que compartir con Dylan y Travis. Lo último que quería hacer era compartir una habitación con otras personas. No era que no estuviera acostumbrado a ello, es algo que sucede con frecuencia cuando juegas *hockey*.

Pero eso fue en aquel entonces, *antes*. Ahora necesitaba estar solo.

—Nosotros estaremos en las habitaciones de los supervisores, junto a sus dormitorios —señaló Leo—, en caso de que nos necesiten por cualquier cosa. ¿Qué les parece si se instalan y nos reunimos aquí de nuevo en una hora para discutir lo que va a suceder en esta etapa del viaje? —Leo sonrió—. Sé que ya debe estar afectándoles el desfase del horario, pero créanme, por experiencia, lo mejor es seguir adelante hasta donde aguanten para ayudarse a cambiar a esta zona horaria.

De todas maneras, yo apenas dormía. Ni siquiera creía que mi cuerpo supiera en qué zona horaria estaba.

Lili fue la primera en dirigirse hacia las escaleras. Las chicas empezaron a subir al piso de arriba, y Dylan tomó el equipaje de Savannah para subirlo.

—Eh… no necesitas hacer eso —afirmó ella y su acento sureño cayó de nuevo sobre mí como rocío. Parecía que estuviera cantando.

—No hay problema —respondió él antes de dejar su equipaje afuera de su habitación.

Travis me dio un leve codazo cuando llegamos a nuestro cuarto. Subió y bajó las cejas de manera sugerente y, después, inclinó la cabeza hacia donde estaban Savannah y Dylan. Me alejé de él, pero entendí lo que estaba insinuando. Y traté, de verdad hice un intento endemoniado por no dejar que me molestara, pero sin importar la fuerza con la que luché por ahuyentar la idea de ellos juntos, la sensación que se clavó en mi estómago me informó que no tuve éxito.

Traté de ignorar la piedra que parecía formarse en mi pecho y seguí a Travis al interior de la habitación. Había dos juegos de literas. Vi el tamaño que tenían, lo comparé con mi físico, y simplemente acepté que no dormiría en absoluto, incluso si lograba conciliar el sueño.

Arrojé mi mochila sobre la cama de abajo de la litera pegada contra la pared más lejana. No había manera de que intentara subir a la cama superior. Las paredes de la habitación estaban pintadas de color crema y las sábanas eran de color rojo ladrillo. Travis me siguió y arrojó su mochila en la cama encima de la mía. Apreté los dientes. Había esperado que compartiera litera con Dylan; jamás había conocido a alguien que no captara de esa manera que alguien no quisiera hablar con él.

En el momento mismo en que pensé en Dylan, él entró por la puerta. Me vio en la cama de abajo y a Travis en la cama de arriba, y caminó hasta la litera que estaba libre.

—Justo como el hotel Four Seasons, ¿no? —afirmó en broma. Yo solo me recosté en la cama y los ignoré a los dos. No era incómoda, pero justo como lo predije, mis pies colgaban de la orilla. Estaba agitado y cansado, y lo único que quería hacer era quedarme allí y no tener que lidiar con lo que fuera que Mia y Leo nos tenían preparado.

Me puse los audífonos y subí el volumen de la música justo a tiempo para bloquear la conversación entre Travis y Dylan. Cerré los ojos y traté de no pensar en nada hasta que una mano me sacudió por el hombro.

Alejé el brazo de un jalón y abrí los ojos.

—¿Qué?

Dylan me hizo un gesto para que me quitara los audífonos, al parecer poco afectado por mi actitud.

—Ya es hora de la reunión —dijo cuando me los quité.

Me incorporé y traté de inyectar algo de energía en mi cuerpo. Dylan señaló hacia su cama.

—Yo apenas quepo, pero para ti no es nada adecuado, ¿verdad? —Él era bastante alto. Debe medir 1.85 metros, y Travis como1.78. Con mis 1.93 metros de estatura, estaba acostumbrado a ser el más alto de la mayoría de las personas de mi edad. En cuanto al *hockey*, no era más que uno de un montón.

En silencio, los seguí fuera de la habitación por las escaleras y hasta la sala. En la chimenea ardía el fuego con intensidad. Una enorme alfombra roja cubría el piso de piedra. Había cuadros enmarcados que colgaban de todas las paredes, con vistas panorámicas de lo que me imaginé serían los diferentes lagos y montañas de la región.

Las chicas ya estaban sentadas y ocupaban uno de los sofás de tres plazas. A pesar de mí mismo, busqué a Savannah de inmediato. Parecía cansada, sus ojos azules estaban enrojecidos y su piel de durazno lucía pálida. Casi parecía hundirse por completo dentro de un suéter grueso color crema que apretaba contra su cuerpo, con los brazos alrededor del torso. Llevaba recogido su largo cabello en un chongo desordenado en lo alto de su cabeza, y yo no podía dejar de ver la curva de su cuello y su bello perfil cuando volteaba.

Me senté junto a Dylan y a Travis en el segundo sofá de tres asientos. Mia y Leo entraron algunos minutos después y cada uno ocupó un sillón individual junto a la chimenea. En sus regazos sostenían lo que parecía ser un montón de cuadernos.

—Entonces, ¿cuáles son sus impresiones respecto a nuestra primera parada? —preguntó Mia con una sonrisa.

En lo que a terapeutas se refería, Mia y Leo parecían buenos, pero ni quería ni necesitaba que ningún terapeuta tratara de horadar en mi psique para ayudarme. Simplemente quería que me dejaran en paz.

Por lo menos Mia y Leo no parecían insistentes… al menos no todavía. En el año anterior asistí con cuatro terapeutas. Ninguno logró que me «abriera». Apenas hablaba en las sesiones y me le quedaba mirando al reloj hasta que se acababa el tiempo. Ninguno de ellos logró derrumbar las paredes que se construyeron alrededor de mí después de la muerte de Cill. No tenía gran esperanza de que Leo y Mia tuvieran más éxito que sus predecesores.

—Es precioso —afirmó Jade con un presumido acento inglés.

Mia asintió cuando nadie más ofreció otra respuesta. Leo carraspeó.

—Creamos este viaje para ayudarlos. Cada país que visitaremos los ayudará a sobreponerse a los retos que han estado enfrentando —Leo miró a los ojos a cada uno de nosotros—. Mia y yo tenemos una política de puertas abiertas. Están en plena libertad de venir a platicar con nosotros siempre que lo quieran; sin embargo, también tendrán tiempo individual con los dos. Entendemos que, para algunos de ustedes, la terapia convencional no ha sido exitosa. —Los vellos de mi nuca se pusieron de puntas cuando vi que los ojos de Leo se dirigían a mí por un instante. Quizá lo había imaginado—. Pero esperamos que este nuevo enfoque los haga sentir más cómodos en cuanto a que podamos ayudarlos a atravezar sus procesos de duelo a nivel individual.

»Cada uno de ustedes perdió a una o más personas significativas en sus vidas. No los presionaremos a que compartan con el grupo de qué personas se trata. Sin embargo, sí los alentamos a hacer conexiones y a compartir su dolor, pero lo que quieran contar depende de ustedes. Todos están en igualdad de circunstancias, y el apoyo de sus compañeros puede cambiar sus vidas en términos de su propio proceso de duelo. De todas maneras, por favor sepan que estamos aquí para ustedes.

Mia sonrió y vi que los hombros de Savannah se relajaban. Al parecer, le gustaba hablar de su pérdida casi tanto como a mí.

—Ahora bien —dijo Mia antes de ponerse de pie. Uno a uno nos entregó lo que vi que era un diario que traía su propia pluma—. Además de las sesiones individuales que tendrán con nosotros, haremos una sesión de grupo todos los días que se centrará en diversas cosas, desde técnicas que los ayuden a lidiar con sus sentimientos hasta un espacio abierto para que hablemos y respondamos cualquier pregunta que puedan tener. O, por supuesto, si desean compartir su historia con los demás. —Sostuvo uno de los diarios en alto—. Pero algo que es obligatorio es que empiecen a escribir un diario.

Mia volvió a sentarse mientras las llamas de la enorme chimenea arrojaban sombras sobre su rostro.

—Estos diarios serán solo para sus ojos y se pueden utilizar de diferentes maneras. —El diario estaba sobre mi regazo como si estuviera decorado con hiedra venenosa—. Pueden escribir acerca del tiempo que pasen aquí… de las experiencias que tengan o de las cosas que vean.

—Puede ser un espacio para que escriban acerca de sus sentimientos, para que los ayude a procesar su duelo a medida que trabajamos en ello —añadió Leo—. O puede ser un espacio para escribir poesía, si así lo desean. Si saben dibujar, puede ser el sitio en que plasmen lo que sea que los inspire.

—También, algo que hemos encontrado que funciona de manera excepcional para grupos anteriores —afirmó Mia— es que el diario sea donde puedan expresar lo que sea que no pudieron decirle a la persona o personas que perdieron. —El ambiente de la habitación pasó de neutral a absolutamente tenso. Mia pareció percibirlo y su voz se suavizó—. Sabemos que, para muchos de ustedes, jamás hubo un cierre. —Una mano invisible me agarró por la garganta y empezó a apretar—. No pudieron despedirse.

—Le dio unos momentos a la oración para que la procesáramos, que era lo último que yo necesitaba—. Cuando eso sucede, hay muchas cosas que quedan sin decirse. —Me moví en el sofá y sentí que la mirada de todos se posó sobre mí, aunque quizá no era cierto. Sentí como si estuviera bajo un enorme reflector. Me obligué a tranquilizarme y sentí que la mano apretaba con más y más fuerza mientras las imágenes no deseadas de aquella noche empezaban a repetirse dentro de mi cabeza. El chirrido de las llantas, el sonido del metal que se comprimía... el olor a sangre, tantísima sangre, el claxon, el ruido continuo y eterno del claxon...

—Y, para otros de ustedes, puede ser un lugar en el que le comuniquen a su ser querido cómo se sienten, cómo ha sido su vida sin ellos. Sus sueños y temores, sus aspiraciones y miedos. Todo lo que quieran y más. Nadie lo leerá más que ustedes. Esto es solo para sus propios ojos —repitió Leo.

—Pueden utilizarlo como un espacio donde puedan hablar con ellos de nuevo, sin que importe lo trivial que pueda ser, como una conversación —afirmó Mia. Empecé a recorrer la habitación con la vista. La mayoría de los demás asentía y parecía preparada a aceptar la tarea. Yo lo que quería era tomar el siguiente vuelo de vuelta a casa y alejarme de inmediato de este lugar y de este grupo.

Pero entonces vi a Savannah.

Apretaba el diario entre sus manos con los nudillos blancos como hueso. No asentía, no parecía tan convencida con la idea como todos los demás. Más bien, miraba fijamente el sencillo color azul del diario con una expresión tan devastada que sentí que el estómago se me iba a los pies. Su respiración era agitada y estuve seguro de que tendría otro ataque de ansiedad. Así que me le quedé viendo para asegurarme de que eso no sucediera y me empecé a preguntar quién se fue de su vida para desgarrarla de esta manera. ¿Se trató de una enfermedad que afectó a su ser querido o fue una muerte veloz e inesperada? ¿Fue elección de la otra persona, como en el caso de...?

—Esto no va a suceder —grité de repente y mi áspera voz inundó la habitación. Esos pensamientos… llegué a mi límite. No podía tolerar seguir pensando en eso. Agité el diario en el aire—. Esto no tiene ningún caso. Y, de todas maneras, no tengo nada que decirle a él.

—Entendemos que así lo pienses, Cael, de verdad que sí —exclamó Leo. Miré en torno a la habitación. Necesitaba encontrar una manera de salir de aquí. Me sentía encerrado, atrapado. Necesitaba *largarme*.

»Pero de todos modos queremos que lo tengas contigo. Nuestra esperanza es que, después de un tiempo con nosotros en este viaje, quizá te sientas diferente. Que tal vez aprendas a abrirte, a explorar tus sentimientos.

Solté una sola risa burlona, y después me levanté y caminé hasta la chimenea. Arrojé el diario a las enormes llamas.

—*Esto* es lo que pienso del diario —declaré. Sentí una enorme satisfacción al ver que las páginas en blanco empezaban a arder—. No voy a escribir en él. ¿Qué caso tiene? ¿Qué caso tiene *algo* de esto? Él está muerto y ya no va a regresar.

Se hizo un absoluto silencio en la habitación, pero mi rebeldía interna me sostuvo. Jamás volvería a hablar con Cill. Por ningún medio. Y, en especial, no por medio de un diario en el que las entradas que dirigiéramos a quienes perdimos no fueran nada más que una patética fantasía, una forma de engañarnos para sentirnos mejor.

El chisporrotear de los troncos que ardían sonaba como miles de truenos que explotaban mientras devoraban cada centímetro del diario. Sentí que pasaron horas mientras lo contemplaba. Después, levanté la vista y me encontré con la mirada de Savannah. Su rostro mostraba una expresión de pasmo, pero también había algo más… ¿entendimiento? ¿Compasión? No lo sabía, pero no me agradaba la manera en que me provocaba un dolor en el pecho, la forma en que hacía que mi corazón latiera a ritmo acelerado. No me gustaba que sus enormes ojos azules se posaran sobre mí, como si pudiera atravesarme con la mirada.

No soportaba quedarme en esta habitación. Me di la vuelta para marcharme, para largarme de aquí, cuando Leo se interpuso en mi camino.

—Por favor, Cael —dijo. Fijé la mirada en la puerta como una manera de escapar hacia la libertad, de alejarme de este patético intento por sanarnos. Sentí los ojos de los demás, fijos en mí. ¿Cómo demonios podían quedarse allí sentados y aceptar todo esto? ¿Cómo diablos podían *querer* esto?

Leo dio otro paso hacia mí.

—Cael, toma asiento, por favor. —Ahora su tono de voz era más firme.

Luché contra la necesidad de desobedecerlo, pero entonces me encontré mirando de nuevo a Savannah por encima de mi hombro y la expresión de preocupación en su rostro hizo que me atravesara una sensación de culpa o algo parecido. ¿Quería que me fuera o que me quedara? ¿Podía entender por qué no quería estar aquí? ¿Me tenía miedo? El estómago se me contrajo ante la mera idea.

No quería que me tuviera miedo.

Me volteé para enfrentar a Leo. Sus manos estaban levantadas, como si estuviera lidiando con un perro rabioso.

—En este momento, solo vamos a hablar acerca del viaje y de lo que haremos en el mismo. Eso es todo. —Olí el diario que se estaba calcinando en el fuego, el aroma a papel quemado y eso me reconfortó.

Otra vez volteé hacia Savannah. Sus ojos estaban llenos de lágrimas y eso me rompió el corazón. Me miró a los ojos y después volteó hacia el diario que arrojé al fuego. No sabía qué estaba pensando. ¿Creía que lo que hice estaba mal?

—¿Cael? —insistió Leo.

—Como sea —dije y me volví a sentar. No estaba seguro de por qué no me fui y decidí no pensar mucho en ello. Leo también se volvió a sentar y me le quedé viendo al diario que se derretía y se fundía con los troncos ardientes. Me recordó a mi ahora arruinado corazón, que también quedó reducido a cenizas.

La voz suave pero firme de Mia cortó el cargado silencio posterior a mi exabrupto.

—Mañana iremos a escalar. —Parpadeé y alejé mi atención de la chimenea. Sin darme cuenta, me había abstraído por completo. Sentí la tela suave y aterciopelada del sofá contra la palma de mi mano, y el sonido de Travis, que se sonó la nariz, me trajo de inmediato de vuelta al aquí y al ahora. Cuando volteé a verlo, sus lentes estaban sobre su cabeza y se estaba limpiando los ojos. Él también volteó a verme y vi que el crudo dolor de su interior se reflejaba de lleno en mi dirección.

¿Yo causé eso? ¿Mi exabrupto provocó todo eso? ¿O se trataba de la idea de escribir en el diario?

Al mirar a las diferentes personas del grupo, no había una sola que no hubiera sido afectada. La manera en la que todos se aferraban a los diarios me indicó que de eso debía tratarse. La idea de la persona perdida, de expresar cómo se le extrañaba… era brutal.

Perder a alguien a quien amas es el club en el que nadie quiere estar, pero al que todos nos vemos obligados a pertenecer en algún momento de nuestras vidas. Nadie puede escaparse de ello, es solo cuestión de cuándo.

Me encontré asintiendo en dirección a Travis como una sutil muestra de apoyo y él me devolvió una pequeña sonrisa. Descubrí que estaba ansioso por conocer su historia.

Una cosa era evidente: todos estábamos hechos un desastre.

—Se conoce al Distrito de los Lagos por una variedad de cosas —afirmó Leo, pasando por alto lo mucho que esto nos afectó a todos—. El montañismo y el senderismo son dos de las más populares, y esa es la razón por la que estamos aquí —dijo mientras se acercaba más a la orilla de su asiento—. Vamos a escalar, vamos a caminar y vamos a explorar estos hermosos paisajes a pie. Son tres de las cumbres más altas de la región.

Fruncí el ceño. ¿Estábamos aquí para caminar? Podía ver la silueta de las brumosas montañas desde la ventana de la sala.

—Contamos con todo lo que se necesita para hacer senderismo —explicó Mia—, de modo que les daremos el resto de la noche libre. Cenamos a la siete. Después, empezaremos temprano por la mañana. Por el momento, terminen de instalarse, desempaquen, platiquen y empiecen a conocerse. Los veremos pronto.

Mia y Leo abandonaron la habitación, pero detecté la mirada inquieta de Leo sobre mí cuando se retiró.

—Eso fue de lo más intenso —afirmó Dylan, con lo que suscitó algunas incómodas risas entre los demás. Me le quedé viendo al diario que ardía en la chimenea. No tenía nada que decirle a mi hermano, ningún sentimiento, ni noticia de mi vida que compartir con él. Él decidió no informarme de la suya, de modo que estaba seguro de que reconocería mi motivación.

Cuando eligió lo que eligió, no demostró la mínima consideración hacia mí, su hermano menor y mejor amigo, ni comunicación alguna. Ni una sola señal. Solo las siete apresuradas palabras que eligió garabatear en la parte trasera de un viejo boleto de *hockey* antes de dinamitar nuestro mundo.

De forma instintiva, metí la mano en el bolsillo y verifiqué que trajera mi cartera. Todavía estaba allí. Y, en el compartimiento que se cerraba con un cierre, estaba ese maldito boleto. Y esas palabras. Palabras que no había visto en meses, que quemaban mi piel como si las hubiera escrito en una candente llama eterna, imposible de extinguir, grabadas por siempre con fuego en mi existencia.

Ese boleto oculto en mi cartera parecía pesar cien toneladas, pero no me atrevía a tirarlo. Era la cosa que más odiaba en el mundo y mi más preciado tesoro.

Me levanté y ni siquiera volteé a ver a los demás cuando corrí a la puerta delantera. Salí directamente a una cortina de lluvia helada. El viento golpeó mi rostro con cien cachetadas contra mis mejillas. No traía una chamarra pero, en este instante, los elementos que atacaban mi cuerpo se sentían maravillosos. El ardor de mis mejillas me recordaba que seguía aquí, vivo, incluso si esto en realidad no era una vida.

Solo pensar en esa habitación llena de chicos destruidos, iguales a mí; en Savannah, que apretaba el diario contra su pecho como si se tratara de su peor temor encarnado, me hacía sentir furioso. Travis, que lloraba ante la mera idea de escribir algo.

Esto no era más que una colección de estupideces… todo esto.

Me incliné hacia el piso, tomé una piedra y la lancé al lago con todas mis fuerzas. Antes de que siquiera llegara al blanco, ya tenía otra en la mano, más grande esta vez, y la lancé casi al límite de las fuerzas de mi antebrazo. Permití que la furia reprimida en mi interior subiera hasta mi garganta y solté un grito hacia la silenciosa noche mientras seguía lanzando piedras al lago.

A continuación aventé una rama rota y luego más piedras. Una tras otra, hasta que mis músculos empezaron a arder y me quedé ronco.

Después de agotarme, vinieron las preguntas. Preguntas que sabía que jamás respondería. Una en particular: ¿Por qué? *¿Por qué* lo hizo? *¿Por qué* me abandonó de esa manera? Esta no era la persona que yo solía ser, pero ahora… no sabía cómo ser cualquier otra cosa.

Jadeante y agotado, solo me quedó el odio hacia mí mismo, que siempre terminaba por sentir después de una de estas explosiones. Me odiaba por no ver las señales, por no darme cuenta de que estaba batallando. Mis ojos se llenaron de lágrimas. Incliné la cabeza hacia la intensa lluvia y dejé que mis lágrimas se fundieran con ella para ocultar mi dolor.

Respiré hondo y abrí los ojos. Siempre sentía un breve momento de insensibilidad después de uno de estos arranques emocionales. Me brindaban unos momentos de paz. Solo unos preciosos instantes para no arder, para simplemente no sentir nada.

Arrastré los pies hasta la orilla del lago y hundí las botas poco más de dos centímetros en el agua congelada, al tiempo que miraba hacia la lejanía. Parecía infinito. Quieto y ancestral. Como si hubiera visto a millones de personas iguales a mí, perdidas y solas en este sitio en busca de alguna especie de redención. En algún intento desesperado por salvarse de sí mismas y de la mano de mierda que el mundo les había barajado.

Las nubes grises y el clima sombrío reflejaban mis oscuros pensamientos. Después, fijé mi atención en los picos montañosos y, por primera vez en mucho tiempo, sentí ciertas ansias por hacer algo. Fue apenas el destello de una chispa. Cierto calor emanado de alguna brasa ya olvidada en la profundidad de mi inconsciente.

Me agradaba el ejercicio y estaba en excelente condición física. Por muchísimo tiempo, los deportes formaron mi futuro. Iba a convertirme en profesional. Vivía para las ráfagas de dopamina que se liberaban cuando jugaba con mi equipo y que se debían a lo adictivo de la competencia. Para practicar ese juego que alguna vez amé más que respirar. Yo florecía en el frío, la pista de hielo era mi mejor amiga. La idea de quedar atrapado en las habitaciones de un hospedaje y verme obligado a hablar de mi pasado y de mis sentimientos me parecía como el mismísimo infierno. Pero estar en la naturaleza y caminar, solo caminar… *eso sí* lo podía hacer.

Me quedé parado a las orillas del lago hasta que estuve empapado y tembloroso, y cuando el frío del intempestivo viento empezó a calarme los huesos, volteé para regresar a la casa por el largo y sinuoso camino que daba la vuelta a la parte posterior del jardín. Justo cuando estaba a punto de salir del sendero de árboles que lo rodeaba, vi a una persona sentada en el rocoso promontorio elevado que miraba a otra parte del lago.

Savannah.

Reconocí su cabello rubio y su menudo cuerpo. Estaba sola, agazapada debajo de un enorme paraguas con algo que sostenía contra su pecho. Por un instante pensé que era el diario que nos acababan de dar, pero el cuaderno que sostenía era más grande y de color diferente.

Me pregunté qué era. Por un segundo, pensé en ir hacia ella, no sé para qué. Tuve la necesidad repentina de solo sentarme con ella. Me vio a los ojos en la sala. Por unos instantes fue como si me hubiera abierto el pecho para ver todas mis terribles cicatrices.

Quizás ella me entendería. Quizá sería la única persona que no necesitaría hacerme preguntas entrometidas porque sabía lo que se sentía vivir en esta pesadilla. Tener a alguien que lo comprendiera, no tener que explicar lo que se sentía estar así de destrozado, entender que no existían palabras que alguna vez pudieran explicar este nivel de destrucción del alma y saber lo que se sentía estar solo con un dolor tan devastador que, tal vez, a veces te hacía preguntarte si no sería más fácil dejar de existir también…

Pero algo en mi interior me detuvo, y la oscuridad controladora que me consumía, que en estos días me impedía hacer tantísimas cosas, me envolvió en sus brazos y pasé de largo por donde se encontraba para ingresar en la casa.

Esa oscuridad me recordó que no estaba aquí para hacer amigos. Que simplemente tenía que pasar por el protocolo del viaje para poder irme a casa. En lo que respecta a lo que pasaría después de esto. Ni siquiera me importaba.

Colinas ondulantes y botes que se mecen en la corriente

Savannah

Parecía absolutamente imposible.

Estaba de pie a las faldas de Helvellyn Fell mientras contemplaba la enormidad de su tamaño que se erguía sin parar hasta el cielo, con picos que desaparecían entre nubes bajas. Ni siquiera se podía divisar la cima, ¿y esperaban que escaláramos esto? Por fortuna, el día había amanecido seco, pero el piso bajo nuestros pies crujía a causa de la escarcha adherida al pasto que cubría el terreno irregular.

Cuando exhalé, mi aliento se convirtió en niebla y mis pulmones parecieron arder al inhalar el gélido aire inglés. Nuestro guía era un hombre llamado Gordon. Era un sargento retirado del ejército británico y nos conduciría durante los días siguientes para ascender y descender de las tres afamadas cumbres del Distrito de los Lagos.

Yo no era muy atlética que digamos y nada de esto me atraía en absoluto. Sin embargo, ya estaba aquí y era lo bastante introvertida como para protestar.

El rostro de Ida apareció dentro de mi cabeza cuando pensé en echarme para atrás, por lo que respiré hondo y traté de animarme para lo que vendría a continuación.

Tenía que intentarlo. Lo haría por ella. Rápidamente eso se estaba convirtiendo en mi mantra.

Estaba envuelta en capa tras capa de ropa térmica y traía guantes, gorra y una bufanda que ocultaba la mitad de mi rostro. El clima estaba helado, pero hasta el momento me sentía lo bastante caliente como para manejarlo.

—¿Todos listos? —preguntó Gordon.

Asentí al igual que los demás y empezamos nuestro ascenso a través de una serie de irregulares escalones de piedra. Después de subir por apenas algunos de ellos, los músculos de mis piernas empezaron a arder. Gordon subía como si lo hubiera hecho millones de veces antes, y lo más seguro es que así fuera. Mia estaba a la cabeza del grupo y Leo en la retaguardia. Dylan caminaba junto a mí y parecía que ascender por los páramos le resultaba más fácil que a mí. Travis y Cael venían detrás de nosotros, y Lili y Jade estaban adelante, con Mia.

A la mitad del camino miré hacia atrás. Cael escalaba con facilidad y ni siquiera parecía sonrojado por el esfuerzo. No tenía idea de por qué no nos había pasado a Dylan y a mí para tomar su sitio hasta adelante, como sería lógico. Era obvio que las cosas se le estaban dificultando a Travis, pero Cael se mantuvo a su lado, con la mirada fija en el borde de los escalones hasta que volteó a mirarme, momento en el cual volteé de nuevo al frente. Con solo verlo, no pude más que revivir el día de ayer en mi cabeza, cuando estábamos en la sala y saltó de su lugar para lanzar el diario a la chimenea y después desafiar a Leo y a Mia. Estaba tan enojado que la furia parecía emanar de cada una de sus células. Y, sin embargo, había otros momentos, instantes breves que apenas y existían cuando me miraba a los ojos y su hostilidad desaparecía, dejando atrás el fantasma de un chico triste y vulnerable, hasta que la furia lo capturara otra vez y lo enterrara bajo sus ardientes llamas.

Y ayer… Cael me había visto a los ojos durante mi propio momento de tristeza. Cuando colocaron el diario en mi regazo y empecé a resquebrajarme. Vio que estaba empezando a desmoronarme y la comprensión que vi en la profundidad azul plateada de sus ojos pareció llegar hasta mí. Fue como si por tan solo un momento… *me entendiera.*

El diario estaba pensado para darme un sitio en el que hablara con Poppy, para decirle cómo había estado desde su partida…

Mi corazón dio un vuelco ante el recuerdo del absoluto terror que me embargó en ese instante, porque lo único que podía decirle era cómo había fracasado, cómo me había derrumbado, cómo la vida sin ella parecía carecer de sentido. La forma en que, después de su muerte, algo dentro de mí se derrumbó para destrozar mi corazón y mi alma en tantísimos pedazos que era imposible tratar de unirlos de nuevo. Que cuando exhaló su último aliento, también desapareció toda mi alegría de vivir. Que había sostenido su mano durante tanto tiempo que sus dedos quedaron fijos en esa misma posición cuando al fin me obligaron a soltarla.

Y tendría que decirle que la había desilusionado. Que le había fallado a tal grado que eso impactó la vida de todos los que me rodeaban. De Ida, de mamá y de papi… que no tenía ningún amigo, que no tenía una vida y que tenía miedo.

Que estaba *aterrada* de que jamás lograra dejarla ir y que este sería mi destino para siempre…

De repente, se me torció el tobillo y tropecé contra una de las muchas piedras rotas e irregulares. Sentí que empezaba a caer hacia atrás. Dylan volteó justo en el momento en que mi corazón dio un vuelco, pero estaba demasiado lejos como para alcanzarme. Y entonces, justo cuando temí que estaba a punto de estrellarme contra el piso, un par de brazos fuertes me detuvieron y me mantuvieron de pie. Me aferré de inmediato a las mangas negras de una chamarra y supe a la perfección quién me había detenido cuando olí el familiar aroma a sal de mar y nieve fresca.

—Te tengo —dijo Cael casi en voz baja después de que mi bota volviera a resbalarse sobre el piso helado y tratara de recuperar el equilibrio. Su voz hizo que un escalofrío recorriera mi espalda, no tuvo nada que ver con las temperaturas heladas y sí todo que ver con este chico ensimismado de Massachusetts que me sostenía con fuerza entre sus brazos.

Y sentí que *sí* me tenía. En sus brazos, me sentía a salvo.

Los latidos de mi corazón empezaron a calmarse cuando Cael me ayudó a enderezarme para estabilizarme sobre el siguiente escalón delante de él. Cerré los ojos y logré alejar mi pánico para después darme la vuelta hacia él. Me llevó un momento percatarme de que sus manos seguían rodeando mi cintura. Tragué con fuerza cuando lo vi a los ojos. El escalón sobre el que me encontraba era muy alto y, sin embargo, él seguía siendo bastante más alto que yo. Tenía puesto un gorro negro, pero algunos mechones de su oscuro y desordenado cabello ondulado escapaban del mismo y caían sobre sus impactantes ojos color azul plata.

—Gracias —dije y Cael examinó mi rostro. No sabía qué intentaba encontrar, pero sentí que mis mejillas empezaban a arder bajo su atención. Esta vez, mi corazón se aceleró por razones por completo distintas. Era un sentimiento al que no estaba acostumbrada.

Se aclaró la garganta.

—¿Te lastimaste? —me preguntó. Su acento de Nueva Inglaterra era muy pronunciado, lo bastante como para rivalizar con mi propio acento de Georgia. Quedé tan impactada por el hecho de que me hablara con ese suave tono de voz que no le respondí.

—¿Savannah? —insistió—. El hecho de que Cael pronunciara mi nombre me trajo de vuelta de mis pensamientos dispersos y me hizo concentrar mi atención.

—¿Savannah? ¿Estás bien? —Leo se apresuró hasta nosotros y se detuvo junto a Cael, que nunca me quitó los ojos de encima.

Dylan corrió a mi lado y noté que todos nos miraban. Sentí que las manos de Cael se afianzaban un poco más alrededor de mi cintura cuando los demás llamaron mi atención.

Sentí que mi rostro entero ardía por todas las miradas puestas en mí.

—Estoy bien.

Cael empezó a inclinarse hacia adelante y tragué con fuerza cuando uno de sus mechones de cabello rozó mi mejilla. Olía a menta. Revisó mi tobillo y sus manos grandes rodearon mi bota para revisar mi flexibilidad. No sentí dolor alguno.

Al parecer, solo mi orgullo salió lastimado.

—¿Eso se siente bien? —preguntó con cierta brusquedad mientras doblaba mi tobillo a derecha e izquierda y lo rotaba en círculos lentos.

—Sí —afirmé con voz ronca.

—¿Estás segura? —preguntó Leo, con el rostro preocupado. Yo no sería la razón por la que el grupo no pudiera seguir adelante.

—Lo juro —respondí. Era cierto. Estaba demasiado distraída pensando en Poppy y perdí el paso. Era frecuente que pensar en Poppy me hiciera desconcentrarme.

—Está bien, entonces sigamos adelante —declaró Leo.

Cael soltó mi tobillo y sentí una brisa fría que me envolvía ante su ausencia. Se puso de pie y pareció mecerse, como si estuviera debatiendo algo dentro de su cabeza. Después, me ofreció su brazo.

—¿Necesitas... necesitas que te ayude a subir el resto del camino?

No le respondí con palabras, porque en ese momento no pude encontrarlas. En lugar de ello, pasé mi brazo con cuidado entre el suyo y dejé que caminara junto a mí mientras alcanzábamos a los demás, que ya nos esperaban en la cima. Traté de ignorar la sensación de ligero aleteo que su oferta despertó en mi pecho.

Dylan estaba al otro lado de mí. Cuando sentí que sus ojos me miraban con fijeza, volteé solo para ver que hacía un ligero gesto en dirección a Cael para después lanzarme una mirada inquisitiva. Sabía que le agradaba a Dylan solo como amiga, había una absoluta carencia de vibras románticas y era evidente que se sorprendiera tanto como yo por la ayuda de Cael.

No había tenido muchos amigos en mi vida. Mis hermanas siempre fueron mi todo, pero sentí una conexión instantánea con Dylan. Era dulce y gracioso. Y estaba segura de que era un alma que estaba perdida por completo, igual que yo. Solo era que su jovial personalidad le ofrecía una mejor fachada para ocultar su sufrimiento.

El fuerte brazo de Cael estaba debajo del mío. No dijo nada mientras seguíamos subiendo, pero nuestro silencio compartido no se sentía tenso. Era *agradable*, pacífico. Siempre había sido más silenciosa por naturaleza y no necesitaba que el ruido llenara cualquier tipo de vacío.

Sin embargo, esto, estar en un silencio sereno con otra persona, era una bendición que no esperaba durante el viaje. La gente siempre quería hablar, pero, al parecer, Cael compartía mi preferencia por el silencio.

Cuando llegamos al último escalón, cualquier sensación de frío derivada del gélido viento y de las bajas temperaturas se desvaneció, y una leve capa de sudor cubría mi frente.

Intenté refrescarme y recuperar el aliento mientras mis piernas gritaban por el esfuerzo.

—¿Estás bien? —me preguntó Lili. Jade y Mia también se acercaron.

—Sí, lo juro. Solo me resbalé.

Bajé la cabeza por vergüenza, pero entonces sentí que el brazo de Cael se tensaba bajo el mío, al mismo tiempo que un grito ahogado escapaba de sus labios. Levanté la vista y también inhalé de manera intempestiva al ver lo que estaba frente a mí: la vista que había capturado la atención de Cael. La verde campiña inglesa se extendía frente a nosotros como una colcha hecha con retazos. Árboles de todas las tonalidades de verde y café, paredes de piedra y ramas desnudas cubiertas de nieve hacían que la vista pareciera pintada al óleo. Había una bruma que pasaba sobre el piso, como si el cielo se hubiera unido a la tierra durante algunas sagradas horas.

Era absolutamente hermoso.

—Todo el mundo beba algo de agua y sigamos adelante —anunció Gordon, interrumpiendo mi fascinación. Al tratar de quitarme la mochila, me percaté de que mi brazo seguía unido al de Cael, de quien me sostenía como si mi vida dependiera de ello.

—Lo siento muchísimo —dije, inquieta, mientras retiraba mi brazo. Me ocupé con el asunto del agua y, al levantar la vista, noté la intensa mirada de Cael sobre mí, pero bajé la cabeza otra vez. Mis mejillas parecían estar ardiendo. Lo primero que se me ocurrió fue que Ida estaría gritando de la emoción mientras hacía comentarios sugerentes y me animaba.

Anoche me había enviado mensajes de texto y Cael terminó siendo el tema.

¿Qué tal Inglaterra?

Fría, húmeda, espeluznante y muy gótica. Es un sitio bellísimo.

¿Y cómo son los demás que están en el viaje?

Maravillosos. Heridos. Algunos muy silenciosos y reservados, otros no tanto.

¿Y qué me dices del galán alto y moreno cubierto de tatuajes?

Su pregunta me dio permiso para reflexionar acerca de Cael. Lo escuché cuando estaba en el lago, gritando mientras arrojaba cosas al agua. Y, después, escuché también su silencio, cuando su furia se apagó y otra emoción lo inundó. Me hizo sentir triste.

Enojado.

Envié el mensaje, pero después recordé cuando volteó a verme en la habitación y solo vi desolación en sus doloridos ojos. Solo por un segundo, pero allí había estado. Un solo segundo de su alma destrozada y expuesta.

Así pasa. Recuerda que papi estuvo furioso por un tiempo.

Recordé cómo estuvo después de la muerte de Poppy. Iracundo porque el mundo le había quitado a su bebé. Era terrible verlo así, pero yo conocía a la persona que estaba debajo de eso. Sabía que, en realidad, ese hombre temperamental no era quien estaba dentro de su alma y que terminaría por regresar a nosotras. Tal vez… tal vez el Cael que me había visto a los ojos en la sala representaba al chico perdido que estaba debajo de eso.

Quizá necesite una amiga. Alguien que esté allí mientras pasa por todo eso. Alguien que lo entienda.

Me quedé viendo el mensaje de Ida y mi pulso se aceleró ante la evidente sugerencia.

Es posible.

¡Mantenme informada acerca del ascenso! ¡No puedo creer que te tengan escalando montañas!

Sonreí ante el recuerdo de los mensajes de Ida mientras me llenaba de la idílica vista frente a mí. Mi hermanita era una romántica y siempre veía lo mejor en todo el mundo. Después, de inmediato, pensé en Poppy, ella hubiera dicho lo mismo acerca de Cael. Poppy se dedicaba a ayudar. Una sola mirada a Cael hubiera hecho que ayudarlo y auxiliarlo a superar el dolor que era tan evidente que estaba padeciendo se convirtiera en su misión. Hizo lo mismo por mí en incontables ocasiones mientras crecíamos.

Por un momento, esa idea, recordarla así, me provocó una embriagadora sensación de liviandad. Cuánto había adorado a su familia, con qué intensidad nos había querido a todos nosotros y al mundo, cómo había amado a Rune hasta su último aliento. Pero, al igual que en la mayoría de los días de los últimos cuatro años, el feliz pensamiento pronto se convirtió en el sobrecogedor recuerdo de verla tendida en esa cama mientras miraba por la ventana, deshecha y frágil, con la muerte rondando a su alrededor, y su respiración dificultosa.

El calor que me produjo el ascenso desapareció por completo gracias a la lanza de hielo que bajó por mi espalda. Con manos temblorosas, guardé mi botella de agua y cerré los ojos.

Una vez... *solo* una vez quería poder pensar en ella y no sentirme abatida, no sentirme destrozada. Quería recordarla como fue: perfecta, dichosa, llena de vida. No enferma o triste o esforzándose por seguir siendo positiva cuando no había más que una tragedia al final de su historia.

Recordarla en su lecho de muerte era algo que me acosaba. Me despertaba a mitad de la noche y, cada vez que abría los ojos, por un breve instante, me decía que solo había sido una pesadilla y que Poppy estaba segura y arropada en su cama.

Después me acordaba y la volvía a perder de nuevo. La perdía en repetidas ocasiones, cada mañana que me despertaba y tenía que recordar que había muerto. Con cada momento importante que me sucedía y del que quería contarle, con cada canción que sabía que le gustaba, pero que no estaba allí para disfrutar. Con cada obra de música clásica que escuchaba y que hacía que la imaginara con su chelo, los ojos cerrados, la cabeza meciéndose, por completo perdida en la música.

Por cuatro años no había presenciado una orquesta en vivo. Ese era el sueño robado de Poppy y me parecía una traición acudir a un concierto. Apenas podía escuchar música clásica sin derrumbarme.

Y esa era una de las peores cosas que sucedían cuando perdías a alguien. Tener una buena noticia que compartir y, solo por un segundo, un solo segundo robado de paz, sentirte emocionado por contárselo. Antes de que, inevitablemente, la realidad cayera con peso sobre ti y recordaras que jamás podrías contarle nada otra vez. Y, entonces, la buena noticia que querías compartir ya no parecía tan emocionante. De hecho, la percibías como una puñalada en el pecho y ya no ansiabas que te volviera a suceder jamás cualquier cosa importante.

La muerte de un ser querido no era algo que tuvieras que soportar una sola vez, era un ciclo infinito. Una cruel imitación de la película de *Hechizo del tiempo*, que te carcomía el corazón y el alma hasta que no quedaba nada donde alguna vez habían estado.

Sacudí mis manos cuando empezaron a temblar e inhalé de manera lenta y profunda el aire helado que se convertía en un recordatorio de dónde me encontraba. El terreno irregular bajo mis pies crujía a causa del lodo congelado. Necesitaba caminar, moverme, deshacerme de este sentimiento abrumador que se estaba cerrando sobre mí. Casi caí de rodillas de alivio cuando Gordon nos indicó que siguiéramos adelante.

Por primera vez en mi vida, quería caminar. Caminar y caminar hasta que ya no pudiera pensar, hasta que mis músculos estuvieran tan adoloridos y exhaustos que cayera en un sueño profundo y reparador.

Solo por una noche.

—Más lento, sargento —dijo Dylan, que corrió para alcanzarme. No me detuve. Me presioné para seguir, con el pecho comprimido por la rapidez con la que estaba respirando. Mantuve mi atención centrada en la ruta frente a nosotros. Todo alrededor estaba quieto y en calma, y mi respiración agitada era lo único que podía oír hasta que escuché:

—A José le hubiera encantado esto. —Las palabras de Dylan apenas fueron un susurro, pero las escuché cuando el viento las transportó directo a mis oídos.

Bajé la velocidad y miré a mi amigo. Sus ojos veían al suelo y tenía las manos metidas en los bolsillos. Me observó, nervioso, y dijo:

—Mi mejor amigo. —Encogió los hombros, como si lo que iba a decir fuera trivial—. Él es la persona a la que perdí, la razón por la que estoy aquí. —No era trivial en absoluto. Era monumental. Era lo *más* importante.

—Lo siento muchísimo —dije y vi que estaba pálido, y que su precioso rostro estaba deshecho por la tristeza. Dylan se obligó a ofrecerme una de sus contagiosas sonrisas y acalló la tristeza interna que pude ver que gritaba por que la liberaran.

Se hizo un largo silencio entre los dos. Los hombros de Dylan se inclinaron al frente y sentí la distancia que crecía entre nosotros. Yo era de lo peor para esto, para consolar a los demás, a decir verdad. Mi corazón se rompió por él, pero no supe cómo hacer que se sintiera mejor.

«Poppy se dedicaba a ayudar… dedícate *a ayudar…*».

Dylan miró a su alrededor, al lago que estaba debajo de nosotros y que ahora parecía diminuto desde esta distancia. Sabía que estaba pensando en José. Sus ojos se llenaron de lágrimas y ya no aguanté más. Estiré mi brazo, le rodeé el suyo y lo acerqué a mí. Al escuchar su respiración entrecortada y un sollozo ahogado, puse la cabeza contra su hombro y traté de demostrarle, sin palabras, que estaba allí para él.

El viento atrapó una de las lágrimas que caía de mis ojos y se la llevó lejos. No conocí a José, pero empezaba a conocer a Dylan y lo especial que era, de modo que sabía que José debía haber sido especial también.

«*Tan especial como puede serlo algo especial...*» —escuché que murmuraba la voz de Poppy, y ese recuerdo me envolvió como una cálida cobija. Ella querría que ayudara a los demás, y también que me abriera a ellos.

Yo no era una persona que disfrutara el contacto físico, pero la respiración de Dylan pareció tranquilizarse mientras lo abrazaba. De alguna manera, compartir de ese modo el dolor de alguien más me hizo sentir mejor a mí también.

—Le encantaba estar al aire libre —dijo Dylan. Se rió y lo hizo de una manera tan pura que me quedé sin aliento—. Siempre me arrastraba fuera de mi casa para acompañarlo. Basquetbol, beisbol, senderismo, futbol, todo eso. Quería practicarlo, verlo, experimentarlo. —Apreté su brazo con más fuerza para que supiera que podía seguir si así lo quería. Eso sí sabía hacer bien, escuchar.

Dylan volvió a reír y después dijo:

—Hubo una ocasión en que los dos... —Sus risas desaparecieron de manera repentina y escuché ese sonido desgarrador que me indicó que su garganta se había cerrado y que el golpe de algún recuerdo le había arrebatado la voz. Un ataque sorpresa de aflicción tan enorme que podía ponerte de rodillas. Sabía que ese buen recuerdo de José fue reemplazado por uno tormentoso. Dylan bajó la cabeza y se entregó a su agonía.

Insegura de qué hacer, estuve a punto de detenerme y de decirles a Mia y a Leo que necesitábamos regresar. Que Dylan estaba dolido y necesitaba descansar, pero cuando Cael pasó junto a nosotros, solo para nosotros, dijo en una voz imperativa:

—Sigan caminando. —Con su barbilla hizo un gesto en dirección a Gordon y vi un atisbo de compasión por Dylan en su apuesto rostro. Cael se mantuvo a una cortísima distancia frente a los dos. Miró por encima de su hombro, como si estuviera intentando no hablarnos, no conectarse, pero después sus hombros cayeron en actitud de derrota—. Es beneficioso. Solo... sigan caminando. Oblíguense. Agoten al dolor. No le den espacio para respirar.

Los ojos de Cael parecían atormentados y, al igual que yo, supe que ya había pasado por esto. Me imaginé que eso ya nos había pasado a todos. Esos detonantes eran tremendos. La forma en que un día aparentemente bueno podía convertirse en una absoluta pesadilla solo porque detectabas un aroma conocido, porque rememorabas algún recuerdo, o por un millón de cosas más que te recordaban que tu ser querido ya no estaba.

El duelo era como caminar a través de un campo minado sin protección ni guía.

Así que caminamos. Con mi brazo envuelto en el de Dylan, y con Cael cerca de los dos, seguimos caminando. Subimos por parajes llenos de grava y transitamos con cuidado por la ruta peligrosa llamada Striding Edge. Comimos un refrigerio frente a los extraordinarios paisajes a nuestros pies y, después, descendimos lo que de origen nos pareció una escalada imposible.

Cuando llegamos a la base, con los rostros enrojecidos por el frío y casi sin poder respirar, Leo nos dijo:

—Dense la vuelta, chicos. —Lo hicimos y volvimos a ver que Helvellyn se erguía sobre nosotros, tan majestuosa como impresionante.

—Miren lo que acaban de lograr —exclamó y sus palabras nos llegaron muy profundo—. Ustedes escalaron esto, incluso a pesar de que, sin duda, pensaron que no podrían hacerlo. —Lancé una larga exhalación y sentí una enorme sensación de orgullo en el pecho. Lo logramos. *Yo* lo logré—. Ahora, regresemos al hospedaje para calentarnos.

Me senté junto a Dylan en el autobús de vuelta a casa, sin soltarle el brazo y con las manos apretadas. No volvió a hablarme esa noche, pero sostuvo mi mano en la suya con enorme fuerza. Cael se acomodó en el asiento al otro lado del pasillo, con los audífonos puestos con firmeza sobre su cabeza pero, como si hubiera percibido mi mirada, volteó a verme. «*Gracias*», dije moviendo los labios sin emitir sonido. Las fosas nasales de Cael se abrieron y asintió brevemente en reconocimiento. Después, se volteó, a su postura rígida y cerrada de nuevo.

Al caer la noche, miré por la ventanilla. Lo logramos. Estábamos deshechos, agotados y drenados en sentido emocional, pero cuando regresamos al hospedaje, algo dentro de mí se había calmado. El oxígeno que le daba vida a mi aflicción, como si se tratara de un ente vivo en mi interior, se había extinguido... por un momento, al menos.

Y me quedé dormida. Sin pesadillas y sin insomnio... solo dormí.

Jamás me había sentido tan agradecida por una noche de absoluto y total silencio.

—¿Qué les pareció el día de ayer? —preguntó Mia. Leo y Mia nos habían reunido en la sala para una sesión de grupo. Empecé a retorcer las manos. Entendía la premisa de las sesiones de grupo, pero jamás sentí que me sirvieran.

—Fue bueno —afirmó Travis.

—A mí me gustó —añadió Lili.

Mia nos ofreció una sonrisa.

—Excelente. Dentro de poco, nos enfrentaremos al ascenso número dos: el pico Scafell.

Leo se inclinó hacia adelante en su asiento.

—Pero, por hoy, tendremos nuestras sesiones de grupo y pronto empezaremos con algunas individuales. El resto del día es para ustedes. Tal vez algunos quieran empezar a escribir en sus diarios. —Durante un momento, Leo contempló a Cael, quien estaba sentado con los brazos cruzados mientras veía por la ventana. Estaba bastante segura de que no le dio otro, ya que era evidente que no lo recibiría con gusto.

Palidecí al pensar en el diario. Todavía no estaba segura de que *yo* pudiera usarlo.

—Ahora queremos utilizar algunas técnicas de respiración —anunció Mia—. Para muchas personas que atraviesan un duelo, los ataques de ansiedad pueden ser una experiencia común. —Me quedé viendo mis dedos y el barniz de uñas transparente que empezaba a descarapelarse—. De igual manera, el enojo puede ser una emoción intensa con la cual lidiar —siguió Mia—, de modo que queremos ofrecerles algunas herramientas que los ayuden a manejarlos en cualquier momento en que surja cualquiera de los dos.

—También son de mucha utilidad para la atención plena —añadió Leo—. De manera que, por favor, les voy a pedir que se sienten derechos en sus sillas y que cierren los ojos. —Hice lo que me pidieron y enderecé la espalda—. Quiero que inhalen por la nariz durante ocho segundos —instruyó Leo mientras los contaba en voz alta—. Ahora, aguanten la respiración por cuatro segundos. Escuchen su corazón. Oigan su ritmo en sus oídos. Ahora, exhalen durante cuatro segundos. —Mis hombros se relajaron un poco—. Cuando entren en pánico o se sientan estresados, esta puede ser una excelente herramienta para ayudarlos a reenfocarse y a controlar lo que les parece incontrolable.

Coloqué mi mano sobre mi corazón y sentí su latido bajo mi palma.

—A veces —dijo Leo mientras yo mantenía los ojos cerrados—, cuando pensamos en aquellos a quienes perdimos, podemos sentirnos impotentes, fuera de control. Este ejercicio puede ayudarlos a sentirse más aterrizados. —Mientras hablaba, en automático vi a Poppy sobre su lecho de muerte. La vi dentro de su ataúd, que se colocó en la habitación de enfrente de la casa, donde mamá y papi rara vez se alejaban de él, y donde Rune dormía sobre el piso, junto a donde ella yacía. Rune, que se negó a dejarla hasta que la bajaron a la tierra… donde también terminó por quedarse.

Mi corazón empezó a galopar ante el recuerdo. Pude sentir que las garras de la ansiedad se abrían dentro de mí, listas para atraparme, pero entonces inhalé por ocho segundos y aguanté la respiración por cuatro. La sombra de una sonrisa iluminó mi rostro cuando escuché el ritmo de mi corazón y empecé a sentir cómo desaceleraba, cómo disminuía mi pánico al exhalar un aliento normal de cuatro segundos. Por supuesto, ya me habían enseñado esta misma técnica con anterioridad, pero aquí estaba *funcionando*. Quizá era la distancia de Georgia, donde perdí a Poppy, o el ambiente pacífico de los Lagos que hacía que en esta ocasión sirviera. O tal vez me estaba abriendo de manera inconsciente a sanar. Deseaba con todas mis fuerzas que así fuera.

—Muy bien —dijo Leo y no abrí los ojos, pero me pregunté si me estaría hablando a mí de manera directa.

—Otro aspecto que puede resultar difícil —continuó Mia con gentileza mientras nos recordaba que siguiéramos respirando—, es para aquellas personas que estuvieron presentes al momento de la muerte de su ser querido, o que estuvieron allí poco tiempo después. Esos recuerdos pueden resultar incapacitantes, pueden…

Un estruendo me hizo abrir los ojos de repente, solo para ver que Cael salía de la habitación. Volcó una mesita lateral y el agua que estaba encima se derramó sobre el piso. Escuché que se azotaba la puerta delantera y el silencio cubrió la habitación.

Leo y Mia no hicieron movimiento alguno por limpiar el agua.

—¿Deberíamos ir tras él? —preguntó Travis con preocupación evidente en el rostro.

—Démosle un momento para tranquilizarse —afirmó Mia—. Esto será muy difícil para todos ustedes —añadió—. Las etapas del duelo no son lineales, son cíclicas. Enojo, negación, negociación, depresión y aceptación. No siguen un orden particular. Es posible que no las experimenten todas y, para algunas personas, una de las etapas las retendrá con más fuerza. Es posible que experimenten las cinco y que, después, vuelvan a empezarlas de nuevo.

—La aflicción —continuó Leo—, es una emoción de por vida. Personas que llevan cuarenta años de haber tenido una pérdida seguirán experimentando momentos en que se desmoronen por completo. Lo que queremos hacer en este viaje es ayudarlos a afrontarla. Me temo que el duelo en sí es incurable, pero *sí* es posible aprender a vivir con él. Aprender a encontrar la felicidad una vez más. Sonreír y reírnos. Y habrá un momento en que los recuerdos de esos seres queridos sean más positivos que negativos, en que podamos volver a hablar de ellos con felicidad, no con tristeza, y en que recordemos los buenos tiempos. —Esbozó una leve sonrisa—. Eso quizá parezca muy lejano en este momento, pero sí se puede lograr. Necesitamos dejar que lleguen a ese sitio a su propio paso y que expresen su dolor de cualquier manera en que necesiten hacerlo.

—Aquí no existe nada que sea correcto o incorrecto —afirmó Mia.

—Ahora, intentemos esto de nuevo —dijo Leo y siguió adelante con su lección.

Pasó una hora antes de que nos dieran algo de tiempo libre. Tomé el libro que estaba leyendo y me dirigí al exterior. Era un día claro y helado, pero el sol brillaba y el agua del lago estaba quieta como si fuera de cristal.

Me envolví en mi abrigo, mi gorro y bufanda, luego escuché el sonido de voces que provenía de la sala, pero quise un tiempo a solas. Caminé a la parte de atrás de la casa y me dirigí al promontorio que me gustaba para leer, cuando escuché madera que raspaba contra el piso.

Cuando pasé por el sendero de árboles que bordeaba el lago, vi a Cael, que estaba desatando uno de los botes de remos. No había regresado desde que se marchó de la sesión. Sabía que Leo y Mia fueron a ver cómo estaba, pero yo me sentí… preocupada. Sí, me preocupé por él. Tal vez una parte de mí quiso salir a leer solo para asegurarme de que estuviera bien. Él me apoyó un par de veces y ahora quería devolverle el favor.

Cael tenía puestos su abrigo negro y su gorro, por cuya orilla escapaba su desordenado cabello. Tenía el rostro enrojecido y su cuerpo estaba tenso.

Di un paso más adelante y la cabeza de Cael se levantó de inmediato. Apretó la quijada al verme parada allí, pero siguió desatando el bote.

—¿Qué? —espetó casi sin mirarme.

—¿Estás bien? —pregunté con el corazón en la garganta. Detestaba verlo así. Ver a quien fuera así, ahogándose en un dolor tan evidente.

Cael terminó de desatar el bote y lanzó la cuerda a la orilla. Sus botas estaban dentro del lago, pero el agua poco profunda todavía no mojaba sus *jeans*. No pensé que me fuera a contestar hasta que dijo:

—¿Vienes?

Eche la cabeza hacia atrás, sorprendida, y me quedé viendo el bote. ¿Me estaba pidiendo a *mí* que lo acompañara? Era un bote tradicional de remos, hecho de madera. Con dos remos, uno a cada lado. Me quedé viendo la embarcación, como si se tratara de una llama viva y abrí la boca, sin saber qué decir.

—No… no estoy segura de que podamos usarlos.

Una risa incrédula y casi cruel brotó de la boca de Cael antes de que pudiera acallarla con una mirada de furia, y quizá un rastro de desaliento.

—Y justo cuando pensé que tú podrías ser *diferente*… —Sacudió la cabeza y su rostro enrojeció todavía más—. Pero claro que no es así. ¿Por qué alguien aquí podría comprender…? —Su garganta se cerró y pareció robarle las palabras antes de lanzarme una mirada tan llena de desilusión que me provocó un dolor físico—. Regresa adentro con los demás.

Miré que el agua le cubría las piernas hasta las rodillas mientras caminaba con el bote hacia un área más profunda del lago. Estaba a punto de saltar al interior, cuando le hablé.

—¡Espera!

Cael se detuvo y se dio la vuelta. Sentí que mi pulso se aceleraba, que la sangre corría con fuerza por mis venas y vi lo que pareció una expresión esperanzada en su apuesto rostro. Era tan cruda, tan abierta, tan sincera... tan *vulnerable,* que me rompió el corazón por completo—. Yo... —Me interrumpí y apreté el libro contra mi pecho. El viento sopló con más fuerza y arrojó mi cabello sobre mi cara. «Quizá necesite un amigo...». —Las palabras de Ida dieron vueltas en mi mente. Cael sacudió con fuerza la cabeza en actitud de frustración y empezó a moverse de nuevo, pero mis pies me impulsaron al frente—. Te acompaño.

Cael soltó una exhalación larga y profunda y, en ese instante, entendí. No quería estar solo. A pesar de lo reservado que parecía, a pesar de la oscuridad que lo rodeaba, se sentía solo y no sabía cómo pedir que alguien lo acompañara.

Los ojos de Cael se entrecerraron mientras me observaba. Por un momento pensé que había cambiado de parecer, pero entonces estiró una mano hacia mí. Los nervios se apoderaron de mí, pero respiré como nos habían enseñado Mia y Leo, y coloqué mi mano en la suya, donde quedó perdida, pero me tomó con fuerza y, mientras me acercaba hacia él, dijo con voz ronca:

—¿Me permites? —No entendí lo que quería decir hasta que colocó sus manos en mi cintura y entendí que quería cargarme dentro del bote.

—Sí —susurré mientras sus manos se posaron en mí haciendo que esas mariposas volvieran a levantar el vuelo dentro de mi pecho. Cael me levantó como si no pesara nada. Me agarré de sus brazos, que se sentían musculosos y ágiles bajo mis dedos. En el aeropuerto, Travis había mencionado algo acerca del *hockey* sobre hielo. No le había agradado a Cael, pero sin duda, era de allí de donde había sacado su fuerza y su físico.

»Gracias —dije y me senté sobre una de las tablas de madera que servían para ese propósito. Sin ningún tipo de esfuerzo, Cael saltó al interior del bote—. Tus pantalones —exclamé al ver que estaban empapados hasta la rodilla. Hacía un frío gélido y sentí un brote de pánico. Sin duda se enfermaría. Ahora, la idea de que cualquiera se enfermara me hacía entrar en absoluto pánico.

—Estoy acostumbrado al frío —dijo en respuesta para después tomar los remos. Empezó a remar y el bote nos llevó con velocidad de la breve orilla frente al hospedaje, a un área más abierta del lago. A la distancia, podían verse otras embarcaciones con turistas que daban vueltas cerca de la orilla.

Cael estaba concentrado y se estaba esforzando tanto como su cuerpo se lo permitía. El bote atravesaba las aguas como un cuchillo caliente a través de mantequilla. Me aferré a los lados cuando el viento se acrecentó por la velocidad que estaba alcanzando Cael. Tenía el rostro enrojecido y su respiración empezó a acelerarse. Pasaron los minutos y el sudor le empapó el rostro, pero siguió adelante, expulsando la ira que parecía correr en un flujo ilimitado en su interior.

Me hizo pensar en lo que Mia y Leo nos dijeron acerca de las etapas del duelo. Que para algunas personas, una de las etapas las mantenía cautivas durante más tiempo. Yo no estaba del todo segura en cuál de ellas me encontraba, me parecía que podía experimentar todas en cualquier día.

Mientras más nos adentrábamos en el lago, más aparente se volvía la belleza del lugar. Desde esta nueva perspectiva, el lago tenía un aspecto por completo diferente. Estábamos rodeados de montañas cubiertas de nieve, y de pequeños y desolados islotes donde se erguían majestuosos los árboles con ramas desnudas en los que habitaban miles de aves. Cerré los ojos y sentí el viento helado contra mi rostro. Despertó algo en mi interior. De alguna manera, me hizo sentir… *viva*.

No me percaté de que Cael había dejado de remar hasta que dejé de sentir la brisa contra mi rostro y abrí los ojos. Controlé mis nervios cuando noté que me estaba observando. El enojo al que se aferraba parecía haber disminuido y esa profunda desolación regresó a sus ojos azul plata. Al ver que le devolvía la mirada, Cael se quitó el gorro y pasó una mano por su desordenado pelo. Rara vez estaba sin el gorro, y verlo sin él me hizo darme cuenta de que era realmente atractivo.

Fijó sus ojos sobre las personas al otro lado del lago. Los turistas, que comían helado, alimentaban a los patos y reservaban paseos por el lago. Seguí su mirada. Parecían de lo más despreocupados, libres de toda carga.

—¿Qué estás leyendo? —la ronca voz de Cael parecía extenuada. No me sorprendió. Había remado a una velocidad impactante hasta que resultó evidente que no podía más. Sin embargo, también me quedaba claro que no era solo el agotamiento físico lo que lo trajo a este sitio. La vida también lo extenuaba.

Llevaba el libro apretado contra mi pecho. Lo alejé y le respondí.

—Es acerca de los poetas lakistas.

—¿Quiénes? — Desconcertado, Cael frunció el ceño.

—Los poetas lakistas. —Hice un gesto a nuestro alrededor—. Eran famosos poetas ingleses que venían al Distrito de los Lagos para alejarse del ruido y ajetreo de la vida citadina del siglo XIX. Querían vivir en la naturaleza, descansar y llevar un ritmo de vida más pausado. Querían un lugar donde pudieran ponerse en contacto con sus sentimientos.

Cael volvió a mirar al otro lado del lago, con los remos dentro del bote y sus brazos cruzados sobre sus piernas. Parecía perdido en sus pensamientos, hasta que respondió:

—Eso tiene sentido.

Incliné la cabeza y aproveché que estaba concentrado en el lago para observarlo con detenimiento. Parecía que cada centímetro de su piel estaba cubierto de tatuajes, tenía pequeños extensores en las orejas y una arracada en el labio inferior. Solo lo había visto usar ropa negra, sin embargo, a pesar de toda ausencia de color, era impactantemente apuesto. Uno de los chicos más atractivos que había visto jamás, si no es que el *más* guapo.

—¿Y acerca de qué escribían?

Parpadeé, estaba demasiado concentrada en mi estudio de Cael como para procesar su pregunta. Cuando no dije nada, volteó hacia mí y colocó su barbilla sobre sus brazos cruzados.

—¿Perdón? —pregunté, con mis mejillas sonrojadas porque me sorprendió mirándolo. Los ojos de Cael parecieron resplandecer, molestos.

—Los poetas, ¿acerca de qué escribían? —Era como si necesitara que algo ocupara su mente de inmediato. Cualquier cosa que lo alejara de lo que fuera que lo tenía atrapado. Eso sí era algo que podía hacer por él.

—Eran los románticos ingleses. Escribían acerca de la belleza, de sus pensamientos, de sus sentimientos, eran bastante adelantados para su época. Algunos de los más famosos fueron Wordsworth, Coleridge y Southey. —Me alcé de hombros—. Supongo que los consideraban rebeldes. Estaban moldeando la poesía como querían que fuera y sin hacerles caso a las viejas reglas. La utilizaban para expresar sus sentimientos.

—¿Viene alguno de sus poemas en tu libro?

—Sí, así es —respondí y pasé las hojas para encontrar uno de mis favoritos, de Wordsworth.

Le ofrecí el libro para que lo leyera, pero entonces me dijo:

—¿Podrías leerlo tú? —El corazón empezó a latirme como tambor y mi rostro enrojeció de inmediato. Estaba a punto de sacudir la cabeza para negarme, cuando continuó—. Me gusta tu acento. —Mi galopante corazón casi se detuvo.

«Me gusta tu acento...».

Pude sentir que mi piel ardía de la vergüenza, pero Cael seguía teniendo esa mirada de devastación en los ojos, esa que yo añoraba que desapareciera. De modo que me puse a leer.

—Vagué, solitario como una nube... —Leí cada bellísimo verso, que hablaba del cielo lleno de estrellas, de los narcisos y de las olas, y que se maravillaba de estas notables vistas cuando todo era reflexión y quietud. Y sentí cada uno de ellos. Recitar ese poema en el sitio que sirvió de musa fue surrealista y más que una bendición.

Cuando terminé de leerlo, la atención de Cael estaba fija en mí. No se apresuró a responder.

—Suena justo como es este lugar —dijo en su voz ronca.

Sonreí y asentí. Era exactamente lo mismo que yo pensaba.

—Ya casi acabo el libro, en caso de que quisieras leerlo cuando lo termine.

Cael volvió a mirarme sin apartar la vista y sentí que buscaba algo en mi rostro. No tenía idea de qué.

—Gracias —me dijo.

Me moví en mi asiento y vi una pequeña lancha de motor que pasó junto a nosotros. A bordo viajaba una joven familia. Una mamá, un papá y dos pequeñitos que tenían puestos chalecos salvavidas color rojo. Parecían felices y despreocupados. Todavía recordaba aquellos días.

—¿Ya te sientes algo mejor? —me atreví a preguntarle a Cael.

Inhaló profundamente y exhaló poco a poco.

—Nunca me siento mejor —confesó con una voz que sonaba tan deshecha como un vidrio después de estrellarse. Su expresión era reservada y me pregunté lo que le costó revelarme eso. Cael era una figura formidable: alto, dominante e intimidante también. Sin embargo, justo en este instante, parecía muy frágil, tan vencido por la vida que quise abrazarlo con fuerza hasta que se sintiera bien.

Mi corazón se hundió porque la sencilla confesión de Cael era tan cruda como mis propios sentimientos. Abrí y cerré la mano, quería estirarla y tomar la suya, pero no estaba segura de que quisiera que lo hiciera, y no era tan audaz como para intentar hacerlo.

Pasaron algunos minutos de silencio hasta que Cael volvió a hablar.

—¿De dónde eres?

El bote se meció con tranquilidad cuando un barco de turistas de mayor tamaño pasó cerca, causando algunas ondas en el agua del lago.

—De Georgia, de un pueblito campirano que se llama Blossom Grove.

Cael esbozó la más pequeña y breve de las sonrisas, pero bastó para dispersar algunas de las nubes del día y permitir que entrara algo de sol.

—Un verdadero durazno de Georgia, ¿no?

No pude haber evitado sonrojarme aunque hubiera querido. Estaba sonriendo, hablando conmigo, y eso se sentía como una bendición.

«Quizá necesite un amigo…». Decidí que Ida tenía razón.

—Esteee… sí, supongo. ¿Y tú eres de Nueva Inglaterra? —pregunté.

La sonrisa de Cael se desvaneció y volvió a encerrarse entre cuatro paredes. Asintió con brusquedad.

—De un pequeño pueblo a las afueras de Boston.

Empecé a juguetear con las orillas de la portada del libro que tenía entre mis manos.

—Tenía pensado ir a Harvard en el otoño —Me sorprendió admitirlo. No supe por qué, pero Cael se tensó de repente y los ojos que habían parecido tan abiertos y vulnerables se enfriaron de un momento para otro y ocultaron cualquier vulnerabilidad que hubieran expuesto. Vi que su lenguaje corporal cambiaba de abierto a defensivo, con los muros que construyó alrededor a su máxima altura.

—Es momento de irnos —dijo con frialdad mientras tomaba los remos.

—¿Acaso dije algo…? —respondí, confundida.

—Dije que es momento de *regresar*. No tengo nada más que hacer aquí —espetó con fuerza en un tono que obviaba cualquier posibilidad de discusión. Sentí que me recorría un escalofrío y traté de pensar en qué acababa de suceder, qué lo había enfurecido.

No volvimos a cruzar palabra mientras volvíamos La misma sensación de frustración había regresado y remó con fuerza hasta las orillas del hospedaje, con la misma furia con la que remó antes, y con sus demonios al acecho de nuevo.

Al acercarnos a la orilla, vi a Dylan sentado en el promontorio que me gustaba ocupar. Nos lanzó un saludo con la mano y, unos minutos después, atracamos. Cael saltó del bote primero y lo jaló por completo para subirlo a la arena regada de guijarros.

Me preparé para bajarme cuando sentí que la mano de Cael tomaba la mía con fuerza.

—¿Me permites? —dijo de manera distraída y deslizó sus manos a mi cintura cuando asentí. Me levantó del bote y me colocó con suavidad en la orilla. La forma en que cuidaba de mí en sentido físico contrastaba de manera absoluta con su modo de hablarme. Vio mi mirada de preocupación durante un par de segundos y abrió la boca, como si fuera a decir algo, a explicarse, pero después se marchó en dirección al hospedaje sin decir más. Con el corazón en la garganta, lo miré alejarse.

—Hola, Sav —dijo Dylan mientras saltaba del promontorio para caminar hasta mí. Yo todavía miraba a Cael y Dylan siguió mi mirada.

—¿Fueron a remar?

Solo asentí; no quería compartir nada de la última hora. No sabía por qué, pero nuestra salida en el bote se sentía personal, solo mía y de Cael. Había visto un asomo de otra faceta de Cael. Él… él me mostró al chico despedazado que estaba detrás de su enojo, bajó su escudo de fuego.

Quería ayudarlo.

—Parece un tipo difícil de llegar a conocer —afirmó Dylan mientras señalaba la puerta por la que acababa de entrar Cael—. Y puede ser bastante atemorizante en ocasiones.

Miré a mi amigo.

—No creo que sea peligroso. Es… —suspiré, todavía confundida—. Está herido —afirmé y escuché el tono defensivo en mi propia voz. Comprendí que parecía agresivo e inaccesible, incluso para mí. Sin embargo, por la forma en que se comportó en el bote… tan callado, tan derrotado… resultaba evidente que sufría una agonía tal que podía sentirse casi a nivel físico.

—Lo sé —respondió Dylan con un dejo de culpabilidad en la voz. Arrastró los pies contra la orilla arenosa—. Travis me contó que jugaba *hockey.* —Eso era algo que yo ya sabía—. Pero, o sea, a nivel muy alto. A tal grado que iba a ser profesional o, por lo menos, pudo haberlo sido. Es decir, iba a ir a la universidad con beca por jugar y, después, se hubiera unido a la liga nacional. Jugó en la liga juvenil para la selección oficial de Estados Unidos. Era su superestrella. —Algunos de los trozos desperdigados del rompecabezas de la vida de Cael empezaron a juntarse.

«Estoy acostumbrado al frío…».

Me invadió la sensación de que debía protegerlo.

—No creo que Travis deba estar contando la historia de Cael. —Dylan pareció desconcertado por la dureza con que le hablé, pero estaba más que convencida de lo que le dije. Nuestras historias eran nuestras, para compartirlas o no, cuando estuviéramos listos.

—Creo que Travis está un poco abrumado por su fanatismo —afirmó Dylan con cautela—. No tiene intención de hacer daño alguno, Sav. Habla sin parar y no tiene filtros, pero es inofensivo. —Dylan hizo un gesto en dirección hacia donde se había marchado Cael—. Cuando Travis dijo que Cael era bueno, creo que se quedó muy corto. Al parecer, destruyó cada récord para su grupo de edad e incluso, más allá. Según lo que dijo, era la estrella de *hockey* más prometedora de la liga juvenil en años y, después, simplemente… dejó de jugar.

Un tono de conocimiento de causa tiñó las últimas palabras de Dylan, y fue evidente que Travis sabía la razón por la que Cael dejó el juego; algo que le comunicó a Dylan. Pero yo no quería saberlo. Si algún día Cael quería decirme por qué estaba aquí, la razón por la que había dejado de practicar su deporte, quería que fuera por decisión suya.

—Voy adentro a leer —dije para cambiar el tema. Dylan pareció quedarse inmóvil, no estaba seguro de si me había molestado.

No era así, pero sentí que debía... *proteger* a Cael, aunque no pensé mucho en el por qué—. ¿Vienes?

Dylan sonrió, aliviado, y puso su brazo alrededor de mis hombros mientras caminábamos al hospedaje y me platicaba de todo y de nada. Nos sentamos en la sala. Leí acerca de los poetas junto a la enorme chimenea prendida, al tiempo que Dylan, Travis, Jade y Lili veían programas británicos de comedia en la televisión y los evaluaban.

Se acercó la noche y las estrellas salpicaron el negro cielo cuando cerré el libro, ahora concluido. Me levanté para irme a la cama cuando detecté que Cael estaba en el nicho del pasillo, acurrucado en el asiento de la ventana, con los brazos cruzados sobre su pecho, audífonos puestos, y la mirada fija en el exterior.

Caminé hasta él y puse la mano sobre su brazo con suavidad. Cael volteó y quitó su brazo de un jalón. Me miró con furia por un segundo antes de que viera que sus ojos se suavizaban un poco al darse cuenta de que se trataba de mí.

Se quitó los audífonos:

—¿Qué? —No se estaba portando grosero, sino, más bien, sonaba exhausto, sombrío.

Le entregué el libro.

—Ya lo terminé —dije—. Es realmente bueno.

Se le quedó viendo como si fuera una granada a punto de explotar. En su rostro, vi que se libraba una batalla en cuanto a si debía aceptar el libro o no. Era evidente que estaba luchando consigo mismo, pero entonces me miró a los ojos y sus hombros perdieron toda tensión. Estiró la mano y tomó el libro con gentileza.

—Gracias —susurró antes de volver a mirar por la ventana, lo cual tomé como señal de que me marchara.

Estaba a punto de llegar a la puerta cuando oí,

—Buenas noches, Duraznos. —La sorpresa del inesperado apodo fue tan intensa que sentí que dejaba una marca en mi corazón. Volteé para ver una mirada afligida, pero amable, en el rostro de Cael, misma que desapareció en un instante.

«Un verdadero durazno de Georgia, ¿no?», me había dicho en el bote.

—Buenas noches, Cael —respondí con voz un poco más fuerte, y mi corazón se aceleró cuando me dirigí hacia las escaleras, porque, en esta ocasión, el fuerte latido fue agradable.

Palabras sinceras y cálidos abrazos

SAVANNAH

El frío del ascenso al pico Scafell seguía envolviéndome como si fuera una capa. El clima de hoy no era como el que nos tocó en el ascenso a Helvellyn. Estaba húmedo y tempestuoso, con lluvia tan intensa y helada que pareció penetrar nuestra piel y congelarnos hasta los mismísimos huesos.

Al regresar, tomé un baño con agua hirviente para quitarme el frío, pero no sé qué pasó el día de hoy que me hizo sentir que algo no estaba del todo *bien.* Las nubes grises eran opresivas y el agotamiento del ascenso, mezclado con el del desfase horario, me estaba abrumando. Me sentía extenuada y quería irme a casa. Quería sentir el consuelo de los abrazos apretados de Ida y acurrucarme en el sofá con mamá y papi y escucharlos hablar de cómo les fue en su día.

Más que ninguna otra cosa, quería ir a ver a mi Poppy en Blossom Grove.

—¿Ya pasaron cuatro años desde la muerte de tu hermana? —preguntó Mia al mismo tiempo que yo fijaba la mirada en el fuego que ardía en la pequeña oficina que estaba sirviendo de consultorio para Mia y Leo. Me tensé al escuchar sus palabras—. ¿Y qué edad tenía cuando murió?

Tragué el nudo que se hizo en mi garganta. Siempre se cerraba cuando me preguntaban acerca de Poppy, como si mi cuerpo se defendiera de hablar de mi hermana, de volver a lastimar una herida ya abierta.

—Diecisiete —respondí, obligándome. En este instante quería estar donde fuera, menos aquí, pero prometí que haría el intento. De modo que apreté las manos sobre mi regazo y mantuve los ojos fijos en el piso. Un hábito nervioso que siempre se presentaba cuando me sentía incómoda.

—Diecisiete… la misma edad que tienes en este momento —dijo Mia. Era evidente que había conectado las pistas. Asentí y seguí viendo las llamas. Los troncos crepitaban y eso me recordó a los veranos en la playa durante mi infancia.

—¿Fue rápida su enfermedad?

Inhalé con fuerza para darme ánimos y sacudí la cabeza.

—No —susurré—. Se prolongó durante un par de años. —Mis ojos se llenaron de lágrimas y mi mente me llevó hasta los primeros días en que diagnosticaron a Poppy. Mamá y papá, que nos sentaron para contárnoslo a Ida y a mí. No creo que ninguna de las dos comprendiéramos la seriedad del padecimiento de Poppy. Por lo menos no hasta que nos mudamos a Atlanta para su tratamiento, no hasta que su apariencia empezó a cambiar y las sonrisas de mamá y de papi se volvieron tensas, fue entonces que me di cuenta de que las cosas no estaban marchando como habíamos querido.

No pude evitar el recuerdo que irrumpió en mi memoria…

Entré en la habitación de hospital de Poppy y me detuve en seco. La mano de Ida estaba sujeta a la mía. La apretó hasta que me produjo dolor cuando vimos a Poppy, que se veía tan pequeña sobre la cama de hospital.

Pero eso no fue lo que nos detuvo en seco. No fue lo que hizo que las lágrimas brotaran de mis ojos e hicieran cataratas gemelas sobre mis mejillas.

—Tu cabello —exclamó Ida por las dos.

Poppy sonrió y deslizó su mano sobre su cabeza calva.

—Ya no está —afirmó, al parecer igual de alegre que siempre. Inclinó la cabeza a un lado—. ¿Me veo bien?

Así era, en definitiva. Pero, claro, siempre se veía bellísima. Tenía 16 años y ya llevaba cierto tiempo luchando contra el cáncer. Le habían hecho un montón de tratamientos, pero no estaba del todo segura de que estuvieran funcionando. Nos mantenían muy alejadas a Ida y a mí. Yo detestaba estar lejos de Poppy. Cuando no estaba, sentía que me faltaba algo.

—Te ves perfecta —dije, con absoluta sinceridad.

—Entonces, vengan para acá —nos hizo un gesto para que nos acercáramos a su cama—. Las extrañé muchísimo. —Nos subimos a la cama, cuidando de no sentarnos sobre alguna de las sondas sujetas a su brazo.

Poppy nos abrazó a las dos, pero no sentí ningún consuelo con su abrazo. Solo sentí terror, porque Poppy siempre te abrazaba con una enorme fuerza, pero ahora, mientras nos abrazaba, apretándonos como si jamás quisiera soltarnos, sentí su debilidad. Ida se rio y besó a Poppy en la mejilla, sin percatarse, pero yo sentí un cambio en mi hermana mayor. Algún oculto sexto sentido hizo que los vellos de mi nuca se erizaran y que una sensación de horror se asentara al fondo de mi estómago. Cuando miré a Poppy, vi la razón de ello en sus ojos verdes.

No estaba mejorando.

Y pude ver, por su expresión dudosa, que entendió que yo lo sabía.

—Te quiero, Sav —dijo con voz entrecortada. Poppy siempre era fuerte pero, en ese momento, no pudo evitar que se quebrara su voz y eso me indicó lo que yo más temía. Iba a dejarnos.

Con un sollozo ahogado, no pude más que caer entre sus brazos. Juré que jamás la soltaría…

—No merecía morir —me encontré diciendo, demasiado cansada como para siquiera sorprenderme de mi participación voluntaria. Una extraña sensación de irritación empezó a crecer en mi interior. Estaba agotada, sola y enfurecida con el mundo.

—La mayoría de la gente no merece morir, Savannah, pero también es una inevitabilidad de la vida. —Mis manos se cerraron contra mis palmas y apreté las uñas contra mi piel. Mia se inclinó hacia mí—. Algunas personas solo pasan por nuestras vidas por un tiempo muy breve, pero la marca que dejan en nosotros es como un preciado tatuaje.

Ante esas palabras, mi amargura se disolvió y de inmediato me sentí devastada, como una inundación de tristeza que sofocaba el enojo que sentí en mis venas. Un preciado tatuaje… sin duda lo había sido.

—La extraño —susurré al tiempo que sentía que el frío dolor de mis huesos se acrecentaba. El agotamiento que sentía era como un ancla que impedía que me moviera, que me protegiera de todos esos pensamientos que no quería dentro de mi cabeza, de todos esos recuerdos que no quería volver a vivir. El intenso esfuerzo de los últimos días bastó para dejarme impotente.

—Sé que así es —respondió Mia y me pasó la caja de pañuelos desechables que estaba sobre la mesa. Ni siquiera me di cuenta de que estaba llorando. Me limpié las lágrimas y me tranquilicé, al tiempo que Mia comentó—: Es bueno recordar a quienes hemos perdido. ¿Hay algo que puedas hacer que le agradaba a Poppy? ¿Alguna manera de que pudieras sentirte más cerca de ella?

Mi respiración se volvió tan irregular como lo estaban las aguas del lago Windermere más temprano, porque sí la había.

Estaba agotada por el ascenso, pero lo que más cansada me hacía sentir era el constante esfuerzo por huir de mi hermana. No estaba segura de si se debía a que todo ánimo de resistencia se agotó junto con mi energía durante los últimos días, pero estaba más que harta de evitar el mensaje que Poppy quiso comunicarme.

Y más allá de todo eso, simplemente la *extrañaba*. Extrañaba tanto a Poppy que había momentos en que pensaba que la intensidad de mi duelo terminaría por matarme a mí también.

—Tengo un cuaderno —dije, sin apartar la mirada del fuego. Sentía el calor en mi rostro y el aroma a leña quemada impregnó mi cabello recién lavado—. Poppy… me dejó un cuaderno. Uno en el que escribió. —Me moví inquieta en mi asiento—. Uno que jamás he podido abrir.

—Y ¿cómo te sientes acerca de eso ahora? —presionó Mia con gentileza.

Bajé los hombros, derrotada.

—Que estoy cansada de resistirme.

—¿Tienes ganas de leerlo ahora o en algún momento próximo? En privado, por supuesto —añadió Mia. Un óleo de otra parte del Distrito de los Lagos llamó mi atención. Estaba colgado sobre la pared y de inmediato me hizo pensar en los poetas lakistas. Vinieron a este lugar para escapar, para alejarse del mundo que tanto estaba cambiando y que les robaba la felicidad.

Vinieron aquí para pasar sus últimos días en paz.

Quizá también era mi destino estar aquí. Alejada de todo lo que conocía, en un sitio de calma y paz. Tal vez este era el lugar en que se suponía que volviera a saber de Poppy. Aquí, en un viaje que me ayudaría a seguir adelante después de su muerte para aferrarme a algún tipo de vida. Para poder recordarla con amor, como se merecía, y no como un recuerdo al que debía temer.

—Creo que sí —dije y sentí que podía respirar un poco mejor, aunque mentiría si dijera que no tenía un nudo en el estómago ante la idea de abrir finalmente la primera página. ¿Qué habría querido decirme Poppy? No me lo podía imaginar.

—Creo que este es un buen momento para que terminemos el día de hoy, Savannah —dijo Mia. Moví mis piernas adoloridas y tuve que ahogar un quejido. No había una sola parte de mi cuerpo que no me doliera. La verdad es que no podía terminar de comprender esta parte del viaje; lo único que sentía era que estábamos presionando nuestros cuerpos hasta un punto de quiebre. Todos estábamos extenuados y desprovistos de fuerza. No había sido la experiencia inspiradora que esperé que fuera.

Me levanté de mi asiento y Mia me sonrió.

—Hiciste un excelente trabajo el día de hoy, Savannah. Estoy orgullosa de ti.

—Gracias —respondí y salí de la habitación con lentitud. Subí las escaleras hasta mi habitación y, con cada paso, el nerviosismo invadió mi cuerpo. Estaba ascendiendo hacia el cuaderno.

Al fin iba a hacerlo.

Por suerte, ni Lili ni Jade estaban en la habitación cuando llegué. Durante algunos minutos, solo me senté en la orilla de la cama y me quedé viendo la maleta al otro lado del cuarto. Estaba vacía, excepto por el cuaderno que se encontraba en un bolsillo cerrado.

De manera súbita, un rayo de luz entró por la ventana y proyectó un arcoíris de refracción sobre el piso de madera… hasta la maleta.

Me recorrió un escalofrío. Jamás fui religiosa, como Poppy, y cuando nos dejó, cualquier creencia en un poder superior pareció desaparecer de mi alma. Desde mi punto de vista, de lo único que estábamos hechos era de polvo de estrellas y, al morir, volveríamos a ocupar un espacio entre las estrellas de donde nos crearon. Sin embargo, me quedé inmóvil y fijé los ojos en ese reflejo celestial de luz de colores. Los vellos de mis brazos y mi nuca se erizaron como si una onda de electricidad estática fluyera alrededor.

Con los ojos cerrados, levanté la cabeza hacia el techo, en dirección a las estrellas, y me pregunté si de verdad se trataba de Poppy, diciéndome que estaba aquí mientras iniciaba la lectura de las últimas palabras que me dirigió.

Me levanté y miré por la ventana. El sol había salido a través del encapotado cielo y su enceguecedor reflejo brillaba sobre el agua como un halo de oro. La lluvia se había detenido y los distantes picos cubiertos de nieve estaban iluminados como por un reflector, bañados en un brillante fulgor blanco.

Era… irreal.

Con el calor de los rayos del sol invernal sobre mi rostro, crucé la habitación y saqué el cuaderno de la maleta. Mis manos temblaron un poco cuando mis dedos rozaron el papel, pero eso no me detuvo de lo que tenía que hacer.

Bajé de nuevo y tomé mi abrigo y una cobija de los ganchos donde colgaban. Como siempre, me dirigí al promontorio rocoso con vista al lago y, antes de sentarme, me quedé viendo al paisaje que tenía frente a mí.

No estaba segura de que alguna vez hubiera visto algo más majestuoso. Las aguas del Windermere se estaban apaciguando y el viento era frío, pero el sol sobre mi rostro me trajo un asomo de algo que extrañaba desde hacía mucho… esperanza.

Me senté, me envolví en mi abrigo y crucé las piernas. El cuaderno de Poppy estaba sobre mi regazo. Pasaron varios minutos en que me limité a admirar la preciosa letra de Poppy. *Para Savannah.*

Mi vista se nubló cuando las lágrimas empezaron a llenar mis ojos. Las limpié con velocidad porque no quería que nada dañara o manchara este último pedazo de mi hermana.

Cerré los ojos y respiré profundo. Después, exhalé con lentitud, abrí los ojos y, al fin, le di vuelta a la primera página y empecé a leer:

Mi queridísima Savannah,

Si estás leyendo esto, significa que ya me marché, que regresé a casa y que al fin no tengo dolor.

Soy libre.

Una de las mayores dichas de mi vida fue ser tu hermana mayor. Te adoro de todas las formas posibles. Mi silenciosa y reservada hermana con el corazón más amoroso y la sonrisa más cálida. Mi hermana que es más feliz cuando está acurrucada frente al fuego con un libro y música baja de fondo. La que ama a su familia, en especial a sus hermanas, con una arrebatadora fiereza.

Pero Savannah, sé que eres la hermana que está batallando más con mi partida. Te conozco como tú me conocías a mí. No había secretos entre nosotras. Éramos las mejores amigas y sé que a ti es a quien más afectó mi muerte. Sé que no vas a hablar al respecto y que enterrarás tu dolor muy al fondo de tu enorme corazón, lo que hace que se rompa el MÍO. Ya enfrenté mi destino. Le doy la bienvenida a la muerte y a lo que viene después con los ojos abiertos y un alma llena de alegría.

Sin embargo, me duele pensar en dejarlas a ti y a Ida. Apenas puedo pensar en la vida que se extendía frente a nosotras. A los recuerdos que hubiéramos forjado; las tres contra el mundo.

Las hermanas Litchfield… tan unidas como es posible serlo.

Pero también sé que la vida te espera y quiero que le des la bienvenida. Con todo mi corazón, quiero que abraces tu futuro con el mismo amor que me mostraste a mí. Cuida de Ida y VIVE. Vive por todas nosotras.

Eres tan inteligente, Savannah. Toda mi vida he estado asombrada de lo inteligente que eres. La forma en que ves al mundo con esa silenciosa intensidad. La manera en que no pasas nada por alto, en que estudias al mundo entero que te rodea. Pero lo mejor es lo mucho que amas a quienes das entrada en tu corazón.

Adoro a mi familia. Amo a Rune con todo lo que soy, pero la manera en que nos quisiste a mí y a Ida… Dios, es uno de los mejores recuerdos que llevaré conmigo y sé que, incluso en el cielo, seguiré sintiendo ese amor que atraviesa las nubes. Ni siquiera la muerte podría alejarte de mí. Quiero que lo sepas.

Sé que a causa de mi enfermedad has dudado del mundo. Sé que te cuesta trabajo aceptar mi destino y que sientes que es injusto, pero yo jamás me sentí así. Pueden pasarles muchísimas cosas malas a las personas buenas, pero estoy convencida de que nos espera un sitio mejor. Que, para nosotras, como hermanas, mi partida no será más que temporal, unos cuantos minutos en la enormidad de lo que es la eternidad, y que antes de que nos demos cuenta de ello, estarás de nuevo entre mis brazos y en mi corazón, donde siempre has estado.

Sin embargo, en tu caso, falta mucho para que eso suceda y lo que más me asola mientras te escribo esto, es que temo que dejes de vivir. Podrás ser callada y observarás las cosas en silencio, pero eso no significa que no SIENTAS *a una escala sin precedentes.*

Y, Savannah, no tolero pensar que mi muerte te lastime. Temo que dejarás que te limite y eso no es algo que quiera para ti. Quiero que vivas, que florezcas y que cambies al mundo con lo inteligente y maravillosa que eres. De modo que decidí escribirte este diario. Sé que te estaré cuidando, jamás podría mantenerme lejos de ti por mucho tiempo. Y, aunque no esté parada allí, frente a ti, quiero ayudarte a seguir adelante.

Necesito que sepas que estoy bien, Savannah, que estoy en paz. Ya no tengo dolor y estoy feliz. Ya te extraño y la mera idea de no caminar junto a ti en vida basta para socavar mi firme determinación, pero mi fe me hace creer que ESTARÉ *junto a ti... en espíritu.*

Necesito que creas que nunca estás sola.

Voy a llenar este diario con mensajes para ti y te voy a convencer de lo especial que eres. Te voy a ayudar a afrontar mi pérdida, y te voy a amar y a apoyar a través de estas páginas cuando ya no me sea posible estar allí contigo en vida. Porque, mi hermosísima hermana, te quiero más que a la vida misma y jamás me iré por completo. Siempre me tendrás. Lo único que necesito hacer es convencerte de eso.

Te quiero, Savannah. Nunca lo olvides, porque el amor siempre te ayudará a seguir adelante.

Tu hermana por siempre,
Poppy

Un tembloroso grito brotó de mi garganta, con la fuerza suficiente como para que las aves de los árboles que me rodeaban volaran al cielo. Pasé mis manos sobre las páginas mientras las lágrimas corrían en ríos desde mis ojos. Mis hombros se sacudían con la fuerza de mi llanto y no fui capaz de detener la arrolladora tristeza que emanaba de mi interior. Poppy... mi Poppy... Sacudí la cabeza y la elevé al cielo. Quería creer que me estaba observando. Quería creer que estaba allí para mí, que caminaba a mi lado, como me lo había dicho, pero…

El sonido de una rama que se rompía hizo que volteara de inmediato. Cael salió de entre los árboles con una mano levantada.

—Sav… —intentó decir. Su permanente mirada de furia había desaparecido y la preocupación estaba plasmada en su apuesto rostro, pero la tremenda tristeza, las lágrimas y el hueco de la pérdida que esta carta había cavado en mi interior se convirtieron en un enojo tan inmediato y repentino que me dejó sin control.

Cerré el diario y me levanté de un salto, ignorando el dolor de mis músculos.

—¿Qué estás haciendo aquí? —espeté. Cael levantó ambas manos para mostrar que no quería hacerme daño, pero eso no me importó. Me sentí colmada de furia. El dolor de mi pérdida era tan potente que fue como echarle gasolina a un fuego ardiente—. ¿Por qué te escabulliste hasta acá? ¿Acaso me estabas espiando? —Mi voz estaba subiendo de volumen y no podía controlarla.

Cael no se movió, como si yo fuera un caballo al que pudiera espantar con facilidad.

—Estaba afuera, caminando, y te oí. Sonabas alterada. Quise asegurarme de que estuvieras bien. —Su voz era más gentil de lo que jamás la había oído, tranquilizadora, pero poco me importó.

—¡NO TE NECESITO! —grité y mis alaridos hicieron eco por todo el lago—. ¡No necesito este lugar! —continué con un gesto hacia el hospedaje y las montañas que lo rodeaban. Y, entonces, como si alguien hubiera quitado alguna especie de tapón, sentí que toda la intensa furia se drenaba de mi interior, llevándose mi resistencia y mi fuerza en cuestión de segundos. Mis hombros cayeron de repente, estaba extenuada.

—Solo la necesito a ella —susurré. Me cubrí el rostro con las manos y me desmoroné. Me derrumbé con tal fuerza que temí caer al suelo, pero antes de que eso pudiera suceder, unos fuertes brazos me envolvieron y me ayudaron a mantenerme de pie.

Lloré y lloré contra el pecho de Cael. Envolví mis brazos alrededor de su cintura y me agarré de él. Era increíble poder aferrarme a alguien sin fingir por un solo segundo que estaba bien. No tener que levantarme a diario para ponerme una máscara que estaba más que harta de llevar.

—Se murió —dije y toda la tristeza aprisionada salió por una puerta hacia la libertad—. Mi hermana, mi perfecta hermana mayor *murió*. Murió y me dejó aquí para existir en este mundo sin ella y no puedo… De verdad, Cael, simplemente no sé cómo vivir sin ella. ¿Cómo voy a sentirme entera de nuevo? —Enterré mi cabeza contra su pecho y me agarré a su grueso abrigo con los puños. Él solo me abrazó más fuerte. Me apretó y me dio refugio entre sus brazos.

Lloré hasta que me sentí deshidratada y rendida. Me dolía el pecho por el esfuerzo, pero seguí aferrada a Cael con tal fuerza que no estuve segura si alguna vez podría soltarlo.

Levantó una de sus manos de mi espalda y empezó a acariciarme el cabello de manera suave y tranquilizadora. Mi respiración era irregular después del llanto y mi cuerpo se estremeció mientras trataba de recuperarse, después de deshacerse de manera tan absoluta.

Respiré el fresco aroma de Cael. Dejé que el perfume de la nieve y la sal llenara mi cuerpo. Me enfoqué en tratar de seguir respirando, pero sentí que mi corazón empezaba a galopar de manera irregular y el pánico que me atacaba a diario subió hasta la superficie.

La mano de Cael se detuvo y poco a poco se inclinó hacia atrás. Observó mi rostro con sus atentos ojos color luz de luna y me indicó:

—Inhala y cuenta hasta ocho, Duraznos. —Lo miré a los ojos e hice justo lo que me dijo. No tenía la fuerza para resistirme. Respiró conmigo e imité sus acciones.

»Ahora, aguanta la respiración y cuenta hasta cuatro —continuó. La mano que había acariciado mi cabello ahora subía y bajaba por mi espalda. Empecé a sentir la piel de gallina, pero el ritmo de su mano se convirtió en mi guía. Como nos lo enseñaron Mia y Leo, escuché el latido de mi corazón y oí cómo empezaba a bajar de ritmo—. Exhala, Sav —dijo Cael y así lo hice. Repetí el ejercicio algunas veces más. Mi pánico se desvaneció poco a poco, al igual que mis sollozos, hasta que solo quedé yo. Me sentía anestesiada, pero había una nueva sensación dentro de mi alma. Un asomo de calma que no recordaba sentir desde antes del diagnóstico de Poppy.

Las manos de Cael subieron por mis brazos, sobre mi abrigo, hasta que tomó mi rostro entre ellas. Sentí brasas ardientes que corrían por mi espalda y levanté la mirada hasta su cara. Estaba mirando mis ojos, cada parte de mi rostro. Después, presionó su frente contra la mía. No dijo nada, pero ese contacto de piel contra piel llenó mi cuerpo helado de besos de calidez.

—¿Estás bien? —me preguntó después de varios segundos.

—Creo que sí —dije, pero me detuve antes de terminar. Estaba *harta* de fingir, de modo que sacudí la cabeza y revelé mi verdad mientras sentía su suave cabello contra mi mejilla—. No —confesé al fin—. No lo estoy. No estoy bien, en absoluto.

Cael no dijo nada de inmediato. No me consoló, ni dijo nada acerca de sí mismo. Me desconcerté. Me sentí expuesta y en carne viva, de modo que empecé a moverme hacia atrás, avergonzada de mi vulnerabilidad.

—Yo tampoco estoy bien —se obligó a decir en su ronca voz.

Levanté la mirada de manera intempestiva y choqué con la suya. Sus ojos brillaban y tuve la sensación de que esta era la primera vez que Cael admitía eso frente a otra persona… quizá incluso a sí mismo. Mis manos seguían sujetas a su abrigo, de modo que lo solté y levanté una para colocarla también en su mejilla.

Su piel se sentía áspera por el crecimiento de la barba. Trague con fuerza. Jamás había tocado de esta manera a ningún chico.

Cael dejó de respirar, pero cuando mis dedos pasaron ligeros por sus pómulos y bajaron por su cuello tatuado, exhaló y cerró los ojos. Ese momento fue un refugio. Respirábamos el mismo aire y compartíamos nuestro dolor acumulado. Intercambiábamos nuestros secretos en la seguridad de este capullo que habíamos creado.

Pude haberme quedado así para siempre.

Entonces, una gota de lluvia golpeó mi mejilla, seguida rápidamente de otra. Recordé mi diario, me separé de Cael y lo tomé de prisa. Lo apreté contra mi pecho justo en el instante en que los cielos se abrieron y empezó a diluviar.

—Por aquí —dijo Cael y me tomó del brazo. No nos dirigimos hacia el hospedaje, en vez de eso, corrimos hacia la orilla del lago y al muelle techado que se encontraba junto a los botes.

Corrí detrás de él y el torrente de energía que se necesitó para huir de la torrencial caída de agua causó que una andanada de carcajadas saliera de mi boca de forma inesperada. La mano de Cael apretó la mía con más fuerza mientras el ajeno sonido volaba al aire y parecía explotar como una bengala sobre nuestras cabezas.

Cuando llegamos al muelle y nos ocultamos bajo el techo de dos aguas, me incliné hacia adelante para recuperar el aliento. Quedé rodeada de volutas de vapor que parecían nubes hasta que mis pulmones pudieron recuperarse y mi pulso regresó a un ritmo más uniforme.

La lluvia caía sobre el techo, pero el muelle en sí estaba seco. Levanté la cabeza y vi el lago extendido frente a nosotros, con el techo del muelle que enmarcaba el famoso cuerpo de agua.

—Precioso —murmuré, maravillada por el paisaje. Los patos nadaban felices bajo el chubasco y las gotas de lluvia pintaban miles de ondas sobre la superficie del agua.

Arranqué mi vista del lago y volteé hacia Cael. Sentí que el corazón se me iba a los pies y de inmediato me sentí culpable.

—Cael… —dije al tiempo que escuchaba la vergüenza en mi propia voz. Él también estaba contemplando la vista, pero tenía la espalda recta y la quijada apretada. Temí que volviera a cerrarse—. Perdóname, por favor.

No pensé que fuera a responderme o que siquiera reconociera mi disculpa, sino que se mostraría como el mismo Cael distante que había sido desde que llegamos. No podría culparlo. Jamás le había hablado a alguien de esa manera en toda mi vida. Solo trató de ayudarme y yo le arrojé sus buenas intenciones a la cara.

Dejé que mi disculpa quedara flotando en el encerrado aire a nuestro alrededor y que el sonido de la lluvia ocupara el incómodo silencio entre los dos. Sin quitar los ojos del lago, me habló:

—Suenas maravillosa cuando te ríes.

Mi apesadumbrado corazón saltó en mi pecho y empezó a latir con fuerza ante sus inesperadas palabras. Cael caminó a la orilla del muelle y se sentó, dejando que la fresca brisa acariciara su rostro. No pasé por alto el hecho de que dejó un espacio libre a su lado, una invitación tácita para que me sentara también.

Me aferré a mi cuaderno y lo hice.

—Cael... —Quise disculparme con él de nuevo, pero me interrumpió.

—Siento mucho lo de tu hermana.

La simple mención de Poppy hizo que mi garganta se cerrara.

—Gracias —dije con voz ronca. Me pregunté si insistiría más, pero no lo hizo. Con mi dedo, recorrí la letra de Poppy sobre la tapa de cuaderno. Podía verla en el asiento de la ventana de su cuarto, escribiendo mi nombre. Incluso a pesar de todo con lo que había estado lidiando, pensó en mí.

—Se llamaba Poppy —me encontré diciendo. Pensé que me quedaría en *shock* por haber dicho su nombre en voz alta, pero me percaté de que cuando se trataba de Cael, alguna parte muy profunda de mí sabía que era seguro hablar con él. Cael suspiró y cruzó las piernas, y después colocó los codos sobre ellas. Me estaba dando el espacio y tiempo que necesitaba para hablar. Parpadeé para no empezar a llorar.

»Tenía cáncer —Apreté el cuaderno contra mi pecho. Traté de engañarme pensando que era como recibir un abrazo de apoyo de mi hermana misma—. Murió hace casi cuatro años después de una larga y agotadora batalla.

Cael bajó la cabeza, casi como si estuviera rezando. Me aclaré la garganta para deshacerme del nudo que sentía y continué.

»Era mi lugar seguro. Era como el ancla de mi barco y me he sentido a la deriva desde ese instante.

Pasaron varios minutos en absoluto silencio. Miré hacia la nieve en las distantes montañas. Jamás había visto la caída de nieve y mi esperanza era verla aquí, pero el invierno inglés solo nos había dado cielos grises e interminables lluvias. El cuaderno se deslizó de mi regazo cuando acomodé las piernas y quedó frente a Cael. Me di cuenta de que la lluvia había empezado a ceder; después, se disipó una inmensa nube y el sol volvió a salir para iluminarlo todo con sus rayos dorados.

Vi el familiar halo que cubría al lago.

Estiré la mano para tomar el cuaderno, pero Cael ya lo sostenía frente a mí. Un asomo de luz se filtró entre las tablas de las paredes del muelle e iluminó la mano de Cael… como si Poppy estuviera tratando de comunicarse con él también.

Puse mi mano sobre la suya y las bajé hasta su rodilla. Cael frunció el ceño, confundido.

—Poppy me dejó este cuaderno —expliqué—. Hoy fue el primer día en casi cuatro años en que logré abrirlo. —Sus ojos se abrieron, enormes—. Apenas leí la primera página. Es lo que acababa de leer cuando me encontraste. —Su rostro se llenó de compasión.

—Toma —dijo y volvió a entregarme el cuaderno, como si estuviera hecho de vidrio y pudiera romperse entre sus manos. El rayo de sol volvió a iluminar su mano y lo sentí. Sentí a Poppy, diciéndome que compartiera esto, que compartiera mi dolor.

—Léelo —dije y el rostro de Cael palideció. Empezó a sacudir la cabeza. Coloqué mi mano sobre la suya de nuevo y abrí la cubierta para revelar el primer escrito de Poppy—. Por favor —insistí—, sería maravilloso que alguien más la conociera.

Vi el terror evidente en el rostro de Cael ante mi petición, pero lo que haya visto en el mío lo hizo bajar la mirada y empezar a leer. Cerré los ojos, levanté la cabeza al cielo y dejé que la brisa recorriera mi cabello húmedo por la lluvia. Dejé que una sonrisa se dibujara sobre mi rostro cuando percibí el conocido aroma a nieve y sal de mar... y, después, lo que pareció ser un toque de vainilla.

Había una sola persona que conocía que olía así.

La sensación de una mano que cubría la mía me trajo de vuelta. Abrí los ojos y bajé la mirada a esa mano, a la que Cael volteó. Enredó sus dedos entre los míos y me apretó con fuerza. Había colocado el cuaderno sobre el piso.

Sentí el aleteo de mariposas en mi pecho y más aún cuando vi que, con su otra mano, cubría la preciosa letra de Poppy.

—Se suicidó —susurró Cael con apenas la fuerza suficiente para que sus palabras llegaran a mis oídos. Pero las escuché, y aunque fue una confesión casi silenciosa, fue tan potente como un grito dentro de una enorme cueva que rebotó contra las paredes y cortó mi corazón como cuchillo.

La mano de Cael apretó la mía aún más.

—Cael...

—Mi hermano mayor, Cillian. Él... yo... —Sacudió la cabeza y silenció su temblorosa voz, incapaz de seguir adelante—. Lo siento, Sav. No puedo... no puedo hablar...

Mi alma se apesadumbró al escucharlo. Mi corazón gritó, adolorido. No podía imaginar algo así. No podía imaginar perder a Poppy o a Ida de una manera así de trágica. No podría soportarlo. ¿Cómo era posible superar una pérdida de ese calibre?

Cael... Con razón estaba tan perdido y tan solo.

Levanté nuestras manos unidas hasta mis labios y besé el dorso de la suya. Besé el opaco tatuaje de un corazón roto grabado en su piel en gruesos trazos de tinta negra. No pudo terminar lo que estaba tratando de decir. Simplemente no era capaz de decir las palabras en voz alta.

—Lo siento —dije a mi vez, con palabras incapaces de capturar el nivel de conmiseración que estaba experimentando. Lancé cualquier timidez al aire y me acerqué más a Cael, para después colocar mi cabeza sobre su ancho hombro. Su cuerpo se tensó de inmediato cuando lo hice, pero después exhaló un aliento largo y tembloroso, y colocó su cabeza contra la mía.

Nos quedamos sentados allí, unidos, mirando en silencio el sol que brillaba sobre el lago. Nunca había tenido algo así en mi vida, alguien con quien compartir mi dolor y mostrarme abierta a compartir el suyo. Sin embargo, mi estómago se hundió hasta mis pies cuando pensé en lo que me había dicho. Su hermano mayor se quitó la vida. Esa era la razón por la que Cael estaba tan furioso, tan destrozado; esa era la razón…

—Te quería —dijo Cael, con lo que interrumpió los pensamientos que corrían por mi mente. Movió su cabeza un poco y sus labios rozaron mi cabello con la sombra de un beso. Cerré los ojos y dejé que me rodeara la sensación de este íntimo consuelo—. Te quería muchísimo.

—Así es —murmuré; no quería hacer estallar la frágil burbuja de paz que habíamos creado. Abrí los ojos y vi a un ave de rapiña que volaba en círculos sobre uno de los muchos pequeños islotes del lago.

—Yo también lo extraño —dijo Cael al fin, y sentí lo mucho que eso representaba por la forma en que pareció derretirse a mi lado, como si estuviera buscando cualquier tipo de contacto humano, una red de seguridad que lo atrapara después de la enorme caída que había ocasionado esa admisión. Me pregunté cuánto tiempo llevaba caminando a solas, rechazando cualquier apoyo que pudiera brindarle el mundo. Me acerqué todavía más a él, tanto que no quedó ni un asomo de espacio entre nosotros.

Dos pedazos rotos que buscaban alguna manera de sentirse enteros.

—Ella te dejó todo un cuaderno —afirmó Cael. Pausó y confió con rapidez—. A mí me dejó siete palabras garabateadas de prisa en la parte de atrás de un viejo boleto para un juego de *hockey*.

Mi alma se rompió en mil pedazos por él. El deceso de Poppy me hizo pedazos, pero tenía respuestas en cuanto a las razones por las que murió. No tenía duda alguna de que me adorara porque se aseguró de decírmelo con frecuencia. Pude despedirme de ella, incluso si ese adiós fue la causa de mi destrucción.

A Cael le habían robado ese vital momento.

Escuché que su respiración empezaba a entrecortarse y estoy segura de que sentí una lágrima que cayó de su mejilla hasta el lado de mi rostro, pero no quise perturbar el momento. Sabía que le resultaba doloroso. Y también lo fue para mí.

Sentados en silencio, vimos cómo el sol de invierno empezaba a ocultarse, al tiempo que la oscuridad comenzaba a cubrir las cimas de las montañas y corría por sus laderas para esparcirse sobre el lago frente a nosotros. Las estrellas hicieron el intento por asomarse entre el cielo encapotado y la luna escondió su brillo tras las inmisericordes nubes.

Me estremecí mientras el ocaso se robaba el calor del día y sumergía a la noche en un intensísimo frío. Cael debe haberlo notado porque volteó la cabeza y sus labios rozaron mi oreja para decir:

—Será mejor que entremos.

Asentí, pero no me moví por algunos instantes. No quería interrumpir esta cómoda ausencia de sentimientos en la que nos habíamos hundido. Sin embargo, cuando un soplido de viento ártico entró al muelle, no tuvimos más opción.

Me enderecé y, con renuencia, solté la mano de Cael para ponerme de pie. Él hizo lo mismo, recogió el cuaderno de Poppy y me lo devolvió. Entonces lo miré a los ojos por primera vez desde que nos sentamos para compartir nuestro mutuo dolor de corazón.

Había algo nuevo en su mirada, como si me viera de modo diferente. Sé que yo lo miraba de manera distinta. Ya no estaba el chico inaccesible de las afueras de Boston. En su lugar, estaba Cael Woods, un muchacho destrozado que lloraba la trágica muerte de su hermano mayor. A pesar de lo diferentes que éramos a primera vista, por debajo de la superficie éramos almas gemelas.

Cael volvió a tomar mi mano, y el frío que trataba de tomarnos prisioneros se vio confrontado con una espada de calidez que lo atacaba. Cael tomó la delantera para marcharnos del muelle y hacia el hospedaje. El suelo escarchado crujía bajo nuestros pies. Miré hacia el cielo y a las oscuras nubes que nos impedían ver las estrellas.

«Vagué, solitario como una nube…». El poema de Wordsworth me vino a la mente. Al entrar al hospedaje y cuando nos separarnos con renuencia al final de las escaleras para entrar en nuestros respectivos dormitorios, me di cuenta de que tal vez no estuviera tan sola como lo había pensado.

Y él tampoco lo estaba.

No pude evitar recordar cómo se había comportado cuando le grité. Mi furia… no lo ofendió; tocó alguna fibra en él. En ese momento, fui el reflejo vivo de lo que él sentía en su interior. Ardí en mi dolor de la misma manera en que él ardía.

Me había visto y, desde la profundidad de mi desesperación, yo también lo había comprendido. Y se tranquilizó; confió en mí.

Cael estaba sufriendo muchísimo…

Después de bañarme me metí a la cama. La curiosidad me ganó, tomé mi celular y busqué el nombre de Cael en internet. Aparecieron cientos y cientos de resultados. La primera imagen que mostraba era de hacía un par de años y no pude creer lo que veía. Estaba vestido con su uniforme de *hockey*, pero no tenía ningún tatuaje ni perforaciones… y estaba libre de dolor. Su amplia y contagiosa sonrisa era impactante. Sin embargo, lo que hizo que mi pecho se contrajera al grado de dolerme fue la persona que estaba junto a él, la que tenía su brazo sobre sus hombros y que lo estrechaba con orgullo.

Cillian.

Pasé mi dedo sobre el rostro juvenil y despreocupado de Cael. Después, me congelé cuando leí el pie de la fotografía. *El futuro del hockey. El centro estrella de Harvard, Cillian Woods, con su hermano menor, Cael.*

Harvard.

El siguiente artículo me rompió todavía más el corazón. ¡*Cael Woods de camino a Harvard! ¡Los hermanos Woods formarán parte del equipo!*

El artículo explicaba que Cillian asistía a Harvard y que Cael también estaba inscrito para hacerlo. Cael me llevaba un año. *Harvard*... Esa fue la razón que nos llevó de vuelta del lago ese día. Le dije que yo también iría, pero era más que evidente que él *no* lo hizo. No se necesitaba ser un genio para entender por qué.

La sensación de algo más grande que yo revoloteó sobre mi cabeza. No era el tipo de persona que creyera en cosas más allá de este mundo, pero tampoco podía negar la naturaleza extraordinaria de nuestro encuentro. Había algo acerca de Cael Woods que me atrajo desde el instante en que lo vi, que me acercó a él como palomilla a una flama. Que me hizo querer protegerlo y ayudarlo a cargar con el peso de su corazón destrozado.

Con el alma deshecha, apagué mi celular, sintiéndome culpable de entrometerme en su vida de esta manera. No debí hacerlo, pero no podía quitarme de la cabeza la imagen de su despreocupada sonrisa. No podía dejar de pensar en Cillian, de su brazo alrededor de Cael, sonriéndole a su hermano menor como si fuera el hombre más orgulloso de todo el planeta. No pude evitar preguntarme qué le había sucedido para que pensara que la muerte era la única salida posible a lo que fuera que lo estuviera atormentando. Me pregunté si Cael siquiera lo sabía.

Apreté el teléfono contra mi pecho, como si pudiera abrazar al joven Cael a través de la pantalla. Rodearlo con mis brazos antes de que su mundo se viniera abajo. Mi cabeza era un torbellino de pensamientos que chocaban sin ton ni son. El rostro de Poppy me vino a la mente. En este momento, hubiera hablado con ella, y habría sabido qué decirme.

Y entonces sentí que mis manos se crispaban con la necesidad de contárselo de alguna manera. Puse el teléfono en la mesita junto a mí y tomé el diario que me dieron Mia y Leo. Abrí la página e hice justo eso: me permití confiar en mi hermana mayor como siempre lo había hecho.

«Mi queridísima Poppy», empecé y, por primera vez, no luché contra el pesar que había tratado de alejar de mí por tanto tiempo. «Leí lo primero que me escribiste el día de hoy». Parpadeé para no llorar, pero me mantuve firme. «Te extraño muchísimo. Oír de ti después de tanto tiempo fue como visitar el cielo mismo, solo para que me informaran que me había quedado demasiado tiempo y que era momento de regresar a casa». Pensé en mi día y, después, pensé en Cael y en mí sobre el muelle. «No me está yendo nada bien, Pops. Me enviaron a un viaje para ayudarme a manejar tu pérdida. No pensé que me serviría». Me llevé la parte inferior de la pluma a los labios para pensar en qué quería decirle a continuación y empecé a escribir de nuevo. «Pero conocí a un chico. Se llama Cael...».

Y le escribí a mi hermana. Le escribí como si no hubiera pasado tiempo alguno, como si solo estuviera en algún otro lugar del mundo, muy lejos y sin la posibilidad de responder a mis llamadas. Sana y salva, esperando a que mis cartas le llegaran.

Cuando bajé la pluma, respiré con un poco más de facilidad. El peso que sentía de manera constante sobre el esternón se aligeró un poco. Puse la cabeza sobre la almohada y traté de perseguir el sueño, pero entonces el rostro de Cael entró a mi cabeza y mi corazón volvió a estrujarse al recordar su confesión. Cillian. Su hermano se llamaba Cillian Woods. Quería asegurarme de jamás olvidarlo, merecía que se le recordara.

Pensé en la voz quebrantada de Cael, en el beso sobre mi cabello, en su mejilla contra mi cabeza. Entonces pasé mis dedos sobre la mano que tanto me apretó mientras revelaba su trauma más profundo.

Todavía se sentía cálida.

Secretos compartidos y adioses en el cielo

Cael

> Tu mamá me dijo que estás lejos.
> Solo quiero saber cómo estas.
> Te extraño, amigo.

Me quedé viendo el mensaje de Stephan, y luego lo dejé como no leído y puse en silencio mi celular. Para este momento, sus mensajes no respondidos se habían acumulado en cientos, había ignorado todos y cada uno. La verdad era que no podía darle la cara a mi mejor amigo, ni a mis padres. Me habían enviado mensajes de manera constante desde que estaba aquí y los había ignorado todos, así como sus llamadas. Dejé en manos de Mia y de Leo la tarea de informarles que estaba bien.

No podía enfrentar a nadie de los que estaban en casa. En particular ahora que me había abierto por completo con Savannah. No podía dejar de pensar en haberla encontrado al borde del colapso, sollozando y desmoronándose. La furia con la que temblaba su cuerpo, que era la misma emoción destructiva que habitaba en mis venas. La manera en que me había gritado con el rostro contorsionado por el dolor y cómo no podía dejar de pensar en eso en el muelle. La vulnerabilidad de Savannah, su sinceridad. Cuando le tomé la mano sentí que podía respirar con más facilidad. ¿Por qué? ¿Qué significaba eso? Estar junto a ella y abrazarla... me dio un momento de paz que nunca había tenido, y se intensificó cuando me contó su historia.

Cuando *yo* le conté la mía.

Cillian

Ni siquiera era mi intención. Solo... *se arrancó* de mí, como una confesión que luchaba con uñas y dientes por salir y para que la escuchara *alguien* más.

Le conté a alguien sobre Cill. Le conté a *Savannah* sobre mi hermano... No sabía cómo sentirme al respecto, pero esta mañana me sentía diferente. Estaba totalmente conmovido. La oscuridad seguía allí, subrepticia en mis venas, pero... *mierda*, le hablé a alguien más sobre Cillian. La amargura en mi interior ya no era tan intensa. No consumía cada minuto de mi vida. Había olvidado cómo se sentía eso.

¿Qué estaba pasando?

—¿Estás listo? —me preguntó Travis mientras yo empacaba lo último de mi ropa dentro de la maleta, perdido en mis pensamientos. Hoy sería nuestro último ascenso y mañana nos iríamos hacia Noruega. Sin darse cuenta de lo nervioso y confundido que estaba, Travis me esperó en la puerta mientras yo tomaba mi abrigo y mis botas de senderismo. Siempre trataba de ofrecerme su amistad y yo lo rehuía todas las veces.

Travis golpeteaba el suelo con la punta del pie.

—Lo siento si soy muy insistente —dijo de la nada y eso me sorprendió, dejándome mudo. Lo miré a los ojos—. No tengo muchos amigos, en especial no después de... —Negó con la cabeza y se fue hacia las escaleras sin terminar lo que estaba diciendo.

No supe si fue por influencia de Savannah o si era porque no me sentía como yo mismo, pero lo llamé.

—Trav. —Él volteó con su rostro pecoso ruborizado por la vergüenza—. No hay problema.

Una larga exhalación salió de su pecho y me hizo sentir como un desgraciado. La verdad era que no había llegado a conocer a nadie en este viaje. Los ignoré a todos y no me preocupé de a quién me llevaba entre las patas. Excepto por Savannah, pero ella era diferente. Lo *había sido* desde que le puse los ojos encima y ahora lo era mucho más.

—¿En serio? —respondió Travis y se le iluminó el rostro. Asentí y señalé la puerta de salida y el camión que nos esperaba. Me di cuenta de que la mayor parte del grupo ya estaba a bordo y los nervios provocaron que me temblaran las manos cuando pensé en que vería de nuevo a Savannah. ¿Cómo enfrentaría a alguien a quien le acababa de contar sobre mi hermano?

Todos platicaban cuando Travis y yo subimos al camión, y yo me senté a unas cuantas filas por delante de todos los demás, sin mirar directamente a nadie. Esta vez no era que intentara ignorarlos, simplemente necesitaba tener mi propio espacio.

Me quedé mirando por la ventanilla hacia el lago. Al fin la lluvia había cesado y el cielo estaba despejado, con el sol muy alto en el cielo. El ambiente seguía helado, pero no era tan oscuro y deprimente como ayer.

Tal vez, luego de hablar con Savannah, algo dentro de mí tampoco era tan oscuro y deprimente. Incluso un rayito de luz interna era un progreso.

Recorrí la punta de mis dedos por el labio inferior donde todavía podía sentir el cabello de Savannah contra mi boca cuando le besé la cabeza e inhalé su aroma a cerezas y almendras. Todavía podía sentir la suave palma de su mano contra la piel callosa, maltratada y áspera de la mía, dañada por todos los años de jugar *hockey*. Había sentido la necesidad de sostenerla, no sabía si por ella o por mí mismo, pero en ese momento de vulnerabilidad, necesité tomarle la mano.

No había querido irme de ese muelle. Nuestros problemas parecían mucho más pequeños mientras nos acurrucábamos en ese refugio de madera. Nuestra tristeza se liberó, solo por un par de horas, y simplemente… *estábamos*.

El asiento a mi lado se hundió y, al voltear la cabeza, el estómago me dio un vuelco: era Savannah. Me miró con esos ojos azules debajo de sus largas pestañas doradas, como si me preguntara si eso estaba bien, si sentarse a mi lado estaba bien.

De inmediato, su presencia me relajó. Mis manos ya no temblaban y, extrañamente, no lamentaba haberle contado sobre Cillian.

—Hola, Duraznos —le dije con voz tensa. Me sentía desnudo y abierto ante su mirada. Vulnerable. No estaba acostumbrado a sentirme así con nadie. Nunca lo había sido en mi vida, pero sí lo fui con esta bonita chica de Georgia de la manera más extraña posible.

Savannah hundió la mano en su mochila y sacó una bolsa de sándwiches llena de panes y fruta.

—No bajaste a desayunar. —Se encogió de hombros y ese rubor tan característico en ella, y que me encantaba tanto, subió a sus mejillas—. Pensé que podrías tener hambre. —Miré con asombro a esta chica, a este durazno de Georgia que había logrado escalar los altos muros que construí alrededor de mí.

—Gracias —respondí y tomé la bolsa. En realidad, esa mañana fui un cobarde y evité el desayuno porque no sabía qué le diría a Savannah cuando la viera. No sabía cómo estar con alguien que había visto todas mis cicatrices ocultas, cuando me abrí y me expuse.

Debería haber sabido que ella no haría que la situación fuera incómoda; al contrario… la hizo parecer normal.

Savannah se acomodó en el asiento y el autobús inició la marcha. Traté de no permitir que mi incomodidad habitual de estar en un vehículo me pusiera los nervios de punta, de modo que me quedé mirando el paisaje que se había archivado dentro de mi cerebro. Nunca olvidaría ese lugar.

—Es el último día —dijo Savannah. Sabía que se estaba obligando a hablarme. Era incluso más reservada que yo, y entendí que no le resultaba natural entablar una conversación superficial, pero también entendí que estaba haciendo el esfuerzo.

Por mí.

—Sí —respondí y metí la mano en la bolsita de sándwiches, de donde saqué un cuernito de chocolate. Suspiré luego de darle una mordida. Me moría de hambre.

»Un último ascenso —añadí en un intento por decir algo más, por participar. Por hacer que la noche anterior no pareciera tan *importante.*

Savannah asintió y luego una pequeña sonrisa adornó sus labios sonrosados. Me detuve a media mordida para ser testigo de ella. No sabía cómo lo lograba, pero esta chica era capaz de penetrar cualquier niebla oscura que me rodeara como si blandiera una espada forjada de pura luz.

Nadie en el viaje sonreía con frecuencia. Algunos lo habían hecho un poco más aquí, en Windermere. Pero, por cruel que suene, no me importaba la sonrisa de nadie más. Solo la suya, porque la sonrisa de Savannah iluminaba el cielo. Sus sonrisas eran tan tímidas como ella misma, pero el simple hecho de elevar un poco las comisuras de sus labios jalaba mi corazón como un tren de carga.

—Creo que mis piernas agradecen que sea el último —dije y me encontré sonriéndole también. Savannah se me quedó viendo fijamente, quizá del mismo modo que yo la miraba a ella. Exploré mi interior para buscar cualquier sensación de incomodidad, pero cuando estaba con ella… solo había paz. No podía concebirlo dentro de mi cabeza.

Savannah reclinó la cabeza contra el respaldo y parecía contenta. Entonces Dylan y Travis llegaron y se sentaron en los asientos frente a nosotros, y reclinaron los respaldos.

—Oigan, ustedes dos —exclamó Dylan y detecté que Savannah sacudía la cabeza divertida ante el chico con el que parecía llevarse mejor—. ¿De qué están platicando?

En ese momento, no exhibí señal alguna de sonrisa y, al mirar a Savannah, su sonrisa también había desaparecido. No se necesitaba ser un genio para saber que ambos seguíamos un poco sensibles y abrumados por nuestra conversación del día anterior, así que respondí:

—Qué molestos son ustedes dos —Me sorprendí de siquiera haber hecho una broma, se sentía extraña viniendo de mis labios.

Dylan abrió la boca en broma, como si estuviera ofendido.

—Cael, ¡hablaste! ¡Y tienes sentido del humor! —Travis rio. Yo antes era gracioso. *Antes.* Supuse que esa era la primera vez en este viaje que había permitido que alguien viera un eco de mi verdadero yo. Los hombros de Savannah se sacudieron en una risa silenciosa y, al voltear brevemente a verla, vi el alivio en su rostro, y tal vez un indicio de orgullo.

Nuestra charla secreta en el muelle seguía a salvo y solo sería nuestra.

—¿Entonces? ¿Están emocionados por Noruega? —preguntó Travis y yo encogí los hombros. En realidad, no estaba emocionado por ninguno de los países de este viaje, pero sí me gustaba este lugar y me sentía un poco triste de irnos. Simplemente había algo relacionado con estar allí en los Lagos, lejos del mundo, que me tranquilizaba.

—Yo estoy ansioso —agregó Dylan—. Lo único que deseo es que no se trate de más caminatas. —Travis asintió de acuerdo.

No pensé que Savannah fuera a hablar, pero dijo:

—Conozco gente de Noruega. Estoy emocionada de ver su país. —Dylan y Travis se quedaron en espera de más información, pero Savannah ya no continuó y noté cierta tensión en su boca. Me pregunté a quién conocía y qué representaban para ella.

Savannah no volvió a abrir la boca durante el resto del viaje y yo tampoco, pero eso estaba bien, ya que Dylan y Travis hablaron lo suficiente por todos. Por primera vez, su parloteo incesante me pareció un poco agradable. Cuando el camión se detuvo y nos encontramos en la base del Skiddaw, levanté la vista hacia la montaña y al hielo que cubría sus altas cumbres.

Un último ascenso.

Estaba cerrando las correas de la mochila alrededor de mi cintura cuando alguien se paró a mi lado. Bajé la vista y vi el gorrito rosa que cubría el cabello rubio oscuro. Savannah volteó a verme y luego caminó a mi lado. Ascendimos colina tras colina, caminando como podíamos por las sendas rocosas, y ni una vez se separó de mí. Al llegar a la cima, volteamos hacia abajo para observar el paisaje: el edredón verde y blanco que formaban los campos y el agua que resplandecía como si estuviera hecha de diamantina pura.

Estar a esa altitud me hizo sentirme tan pequeño. Hacía que el mundo y más allá parecieran tan infinitos, tan vastos. Era perturbador, y a la vez reconfortante.

Descendimos y llegamos a la base, sin aliento y agotados, pero lo habíamos logrado. Dylan y Travis se acercaron a nosotros, con Jade y Lili a su lado. Cuando todos volteamos hacia la cima que acabábamos de ascender, un sorpresivo estallido de emoción se prendió de mi garganta. Tosí, intentando desecharlo, pero eso solo lo hizo hundirse más en mi pecho, hasta el estómago, donde sentí que se me apretaban los músculos.

—Es posible que se estén preguntando por qué los trajimos aquí, a los Lagos —dijo Leo, interrumpiendo el silencio. Se acercó para pararse frente a nosotros seis, en tanto que Mia avanzó a su lado. El rostro de Leo se puso sombrío—. Todos han atravesado por tantas cosas. Sé que apenas tocamos la superficie de ello, pero este viaje por cinco países se diseñó para ayudarlos a afrontar su duelo.

Mia se adelantó un paso.

—Resiliencia —declaró y dejó que la palabra quedara suspendida en el aire alrededor de nosotros—. Para afrontar el duelo, necesitan *resiliencia*.

—Los trajimos aquí para alejarlos del ajetreo de la vida —agregó Leo—. Dónde más perfecto que este pequeño paraíso en la

Tierra—. Extendió la mano hacia el Distrito de los Lagos que nos rodeaba—. Qué mejor sitio que una región atestada de cimas que escalar y paisajes que te quitan en aliento, y en donde puedes perderte, a la vez que un lugar que los llevará hasta sus límites.

—Y así lo hicieron —exclamó Mia con orgullo reflejado en su voz—. Afectados por el desfase de horario, helados y agotados, lo hicieron. Tomaron lo que parecía ser una tarea imposible y la encararon de frente. Un pie detrás del otro, un paso a la vez, ascendieron esas montañas, tropezándose y sin aliento, agotados y exhaustos. *Lo hicieron.* Lograron llegar al otro lado. Lo. Lograron.

—Si se los hubiéramos dicho cuando llegaron, me imagino que nunca habrían creído ser capaces de esto... —Leo dejó en suspenso lo siguiente y sentí que una esquirla de hielo penetraba mi columna vertebral. Savannah se acercó un paso hacia mí y el dorso de su mano rozó la mía. Me pregunté si las palabras de Mia y Leo la golpeaban con el mismo impacto—. Pero lo lograron. —Leo volteó a vernos a los ojos a cada uno de nosotros—. Del mismo modo que superarán su pena.

Sentí que se me doblaban las rodillas porque no veía cómo lograría superar este infierno en el que vivía. Entendía la metáfora: las cimas representaban nuestro duelo, los obstáculos en nuestro camino hacia la felicidad. Sin embargo, me podría haber impulsado a subir a esas cimas. Estaba físicamente apto y tenía la determinación de un deportista. Pero ¿afrontar mi pena? No podía impulsarme a eso en absoluto. Me preocupaba más que nada la idea de que nunca pudiera vencerla.

Cuando sentí que me hundía en una espiral, me levanté de un salto y entonces sentí que la mano de Savannah rozaba la mía. No supe por qué lo hice, ni intenté pensarlo mucho, pero extendí el meñique y lo entrelacé con el suyo.

Su mano estaba temblorosa y me obligó de inmediato a enfocarme en ella y sacudirme el pánico en mi interior. Savannah también estaba en el infierno junto conmigo. *Todos* los que estábamos aquí también estaban envueltos en el fuego a mi lado.

No estábamos solos.

Inhalé profundamente. *Resiliencia.* No estaba seguro de haberla tenido en lo que se refería a asimilar lo que hizo Cillian. Tampoco estaba seguro de que Savannah la tuviera en cuanto a Poppy. Pero ¿si este viaje no nos ayudaba, entonces qué?

—Resiliencia —repitió Mia—. Ustedes *son* resilientes. Todos y cada uno de ustedes. Y todos son más fuertes de lo que creen. —Sonrió—. *Lo vemos* en ustedes, brillando tanto como el mismo sol. Vemos esperanza. Vemos valentía. Vemos fortaleza.

—Estamos orgullosos de ustedes —agregó Leo y luego se quedó en silencio dejándonos en suspenso para que esas palabras flotaran sobre nuestras cabezas. Las largas mangas de nuestros abrigos ocultaban la unión entre el dedo de Savannah y el mío, aún aferrados, encontrando la fortaleza uno a través del otro. Era nuestro secreto, la manera en que nos manteníamos de pie entre los dos. Me distraje observando a otras personas en las cimas, ascendiendo y esforzándose por completar la difícil ruta.

El sonido de las botas que crujían sobre la tierra congelada atrajo mi atención y, cuando volteé a ver detrás de mí, Dylan, Travis, Jade y Lili ya estaban regresando con Mia y Leo, que nos esperaban junto al camión. Sin embargo, Savannah se quedó a mi lado, suspendida en el momento.

—Lo logramos —dijo, dándome una brizna de esperanza al hacer eco de lo que dijeron Mia y Leo. Me pregunté si creía que sería capaz de superar también su duelo, que este viaje iba a sanarla y ayudarla a seguir con su vida.

—Lo logramos —respondí y vi que una pareja mayor llegaba a la base de la montaña. La mujer se lanzó en brazos de su marido para celebrar y yo enrosqué con más fuerza mi dedo alrededor del de Savannah. Experimentar de nuevo ese nivel de felicidad parecía tan lejos de mi alcance.

Parecía *imposible.*

Savannah irrumpió en mi desesperación interna al susurrar en voz baja.

—Creo que Poppy estaría orgullosa de mí. —Un ligero temblor regresó a sus manos al decirlo y su voz estaba teñida de la aspereza producto de la aflicción. Esta vez tuve que mirarla, sus ojos estaban dirigidos a la cima, así que levanté la mano que tenía libre y llevé un dedo a su barbilla. Su piel estaba helada. Lentamente guie su rostro hacia el mío. Tenía los ojos llenos de lágrimas, pero cuando una de ellas se deslizó por su mejilla, se encontró con la sombra de una sonrisa.

El corazón se me aceleró. Savannah apretó más mi dedo meñique y yo me permití tener un instante pasajero para pensar en mi hermano en una situación lejana a como lo vi por última vez. A como era *antes*. Cerré los ojos y pude verlo allí mismo, ovacionándome como lo hacía cuando yo estaba en la pista de hielo, con una enorme sonrisa en el rostro y sus puños levantados. Pude imaginarlo aquí también, esperando en la base de la montaña y gritando: «¡Ese es mi hermano!».

Ante esa imagen, de mi garganta brotó un gemido ahogado y mi mente torturada intentó cerrar rápidamente la puerta a ese pensamiento, tratando de prevenir el daño que podía causar, pero, a pesar de todo, me aferré a la imagen; era mejor que la otra que me acosaba cada minuto de cada día.

Al abrir los ojos, mi visión estaba nublada, hasta que una lágrima rodó por mi mejilla y se me aclaró la vista. Me enfoqué en Savannah para tomar consuelo y fortaleza gracias al contacto. Entonces logré encontrar el valor para responderle.

—Mi hermano también estaría orgulloso de mí.

Savannah me apretó con suavidad el dedo dos veces y noté que lo hacía cuando quería darme consuelo, pero era evidente que le faltaban las palabras. Por simple que fuera ese gesto, era como un bálsamo sobre mi herida abierta. Detenía el dolor durante el tiempo suficiente como para ayudarme a recobrar el aliento.

Después de quedarnos así durante varios minutos, con esa mirada mutua de comprensión, volvimos al autobús sin soltarnos, ni siquiera cuando nos sentamos de nuevo.

A medida que el camión avanzaba, me pregunté si en algún lugar, de alguna manera, en realidad Cillian me lanzaba felicitaciones, si me estaba ayudando a superar su pérdida. Rara vez me permitía preguntarme si de alguna manera su vida había proseguido, si había llegado al otro mundo donde ya no había más dolor, rodeado solo de paz y libertad. No éramos religiosos y nunca hablábamos de lo que pensábamos que vendría después. En realidad, yo no tenía fuertes creencias, pero me pregunté si alguna vez me veía aquí, después de quedarme atrás y derrumbándome sin él, y quería comunicarse conmigo para decirme que las cosas saldrían bien. Que algún día lo vería de nuevo y que, aunque la vida en la Tierra no le pudo brindar el apoyo que necesitaba, ahora estaba libre.

La tristeza se aferró a mi garganta como una garra que intentaba robarme la necesidad de que eso fuera cierto, pero los dos apretones suaves de la mano de Savannah me ayudaron a repeler esas garras y aferrarme a ese trozo de esperanza.

Giré la cabeza hacia ella y, de nuevo, me apretó la mano, lo cual provocó que el pulso se me acelerara. *Resiliencia*, pensé cuando rodamos por ese camino sinuoso de regreso a casa y recé con todas mis fuerzas para poder superarlo.

El fuego ardía y las nubes de Inglaterra seguían dándonos un descanso, concediéndonos un cielo lleno de estrellas para nuestra última noche, como si también se estuviera despidiendo. Alrededor del lago solo había negrura, pero Bowness, el área turística, seguía llena de gente. Imaginé que así se veía todo el año, sin importar el clima. Si pudiera, viviría aquí.

Ya habíamos cenado y ahora estábamos reunidos alrededor de la fogata exterior, sentados en sillas de campamento. Me obligué a estar presente esta noche y a no escapar a mi habitación o al asiento de la ventana, que se había convertido en mi santuario en este lugar. Mis emociones estaban desbordadas por todas partes. Me hacían sentir trémulo y, por primera vez, no quería enfrentar eso yo solo.

Mia y Leo habían entrado al hospedaje y nos dejaron solos. Por mucho que ellos me agradaran, era bonito no estar bajo su microscopio. Leo me vigilaba como halcón y sabía que había visto un cambio en mí. Aún le faltaba abordarlo de manera personal y resultaba obvio que me estaba dejando disfrutar de este nuevo estado durante un rato. No obstante, sabía que en algún momento me llamaría aparte.

Dylan, Jade y Lili usaban largas varas para derretir malvaviscos en las llamas. Savannah estaba justo donde la quería: a mi lado. Tenía una expresión divertida en el rostro mientras observaba a Dylan y a los demás, que reían y bromeaban.

—¡Aquí les traigo lo mero bueno! —gritó Travis, que regresaba del interior del hospedaje con latas de refresco en la mano. Reí con un resoplido cuando entregó las latas como si fueran cervezas. Yo tomé una Coca-Cola y le di un sorbo.

Poco tiempo después, Dylan, Jade y Lili se sentaron alrededor de la fogata y todos nos quedamos en silencio, hasta que Dylan dijo:

—Entonces, ¿creen que algo de esto esté funcionando?

De inmediato, el ánimo del grupo pasó de cierta felicidad a volverse taciturno y, como tantas veces en este viaje, no pudimos escapar de la verdadera razón por la que estábamos aquí. El duelo era así: te recordaba siempre lo cerca que estaba.

Jade se revolvió en su asiento y respondió:

—Creo que ha servido un poco. —Volteó a mirar con sus grandes ojos cafés a todo el grupo y con nerviosismo continuó—. Fue un accidente automovilístico. —Me quedé helado en mi silla cuando esas palabras salieron de su boca. Ella miró fijamente al fuego y dijo—: Mi mamá y mi hermanito. Una mañana cualquiera de jueves. —Sentí que el corazón se me iba a los pies, y Savannah estaba tensa y cerrada a mi lado—. Fue un instante y no sintieron nada. Por lo menos, yo sé que no sufrieron. —Jade empezó a desmoronarse; en ese momento, Lili y Travis fueron a sentarse a sus costados y le pusieron una mano en la espalda como muestra de apoyo—. Ahora solo quedamos mi papá y yo. Y mis abuelos. —Se limpió los ojos—. Ha sido... difícil seguir adelante y la mayoría de los días, es imposible vivir sin ellos.

Empecé a juguetear con mis manos, limpiándome las uñas como una manera de expulsar la energía nerviosa que se arremolinaba alrededor de mí. Cuando Cillian murió, me cerré por completo y mantuve todo dentro de mí. No estaba acostumbrado a hablar de la muerte con tanta libertad y no estaba seguro aún de poder hacerlo. Las pocas veces que quise gritar a los cuatro vientos cómo me sentía, de permitir finalmente que el dolor rompiera esa presa, mi pared protectora lo encerraba todo.

Sentí que alguien jalaba de la manga de mi saco y volteé a la izquierda. Savannah me estaba ofreciendo la mano y el ritmo acelerado de mi corazón se volvió más lento de inmediato cuando se la tomé. Me dio dos apretones, ya conocidos, y permanecimos enlazados en el espacio entre nuestras sillas. Me quedé transfigurado viendo su perfil exquisito. ¿Cómo sabía siempre que me estaba rompiendo?

Quizá era porque ella también se estaba desmoronando. Le apreté dos veces la mano de inmediato y el rubor subió a sus pálidas mejillas.

—Que me trajeran aquí, lejos de Texas, que es mi hogar —continuó Jade—, me dio tiempo para respirar. —Volteó a mirarnos con una sonrisa mojada por las lágrimas—. Creo que está sirviendo. Me está ayudando a ordenar algunas cosas en mi mente.

Lili posó la cabeza sobre el hombro de Jade, se habían vuelto cercanas desde que llegamos a Inglaterra. Eran tan cercanas que Lili le ofreció su apoyo diciendo:

—Yo perdí a mis dos padres. —Savannah se estremeció y jaló levemente su mano entrelazada con la mía, como si ese pensamiento fuera una daga clavada en su corazón. La sostuve con más fuerza para proporcionarle un ancla y me descubrí pensando en mi mamá y mi papá. Se me retorció el estómago al recordar cómo me comporté cuando me despidieron en el aeropuerto. Ni siquiera me despedí y seguía sin tener ninguna comunicación con ellos, ni siquiera sabía cómo podría comenzarla...

»Navegaban por recreación, les encantaba el agua. —Sonrió y vi que el amor que tenía por ellos brillaba a través de su tristeza, incluso en la oscuridad—. Un día que salieron al mar los azotó una tormenta inesperada. —El labio inferior empezó a temblarle y Jade la rodeó con un brazo—. Encontraron el barco hecho pedazos, pero a ellos no.

—Lo siento —afirmó Dylan y quise decirle lo mismo, pero era incapaz de hablar. No sabía cómo ellos podían hacerlo.

Lili le sonrió a Dylan y se limpió las lágrimas.

—Creo que este viaje también me está ayudando. —Miró a Jade—. Tener a otras personas que están atravesando por lo mismo... me sirve. Me hace sentir menos sola. —Se enderezó en su asiento—. Soy hija única y ahora vivo con mis abuelos, que son fantásticos, pero siento como si estuviera atravesando por esto yo sola... y... si... —No pudo terminar y nada más soltó un suspiro de agotamiento. «No es lo mismo», concluí la frase por ella dentro de mi cabeza.

No lo era. Amaba a mi mamá y a mi papá. Ellos perdieron a su hijo mayor y yo perdí a mi hermano y a mi mejor amigo. No podíamos entender el duelo del otro porque era diferente. Sentí un dolor que se asentó en mi pecho cuando me di cuenta: ahora yo también era un hijo único y eso era lo peor: que me hubiera dejado solo por el resto de mi vida.

Detecté la mirada curiosa de Jade y Lili sobre mí, en tanto que era obvio que Savannah, Travis y Dylan se preguntaban si podríamos compartir también nuestras historias, pero yo no iba a hablar de Cill, no era capaz. Apenas fui capaz de decirle algo a Savannah y lo que le confié se sintió como si me arrancara el corazón. Por la rigidez en el cuerpo de Savannah, y por el modo en que tenía bajos sus bonitos ojos, pensé que ella se sentía igual.

Travis se aclaró la garganta y se sentó al borde de su silla. Sus ojos pasaban nerviosamente de unos a otros.

—No tienen que contarlo si no están listos —afirmó Dylan como forma de apoyo. Él y Travis se habían vuelto amigos. Al parecer, estábamos formando pares. Bajé la mirada a mi mano entrelazada con la de Savannah.

Estaba contento de que estuviera conmigo… más que contento.

—No —exclamó Travis—, sí puedo hablar —continuó, pero cerró los ojos como si fuera más fácil decirlo en voz alta si no podía ver a nadie delante de él—. Fui el único sobreviviente de mi clase debido a un tiroteo escolar. —La sangre abandonó mi rostro cuando reveló eso. No podía imaginarlo, ni siquiera sabía cómo reaccionar ante eso.

—Travis… —dijo su nuevo amigo y de inmediato cruzó al otro lado de la fogata hacia donde él estaba sentado. Se arrodilló junto a él y entonces Travis abrió los ojos y sonrió, pero era una sonrisa tensa y los labios le temblaban. Su trauma estaba expuesto a la vista de todos nosotros.

—¿Saben? Lo peor es la culpa —declaró Travis y se estrujó las manos—. Es decir, ¿por qué yo? ¿Por qué fui el único que esquivó una bala? —Sacudió la cabeza y la mandíbula le tembló mientras luchaba por contener las lágrimas—. Eso es lo que no puedo superar. A veces veo que los padres de mis amigos me miran y sé que se están preguntando por qué fui yo y no su hijo el que se salvó. —Soltó una risa carente de humor—. También me lo pregunto, pero más que nada… —Respiró profundamente—. Eran mis *amigos*. Vengo de un pequeño pueblo en la zona rural de Vermont y conocía a esos chicos desde el jardín de niños, a algunos incluso antes de eso. Eran mis únicos amigos y ahora todos se fueron. Además, fui testigo de…

Dylan abrazó a Travis antes de que pudiera terminar la oración. Algunas cosas no necesitaban decirse en voz alta para entenderse. Savannah soltó un resuello a mi lado y, al voltear hacia ella, vi que las lágrimas le corrían por el rostro. Se veían anaranjadas bajo la luz de las llamas. No toleraba verla así porque me rompía el alma. Entonces moví mi silla hasta que estuvo justo al lado de la de ella.

—Quiero que esto funcione —dijo Travis y señaló a cada uno de nosotros—. Es tanto mi deseo de que esto funcione porque no puedo seguir viviendo con esta oscuridad que llevo dentro de mí, con ese peso que tengo en el pecho. Algunos días soy incapaz de levantarme de la cama porque la pena es demasiado agotadora. Se siente como si no pudiera respirar.

—Extrañas ser feliz, *sentir* la felicidad —afirmó Dylan para demostrar que lo entendía y Travis asintió—. Yo también —confesó.

—Yo también —declaró Jade, seguida de Lili.

—Yo también —dijo Savannah, casi en voz inaudible. El corazón me latía con tanta rapidez ante lo mucho que estábamos compartiendo que pensé que el pecho me estallaría, pero me permití recordar mi vida de antes. Porque *había* un antes y un después en lo que se refería al duelo.

Me permití recordar los inviernos en el estanque cuando jugábamos *hockey*. Las mañanas de Navidad y los días en que había juegos… simples recuerdos de cuando éramos realmente felices. *Conocí* la felicidad entonces y la había dado por sentada, pero eso también me hizo pensar que, si alguna vez la había sentido, quizá, solo *quizá*, podría sentirla de nuevo.

—Yo también —susurré al fin y escuché que la leña de la fogata chisporroteaba más fuerte cuando lo hice, ahogando ese deseo que me costó tanta energía declarar. Sin embargo, Savannah sí me escuchó y se inclinó contra mí para poner la cabeza sobre mi hombro y apretarme dos veces la mano.

Estaba empezando a ansiar esa sensación, porque Savannah, de Blossom Grove, Georgia, me hacía *sentir*. Después de un año de ahogarme en la oscuridad, Savannah me hacía sentí algo que pensé que había perdido para siempre: la esperanza.

Me hacía esperanzarme de que hubiera más en mi vida que *esto*. No sabía qué estaba sucediendo entre nosotros, pero me negué a pensar demasiado en lo que fuera que nos unía. Por primera vez, solo quería dejar que el universo tomara las riendas y me guiara.

Miré una última vez hacia el lago y las montañas antes de ir a dormir. Siempre recordaría el Distrito de los Lagos en Inglaterra como el sitio donde Savannah llegó a mi vida. No tenía idea de en qué nos convertiríamos ella y yo. No sabía si lo que Mia y Leo habían planeado para nosotros me sacaría a rastras de esta infinita oscuridad en la que estaba atrapado dentro de mí, pero uno de los muchos ladrillos que formaban un muro alrededor de mi corazón se había desprendido gracias a esta chica. Era un solo ladrillo, pero ese era un principio.

Era un *principio*. Y eso tenía que valer algo.

Sueños redescubiertos y sonrisas congeladas

Savannah,

Sentada aquí mientras te escribo esto, puedo verte afuera, en el jardín. Estás debajo del manzano, leyendo. Ida está practicando sus bailes junto a ti, y yo no puedo dejar de sonreír al ver a mis dos mejores amigas. Una silenciosa, la otra estridente, pero ambas perfectas a mis ojos.

Cuando ya no esté aquí, conservaré este recuerdo, que se reproducirá sin fin dentro de mi cabeza. Y cuando vea hacia abajo y las mire a las dos, seguiré apreciando este vínculo que compartimos las tres.

Quiero que se valoren la una a la otra por el resto de sus vidas. Nunca pierdan esa conexión a la que nos aferramos con tal fuerza en vida. Y, cuando se abracen, quiero que sepan que mi espíritu las estará abrazando a las dos. Siempre estaré con ustedes. Sin importar cuál sea la travesía de sus vidas, tengan valor y confianza, porque siempre estaré allí junto a las dos. Nunca volverán a estar solas. Justo como yo jamás estuve sola a lo largo de mi vida. ¿Cómo no podría estar con ustedes en mi vida y en mi corazón?

Acepta las nuevas aventuras, Savannah. Es muy posible que te conduzcan a la felicidad.

Por siempre jamás,
Poppy

Savannah
Oslo, Noruega

¿Puedes adivinar dónde estoy?

Tomé una fotografía del paisaje frente a mí y oprimí enviar. Pasaron apenas algunos segundos antes de recibir una respuesta.

Reconozco el lugar.

Después, Rune añadió:

¿Cómo te está yendo?

Vi a las personas que se paseaban abajo en la plaza y la gran pista de hielo que abarcaba la mayoría de lo que podía ver. Ya había gente patinando y el lugar era precioso. Apenas aterrizamos anoche en Oslo y yo ya estaba enamorada de este sitio. Podía imaginar a los Kristiansen viviendo aquí. Ante esa idea, me invadió una oleada de tristeza.

Le hubiera fascinado ver esto: tu país de origen. Es precioso.

Era frecuente que Poppy hablara de visitar Oslo con Rune, pero la vida le había deparado otro destino antes de que pudiera hacerlo.

Rune se tardó algunos minutos en responder y me pregunté si estaría ocupado o si mis palabras lo habían entristecido.

Sí, le hubiera encantado.

Aparecieron tres puntos debajo del mensaje y añadió:

Creo que está contigo en este momento.

Parpadeé para limpiar las lágrimas que brotaron de mis ojos.

También me gustaría creerlo.

Volvieron a aparecer los tres puntos y después:

Tu hermana jamás te abandonará, y estaría de lo más orgullosa de ti.

Mi pecho se contrajo y volví a mirar en dirección a la abarrotada plaza de abajo, con el aroma de los puestos de comida que flotaba hasta la ventana del hotel frente a la que estaba sentada. Rune tenía razón, Poppy estaría orgullosa de mí, siempre lo estaba. Ante cualquier pequeño logro que tuviera en la escuela, actuaba como si acabara de cambiar al mundo. En sexto grado, cuando gané la feria de ciencias, Poppy celebró como si me acabaran de conceder el Premio Nobel de la Paz.

Lo sé.

No tenía más que decir.

Puedes hacer esto, Sav. Yo también creo en ti.

Sonreí ante el mensaje final de Rune. Desde la muerte de Poppy, se había unido todavía más a mi familia. Se convirtió en el hermano mayor que siempre estuvo destinado a ser para mí y para Ida. Siempre sería una injusticia que perdiera a su alma gemela. Era tan joven… ni siquiera tuvieron una oportunidad real de vivir su vida.

Sentí un asomo de desesperación en mi interior que solo disminuyó cuando oí que alguien tocaba a mi puerta. La abrí y me encontré con Jade y Lili.

—Vamos —afirmó Lili mientras me tomaba de la mano y Jade tomó mi abrigo del perchero donde colgaba—. Vienes a patinar con nosotras.

—No, es que no sé patinar… —traté de decir, pero mientras me jalaban por el pasillo y por los tres pisos de escaleras hasta la recepción, me di cuenta de que no me estaban dando opción. Se sintió tan familiar: tres chicas que corrían por la ciudad para divertirse. Esa mañana, también hablé con mamá, papi e Ida. Los extrañaba más que al aire mismo, pero estaba bien; seguía adelante.

Jade nos llevó hasta el puesto donde rentaban los patines. Mientras Jade y Lili entregaban sus zapatos para recibir los patines, dije:

—Jamás he patinado antes. —Las dos me miraron como si me hubiera salido una cabeza adicional. Mi rostro enrojeció con intensidad ante su incrédulo escrutinio.

—Nosotras te ayudamos —afirmó Lili mientras hacía un gesto hacia mis botas—. Entrégalas y cámbialas por unos patines.

Hice lo que me indicó y sentí que invadía el nerviosismo. Me senté en una banca y me ajusté los patines, y cuando traté de ponerme de pie, casi me caigo.

—¡Cuidado! —exclamó Jade antes de tomarme por el brazo—. Vamos con calma.

Lili me tomó del otro brazo y nos dirigimos al hielo. La brisa helada de la pista sopló sobre mi rostro y me recorrió un escalofrío. Olía fresca y limpia… igual que Cael.

Mis ojos recorrieron la pista y me pregunté dónde estaría. No lo había visto hoy, ni tampoco a Dylan o a Travis. Tal vez los tres estuvieran juntos. Últimamente, Cael socializaba más con el resto de nosotros. Además, no parecía estar tan cerrado; esperaba que siguiera así. Para mí, la manera en que me sentía acerca de Cael era… sobrecogedora. Sentía mariposas en el estómago y mi corazón galopaba siempre que estaba cerca, cuando me tomaba de la mano o cuando asía mis dedos entre los suyos, pero era difícil estar con alguien así de consumido por la furia, era difícil dejarlo entrar por completo.

Sin embargo, desde aquella noche en el muelle, parecía un poco menos rígido. Yo pensaba que era porque había hablado de la muerte de su hermano, porque había verbalizado lo que sucedió. Soltó las palabras que le costaba tanto trabajo decir, que envenenaron su interior y que convirtieron su sangre en fuego.

Más que ninguna otra cosa, esperaba que hablar conmigo lo hubiera encaminado en la dirección correcta.

—Un paso hacia adelante —dijo Lili, interrumpiendo mis pensamientos. Coloqué la cuchilla sobre el hielo y de inmediato me resbalé, soltando a Jade y a Lili para agarrarme de las tablas que rodeaban la pista. Solté una risa nerviosa. Lili y Jade se quedaron de pie frente a mí.

—Ustedes vayan, creo que necesito quedarme aquí unos segundos —les pedí. Lili abrió la boca para protestar, pero yo asentí—. De verdad, solo necesito acostumbrarme.

—¿Segura? —preguntó Jade.

—Segurísima —dije y las miré alejarse sobre el hielo. Al principio estuvieron algo inestables, pero al cabo de unos minutos daban vueltas a la pista y me saludaban con la mano cuando pasaban frente a mí. Inhalé el aire congelado y la frescura de ese aroma volvió a envolverme. Sentí una mano sobre mi hombro:

eran Dylan y Travis que aparecieron en la pista frente a mí. Dylan estiró la mano.

—Vamos, Sav. —Travis se resbaló y se agarró de Dylan, con lo que ambos cayeron al hielo. El sonido de sus carcajadas, tal libres y sencillas, me hizo sonreír. Después de lo que Dylan nos había contado acerca de su mejor amigo y del horror que Travis nos reveló anoche, sus risas despreocupadas sonaban como campanadas directas del cielo.

—Mejor esto se los dejo a ustedes —afirmé mientras volvía a dirigirme a tierra firme, lejos de cualquier posibilidad de caerme.

—¡Sav! —exclamó Dylan, decepcionado—. ¡De acuerdo! —añadió mientras se levantaba para después señalarme con un dedo—. Pero me vas a acompañar a tomar un chocolate caliente después de esto.

—Hecho —dije y fui a la banca para quitarme los patines. En menos de un minuto, mis botas regresaron a mis pies y mi corazón se vio libre de tanto miedo.

Me quedé junto a las tablas y vi a mis nuevos amigos patinar alrededor de la pista, tomados de las manos y unidos en algo de diversión, que era muy necesaria. Era algo bello de contemplar. Si se parecían a mí en algo, sin duda hacía tiempo que no se permitían experimentar una verdadera alegría como esta.

Contuve la risa cuando Travis pasó junto a Dylan y casi lo tira, y sentí que algo me impulsaba a voltear a la izquierda. La plaza estaba atestada de gente y la pista estaba casi llena, pero a través de la muchedumbre detecté un gorro y un abrigo negros que me parecieron conocidos. Cael miraba la pista con una terrible expresión sobre su apuesto rostro.

La felicidad que encontré al observar a mis amigos desapareció ante la mirada de absoluta tristeza en el rostro de Cael. Estaba parado lejos de las tablas con las manos en los bolsillos.

Me calenté las manos con mi aliento y caminé hasta donde estaba. Me acerqué poco a poco, para que pudiera verme. Cuando lo hizo, enderezó la espalda.

—Hola —lo saludé al pararme junto a él. Su vista no se alejó de la pista. Quería estar sobre el hielo.

Recordé lo que Dylan me contó. Cael era jugador de *hockey* y su talento era inmenso, pero ya no jugaba. Por la manera en que miraba a los patinadores, supe que, en su corazón, todavía deseaba poder hacerlo.

—¿No quieres patinar? —dije para tentar las aguas. La mirada de Cael se endureció y sacudió la cabeza. Un «no» firme e inflexible.

Ahogué una risita cuando Lili y Jade empezaron a competir contra Travis y Dylan. Me pregunté si los que se abrieron anoche, frente a la fogata, se sentían más ligeros el día de hoy. Compartieron sus razones para estar aquí, fueron demasiado valerosos. Me pregunté si de alguna manera era liberador depositar tu dolor en las manos de personas que te apoyaban. Pasárselo a otros en pequeños trozos para que tu carga se aligerara y la vida pudiera parecer solo un poco menos terrible.

—No sé cómo lo logra la gente —me forcé a decir. No quería que Cael se sintiera tan mal y deseaba intentar que su ánimo mejorara—. Ni siquiera puedo mover los pies sin resbalarme.

No esperaba una respuesta, así que me sorprendió escucharlo cuando dijo:

—Solo se necesita práctica. —Volteó a verme a los ojos—. Yo… yo… —dejó en suspenso lo que quería decir y luchaba por contener lo que le impedía seguir adelante—. Te vi. —Inhaló largamente para cobrar fuerza—. Quise venir a ayudarte, pero… —Se le quedaron atrapadas las palabras en la garganta y su palidez cobró un tono cenizo.

¿Cuánto le estaba costando este momento en un sentido emocional? Parecía costarle todo: quedarse mirando esta pista, decir estas palabras. Le puse la mano sobre el brazo.

—Está bien —respondí y me puse frente a él para bloquear la vista de lo que le provocaba tanto conflicto—. ¿Quieres ir a comer algo? —señalé un conjunto de puestos de comida que estaba cerca. Él asintió y retiró la mirada del hielo. Parecía como si la pista fuera un imán para él, que lo atraía para acercarlo, pero se resistía al jalón, y eso le dolía.

La necesidad de hacerlo sentirse mejor era tan intensa dentro de mí que envolví su brazo con el mío. Nunca era así de atrevida. Nunca en mi vida tuve novio y era torpe en mis relaciones sociales, sin idea alguna de hacer que nadie, excepto por mi familia, se sintiera mejor cuando algo le dolía. Sin embargo, en mi interior sentí la misma necesidad de cuidar a Cael como lo hacía con Ida. Como lo hice también con Poppy. No estaba segura de cuál era la razón, pero era un ansia que no podía ignorar.

Decidimos ir al puesto de los postres y pedimos un montón de cosas: galletas de mantequilla, galletas de almendra y roles de canela, todos los postres que son tradicionales de Noruega. Le di una galleta a Cael y su mirada perturbada se tranquilizó cuando le dio una mordida. El color regresó a sus mejillas y, luego, eligió un rol de canela con un asomo de diversión en el rostro. Saber que lo hice sentir aunque fuera un poquito mejor fue tan embriagador como si hubiera logrado algo realmente notable.

Apenas nos habíamos comido un par de cosas cuando Jade, Lili, Travis y Dylan se acercaron a toda prisa. Dylan lanzó su brazo sobre mi hombro.

—¿Chocolate caliente? —preguntó.

Alcé una ceja hacia Cael como forma de pregunta.

—Vamos —respondió y caminó con nosotros hacia otro puesto de comida. En esta plaza noruega se sentía como si de nuevo fuera Navidad. Como una escena robada de una película, un trozo de magia en un fresco día invernal.

Era perfecto.

Todos regresamos a nuestras respectivas habitaciones luego de un par de horas de explorar la plaza, satisfechos y con sueño. Solo nos quedaríamos en Oslo por una noche. Noruega sería diferente del Distrito de los Lagos y no permaneceríamos en un solo lugar. En lugar de eso, iríamos hacia el norte. No sabíamos qué haríamos o que veríamos, pero este lugar ya me gustaba. Se sentía diferente de aquello a lo que estaba acostumbrada y, en esta época de mi vida, eso solo podía ser bueno.

Cuando estuve sola en mi habitación para pasar la noche, me acomodé en el asiento junto a la ventana y miré cómo se empezaba a aquietar la plaza. Abrí el cuaderno de Poppy y decidí que había llegado la hora de leer otra página. Me pareció más que correcto escuchar las palabras de mi hermana en el país de origen del amor de su vida.

Savannah:

Solo ver mi nombre en su letra me hinchó el corazón de tal manera que pensé que podría estallarme en el pecho.

Estuve pensando en cómo ayudarte.

Sonreí y me la imaginé con el extremo de la pluma en la boca, perdida en sus pensamientos.

Eso me hizo reflexionar en las cosas que me han ayudado en este último par de años. Justo hasta este momento en el que me quedan unas cuantas semanas de vida.

Esa línea fue como un puñetazo en el estómago. Odiaba pensar en ella en esas últimas semanas, cuando estaba débil y era incapaz de caminar sin ayuda, pero sí había encontrado fuerza para escribirme. Así de mucho me amaba. Inhalé largamente con respiración temblorosa.

Amigos. Personas. Familia. Sin ti y sin Ida. Sin mamá y papi, los Kristiansen, la tía DeeDee y Jorie, no habría sido capaz de mantenerme fuerte. Sin el amor de mi Rune, no hubiera podido enfrentar mi destino con dignidad y gracia, entendiendo que era mi hora de volver a casa.

De modo que ese es mi encargo para ti, Savannah. Que dejes entrar a las personas. Que permitas que otros fuera de la familia puedan ver tu corazón, que es hermoso y puro. Sé que te resulta difícil abrirte y que es incómodo para ti estar rodeada de grandes multitudes, pero necesitamos amor, Savannah. Cuando nos sentimos dolidos y el mundo parece derrumbarse encima de nosotros, necesitamos que nos sostengan las personas que nos rodean.

Amor, Savannah. Entendí de que mi más grande deseo para ti es que encuentres el amor, de cualquier forma en que se presente. Al tenerlos a todos ustedes alrededor de mí en este momento, cuando tengo los días contados y mi último aliento se aproxima, su amor me da fuerzas para enfrentarlo. Me hace saber que no estoy sola.

La muerte es más fácil de enfrentar en compañía.

Cuando me vaya, no quiero que tú te sientas sola. Necesitarás de las personas para que te ayuden a seguir adelante. Si acaso tuviera una sola ilusión para ti, hermana, esa sería que encuentres a tu Rune.

El estómago me dio un vuelco por el miedo. Encontrar un amor como el de Poppy y Rune me daba pavor. No porque no lo quisiera, sino por pensar en qué me sucedería si mi amor era así de intenso, encontraba a mi otra mitad, el compañero de mi vida, solo para que me dejara del mismo modo en que Rune había perdido a Poppy. Ver cómo se iba desvaneciendo día tras día, sabiendo que pronto su luz se apagaría en su corazón para nunca volver a encenderse.

No podría sobrevivir.

Me ahogué con un sollozo al leer: «Sé que esa idea te aterrorizará. Cuando leas esto, sabrás lo que mi muerte le causó a Rune». Una lágrima rodó de mis ojos cuando vi que la tinta con la que estaba escrito el nombre de Rune se borroneaba y eso me desgarró por completo. Porque, sin importar lo fuerte que era Poppy, la idea de dejarlo debe haberla hecho llorar. Rune era la razón para haber permanecido viva por tanto tiempo como lo hizo. Había luchado con más intensidad durante más días para permanecer en brazos de su alma gemela.

Rezo para que puedas encontrar la paz y que él pueda encontrar la felicidad después de que me haya ido. Que pueda encontrar un significado en mi partida y espero que tú, Savannah, también lo encuentres. Que no permitas que mi muerte te consuma. Mantén abierto tu corazón y deja que entre el amor cuando se presente, porque eres digna de amor, mi hermosa hermana. Lo sé porque te amo con todas mis fuerzas.

No somos nada sin amor, así que, por favor… permite que entre.

Te adora,

Poppy

Lágrimas silenciosas bañaron mi pecho cuando guardé el cuaderno. Cerré los ojos y pensé en Rune. Después de la muerte de Poppy, estaba totalmente despedazado. Sin embargo, en forma gradual, día tras día, empezó a encontrar cómo regresar de nuevo a la vida. Encontrar significado en por qué se había quedado él en este mundo.

Poppy se lo había enseñado. Le mostró cómo ver al mundo como una gran aventura. Era intrépida y abrazaba la vida con los brazos bien abiertos. Rune había honrado su memoria tomando foto tras foto de las maravillas del mundo, como un tributo a la chica que lo dejó demasiado pronto.

Mis brazos se quedaron atrapados alrededor de mi cintura y, en ese momento, me di cuenta de que eso no me servía para nada. Ni siquiera había intentado vivir, solo me dejé caer en un agujero negro de tristeza, desprovisto de toda esperanza. ¿Qué sucedería si intentaba abrazar la vida? ¿Solo por un tiempo?

¿Qué pasaría si me permitía enamorarme?

Abrí los ojos y, en la periferia, vi el parpadeo de las series de luces coloridas que adornaban la plaza. Incliné la frente contra el vidrio y miré hacia abajo… De pronto, me senté muy derecha y sostuve la respiración cuando detecté una figura solitaria que caminaba hacia la pista de hielo, ahora vacía, con unos cuantos faroles como única fuente de luz.

Sin embargo, eso me bastó para verlo *todo*.

Vi que Cael se detuvo a la entrada de la pista, con las botas a un centímetro de la orilla del hielo. Cada milímetro de su cuerpo estaba tenso y sus puños se aferraban a sus costados. Contuve el aliento para mirarlo, embelesada, cuando se arrodilló y se quitó los guantes. Los metió en su bolsillo y luchó consigo mismo durante varios minutos antes de colocar las palmas contra el hielo.

Luego se quedó así. Permaneció allí por tanto tiempo que mi mente deambuló y escuché que la voz de Poppy susurraba en mi mente: «Mantén abierto tu corazón y deja que entre el amor cuando se presente...».

Ese chico capturó algo dentro de mí, y verlo en ese preciso momento, solo en la pista que alguna vez fue el lugar donde encontraba consuelo, fue mi perdición.

Dejé que el corazón me guiara y me levanté presurosa del asiento junto a la ventana. Ignoré el horario que establecieron Mia y Leo, tomé mi abrigo y salí deprisa de la habitación. Dejé que mi valor me condujera fuera de las puertas del hotel, sin que Leo y Mia me vieran, y salí hacia la tranquila plaza. Solo unas cuantas personas paseaban por allí a estas altas horas de la noche, pero no les presté ninguna atención. En lugar de ello, me encaminé hacia el chico arrodillado, quebrantado y solo, y lo acompañé también de rodillas sobre el piso.

Su cabeza volteó súbitamente hacia el lado donde yo estaba y vi que las lágrimas bañaban su rostro con el dolor acumulado y sin pensarlo, y con la necesidad de abrazar a la persona a la que le había abierto mi corazón, lo envolví entre mis brazos. Al principio se tensó y me preocupé de que se hubiera enojado por haberme acercado a él. Que tal vez fuera demasiado impertinente de mi parte y que no quisiera compañía en este momento en que tenía desgarrado el corazón.

Luego suspiré aliviada cuando Cael cedió con rapidez y me rodeó también con sus brazos... y se mantuvo así, como si nunca fuera a soltarme.

Sus sollozos temblorosos eran como balas dirigidas hacia lo más profundo de mi alma que penetraban, una a una, hasta dejarme hecha pedazos.

—Sav —murmuró contra mi cuello y sus lágrimas rodaron por la piel de mi clavícula y debajo de mi abrigo. Eran lágrimas que había reprimido por incontables meses y que lo iban devorando día tras día.

Tenía las manos heladas por haber tocado el hielo, pero yo acepté ese frío. Si en este momento eso le ayudaba a Cael, le servía para liberarse de los pesados grilletes de la aflicción, me lanzaría dentro del océano ártico solo para ayudarlo a sanar.

Pasé las manos sobre su cabello, quitándole el gorro y colocándolo en el suelo a nuestro lado. No dije nada porque no había palabras de consuelo que le sirvieran en ese momento. El silencio era un alivio y sabía cómo se sentía esa liberación emocional. Era un torrente, una inundación repentina de dolor tan intensa que destruía todo a su paso.

Los dedos de Cael se encajaron en mi espalda, como si intentara encontrar una manera de acercarse más. Estaba en carne viva y vulnerable, desollado y emocionalmente expuesto. Nunca mencionó a ningún amigo o familia. Yo por lo menos tenía a Ida y a mis padres, a la tía DeeDee y a Rune.

¿En quién podía apoyarse él en momentos de necesidad? ¿Los había alejado igual que intentó mantenernos a raya a nosotros?

Pasé las manos con ternura por las ondas despeinadas de su pelo y él siguió desmoronándose. Se quebraba una y otra vez, y sus lágrimas saladas eran infinitas. Se sentía como si estuviéramos totalmente solos mientras nos encontrábamos arrodillados en el frío suelo, y Noruega siguiera existiendo alrededor.

Pasaron varios minutos y el cuerpo de Cael empezó a tranquilizarse. Mi sudadera y mi abrigo estaban empapados con sus lágrimas, pero su llanto también parecía aminorar. Aun así, lo seguí abrazando. Lo sostuve hasta que esas lágrimas se secaron y sus sollozos erráticos se convirtieron en respiraciones dificultosas y pesadas.

Era el término de una purga emocional.

—Sav —susurró con voz ronca y profunda por el esfuerzo.

—Aquí estoy —le dije y encontré el valor para añadir— para ti. Pasé saliva y me obligué a repetir—. Estoy aquí para ti.

Las manos de Cael se aferraron todavía más a mi abrigo y luego, lentamente, echó la cabeza hacia atrás. Tenía el rostro enrojecido y manchado, y la mirada afligida, pero nunca me pareció más hermoso. Retiró una mano de donde la tenía sujeta a mi abrigo y se miró la palma. Seguía quemada por el frío luego de haberla tenido presionada contra el hielo.

Volteó hacia la pista de hielo que se extendía ante nosotros. Las series de luces la hacían brillar como si estuviera enjoyada con millones de ópalos, y me pregunté qué veía Cael cuando la miraba. Si le parecía como el cielo o el infierno, o como algo intermedio.

Una lágrima solitaria escapó por el rabillo de uno de sus ojos y, por instinto, levanté la mano para quitársela de la mejilla. Me quedé quieta cuando volteó la cabeza porque me preocupó haber ido demasiado lejos, pero entonces Cael tomó mi mano entre la suya y se la llevó a los labios. La rozó con un beso inocente en el dorso, y mi corazón latió hasta detenerse por un instante.

Se llevó mi mano hacia arriba y la presionó contra su mejilla, que estaba fría y húmeda, y la dejó allí, como si la tibieza de mi mano le transfiriera el calor tan necesario a sus huesos congelados.

—Soy un jugador de *hockey* —dijo con palabras susurradas que eran tan sonoras como un grito en la tranquilidad de la plaza somnolienta.

Apreté su mano con la mía y una leve sonrisa apareció en su expresión desolada. Volteó hacia mí y sus ojos eran como hierro derretido con tintes azulados cuando dijo:

—Haces eso cuando me estoy desmoronando. —Sostuve la respiración, insegura de si eso era bueno o malo. Exhaló por la nariz y me devolvió el apretón. Dos apretones firmes—. Eso me centra —admitió y, aunque era de noche, el corazón se me iluminó como si lo tocara el sol—. ¿Cómo sabes cuándo lo necesito? —Examinó mi rostro buscando respuesta.

—Porque reconozco las señales. —El pulso en mi cuello se aceleró cuando lo dije—. Porque a menudo yo también me desmorono.

Cael apretó con más fuerza mi mano y se quedó mirando la pista, en tanto que yo simplemente lo miré a él. A este chico que me tenía completamente enamorada.

—Soy un jugador de *hockey* —repitió, pero esta vez con mayor convicción. La voz se le quebró cuando prosiguió—, pero ya no puedo jugarlo.

—¿Por qué?

Cael dejó caer los hombros.

—Porque eso era algo *nuestro*. —Por supuesto, supe que se refería a Cillian. Su hermano parecía tener la misma importancia para él que la que tenía Poppy para mí, pero había una notable diferencia. Su dolor era muy diferente al mío.

No tuvo ningún cierre cuando murió Cillian.

—Yo era bueno, Duraznos —declaró y yo me derretí ante el uso de ese sobrenombre que salía con tanto afecto de sus labios, en especial en un momento tan difícil. Levanto el brazo y pasó la punta de un dedo de su mano libre sobre la orilla de la pista de hielo—. *En verdad* era bueno.

Cael cambió de posición para sentarse en el suelo y yo seguí su ejemplo.

—El *hockey* no es solo algo que jugaba. Representa lo que soy… lo que *era* —se corrigió y negó con la cabeza—. Estoy tan confundido. —Se le cerró la garganta cuando expulsó por fuerza esas palabras. Le apreté dos veces la mano y él me devolvió la sombra de una sonrisa agradecida. Entonces me apretó la mano dos veces y el corazón se me aceleró—. Al principio empecé a jugar por Cill… —continuó, moviéndose sobre el suelo, y fue obvio que el tema le incomodaba—. Cill jugaba y yo solo quería hacer cualquier cosa que él hiciera.

—Pero te encantó —respondí, aunque no como pregunta. Podía escuchar la gozosa inflexión que el *hockey* inspiraba en su voz.

—Me encanta. —El uso del presente no me pasó desapercibido.

—Esa noche los perdí a ambos —dijo Cael y de nuevo me rompió el corazón el desgarrador sufrimiento que se reflejaba en su voz—. Perdí a Cill y nunca pude volver a enfrentar el hielo. —Se detuvo y una expresión de nostalgia apareció en su rostro—. Estábamos tan unidos que no sé cómo existir yo solo. Hermanos, jugadores de *hockey*, y cada uno el mayor fan del otro. Asistía a sus juegos y él a los míos. Entrenábamos en las mismas instalaciones. Practicábamos en el mismo estanque congelado en nuestra casa durante todo el invierno y lo llorábamos cuando llegaba el verano. Vivíamos para el frío. El *hockey* era Cill y yo soy el *hockey*. Cill era yo y yo era él, y ahora todo se fue al demonio.

—Cael…

—Se suponía que jugaríamos juntos en la universidad. —Me miró de reojo—. En Harvard. —Una sensación de frío invadió mi columna vertebral al pensar en términos como «destino». Por supuesto que lo sabía, pero estaba orgullosa de él por abrirse y contármelo. Le apreté la mano—. Él estaba en su primer año de universidad cuando… —Cael no pudo terminar esa oración. Inclinó la cabeza y prosiguió—. Me aceptaron y se suponía que empezaría a asistir el otoño pasado, pero no pude hacerlo, estando él muerto. Nunca pudimos jugar juntos para los Crimson. Y ahora nunca lo haremos. —Recosté la cabeza sobre su hombro como muestra de apoyo—. Estoy tan jodidamente perdido. —Entrelacé mi brazo alrededor del suyo cuando preguntó—: ¿Qué me dices de ti, Sav? ¿Por qué no puedes continuar con tu vida?

Palidecí de inmediato. No quería hablar de Poppy ni de mí, pero Cael se había mostrado tan abierto conmigo que quería devolverle algo. Era evidente que lo necesitaba.

—Yo tampoco sé cómo vivir sin ella —respondí—. Poppy murió y yo me quedé atrapada en ese instante, como detenida en una especie de animación suspendida de la que no me puedo liberar. —Cael posó su cabeza sobre la mía—. Murió en paz —dije, tratando de expulsar ese día de mi mente, pero después de hablar con Cael, me di cuenta de que Poppy había muerto de la manera más hermosa—. Murió como quería hacerlo, pero… para ser sincera, no sé, Cael. Solo me ha costado mucho trabajo seguir adelante. —Solté una risita autocrítica—. Por si no lo has notado, soy un poco… reservada. —Cael también rio una vez y, por un instante, pensé que podría hacerme algún chiste. Me pregunté si había tenido sentido del humor *antes*…

El sonido de su risa me llenó el corazón.

—Supongo que interiorizo muchas cosas. El terapeuta que me veía en mi pueblo hizo de todo para tratar de ayudarme. Este es mi último recurso para hacer el intento por aferrarme a algún asomo de vida después de la pérdida. —Volví a reír, pero esta vez era una risa llena de tristeza, era débil y me hizo sentir como una tonta.

»Murió hace casi cuatro años y yo sigo aquí, suspendida en el tiempo, viviendo una dizque vida. —Miré una piedrita en el suelo solo para enfocarme en cualquier cosa que no fuera lo que estaba diciendo—. Para este momento, ya debería haber sido capaz de afrontarlo. Sé que la gente piensa que ya debería seguir adelante.

—No creo que el duelo funcione así. —Volteé para mirarlo, sin saber a qué se refería—. No creo que el duelo se apegue a algún tiempo determinado, Sav. —Buscó mi mirada y yo me quedé perdida en la profundidad de sus ojos—. Si alguien te juzga por el tiempo que te lleva superar la muerte de un ser querido, alégrate por ellos, porque eso quiere decir que nunca lo han experimentado.

Sentí que me ahogaba la emoción.

—Gracias —le respondí, sintiendo que me entendía por completo, solo gracias a una simple oración.

Cael sacudió la cabeza.

—A veces desearía poder arrancarme el corazón y la parte del cerebro que contiene los recuerdos para simplemente lanzarlos a otro lado. Tan solo por un ratito. Solo para recordar cómo se sentía divertirse, cómo era la vida cuando no tenía ninguna preocupación. Ya no quiero despertar cada mañana con este hueco en el estómago, con esta furia que hierve en mis venas y que me quema por dentro —suspiró hasta el fondo, lleno de agotamiento—. Así no soy yo, Sav, pero olvidé cómo ser de otra manera. Desearía poder ser algo más que un tipo arruinado por la pena, solo por un rato. —Extrajo ese sentimiento directo de mi corazón, porque yo también lo deseaba con frecuencia. No quería olvidar a Poppy, sino tan solo que se acabara el dolor por su ausencia. Un alivio temporal.

Recorrí con la mirada el guapo rostro de Cael y la estatura de su cuerpo. Quería eso para *los dos*. Una probada de estar libres del duelo. Un alivio momentáneo para solo *ser*. Me enderecé y le dije:

—Entonces, ¿por qué no lo hacemos?

Cael me miró como si estuviera loca y eso me hizo reír. Sus ojos adquirieron un aspecto más tierno a medida que ese sonido ajeno flotaba en el aire sobre nosotros.

—Me encanta cuando ríes —dijo y sentí como si una verdadera invasión de mariposas revoloteara sobre mi cuerpo.

—Lo digo en serio —declaré y le agarré la mano con más fuerza—. ¿Qué tal si, mientras estamos aquí en Noruega, simplemente hacemos a un lado nuestro duelo y tratamos de encontrar la alegría?

—No creo que sea así de fácil —respondió, pero escuché un tono de curiosidad en su voz. La callada esperanza de que pudiera lograrse.

—Vamos a intentarlo de todos modos. Juntos —dije y me abrumó la emoción. La pista de hielo se puso nebulosa frente a mí—. Solo por un rato, vamos a fingir.

—¿Fingir qué? —preguntó Cael con voz tenue.

—Que solo somos un par de adolescentes normales en un viaje lejos de casa. Que estamos explorando Noruega sin ninguna otra razón que porque *podemos*.

Se me quedó mirando por tanto tiempo que me cohibí. Estaba siendo una estúpida. *Me sentí* como una estúpida y mi rostro enrojeció por la vergüenza. Mi sugerencia era imposible.

—No importa —dije—. No sé en qué estaba pensando…

—Hagámoslo —me interrumpió y yo abrí los ojos como platos—. Quiero intentarlo —afirmó mientras me apretaba la mano y me provocó una sonrisa tan grande que hizo que me dolieran las mejillas. Cael recorrió mi mejilla con su dedo—. Tienes hoyuelos, Duraznos.

—Todas las hermanas Litchfield los tenemos —exclamé, refiriéndome a Ida, Poppy y yo. Al darme cuenta de que mencioné a Poppy en tiempo presente, me quedé helada, pero si Cael se percató de ello, no me corrigió.

Incliné la cabeza y sentí que me ardían las mejillas, pero Cael puso un dedo de su mano libre debajo de mi barbilla, como lo hizo aquel día en los Lagos, y me inclinó la cabeza hacia arriba hasta tener toda mi atención. Por un instante, imaginé cómo se sentiría que me besara. Si se inclinara y pusiera sus labios contra los míos.

—Es un pacto —afirmó y me apretó dos veces la mano, lo cual me sacó de mis ensoñaciones—, y si sentimos que el otro se está dejando hundir en la pena, usamos nuestra señal secreta para sacarlo. —De nuevo me apretó la mano dos veces como demostración—. ¿Hecho? —preguntó y yo asentí.

—Hecho.

Estaba segura de que lo que planeábamos no era sano, y que Mia y Leo no lo aprobarían. Estaba segura de que hacer a un lado nuestro duelo era como vivir en un mundo de fantasía, con la realidad cerniéndose lo bastante cerca como para arrastrarnos de regreso. Pero yo estaba feliz de hacerlo.

Solo para ayudarnos a *respirar.*

—¿Cael? ¿Savannah? —Volteamos a mirar atrás de nosotros ante la mención de nuestros nombres. Mia estaba a unos pasos de distancia, con los brazos cruzados en actitud de reprimenda, pero también con mirada de preocupación—. ¿Están bien? Ya se pasó la hora de retirarse y se supone que estuvieran en sus cuartos.

Entré en pánico porque nos descubrieron, en toda mi vida nunca había hecho nada contra las reglas, siempre me porté bien. Al instante, la culpa me abrumó, pero entonces Cael me apretó dos veces la mano y recordé por qué lo había hecho. Cael me necesitaba y no podía sentirme culpable por ayudarlo.

—Lo sentimos —dije y en verdad lo sentía, pero no me arrepentía. Mia nos recorrió con la mirada para verificar que estuviéramos bien y no pasé por alto el hecho de que notó que nuestras manos estaban entrelazadas.

Ninguno de los dos se movió para soltarse y no estaba segura de qué pensarían ella y Leo acerca de eso.

—Regresemos al hotel porque mañana nos vamos temprano. —Caminamos tomados de la mano junto con Mia y solo nos soltamos cuando fuimos a nuestras respectivas habitaciones. Cael me miró por encima del hombro al abrir su puerta en el otro extremo del pasillo y me sonrió.

Cuando me metí en la cama y apagué la lámpara, por primera vez en muchísimo tiempo anhelé la llegada del día siguiente. Era la primera vez en cuatro años que sentía algo parecido. Y dos simples apretones con la mano fueron la causa.

Nieve que revolotea y risas de alivio

Cael
Tromsø, Noruega

El paisaje que nos recibió no parecía real. Di una vuelta en círculo para mirar las montañas cubiertas de nieve y las casas de madera dispersas alrededor de nosotros, rojas y cafés como los colores de las hojas otoñales, junto a los rosas, azules y verdes típicos del verano.

Tromsø.

Temprano por la mañana hicimos un viaje corto al norte, hasta este pueblo. Para un jugador de *hockey* era un paraíso: hielo y nieve, además del intenso frío que azotaba alrededor, pero el cielo era cristalino: ni una sola nube, y con el sol brillante y cegador.

—Es increíble —me susurró Savannah. Volteé a verla y sus azules ojos estaban muy abiertos y llenos de asombro mientras devoraba el entorno con la vista—. Es como un sueño —dijo y apretó más mi mano. Mis labios se estiraron en una pequeña sonrisa y centré la atención en nuestras manos entrelazadas. Desde el instante en que nos reunimos a primera hora de la mañana para dirigirnos al aeropuerto, enlacé mi mano con la suya y apenas la solté.

Hicimos un pacto, y una sensación eléctrica, como un cosquilleo, me recorrió las venas. Esta mañana desperté con la misma sensación de terror que siempre tenía, pero traje a mi mente la imagen del rostro de Savannah y logré disiparla. Teníamos un trato y yo quería hacer una pausa en mi dolor, como ella lo sugirió, más de lo que deseaba seguir respirando.

Luché una y otra vez con la oscuridad que intentaba asentarse en mis huesos hasta que la vi en el pasillo y me enfoqué en la sonrisa tímida de su bonito rostro. De inmediato busqué su mano e ignoré el silencio asombrado del resto del grupo que nos vio.

En el preciso instante que nuestros dedos se unieron, la oscuridad se replegó bajo un destello de pura luz. Sin palabras, Savannah y yo nos decíamos que, por el momento, nuestro duelo no ganaría, que nos concederíamos la libertad de la tristeza por el mayor tiempo que pudiéramos mantenerla a raya. No éramos unos ingenuos, y sabíamos que repeler el dolor de la pérdida de nuestros hermanos mayores era una medida temporal, un bloqueo contra fuerzas invasoras que eran demasiado fuertes como para superarlas por completo, pero nos pondríamos una armadura y lucharíamos contra ellas por el tiempo que pudiéramos lograrlo.

Recuperaríamos algo de alegría temporal.

Ya estaba atardeciendo, debido a que las horas de luz eran limitadas en invierno. Según lo que todos habían dicho, esta ciudad prosperaba en la oscuridad.

—Ahora iremos a nuestro hospedaje —nos indicó Leo y señaló detrás de él. Un gran hotel de madera estaba adornado de piso a techo con la nieve caída durante varios días. De hecho, cada zona de la ciudad estaba cubierta por los remanentes de nieve en los techos de los edificios y en las montañas. Lo único que no lo estaban eran los fiordos que dominaban el panorama. Por venir de Massachusetts, estaba acostumbrado a la nieve. Sin embargo, ver la reacción de Savannah ante este lugar, que tenía los ojos muy abiertos y lucía deslumbrada, provocó que los músculos de mi pecho se contrajeran.

Savannah nunca había visto una nevada y esperaba que la viera antes de irnos. No pude imaginar nunca sentir los copos de nieve cuando te tocan la cara y su escozor contra tu piel.

Cargamos nuestras maletas hasta el hotel, donde había una enorme chimenea encendida en la recepción. Savannah se quedó inmóvil, mirando un cuadro que colgaba de uno de los muros. Era una fotografía ampliada que ocupaba un gran porcentaje de la decoración.

—La aurora boreal —murmuró y apretó mi mano entre la suya. Giró la cabeza hacia mí—. Siempre tuve la ilusión de verla.

—Esta noche, la visibilidad es baja —replicó el hombre que estaba en la recepción y que notó la mirada de asombro de Savannah frente al cuadro—. Pero podrás verla en un par de días.

La sonrisa que adornó su rostro fue casi demoledora. Savannah era la persona más hermosa que hubiera visto en mi vida. Su sonrisa y esos malditos hoyuelos me dejaban sin aliento. Irrumpió en el infierno que era mi vida y me lanzó una inesperada cuerda salvavidas. Este viaje me causó pavor y me había opuesto a él con todas mis fuerzas, pero eso fue antes de saber que Savannah Litchfield me esperaría al otro lado.

Le di un empujoncito en el hombro.

—Mírate nomás, cuántas cosas sabes. —Ella se sonrojó y quise acariciar sus mejillas. Así lo hice y noté que su respiración se detuvo por un instante ante el contacto, al mismo tiempo que el rubor se volvió más profundo y llegó hasta los lados de su cuello.

—Me gusta la ciencia —afirmó, como un comentario cualquiera y sin importancia. Había notado eso en ella, minimizaba cualquier cosa que fuera única y especial de sí misma. Me parecía evidente que era una especie de genio, pero rehuía y apartaba cualquier forma de elogio.

Ya me había contado que entraría a Harvard, pero no sabía qué iba a estudiar. Sin embargo, el mero hecho de que la hubieran aceptado me informaba lo lista que era. Siempre estaba leyendo y absorbiendo en silencio el mundo que la rodeaba como si fuera su propio proyecto científico. Quise preguntarle qué iba a estudiar, pero sentía un dolor en el pecho cuando lo intentaba. Siempre lo posponía porque Harvard me hacía pensar en Cill. Ahora, además de eso, estaba el hecho de que yo tampoco iría.

Sentí un dolor agudo y demoledor que me retorció las entrañas cuando me di cuenta de que, si Cill no hubiera muerto, habría ido a la universidad como lo planeaba y, a la larga, Savannah también hubiera estado allí. Podríamos habernos conocido sin estar tan destrozados. ¿Cómo hubiera sido eso? ¿Seguiríamos teniendo esta conexión o lo único que nos unía era el duelo?

Dos apretones fuertes me sacaron de regreso de mis pensamientos y Savannah se puso frente a mí, guiándome para que la mirara a los ojos.

—¿Estás bien? —preguntó al comprender que me había dejado caer de nuevo en las sombras.

Las hice a un lado, y respiré profunda y largamente.

—Sí —respondí y puse mi frente contra la suya—. Aquí estoy. «Ya volví y sigo queriendo mantener nuestro trato», pensé.

—Entonces ¿qué? —exclamó Dylan cuando llegó a pararse entre nosotros. Su rostro demostraba que la situación le hacía gracia—. ¿No quieren compartir algo con el grupo? —Yo negué con la cabeza. Sin importar de qué se tratara esto, nos pertenecía solo a nosotros, y la verdad era que no tenía idea de qué éramos Savannah y yo el uno para el otro. Pensaba en ella todo el tiempo, me dormía con su sonrisa tímida en la mente. Ambos nos tomábamos de la mano y nos abrazábamos.

Quería que fuéramos algo más, pero no sabía si ella estaba como para aceptarlo. No sabía si tenía alguna cosa en mi interior que pudiera darle. No sabía si mi oscuridad estaba desapareciendo para siempre o si regresaría y, a la larga, destruiría mi relación con ella como lo había hecho con mis padres y mi mejor amigo. En este preciso momento, ese era mi mayor temor. Sin embargo, después de contarle sobre Cillian, del *hockey* y de abrirme con ella... parecía que Savannah le había quitado todo su poder.

Mia se acercó para darnos las llaves de nuestras habitaciones y nos convocó a reunirnos junto a la chimenea.

—Esta noche les pertenece, pero mañana… —Nos lanzó una gran sonrisa—. No quiero arruinar la sorpresa, pero lo que verán mientras estemos aquí es… —Se encogió de hombros, muy satisfecha consigo misma al dejarnos en vilo—. Ya lo verán.

—¿Les parece si vamos a conocer el pueblo? —preguntó Travis hacia el grupo y todos asentimos—. ¿Nos vemos aquí en veinte minutos?

Con renuencia solté la mano de Savannah y fui a aventar mi maleta a mi cuarto. Regresé abajo luego de unos cuantos minutos porque estar solo en mi habitación solamente lograría regresarme a ese lugar de oscuridad. Dylan ya estaba sentado junto a la chimenea y le echaba un vistazo a las fotografías en su teléfono. Me senté en el sillón junto a él y pude ver una imagen de él con un tipo de cabello oscuro. Rápidamente metió el teléfono en su bolsillo.

—Ey —exclamó y señaló el reloj sobre la pared—. ¿Tampoco quisiste quedarte en tu cuarto? —Negué con la cabeza y volteé a mirar las escaleras, a la espera de Savannah. Mi pierna empezó a saltar a medida que los minutos pasaban. Ese lugar, estar rodeado de tanto hielo y nieve, estaba lleno de detonadores para mí. Eso era lo peor, que mis cosas favoritas se hubieran vuelto, desde la muerte de Cill, en mis propias minas terrestres.

—Entonces, ¿tú y Savannah? —preguntó Dylan, lo cual me sacó de mis pensamientos.

Lo miré con desconfianza.

—¿Tienes algún problema con eso? —pregunté y pude notar el tono de celos en mi voz.

Dylan levantó las manos y fue obvio que mi pregunta le causaba gracia.

—No, yo no —dijo y luego me dio un leve puñetazo en el hombro—. Pienso que se ven bien juntos. —Sabía que él y Savannah se habían hecho amigos y ella parecía ser capaz de hablar con él con toda facilidad, lo que en su caso era muy raro.

—¿No la quieres más que como amiga?

Con gran rapidez, Dylan se puso serio y algo que no podría nombrar ensombreció sus ojos ambarinos.

—Confía en mí —dijo en voz baja—. No soy una amenaza. —Lo dejó en el aire entre nosotros, pesado y lleno de significado. Sus ojos me imploraron que entendiera algo sobre él, algo que no diría, ni *podría* decir, en voz alta. Lo que fuera que estaba insinuando era una verdad que comunicaría cuando sintiera la necesidad de hacerlo.

—De acuerdo —respondí y vi que sus hombros se relajaron, a la vez que un suspiro de alivio salió de sus labios. Justo entonces escuché el sonido de pies en la escalera, y Jade, Lili y Travis llegaron a nuestro lado. Savannah bajó unos segundos detrás de ellos. Me puse de pie de un salto y de inmediato le tomé la mano. Ella no dudó en aceptarme y, al instante, pude respirar con mayor facilidad.

No sabía cómo lo lograba, pero su presencia, su contacto, su naturaleza tranquila, era como un maldito tónico para mi alma. Travis nos condujo fuera del hotel y todos nos detuvimos en seco apenas a unos pasos de la salida. La oscuridad había caído desde que nos metimos hacía un rato. Sin el sol, Tromsø parecía como algo salido de un cuento de hadas.

—Las estrellas... —exclamó Savannah y miró al cielo, que parecía como una pintura. Nunca había visto esa cantidad de estrellas y ni siquiera sabía que existieran tantas.

Savannah se tensó y percibí el cambio repentino en su estado de ánimo. Bajé la mirada hacia ella, que tenía la cabeza inclinada y los ojos dirigidos al suelo. Como había hecho antes, puse un dedo de mi mano libre bajo su barbilla y le subí la cabeza. Sus ojos azules brillaban con lágrimas no derramadas. No sabía qué lo había motivado, pero obviamente no era bueno. Luego de asegurarme de que me mirara a los ojos, le apreté dos veces la mano.

Cerró los ojos y rápidamente recobró la compostura. Al abrirlos de nuevo, se obligó a sonreír de manera tranquilizadora y supe que estaba haciendo su mayor esfuerzo por expulsar la repentina avalancha de tristeza.

—¿Estás bien? —susurré para asegurarme. Los demás se alejaron para caminar por la calle, ignorantes de la batalla que tratábamos de librar para despejar nuestras sombras.

—Sí —respondió con voz rasposa y recostó con timidez la cabeza contra mi pecho. Dejé caer un beso sobre su gorrito rosa, deseando más que nada que fueran sus labios los que tocara. Savannah se echó atrás y me lanzó una tímida mirada debajo de sus pestañas.

Era perfecta.

—¡Cael! ¡Sav! —nos gritó Travis desde el final de la calle—. ¿Ya vienen? —A medida que Savannah y yo caminábamos tomados de la mano, la nieve crujía bajo nuestros pies. Cuando alcanzamos al grupo, llegamos a un área de tierra. Savannah se acuclilló y se quitó un guante. Me soltó de la mano y de inmediato sentí la pérdida. Con sus manos, ahora descubiertas, tomó un poco de la nieve que debe haber caído antes de nuestra llegada.

Risas, que eran como perlas, brotaron de su garganta cuando hundió las manos hasta los codos. Nunca había escuchado nada tan perfecto y no pude evitar sonreír también cuando levantó la vista hacia mí, con sus hoyuelos profundos, y volvió a reír. Mi durazno de Georgia, que estaba tan acostumbrada al sol y el calor sureños, estaba totalmente cautivada con menos de un metro de nieve.

Me estaba enseñando más en este viaje de lo que nadie me había enseñado jamás. Me mostraba que la felicidad no tenía que referirse a grandes actos e instantes que te cambian la vida. Podía ser solo *esto*: ser testigo de alguien que ve la nieve por primera vez. Escuchar que alguien ríe de manera franca y verdadera. No sabía que algo tan simple pudiera golpearme con tal fuerza. Desde Cillian, nada, ni una sola cosa, me había producido felicidad.

Hasta que llegó ella.

Sentirlo era casi doloroso y, no obstante, tan jodidamente triste que me desgarró el alma. Haber pasado tanto tiempo sin sentir ni el menor asomo de dicha, felicidad o alegría.

Mirar a Savannah meter ambas manos en la nieve, con otra ligera risa que salió de sus labios, me provocó el deseo de embotellar ese sonido y tenerlo guardado para los días en que no fuera capaz de levantarme de la cama. Esta chica me producía el deseo de ser más que el cascarón de una persona en el que me convertí durante el último año.

—¡Ay! —gritó Dylan desde algún lugar detrás de nosotros. Volteé justo a tiempo para ver que Travis le lanzaba una bola de nieve en la espalda.

Este volteó hacia Travis.

—No sabes lo que acabas de iniciar, Trav. —Dylan tomó un puñado de nieve y se lo lanzó, en tanto que Jade y Lili empezaron a juntar nieve y a lanzársela a cualquier cosa y persona que tuvieran enfrente.

Me agaché y levanté a Savannah para ponerla detrás de mí justo a tiempo para que una bola de nieve chocara contra mi pecho. Ella se sujetó de la espalda de mi abrigo para usarme como escudo, pero detecté el tintineo de su risa suave.

Dylan empezó a correr cuando vi que él fue quien la lanzó. Me incliné de nuevo y tomé nieve para formar una bola apretada que le lancé a Dylan mientras corría hacia Travis, por lo que le golpeé la espalda.

—¡Cael! —gritó y entonces Travis apuntó también hacia mí como una respuesta súbita de protección hacia Dylan, que era evidente en su mirada detrás de sus anteojos gruesos. Me sacudí cualquier sentimiento negativo, cualquier recuerdo difícil que albergara y los pensamientos que la nieve me traía a la mente, y me dejé llevar por la situación, con Savannah detrás de mí todo el tiempo. Jade y Lili gritaron cuando Travis las derribó sobre la espesa nieve. Las risotadas de Dylan y Travis se unieron al sonido del grupo entero que, por el momento, olvidó todo para solo divertirse un rato.

La zona de pasto cubierto de nieve era larga y ancha, con una colina. Dylan y Travis empezaron a perseguirse, intentando derribarse, en tanto que Lili y Jade los seguían de cerca. Todos estaban cubiertos de blanco de pies a cabeza. Iba a voltear para buscar a Savannah, pero, al hacerlo, una bola de nieve me golpeó otra vez en el pecho. Levanté la vista con asombro y descubrí que los guantes de Savannah estaban llenos de nieve y que su postura denotaba cierta actitud juguetona.

—Duraznos... —le advertí, al tiempo que una nueva especie de calidez entraba en mi pecho. Su mirada estaba tan libre de preocupación en ese momento, tan aliviada. Se veía *despampanante*. Con un brillo juguetón en la mirada, me lanzó una segunda bola de nieve y empezó a correr para escapar de mí.

Corrió con rapidez, pero yo era más veloz.

Los otros empezaron a perseguirse hasta la cima de la colina y desaparecieron, dejándonos solos a Savannah y a mí. Ella se resbaló e hizo el intento de correr sobre la nieve pesadamente aglomerada, y yo fui ganando centímetro a centímetro. Volteó y, al ver que me acercaba, lanzó un gritito de anticipación, nerviosa por verse atrapada. No le di oportunidad de correr más lejos, rodeé su cintura con mis brazos y la derribé sobre la nieve. El impulso que llevábamos ambos nos hizo rodar tres veces hasta que nos detuvimos. Ella quedó acostada debajo de mí, con mi cuerpo apuntalándola. Me hice a un lado para evitar aplastarla, pero dejé mis manos en su cintura, manteniéndome lo más cerca de ella como pude.

Savannah reía tanto que tuvo que rodearse el estómago con los brazos. Yo también reía, pero me detuve, completamente hipnotizado de verla así. Las arrugas producidas por la risa rodeaban sus ojos, que tenían lágrimas de felicidad que rodaban por sus mejillas, mientras que sus hoyuelos se profundizaban a medida que se sacudía por las carcajadas.

Mi rostro flotó sobre el suyo y percibí la blanca neblina que el aire helado creaba a medida que exhalaba su cálido aliento. Lo único que pude ver en ese instante fue la felicidad que irradiaba de su amplia sonrisa. Lo único que podía sentir era a ella entre mis brazos y su cuerpo presionado contra el mío.

Savannah me devolvió la mirada y su risa se fue desvaneciendo a medida que crecía la tensión entre nosotros. Paseé la mirada sobre cada centímetro de su rostro. Su piel, semejante a un durazno, con pecas que salpicaban su nariz. Los hoyuelos que habían llegado a obsesionarme y los pequeños aretes de oro en sus orejas, al igual que la manera en que sus largas pestañas rubias le rozaban las mejillas cuando parpadeaba. Pero, más que otra cosa, no podía desviar la mirada de sus labios.

Levanté la mano para quitarle un largo mechón de pelo que le había caído sobre el rostro. Savannah se reclinó contra la palma de mi mano cuando lo hice y se sintió como si el mundo entero hubiera desaparecido. La nieve y las luces que nos rodeaban hacían parecer como si estuviéramos dentro de nuestro propio globo de nieve, uno que el dolor, la tristeza y la pérdida no podían romper.

Savannah pasó saliva y percibí el temblor que recorrió todo su cuerpo cuando la punta de uno de mis dedos rozó el puente de su nariz y la forma de corazón de sus labios.

—Eres tan hermosa —dije con voz ronca y Savannah abrió mucho los ojos ante mi confesión. Yo no decía ese tipo de cosas con facilidad.

—Cael —murmuró e inhaló un respiro entrecortado. Me daba cuenta de que estaba nerviosa y no sabía si alguna vez la habían besado. Si no era así, quería ser el primero. Nunca quise nada más, ella no lo sabía, pero el *hockey* consumió toda mi existencia y nunca tuve tiempo para novias. Entre la liga juvenil y la selección de *hockey* de Estados Unidos, lo único para lo que me quedaba tiempo era para la escuela y para dormir. Este momento era tan monumental para mí como lo era para ella—. Tú también eres hermoso —respondió y el bien conocido rubor estalló en sus mejillas. Sus temblorosas palabras expresadas con dulzura me rompieron en mil pedazos. Sabía lo que debe haberle costado decirlo, en vista de su naturaleza tímida.

Levanté su mano y le retiré el guante. Le besé las puntas de los dedos y toda la extensión de estos, y posé beso tras beso en la palma y en el dorso de su mano. A medida que me inclinaba sobre ella, sus ojos se cerraron suavemente mientras yo ponía los labios en su frente. La esencia de almendras y cerezas me envolvió y la apreté más fuerte, con mi brazo alrededor de su cintura para acercarla a mí. Mi pecho estaba recostado contra el suyo y pude sentir que su corazón se aceleraba.

Recorrí su sien con mis labios y sus manos se aferraron con tal fuerza a las mías que pensé que podrían dejar una marca. Deslicé mis labios por su mejilla y besé uno de esos hoyuelos que tanto me fascinaban. Savannah aspiró un rápido aliento y me eché hacia atrás para mirarla a los ojos. Necesitaba saber que ella lo quería, si se sentía igual que yo me sentía por ella.

Queríamos que este lapso en Noruega se tratara de aprovechar el momento y abrazar la felicidad que habíamos perdido por tanto tiempo. No podía pensar en nada más eufórico que sentir sus besos.

Savannah colocó la mano sobre mi mejilla y empezó a guiar sus labios hacia los míos en una clara invitación. Me fui acercando más y más, y mi pulso se aceleró tanto como el suyo. Entonces, justo cuando mi labio superior rozó contra el suyo, se me puso la carne de gallina en todo el cuerpo, al mismo tiempo que el sonido de nuestros amigos, que corrían para descender por la colina hacia nosotros, atravesó el capullo en el que estábamos ocultos.

Me detuve y mi boca se quedó flotando sobre la de ella. Savannah cerró los ojos y luego los abrió, momento en el cual ambos soltamos una carcajada. Las voces de Travis y Dylan flotaron alrededor de nosotros y yo dejé caer la frente contra la suya en actitud de derrota.

—Mal momento —le dije y ella rio otra vez. Al levantar la cabeza, devoré con la mirada sus pupilas dilatadas y sus mejillas calientes. Le besé una mejilla sonrosada, sosteniendo el beso por tanto tiempo como pude antes de que nuestros amigos llegaran demasiado cerca. Sabía que Savannah odiaría que nos atraparan así, demasiado expuestos a las miradas curiosas. Nos separamos de donde estábamos acostados, le ofrecí una mano y Savannah deslizó la suya en la mía. Estaba convencido de que nunca hubo dos manos que se ajustaran con tal perfección.

La ayudé a ponerse de pie y le sacudí la capa de nieve que se había adherido a su ropa. Ella se estremeció por la humedad de la nieve que empezaba a congelarle la piel. Incapaz de resistirme, tomé sus mejillas con ambas manos y le besé la frente mientras le susurraba:

—Duraznos, eres lo mejor que me ha sucedido en muchísimo tiempo.

—Cael —respondió y aferró mis muñecas. Es probable que sintiera mi pulso acelerado bajo mi piel. Me eché hacia atrás y quise alejarme, cuando jaló mis muñecas y me detuvo a medio paso. Se mordió los labios con nerviosismo y me acercó lentamente para ponerse de puntas. Yo bajé la cabeza unos centímetros para que ella pudiera acariciarme también la mejilla. Entonces se inclinó y me besó la barba incipiente.

Se me detuvo el corazón.

Travis y Dylan llegaron en estampida hacia nosotros, cubiertos de nieve de la cabeza a los pies. Savannah volteó a mirarlos y se rio cuando Jade y Lili también se acercaron, con más nieve en todos ellos de la que parecía haber sobre el suelo. Sin embargo, no podía quitarle los ojos de encima a Savannah.

—¡Me estoy congelando! —exclamó Lili, que temblaba de frío cuando se detuvo.

—¿Cenamos junto a la chimenea en el hotel? —sugirió Travis y recibió la aceptación firme de todos. Yo me quedé atrás por un segundo mientras todos los demás caminaban por la calle. Las estrellas nos cubrían como una manta llena de diamantina, con la nieve blanca que vibraba contra la oscuridad del cielo, y entonces vi a Savannah, que resplandecía todavía más que las estrellas y la nieve juntas.

Al sentir mi ausencia, ella volteó y extendió la mano.

—¿Vienes?

Me acomodé el abrigo y caminé hacia Savannah para tomarle la mano que me ofrecía y luego la seguí por la calle, de vuelta al hotel. Con cada paso que daba a su lado, me fui concientizando con rapidez de que la seguiría a cualquier parte.

Era un milagro que no esperaba.

Cuando ingresamos al hotel, Mia y Leo estaban en la recepción.

—¿Cael y Savannah? —nos dijo Leo, separándonos del grupo.

Volteé hacia Savannah y vi que su rostro se llenaba de nerviosismo. Mia les dijo a los demás que fueran a cenar y luego se nos acercó.

—Solo queremos tener una charla con ustedes dos —dijo Leo, al tiempo que nos indicaba que los siguiéramos a una habitación privada junto al lobby.

Lo seguimos y Savannah apretó la mano entre la mía, estaba nerviosa. En la habitación había una mesa con cuatro sillas.

—Por favor, siéntense —ordenó Leo, y Savannah y yo nos sentamos juntos, en tanto que Mía y él tomaron los asientos del otro lado.

Apreté la mandíbula, agitado. Era obvia la razón por la que nos separaron de los demás, pero no sentí enojo, sino nervios. Estaba lleno de una nueva emoción: miedo. Miedo de que desaprobaran que estuviéramos juntos.

Esperé a que Leo y Mia hablaran. Savannah, que evidentemente sintió mi intranquilidad, me apretó dos veces la mano.

—Les pedimos que vinieran —comenzó Mia con voz amable— porque notamos ciertos desarrollos entre ustedes dos. —Volteé a ver a Savannah y vi que sus mejillas se encendían por la vergüenza, pero sostuvo en alto la cabeza y eso me hizo perder parte de la incomodidad que sentía.

Leo se inclinó sobre la mesa.

—Este no es el primer viaje que hemos hecho. Además, no es la primera vez que hemos visto que la gente se enamora mientras estamos lejos —declaró.

Una fuerte sensación de verdadero pánico inundó mi cuerpo y me descubrí espetando:

—No voy a alejarme de ella. —El corazón me latía con rapidez y me preparé para una confrontación.

Leo me miró directo a los ojos. No parecía molesto por mi interrupción, aunque yo sabía que probablemente soné insolente, pero Savannah era la única cosa buena que me había pasado en tanto tiempo y no iba a permitir que nos separaran, no *podía*. Menos cuando, al fin, el enojo había desaparecido y podía respirar. No cuando encontré a alguien que me hacía sentir comprendido.

—No te estamos pidiendo eso, Cael —replicó con calma—, pero necesitamos hablar con ustedes de lo que esperamos de los dos.

—Está bien —respondió Savannah y puso su mano libre sobre nuestras manos entrelazadas, como apoyo adicional—. Entendemos. —Asintió hacia mí, instándome a escuchar también lo que tenían que decirnos.

Exhalé con fuerza y dejé ir el pánico que me llenaba por completo.

—No podemos impedir que la gente desarrolle sentimientos —dijo Leo—. Tienen diecisiete y dieciocho años, por lo que no son unos niños, pero estamos aquí para ayudarlos con su duelo, y lo que nos preocupa es que depender demasiado el uno del otro, en lugar de hacerlo en sus propios trayectos personales, pueda obstaculizar su progreso.

—Les pedimos que se apeguen a las lecciones y enseñanzas que les damos, como *individuos* —declaró Mia— y también —añadió mientras se enderezaba en su asiento con actitud más autoritaria— *insistimos* en que sigan las reglas y límites del programa. Que no se escabullan ustedes solos, que no compartan habitación. La terapia viene primero y la relación es después. ¿Sale?

Bajé la mirada hacia la mesa. No me gustaba cómo sonaba eso, pero nunca lo expresaría en voz alta por temor a que eso pudiera interferir con la relación entre Savannah y yo.

—Si violan esas reglas, hablaremos con sus padres y eso puede comprometer su lugar en este viaje —agregó Leo. Apreté la quijada. En realidad no me importaba la terapia. En este momento, lo único que quería era a Savannah. La terapia no me había servido y ella lo había logrado en cuestión de semanas.

—No violaremos las reglas —dijo Savannah, pero yo me quedé en silencio.

Eso atrajo la atención de Leo.

—¿Entiendes, Cael?

—Savannah me hace bien —respondí y enfrenté su mirada. Leo me escuchó con firmeza y tranquilidad. No estaba seguro de qué pensaba, pero quería que *entendiera*. Tragué saliva y volteé a mirar los grandes ojos de Savannah, para luego decir—. Yo… le conté sobre Cill —tenía la voz ronca por la mucha energía que me demandó decirlo en voz alta—, y me… —me quedé en silencio por un momento—. Me siento mejor. El enojo no… me controla tanto.

—Eso es *fantástico*, Cael. Notamos un cambio positivo en ti —dijo Mia y sonaba como si lo dijera con sinceridad—, y queremos que te comuniques con tus compañeros. Ellos son tu mayor forma de apoyo en este viaje, pero queremos que también confíes en nosotros. No somos tus enemigos. Lo que deseamos más que ninguna cosa es ayudarlos. A *ambos*. Nos preocupa que se utilicen como una muleta. No es sano y ninguna relación puede mantenerse o sobrevivir a eso. Lo primero que necesitan ambos es sanarse de manera individual y no pueden olvidarlo mientras van teniendo más cercanía entre ustedes.

—No lo haremos —respondió Savannah por ambos—. Seremos respetuosos de ustedes y del programa. Lo prometemos.

—Sentí su mirada firme y miré sus ojos azules, accediendo con renuencia a ese acuerdo.

—Eso es todo lo que les pedimos —dijo Leo después de una pausa. Sabía que me observaba como si fuera un halcón y que había detectado mis recelos, pero pareció dejarlo en paz cuando dio un golpecito sobre la mesa y afirmó—: Ahora que llegamos a un acuerdo, vamos a cenar.

—Oh, por Dios —exclamó Savannah mientras observábamos que una ballena atravesaba la superficie del agua y luego chocaba para hundirse. El bote en el que estábamos se agitó de un lado al otro, mientras que el helado aire del ártico nos rodeaba. Todos estábamos enfundados en ropa térmica, con cafés hirvientes en la mano. Nuestra atención estaba fija en el mar, donde las ballenas salían de la superficie a la distancia.

Nunca había visto nada como eso. Todo parecía tan irreal que parpadeaba una y otra vez, sintiendo como si eso fuera a desaparecer y que en realidad no estábamos allí, en este sitio que se sentía como de fantasía.

Savannah se dejó caer todavía más sobre mi pecho y pude escuchar cómo se le detenía la respiración cuando otra ballena salió a la superficie, todavía más cerca de nuestro bote. Estábamos rodeados de montañas silenciosas y cubiertas de nieve, con las ballenas que chocaban contra las aguas como único sonido, aparte de los gritos de asombro de nuestro grupo, que quedaba extasiado ante la increíble visión que teníamos frente a nosotros.

—Allá va otra —dijo Lili en voz baja y apuntó al costado del bote. Savannah me apretó la mano, pero supe que no se trataba de que hubiera tenido algún mal pensamiento relacionado con su hermana, sino porque se sentía abrumada por lo que veía. Ella no había abierto la boca para hablar durante el viaje en bote. Sus ojos estaban muy abiertos y sus labios se abrían por el asombro.

Ver esto era casi demasiado. Rodeados de las altas montañas, con la pintoresca ciudad de Tromsø detrás de nosotros. En nuestra aflicción, nuestro mundo se había reducido a la pérdida de nuestro ser querido y a los sentimientos desgarradores que nos provocaba cada día sin ellos. Estar en un lugar como este y ver en la vida real cosas que solo había visto alguna vez por televisión, me recordó lo enorme y vasto de este mundo, y lo diminuta que era mi vida en el panorama general de todo lo que nos rodeaba. Un solo grano de arena sobre la playa del universo.

El aroma vigorizante de los asombrosos fiordos y las delicias locales estaban muy lejanos del olor de los robles y el humo de las fogatas de mi lugar de origen. Además de que la esencia de cerezas y almendras que emanaba Savannah le proporcionaba una sensación de paz a mi alma que no estaba seguro de haber sentido alguna vez en mi vida, incluso cuando Cillian estaba vivo.

Dos ballenas subieron a la superficie, una detrás de la otra, y Savannah volteó la cabeza para mirarme, con una actitud de absoluta alegría que se reflejaba en su sonrisa. El estómago me dio un vuelco y le besé la cabeza, para luego abrazarla.

—No puedo creer que esté viendo esto —murmuró, solo para mis oídos. Se empapaba con el paisaje y un escalofrío pareció recorrerle la espalda.

Cuando aparté mi atención de Savannah y miré a todos los demás, estaban igual de embelesados. Eso me hizo pensar en la mañana de ese mismo día, cuando Mia y Leo nos convocaron a una sesión grupal a la que debíamos asistir. Solo que esta sesión fue diferente a las otras, no hablamos de la pérdida o del duelo, o de los sentimientos que nos ahogaban. En lugar de ello, cambiaron de estrategia y nos preguntaron qué nos producía alegría. Me quedé boquiabierto ante el cambio repentino de matiz. Querían conocer qué imágenes, sonidos o tradiciones nos encantaban y traían felicidad a nuestras vidas.

—El otoño —respondió Jade.

—Jánuca —dijo Lili con una sonrisa nostálgica.

—Estar rodeado de personas —dijo Travis y el estómago me dio un vuelco. Después de lo que le pasó, no estaba seguro de que tuviera a mucha gente alrededor.

—La libertad —replicó Dylan y luego volteó por un instante hacia mí. Empecé a pensar que Dylan se ocultaba y quizá estaba harto de hacerlo. Cuando Mia volteó hacia Savannah, empezó a juguetear con sus manos y finalmente dijo:

—Mi familia. —Sentí que se me cerraba la garganta al escuchar su tenue respuesta—. Y el mundo —añadió, lo cual fue una sorpresa para mí. Mantuvo los ojos fijos en sus manos, que se movían incesantemente, y luego dijo—: Me encanta la ciencia, las estrellas. Me gusta ver cosas que me quiten el aliento, que no siempre comprendo.

Quería decirle que solo mirarla me producía la misma sensación.

Cuando Mia me preguntó, no tuve respuesta. Por lo menos no una que pudiera expresar de viva voz, porque cuando Savannah me sostuvo la mano y me la apretó dos veces al ver que permanecía en silencio, quise decirles a todos que era *ella*: Savannah. Justo ahora, ella era lo único que producía cualquier tipo de felicidad en mi vida. Lo cual era terrible, al igual que reconfortante.

—¿Te sientes bien? —me preguntó Savannah cuando estábamos en el bote e inclinó la cabeza para mirarme a los ojos.

—Sí —respondí y puse mi barbilla contra su cabeza. Savannah era pequeña y delgada, pero encajaba perfectamente contra mí, como una pieza de rompecabezas hecha a la medida para entrar en el mío.

El bote siguió viajando por las aguas, aun cuando las ballenas parecieron desaparecer, y navegamos por los fiordos, donde vimos pequeñas aldeas y extensas costas cubiertas de hielo y nieve. Me recordaron un poco al Distrito de los Lagos en el que estuvimos, por lo aislado y solitario que era. El sitio perfecto para alejarse de todo, como los poetas de los que me habló Savannah.

Ella no lo sabía, pero leí completo su libro solo para saber qué le fascinaba tanto. Quería entenderla más, incluso mientras intentaba mantenerla a raya.

—Mira eso —exclamó Savannah y señaló una playa cubierta de nieve. Su rostro estaba maravillado. Era una vista extraña presenciar lo que en general sería un lugar soleado y dorado, cubierto con el blanco de la nieve—. Qué increíble —murmuró, más para sí misma que para mí. Guardé eso en la memoria para asegurarme de que ella lo viera de cerca antes de que nos fuéramos de Noruega hacia nuestro siguiente destino.

El día pasó con rapidez y en todas las horas que estuvimos afuera, ni una vez solté a Savannah. Eso me hizo regresar en mi mente a la pista de hielo en Oslo y en lo paralizado que me quedé con solo verla. No podía negar la comezón que me provocaba en los pies la necesidad de ponerme un par de patines. Eso me sorprendió más que nada y me permití recordar por unos instantes cómo se sentía la descarga de adrenalina cuando entraba al hielo y viajaba alrededor de la pista, impulsándome a alcanzar tal velocidad que se sentía como si me precipitara a través de un huracán.

Fiel a nuestro trato, luché por separar el recuerdo de Cillian y enfocarme solo en el hielo y en cómo me hacía sentir. Cómo me había formado junto a mis compañeros de equipo para escuchar el himno nacional, cómo hundía el disco en la red y la euforia que sentía cuando me colocaba las protecciones y esperaba en el túnel hasta que anunciaran mi nombre y número.

Ese era mi corazón.

Era mi hogar.

Una sensación de paz cubrió mis músculos, mis huesos y mi mente. Imaginar que atravesaba la pista a toda velocidad, con el palo en la mano, además de estar en este sitio, rodeado de montañas, con el agua y las ballenas, me dio permiso para *soñar.* Para soñar y recordar que alguna vez tuve algo que amaba tanto que quería dedicarle toda mi vida. Lo *amaba*. También me encantaba jugar *hockey* con Cillian, pero, en este momento, pude hacer la distinción entre los dos.

El *hockey* también era solo mío.

Savannah giró entre mis brazos y me buscó la mirada.

—¿En qué piensas? —preguntó, acurrucada contra mi pecho. Podía interpretar mis emociones igual que yo podía interpretar un juego.

—En el *hockey* —respondí y vi una súbita señal de preocupación que le cruzó el rostro, pero yo negué con la cabeza. Los demás estaban demasiado ocupados mirando el paisaje como para notarnos, así que puse mi frente contra la suya. Rápidamente se estaba convirtiendo en mi lugar favorito.

»En cuánto me gustaba… y quizá *siga* gustándome. En lo mucho que me hacía sentir… feliz —dije y sacudí la cabeza con una risa autocrítica—. No sé —señalé el paisaje irreal que nos rodeaba—. Este sitio… me hace pensar en cosas que no me permitía tener en la mente. En grandes cosas que pensé que estaban lejos de mi alcance.

—Eso me hace feliz —contestó y me di cuenta de que de verdad lo decía en serio.

Sentí el repentino brote de emoción que me subió hasta la garganta y me dejó mudo, junto con un escozor en los ojos y el temblor de mis manos. Savannah se percató y se incorporó para decirme:

—Estoy orgullosa de ti. —La nariz empezó a darme comezón y soplé para quitarme la sensación, mientras que la vastedad del fiordo se iba distorsionando ante mis ojos. Me sonrió y casi estuve a punto de desmoronarme—. Me encantaría verte jugar algún día —dijo y eso arrasó conmigo.

—¿Sí? —la cuestioné con voz ronca.

Ella asintió y la atraje hacia mí, para enterrar mi rostro en su largo cabello. El bote se meció e intenté hacer a un lado el pensamiento acerca del *hockey*, pero no podía dejar de imaginar que Savannah me viera jugar. Ella, en las gradas, animándome. Por meses, quise librar mi mente de cualquier cosa que pudiera recordarme al pasado, pero una chispa acababa de brotar otra vez en mi alma. No era mucho, no era un plan para tomar mis patines o siquiera contemplar la posibilidad de que, de alguna manera, pudiera ser el Cael de antes. Pero sí había una diminuta chispa que se encendió...

Elegí no luchar contra ella.

Cielos de colores y besos helados

Savannah,

Es frecuente que me preguntes sobre mi fe. ¿Cómo sé dentro de mi alma que hay algo que es más grande que nosotros, más grande que este mundo, y que existe un lugar lleno de amor y paz más allá de este mundo? Estoy en paz con mi muerte porque despertaré en el cielo y estaré libre del dolor.

Sé que tu corazón está en las estrellas. En el espacio y la ciencia, y en las maravillas inexplicables que te tienen hipnotizada. Aunque yo veo las cosas en forma diferente, son igual de especiales y significativas. Por favor, nunca pierdas eso. No te dejes llevar por la aflicción y la amargura. Te reto a encontrar la magia en este mundo: encuentra el asombro, la esperanza y la belleza que se nos concedieron en esta Tierra. Apóyate en las alegrías de todos los días y atesora cada instante con un corazón puro y abierto. Eso te ayudará a atravesar por los tiempos difíciles.

Sonríeles a las estrellas,
Poppy

SAVANNAH

—¡Bebé! —me saludó mamá cuando se conectó la llamada.

—Hola, mamá —respondí y al instante sentí que el consuelo de mi hogar me envolvía por completo—. ¿Cómo están todos?

—Estamos bien, pequeña —respondió—. Tu papá también está aquí. Lo pondré al teléfono.

Cuando lo hizo, de inmediato escuché la voz de papi.

—Hola, cariño.

—¡Hola, papi! Adivina qué estamos a punto de ver —exclamé, al mismo tiempo que miraba por la ventana de la recepción mientras esperábamos que llegara el transporte. Era el cielo nocturno y yo estaba llena de una anticipación embriagadora—.

—¿Qué? —respondió.

—La aurora boreal.

—Savannah… —murmuró suave y dulcemente mi mamá—. Siempre soñaste con verla. Qué especial es para ti que tu sueño se convierta en realidad. —Yo sonreí.

—No puedo creerlo —respondí, no muy segura de cómo expresar el nivel de emoción que brotaba dentro de mí. Luego vi los faros delanteros del camión que se acercaba al hotel.

—Ya llegó el camión que nos llevará al mirador, pero quería ver si ustedes estaban bien y hacerles saber que yo también.

—Gracias, hija. Suenas tan fuerte —el corazón aleteó en mi pecho al escucharlo—, y te extrañamos mucho —añadió mamá y eso me derritió—. Por cierto, trata de llamar pronto a tu hermana, ya sabes que no puede dejar que pase un día sin saber de ti y estará furiosa cuando se entere de que otra vez no estuvo aquí para tu llamada. —Sentí que el corazón se me hinchaba de emoción al escuchar sus palabras. Le había enviado incontables mensajes de texto a Ida desde que llegamos aquí. Llamaba a mis padres casi todos los días, pero encontrar a Ida entre nuestras propias actividades, su escuela y sus prácticas de porrista, para platicar por teléfono era un poco complicado.

—Lo haré —dije y volteé a mirar a los demás en el lobby. Cael levantó una mano para indicarme que era hora de irnos—. Les hablo mañana. ¡Los quiero a todos!

—¡Nosotros también! —gritaron al unísono y entonces colgué, sintiéndome más aliviada. Cuando llegué junto a Cael, él me puso el brazo sobre los hombros y me jaló a su lado. Cada vez nos importaba menos que los demás nos vieran así. También había notado que Cael nunca llamaba a casa. Esa misma mañana, Leo le dijo que había hablado de nuevo con sus padres para hacerles saber que se encontraba bien. Eso parecía ocurrir casi todos los días y Cael solo le respondía con un tenso movimiento de la mandíbula. Yo no había tocado con él el tema de sus padres, pero era evidente que seguía escondido en sus trincheras emocionales y no quería entrometerme demasiado al preguntarle cuál era la razón. Estaba menos enojado, y la mayoría de los días bromeaba y sonreía. Ser testigo de ello era increíble, pero temía que si lo presionaba demasiado acerca de sus padres, él se retraería y, como dijeron Mia y Leo, necesitaba dejarlo que explorara por sí mismo su trayecto a través del duelo. No obstante, lo único que yo quería era que se sintiera mejor.

Nos subimos al autobús y un escalofrío de emoción me recorrió la espalda. Esto era algo que quería hacer antes de morirme y, al pensar en ello, Poppy apareció en mi mente. Sin embargo, en lugar de dejar que su imagen me incapacitara, imaginé la emoción que tendría en el rostro y lo complacida que estaría por mí. Era frecuente que soñáramos con ver esto juntas: ella, Ida y yo. Entonces me vino a la mente el mensaje de texto de Rune, que me cubrió como una cálida manta alrededor de los hombros

Está contigo…

Deseaba creerlo.

Aunque la aurora boreal podía verse desde Tromsø, presenciar el fenómeno completo requería que saliéramos de la ciudad en un autobús para alejarnos de la iluminación artificial y llegar a un sitio solitario donde podríamos ver la mayoría de la actividad.

Cael me sonrió cuando me asomé por la ventanilla para ver cómo iba desapareciendo la ciudad en el fondo y lo único que quedaba frente a nuestra vista era la pesada y espesa nieve. Me puso una mano en la rodilla y sentí mariposas en el pecho que revolotearon hasta mi estómago. Era una sensación que se estaba volviendo más familiar. Todos los días, cuando Cael estaba cerca, las mariposas despertaban.

Me permití mirar sus labios, los mismos que estuvieron tan cerca de besar los míos, y todavía podía sentir la calidez de su aliento tibio y mentolado sobre mi piel fría. Aún sentía cómo eran sus suaves labios cuando rozaron apenas los míos.

Sentí que todo entre nosotros iba a la velocidad del rayo, como si estuviéramos en una aspiradora donde sentíamos y experimentábamos más de lo que hubiéramos sentido en nuestro lugar de origen. Nuestras emociones estaban al máximo y nos sujetábamos a esos momentos que elevaban nuestro espíritu y nos hacían sentir vistos por alguien más.

Sentía que Cael me veía como nunca me había visto nadie. Por ser tan introvertida, era casi imposible que le permitiera acceso a la gente, pero él tocó suavemente a la puerta de mi corazón y entró con todo cuidado. No irrumpió en él, ni abrió la puerta de golpe, sino que con toda delicadeza y cuidado me pidió que lo dejara entrar, y me gustó que estuviera allí, aunque al mismo tiempo me aterrorizaba.

Cael me tomó la mano y se reclinó en el asiento del camión, ignorante de mis pensamientos afectuosos hacia él. Cerró los ojos y eso me permitió observarlo en realidad, sin que me viera. Era mucho más de lo que pensé al inicio del viaje. Había visto sus tatuajes y cicatrices, su mirada turbulenta y la mandíbula apretada, sus arranques mordaces, y supuse que era frío e impulsivo. Una persona a la que no le gustaba la compañía de los demás. Sin embargo, eso no podía estar más lejos de la verdad, era amable, puro y sensible. Quería que sanara de la muerte de su hermano de la misma manera que yo lo hacía con respecto a Poppy, pero solo seguía recibiendo trocitos de detalles acerca de la muerte de Cill, lo cual estaba más que bien. Debido a la naturaleza de la muerte de Cillian, esperaba que fuera casi imposible que hablara de ello sin desmoronarse.

Desde que estábamos en Noruega, percibí más de un cambio en Cael. No estaba segura de que pudiéramos hacer lo que nos propusimos: olvidar nuestro duelo por un rato, pero estábamos haciendo el intento y yo sí me sentía menos abrumada. Sin el enorme peso de la aflicción alrededor de mi cuello, era capaz de levantar la vista y mirar al cielo, ver las estrellas, el sol y la luna, y estaba a punto de contemplar la aurora boreal.

Ayer tuve una sesión individual con Leo y hablamos de la terapia cognitiva conductual. No era la primera vez que la intentaba. Era una manera de reestructurar mis pensamientos, darles vuelta en mi cabeza para encontrarles un significado más profundo. Cuando estaba en Georgia, Rob también intentó practicarla conmigo, pero la diferencia es que aquí estaba dispuesta a intentarlo. En Georgia, era una verdadera estatua cuya alma estaba atrapada dentro de un cuerpo congelado, incapaz de liberarme de las heladas garras del dolor.

Aquí mi cuerpo había empezado a derretirse, lo cual me permitía hacer el *intento* y sí que lo estaba haciendo. En Noruega, había hecho el mayor intento que hice jamás. Rune también trató ese enfoque conmigo, que en lugar de sentirme triste porque Poppy no estaba conmigo, debería experimentarlo por ella, por las dos.

No era sencillo, ni fácil. Intenté protegerme por apenas unos cuantos minutos cuando la tristeza intentó derribarme como una ola, pero estaba luchando contra ella, por lo menos ahora. Estaba aceptando este breve alivio de paz.

Mientras observaba a Cael, que ahora dormía por un rato para dejarse ir hacia ese espacio seguro, esperé que ese también fuera su caso. Volteé de nuevo hacia la ventana y lo único que veía era la nieve. Kilómetro tras kilómetro de nieve, sin otra cosa a la vista. El autobús hacía crujir el hielo con sus llantas y yo recosté la cabeza sobre el hombro de Cael, para dejar que el aroma a sal de mar y aire fresco me envolviera.

Si hace unas semanas alguien me hubiera dicho que estaría aquí, con un chico que me gustaba, en Noruega y a punto de ver la aurora boreal, habría pensado que me estaban mintiendo, pero si la vida me había enseñado algo, eso era que podía cambiar en un segundo, y era agradable que el universo me demostrara que no siempre cambiaba para empeorar.

El sol empezó a ocultarse a la distancia y ya podía ver que las estrellas cantarinas despertaban y emitían su brillo en el cielo, todavía no del todo oscuro. Era como si quisieran tomar los primeros asientos frente al espectáculo que todos estábamos a punto de presenciar.

Las estrellas siempre me recordarían a Poppy. Cuando murió y yo buscaba encontrarle un significado a su partida, o cuando el ansia por verla de nuevo se volvía demasiado abrumadora, buscaba cualquier cosa que me diera una señal, y las estrellas se convirtieron en eso para mí. El espacio era vasto y casi totalmente desconocido y, en mi mente, tenía sentido que Poppy se hubiera convertido en una estrella después de irse. Había iluminado tanto mi vida que resplandecería en los cielos. Durante los meses posteriores a su muerte, cuando la herida estaba fresca y me dejaba imposibilitada, mirar las estrellas siempre me había dado un poquito de consuelo.

Por las noches, me convencía de que la veía otra vez en el cielo y, en algunas ocasiones, me obligaba a mantenerme despierta hasta el amanecer, cuando desaparecían las estrellas, solo para que no tuviera que estar allí totalmente sola.

En aquel entonces era más pequeña y quizás haya sido una fantasía tonta, un modo de afrontar, pero, incluso ahora que ya tengo diecisiete y han pasado casi cuatro años de su ausencia, sigo mirando a las estrellas y extrañándola.

Una vez leí un libro sobre la aurora boreal, por qué ocurría y la gran cantidad de mitos y creencias que las diferentes culturas le habían asignado a su existencia. La leyenda que destacaba para mí en este momento era que representaba a los ancestros que atravesaban por el velo celestial para mostrarles a sus seres queridos que estaban bien. Las almas de los muertos que aparecían ante nuestros ojos para tranquilizarnos de que seguían vivos en cierta forma.

Al pensar en ello, la tristeza, como si fuera un dardo, penetró la burbuja protectora que creé alrededor e intentó romperla, pero me mantuve firme y la alejé. Entonces sentí dos apretones en la mano.

Levanté la barbilla y vi que la mirada somnolienta de Cael exploraba mi rostro. Le sonreí entre lágrimas y él me dio un beso en la cabeza. Me acurruqué otra vez contra el relleno de su abrigo y encontré consuelo en el silencio del autobús.

Un rato después, el camión se detuvo y nuestros guías empezaron a ocuparse de crear un mirador para nosotros con sillas y cámaras, además de bebidas calientes. Al bajar del autobús, el frío cortante me quitó el aliento. La brisa entró hasta mis pulmones y cada respiro que daba me producía esa sensación quemante del hielo.

Me subí la bufanda sobre la boca y tomé el chocolate caliente que nos dieron. Mientras sostenía la mano de Cael, nos sentamos uno al lado del otro mientras que el ocaso cubría la Tierra. A la distancia, podía ver las débiles luces parpadeantes de Tromsø, pero aquí estábamos aislados y éramos testigos de la reveladora enormidad del cielo, que a menudo ocultan las ciudades y los pueblos.

Una a una, las estrellas empezaron a aparecer en el cielo en una sucesión cada vez más rápida. Quedé embelesada cuando una constelación tras otra empezaron a aparecer, viéndose más claras y más profundas de lo que jamás vi antes.

Todo el grupo estaba en silencio, a la espera del estallido de color que nos habían anunciado. Aferré la mano de Cael con tal fuerza que me preocupó lastimarlo, pero él también me apretaba la mía. Los dos sostuvimos el aliento al mismo tiempo cuando un parpadeo verde empezó a descender del cielo. Me quedé petrificada, como si cualquier movimiento pudiera espantar ese tímido hilo luminoso y hacerlo alejarse.

Sin embargo, volvió a resplandecer, solo que esta vez había incrementado su fuerza, como si estirara brazos y piernas después de un largo sueño. El verde neón comenzó a brillar y cayó a lo largo del negro cielo como una cortina reluciente.

No pasó mucho tiempo antes de que el cielo se iluminara con la luz verde y sus resplandores se reflejaban en el blanco de la nieve, incrementando su espectacular efecto. Las estrellas brotaron a millones, iluminando el cielo como los más costosos diamantes. Era el espectáculo más grande que la Tierra hubiera presenciado.

Una sensación de paz muy profunda recorrió cada una de mis células y sentí que las lágrimas empezaban a correr por mis mejillas. Sentada allí, bajo el cielo infinito, me di cuenta de por qué la gente creía que eran espíritus que visitaban a sus seres queridos. Porque ver esto se sentía como mirar otra vez a mi hermana. El corazón se me hinchó y mi alma cantó con la belleza y gracia que las luces proporcionaban, bailando al son de un canto que solo el cielo podía escuchar.

Un sollozo subió hasta mi garganta y no lo pude contener, pero no era un gemido de tristeza o pérdida, sino de la falta de aliento, asombro y admiración tan intensos que parecían irradiar de mí con tanta luminosidad como las luces que tenía ante mis ojos. Era Poppy, todo esto era Poppy. Ella había sido vibrante, resplandeciente y como para quitar el aliento. Había vivido durante solo un atisbo de tiempo, pero lo había vivido con audacia. Había aceptado cada momento que le otorgó la vida… y eclipsaba todo el cielo nocturno.

Cael me acercó hacia él, pero no me apretó la mano ni me miró con preocupación. Mi corazón se acercó todavía más hacia él, porque reconoció que este instante era trascendental y sereno, no triste ni desgarrador, sino algo que le proporcionaba firmeza.

Sentados allí bajo las luces, los azules y rojos entraron a la refriega. Era un tapiz luminoso. Estar sentados en ese lugar significaba ver que el universo nos mostraba su naturaleza infinita e interminable. Aquí veíamos a nuestros seres queridos perdidos que bailaban entre las estrellas, libres del dolor e íntegros de nuevo. Sin temor y sin más sufrimiento.

Entonces lloré. A medida que las luces cobraban fuerza, más lágrimas cayeron y oré porque los mitos fueran ciertos y que Poppy estuviera allí, mirándome con su sonrisa llena de hoyuelos y su placer por la vida.

Mi existencia había estado tan restringida, tan pequeña durante los últimos cuatro años, que se había reducido a una sola emoción desgarradora. Mientras estábamos sentados allí, el universo me gritaba que había algo más en esta vida que la parte que vivíamos. Que cuando se detiene el latido de nuestro corazón, nuestra alma se eleva hacia el norte; polvo de estrellas que encuentra el camino a casa.

—Cael —susurré y aparte mis ojos de las luces para mirar brevemente su rostro. Sus mejillas también estaban húmedas y sus ojos plateados parecían como si alguien hubiera arrancado dos estrellas y se las hubiera puesto dentro. Volví a levantar la vista y simplemente me permití sentir admiración, asombro, esplendor, maravilla. Dejé que un mundo más amplio invadiera mi alma.

Incluso acepté ese pequeño hilo de temor que se desprendió de la tela de mi corazón ante la terrorífica idea de ser tan pequeña e insignificante frente a esta poderosa vista.

Lo sentí *todo*.

No me moví durante lo que podrían haber sido horas o años. Me quedé inmóvil en la silla, con la cabeza echada hacia atrás e hipnotizada por la aurora boreal y toda la belleza que trajo al mundo, a mis ojos y a mi corazón. Entonces, cuando un listón sonrosado atravesó el cielo mayormente verde, me llevé la mano a la boca para acallar el grito que luchaba por escapar. Danzó incluso de manera más bella que todas las demás luces, con su asombroso tono rosa pálido contra los verdes y azules neón.

—Poppy... —susurré en voz baja, pero con la suficiente fuerza como para que, si acaso fuera ella la que vino a verme, pudiera escucharme y saber que yo estaba allí. Nunca alejé la vista de ese rayo de luz rosa semejante a las flores de los cerezos mientras flameaba con elegancia sobre las estrellas hasta que se desvaneció. Pero estuvo allí y se quedó inscrito en mi mente para toda la eternidad. Fue temporal y la belleza personificada, y su imagen quedó grabada con fuego en mi alma.

Entonces, la intensidad de las luces empezó a disminuir lentamente y cada rayo fue esfumándose poco a poco, hasta que desaparecieron y dejaron solo un cielo bañado de diamantes.

Un dedo tocó mi mejilla y mis pestañas parpadearon. Me ardía la garganta por el llanto y tenía los miembros rígidos por no moverme.

—Duraznos —la voz ronca de Cael penetró en el silencio y volteé hacia él.

—Sentí que ella estuvo aquí —le dije, y por primera vez en mi vida no pensé demasiado en lo que dije, sino que saqué lo que estaba en mi corazón.

Cael cerró los ojos, como si esa idea le causara una fuerte impresión hasta lo más profundo, y entonces bajó su bebida, me rodeó con sus fuertes brazos y me atrajo hacia su pecho. Recargó su mejilla contra el lado de mi cabeza y me sentí tan contenta que no quería irme jamás. En este lugar hallé el cielo en la Tierra, con este chico, y no quería regresar a lo que había sido antes.

Percibí una mano que me tocaba la espalda.

—Es hora de irnos —anunció una voz cauta y gentil. Era Mia. Me abracé de Cael por unos instantes más y luego dejé que nos guiara hacia el autobús. Cada uno de los rostros que miré al dirigirme hacia mi asiento parecía anonadado.

Todos parecíamos *transformados*.

El regreso en el autobús pasó como un sueño. Para cuando llegamos al hotel, ya era tarde, pero al entrar en mi habitación me sentía tensa, como llena de electricidad que recorriera todo mi cuerpo. No creí ser capaz de dormir esa noche, así que me senté en la cama y me quedé mirando a la pared, perdida en mis pensamientos.

Saqué el diario que nos dieron Mia y Leo, abrí la página y empecé a verter mi alma en él.

Poppy, escribí.

Pienso que te sentí esta noche. Por primera vez desde tu partida, te sentí a mi lado. Por favor, dime que fuiste tú.

Un nudo se me atoró en la garganta.

Por favor, dime que ese listón rosa como las flores de los cerezos que irrumpió entre el verde fuiste tú. Por favor, dime que viniste conmigo en este viaje.

Inhalé y lágrimas de desesperación cayeron cuando exhalé.

Por favor, dime que eres feliz y que estás viva de alguna manera milagrosa. Porque, Poppy... necesito eso. Necesito que tú vivas en alguna parte. ERAS demasiado grande y brillante como para no estar viva. Dime que eres una de las estrellas que esta noche vi resplandecer en el cielo, para que pueda levantar la vista hacia ti cuando te necesite. Cuando necesite que mi hermana mayor se quede a mi lado por el tiempo que puedas.

No puedo vivir en la oscuridad si no eres una de las estrellas.

Mis palabras estaban dispersas y constituían un ruego, pero entonces miré por la ventana y un grito dichoso subió a mis labios cuando vi otro resplandor de la aurora boreal que aparecía sobre Tromsø. Ese rosa... ese listón rosa estaba allí, entretejido con las estrellas como la más hermosa de las bailarinas. Sostuve el diario contra mi pecho como si abrazara a Poppy misma.

—Poppy. Te veo —susurré y vi cómo la luz sonrosada se desvaneció lentamente, pero dejó un cambio en mi corazón. Las lágrimas corrieron por mi rostro—. Poppy... te extraño... —volví a susurrar y por vez primera creí que podría escucharme realmente.

Apenas me tiré en la cama, aún con la ropa puesta, cuando escuché que alguien tocaba con suavidad la puerta. Estaba despierta, a pesar de que ya eran las cuatro de la mañana. Estuve observando fijamente el cielo para encontrar cualquier otra señal de las luces, pero ya se habían ido. Las nubes entraron sobre Tromsø, convirtiendo el firmamento en un juego de escondidillas con las estrellas.

El toquido volvió a sonar y me bajé de la cama para abrir apenas una rendija en la puerta. Cael estaba del otro lado, con los ojos llenos de vida e igual de despierto que yo.

—Ven conmigo —me dijo y extendió la mano. Su expresión se suavizó, al mismo tiempo que mostraba su emoción.

La persona dentro de mí que siempre sigue las reglas me dijo que me quedara, que nuestra hora de ir a dormir había pasado y que nos meteríamos en problemas si nos atrapaban escapándonos. Mia y Leo insistieron en que no faltáramos a las reglas, pero la energía que recorría mi cuerpo me decía que me olvidara de las reglas y que aprovechara el momento. Me indujo a entrar a mi habitación para tomar mi abrigo, mis botas, los guantes y la gorra. Cerré con cuidado la puerta y tomé la mano de Cael para seguirlo en silencio por las escaleras, hacia la calle.

De mi pecho brotó un estallido de risa cuando empezamos a correr por la calle, mientras él me jalaba. No tenía idea de hacia dónde nos dirigíamos, y el viento me sacudía el pelo, la brisa me golpeaba el rostro y me sentía tan viva.

Las largas piernas de Cael devoraban la distancia que íbamos cubriendo, aplastando la nieve bajo nuestros pies. Mi respiración se agitó a medida que corríamos más rápido y mi pecho ardía por el frío. Fui sintiendo más calor en el cuerpo y una risa esporádica seguía brotando libre de mi corazón.

Entonces dimos vuelta en una esquina y nos detuvimos en seco. Me aferré del brazo de Cael y miré lo que estaba frente a nosotros.

—La playa —exclamé, al mismo tiempo que absorbía la vista. Cuando nos acercamos, la nieve cubría lo que debería haber sido el borde de pasto, pero la arena estaba intacta y el agua fluía con tanta tranquilidad como en las playas de Georgia. Era un sueño vuelto realidad.

—Cael —dije y volteé hacia él.

—Tenía que enseñártelo —respondió simplemente, como si fuera el regalo más perfecto que me hubiera dado. El resplandor de la nieve hacía que todo fuera tan visible en la oscuridad, con las estrellas delante de nosotros como si fueran la propia serie de luces con la que la Tierra adornaba el paisaje.

En el espacio de unas cuantas breves horas, mis ojos habían presenciado las escenas más gloriosas que hubiera visto jamás. Las nubes eran gruesas sobre nosotros y la brisa fría me sacudía el pelo, haciendo que la carne se me pusiera de gallina en el cuello, pero allí estaba, en ese lugar. Estaba perdida en el paraíso.

—Vamos —me pidió Cael y me condujo hacia el borde nevado para llegar hasta la arena dorada. Nos detuvimos en la orilla del agua que, incluso en invierno, parecía cristalina e invitante.

—¿Alguna vez habías visto algo tan bello? —le pregunté, fascinada de nuevo.

—Solo una vez —respondió, con la voz ronca por la emoción. Volteé hacia él para preguntarle qué fue, pero por la forma en que me miraba, con los ojos fijos sobre mi rostro y adoración en su mirada, pronto entendí cuál era la implicación de sus palabras.

Me tragué el nerviosismo y sentí tanto calor en las mejillas que supe que él detectaría mi rubor, incluso en la oscuridad. Cael se acercó unos pasos y luego todavía más. Me quedé inmóvil, observando cada uno de sus minúsculos movimientos. Mi respiración se volvió más rápida y esas mariposas regresaron para asaltar todo mi cuerpo. Cael no dijo ni media palabra al detenerse frente a mí, tan cerca que podía oler su aroma adictivo y sentir su cálido aliento contra mi rostro.

Le solté la mano, esa que, sin duda, él mismo sentía que le temblaba. Se quitó los guantes y me rodeó las mejillas con sus manos descubiertas. Era tan alto y ancho de hombros, tan atlético y fuerte; sin embargo, me tocaba como si fuera una valiosa posesión que no quería romper.

Su mirada azul con tonos de plata se hundió en la mía, y colocó su frente contra la mía. Ese contacto íntimo me produjo una sensación instantánea de tranquilidad. Este era Cael Woods, el chico que me había cautivado. El chico cuyo corazón se había enlazado de manera inexplicable con el mío. El mismo que se estaba convirtiendo con gran rapidez en mi fuente de seguridad.

No dije nada, ni siquiera pronuncié su nombre. Solo dejé que el calor de nuestros cuerpos pasara entre ambos, compartiendo este espacio íntimo. Cael se hizo hacia atrás y rozó la punta de su nariz contra mi mejilla. Mi respiración se agitó y mis ojos se cerraron en un parpadeo. Sus dedos pasaron como una sombra sobre mis pómulos en un movimiento reconfortante. Entonces tocó mi nariz con la suya y se echó atrás apenas una fracción. Sentí la intensidad de su fuerte mirada y abrí los ojos. En ese momento vi la pregunta que flotaba en el aire cargado de estática que chisporroteaba entre los dos.

Le sonreí y esa fue la única invitación que Cael requería. Se acercó y me dio un beso en los labios; tentativo, como la sensación de una telaraña. Las luces de neón que acabábamos de ver danzando frente a nosotros parecieron echar raíces en mi interior y cada destello se movía al ritmo de cada uno de los latidos de mi corazón cuando Cael me besó de nuevo, esta vez con más fuerza. Me aferré de su brazo, sosteniendo con firmeza al chico que me daba mi primer beso.

Sus labios eran suaves y cálidos, llenos de tanta confianza y afecto. La aurora boreal y las estrellas me dejaron sin palabras, pero esta sensación era como flotar en el atardecer. Era la vida y la muerte, junto con todo lo demás que está en medio. Trascendía cualquier sentimiento que hubiera tenido antes y me envolvía con tal intensidad que me provocó euforia.

Le devolví el beso, con timidez al principio, pero cuando tomó mi rostro entre sus manos y lamió la comisura de mis labios, caí en un estado casi onírico que rodeó ese instante con su aliento mentolado y su tacto cuidadoso. Entreabrí los labios y le di permiso a su lengua para que entrara en contacto con la mía en un complejo baile. Una de sus manos se apartó de mi rostro para acariciarme el cuello y entrelazarse con mi cabello. Nuestro beso se volvió más intenso, mientras que el corazón empezó a latirme muy rápido, y los sentimientos que temía tanto soltar explotaron dentro de mí, trayendo una luz resplandeciente a mis nervios para demostrarles que no había nada que temer.

No había *nada* que temer…

Cael me besó una y otra vez, y eso nos acercó tanto que era como la colisión de dos estrellas. Cuando se retiró, no pensé que hubiera nada que me pudiera hacer sentir tan adorada, hasta que susurró:

—Me estoy enamorando de ti, Duraznos.

Inhalé temblorosa por el asombro, pero a medida que su ronca voz y esa admisión hecha en voz baja hicieron efecto en mí, lo único que percibí en mi interior fue una sensación de que eso era lo correcto. Que Cael me quisiera con tanta vehemencia, y yo también a él, ocupó cada uno de mis pensamientos.

La mirada de Cael traicionó sus nervios destrozados por esa confesión que lo ponía en una situación vulnerable. No tenía razón para tener miedo.

—Yo también me estoy enamorando de ti —le confesé en un susurro, ya que no quería alterar la paz que habíamos creado en este lugar mágico, unidos de pie en esa playa nevada.

La sonrisa que iluminó su rostro fue cegadora y envolvió sus dos manos entre mi pelo. Entonces lo besé y la sensación fue tan natural como respirar. Oprimí mi pecho contra el suyo y volví a sonreír contra sus labios, mientras que su corazón latía en sincronía con el mío. Sentí un hormigueo en los labios cuando me tocó y pensé que podría quedarme así para siempre, besando a este chico con todas mis fuerzas, y dándole todo mi corazón y mi alma. Entonces…

Solté un quejido de asombro contra los labios de Cael y eché la cabeza atrás, inclinándola hacia el cielo. De mi garganta brotó una risa cuando un copo de nieve se posó en la punta de una de mis pestañas.

—Está nevando.

Cael se asomó también al cielo y, en cuestión de segundos, los copos de nieve pasaron de pequeños trozos blancos a convertirse en gruesas gotas. Los copos de nieve nos besaron el rostro por completo, como se acababan de besar nuestros labios.

Me abrazó mientras yo sentía que la nieve me cubría el rostro y, al mirar hacia el mar, los copos desaparecían al chocar contra la superficie. Cerré los ojos y dejé que la nieve cayera sobre mí, aceptando con los brazos abiertos el penetrante frío que se diseminaba por mi cuerpo.

—¿Qué es *este* lugar? —murmuré sin poder dar crédito y volteé de nuevo hacia Cael.

Él ya me estaba mirando con una dulce sonrisa y su dedo desnudo dibujó el trazo de mi labio superior y bajó por el resto del contorno de mi boca. Era tan hermoso, el chico más perfecto que hubiera visto en mi vida. Reí con más fuerza cuando un montón de copos de nieve empezaron a pegarse a su pelo despeinado que brotaba por debajo de su gorro.

—Podría escuchar ese sonido durante toda mi vida —dijo, y en ese momento me vino a la mente que aún no lo había oído reír. No en realidad, no una risa verdaderamente libre. Recliné mi frente contra la suya y lo abracé con fuerza, suspendidos bajo la nevada que había teñido de blanco la playa.

Cael me volvió a besar, esta vez de manera más breve, pero no con menos dulzura. Se sentó sobre la arena y luego me guio para que me sentara contra su cuerpo, colocándome entre sus piernas abiertas, con mi espalda contra su pecho.

A medida que veíamos caer la nieve en silencio, tuve que parpadear varias veces para convencerme de que de verdad estaba allí. Nada de esto parecía real, ni siquiera que Cael me hubiera besado. Llevé uno de mis dedos hacia sus labios, que estaban tibios gracias a los muchos besos que compartimos

Me dieron mi primer beso.

Recibí mi primer beso de un chico que se estaba convirtiendo rápidamente en el centro de mi universo.

«Encuentra a tu Rune…».

A medida que la carta de Poppy daba vueltas en mi mente, noté algo familiar arriba de nosotros.

—Ese es el Cinturón de Orión —dije mientras señalaba a las tres estrellas en el cielo. Un recuerdo se filtró y le expliqué—. Cuando éramos más pequeñas, me refiero a Poppy, a Ida y a mí, acostumbrábamos decir que esas estrellas solo eran nuestras. —Sacudí la cabeza, aferrándome a la felicidad que me inspiraba el recuerdo, y no a la tristeza que estaba tratando de colarse. Cael quitó mi largo cabello de mi cuello y besó la piel justo detrás de mi oreja. Una sensación de escalofrío recorrió mi espalda ante el contacto semejante al de una pluma.

—Eres una buena persona —afirmó y yo me quedé quieta.

—Tú también —le respondí, luego de voltear a mirarlo a los ojos.

Parecía torturado y, al darse cuenta de que me había percatado de ello, continuó.

—No me dijo. —Eso me rompió el corazón cuando entendí que se refería a Cillian. Los copos de nieve besaban sus mejillas y sus ojos, y se prendían como diminutos ángeles a su cabello grueso, oscuro y ondulado—. No me dijo que se dejó llevar por la oscuridad y yo no detecté las señales. —Le apreté la mano, pero esta vez no era para recordarle que alejara esos sentimientos. Quería que supiera que estaba allí, a su lado. Algunas cosas nunca deben hacerse a un lado cuando están listas para decirse.

Me arrodillé entre sus piernas y le puse una mano en el pecho. Busqué su mirada desolada.

—No puedo hablar en nombre de tu hermano, pero hay veces en que nos guardamos cosas que nos destruyen el alma a tal grado que nos pueden desgarrar por dentro. —Le besé la mejilla, la comisura de los labios y, al final, la boca—. A veces, la gente no permite que sus seres queridos se enteren de mucho de lo que los está lastimando porque no quieren provocarles dolor también.

Sus ojos brillaron y atrapé en mi dedo una lágrima perdida antes de que pudiera caer. La dejé un momento en mi mano; era una lágrima que representaba el crecimiento de Cael.

—Él te amaba —exhalé, ya que en ese momento necesitaba ser su fortaleza—. De eso no me queda la menor duda.

La respiración de Cael era laboriosa y luego dijo:

—Me he sentido muy solo por tanto tiempo, Duraznos. —Mi corazón se rompió en mil pedazos porque yo también pensaba lo mismo.

—Ya no estás solo —afirmé con voz fuerte y decidida.

Cael me volvió a besar y luego me sostuvo contra su pecho. Volví a sentarme entre sus piernas, con sus brazos alrededor de mí como si nunca fuera a soltarme.

La nieve caía silenciosa alrededor en una estimulante yuxtaposición con la playa dorada en la que se depositaba. Las estrellas eran visibles y abundantes entre las nubes. Entrelacé los dedos con los de Cael y le pregunté:

—¿Qué piensas de la aurora boreal? —Sentí que se tensó, así que le apreté la mano con más fuerza.

—Fue increíble —respondió—. Pero… pienso que la parte de mí que debería sentir dicha está adormecida. —Me recliné contra su pecho—. A veces me pregunto si alguna vez volveré a sentir algo de manera completa. El enojo era lo único que me hacía sentir algo. Quizás esa es la razón por la que me aferré a él por tanto tiempo y, aunque fuera tóxico, era mejor que nada. —Dejé que eso quedara suspendido entre nosotros por unos cuantos minutos.

—Poppy creía en el cielo —dije y me descubrí mirando de nuevo hacia el Cinturón de Orión—. Nunca estuvo triste cuando se estaba muriendo —continué, haciendo el esfuerzo de evitar que el dolor se reflejara en mi voz—. Nunca pude entender cómo era posible que no le diera miedo lo que estaba enfrentando, pero su fe era tan intensa que no dejaba espacio en su corazón para la duda.

—¿Qué crees tú? —preguntó Cael mientras me abrazaba más fuerte.

—Para ser franca, no sé —admití—. Siempre me encantó la ciencia, por las respuestas definitivas que puede dar. —Me encogí de hombros—. Pero en lo que se refiere a la muerte, no hay nada definitivo, excepto que todos la enfrentaremos algún día. —Levanté nuestras manos unidas y acaricié con mi otra mano los dedos de Cael; eran ásperos, pero se sentían tan perfectos junto a los míos—. Luego de la muerte de Poppy, leí todo lo que pude sobre la investigación científica relacionada con la muerte, pero la verdad es que jamás sabremos lo que sucede hasta que lleguemos allí. —Apunté nuestras manos unidas hacia el cielo—. Las estrellas son energía y las personas también lo son. Todo el universo está hecho de energía. Algunos la consideran como parte de la ciencia y otros se refieren a esa energía como Dios. —Sacudí la cabeza—. Yo me inclino hacia la ciencia porque es lo que me parece más correcto. —Suspiré ante lo intenso de lo que planteaban esas preguntas—. Lo único que sé es que hay algo más grande de lo que jamás podré comprender.

Sonreí al mirar una estrella fugaz que cruzaba el cielo.

—Me gusta pensar que Poppy es una estrella. —El sacrificio que me costó admitirlo fue voraz. No se lo había dicho a nadie, ni siquiera a mi terapeuta o a mis padres; vaya, ni siquiera a Ida—. Es probable que suene ridículo.

—No me lo parece —respondió Cael y su tono de comprensión me hizo sentir a gusto de manera inmediata—. Es hermoso —afirmó, y en ese momento me enamoré todavía un poquito más de él.

Me quedé viendo la nieve y las estrellas que nos miraban desde las alturas.

—El cielo se ve más hermoso ahora que sé que ella está allí —declaré y sentí que los muros que encerraban una parte de mí se desplomaban—. Las estrellas son más brillantes al saber que ella vive entre ellas. —Sonreí para mí misma—. Algunas noches me siento por horas, intentando encontrarla, pero es imposible. Luego me confronto con el hecho de cuántas estrellas existen en el cielo y me recuerdo cuántos millones de personas han perdido a alguien a quien amaban. El duelo te hace sentir aislado y solo, pero la verdad es que es el estado menos solitario en el que puedes estar.

Volteé entre los brazos de Cael y rodeé su cuello con mis brazos.

—¿Esto te parece bien? —le susurré.

—Por supuesto —respondió y exploró con la mirada cada milímetro de mi rostro—. Hiciste que este viaje fuera mucho mejor para mí —afirmó y me besó en los labios—. Estás haciendo que mi *vida* sea mejor. —Lo abracé en esta playa nevada, bajo un cielo lleno de infinitas estrellas.

Nos hacíamos ser mejores el uno al otro y, a medida que Cael desviaba mi cabeza y tomaba mi boca para otro beso, me dejé caer por completo en el amor. Sin ocultamientos y sin temor en mi corazón. Dejaría que Cael me absorbiera por completo y yo a él.

Porque cuando perdiste algo tan precioso y llega algo inapreciable, lo tomas con ambas manos y nunca lo dejas ir.

Almas fusionadas y corazones abiertos

CAEL
OSLO
VARIOS DÍAS DESPUÉS

La conocida pista de hielo en Oslo estaba vacía, ya que esa tardía hora de la noche hizo que todos se fueran a casa. Todavía no era la hora de que nos fuéramos a nuestras habitaciones, pero las calles estaban casi vacías. Me senté en la banca a mirar el hielo mientras me ataba los patines. Ataba las agujetas sin necesidad de mirarlas, por simple memoria muscular. La sensación de la cuchilla debajo de la planta de mi pie era tan reconfortante como estar sentado frente a una chimenea encendida con un fuego abrasador. La niebla blanca brotaba en nubes de mi boca y me puse de pie. Una corriente de emoción recorrió mis venas con una sensación tan inesperada que casi me hizo perder el piso.

Caminé siete pasos para llegar al borde de la pista y coloqué uno de mis patines en el hielo. Cerré los ojos y, a la cuenta de cinco, me lancé al frente. En cuanto la fría brisa agitó mi pelo, todo pareció ajustarse en su sitio.

Abrí los ojos y me detuve en el centro de la pista para inclinarme y colocar la palma de la mano sobre el hielo, como lo hice unos días antes, solo que esta vez no permití que esa sensación me estrujara el corazón, no pensé en Cill. Solo me quedé quieto un instante, en la euforia de haber regresado a la pista, con el frío que se colaba hasta mis huesos.

Patiné hacia el borde de la pista, mirando todo el hielo que tenía enfrente y, justo como lo había hecho miles de veces antes, me impulsé y corrí a tanta velocidad que la sensación cortante del viento mordió las puntas de mis orejas. Las mejillas empezaron a dolerme mientras volaba, vuelta tras vuelta, rodeando la pista con una facilidad que ya conocía. Volvió a dolerme el rostro y casi perdí el equilibrio cuando me percaté de que estaba sonriendo.

Apreté las manos y ansié tener un palo de *hockey* que pudiera apretar, un disco que lanzar y una red a la que dirigir el tiro. Sin embargo, esto... solo esto me bastaba por ahora. Esto y la felicidad que me llenaba el corazón al ir adquiriendo velocidad, con tanta rapidez que sentía como si volara.

Entonces escuché una risa llena de orgullo y emoción. Me detuve en seco y mis patines rociaron de hielo las tablas. Fue entonces que vi a Savannah al otro lado, enfundada en su abrigo, gorro y guantes, con ojos que brillaban de... orgullo.

—Cael, tú... tú... —exclamó, pero se quedó sin palabras. No tenía que decir nada, ya que, desde donde estaba parado, podía sentir lo orgullosa que estaba de mí. Tuve una sensación inusual cuando me di cuenta de que yo también estaba orgulloso de mí mismo. Además de que este momento no se relacionaba con Cillian y yo. Esta dicha de patinar, del *hockey,* solo me pertenecía a mí. *Amaba* esa sensación.

Amaba este deporte.

Mientras apuntaba al puesto de los patines en la orilla de la pista, le indiqué:

—Ponte el equipo, Duraznos. —Pensé que Savannah se negaría, pero no lo hizo, sino que consiguió los patines y se los puso en cuestión de minutos.

Se tambaleó al levantarse y se acercó a la entrada de la pista, donde la recibí y le extendí la mano. No dudó ni un momento de sí misma, ni de mí. Tomó mi mano con cien por ciento de confianza, y me dejó rodearla con mis brazos. Me aseguré de mantenerla erguida y la guie lentamente por la pista. La mirada de felicidad en su rostro me derritió.

Estábamos solos en la pista, ya que los demás estaban viendo una película en el hotel y descansando antes de que nos fuéramos de Noruega al día siguiente. Solo regresamos a Oslo por una noche para tomar uno de los primeros vuelos de la mañana, y nos hospedamos en el mismo hotel que la vez anterior. Leo y Mia me dieron permiso de salir aquí y no me sorprendería que nos estuvieran viendo ahora, pero no me importaba. *Necesitaba* estar aquí y sabía que ellos también lo entendían.

No me sorprendió que Savannah me hubiera encontrado. Estaba en su habitación hablando con sus padres y su hermana cuando yo me di cuenta de que la pista estaba vacía y decidí salir, pero no podía creer que ahora estuviera en el hielo conmigo.

Cuando nos detuvimos al centro de la pista, respiré profundamente y luego la besé, y ella me devolvió el beso. Besé a Savannah con toda la dicha recién encontrada en el hielo. La besé en agradecimiento por ayudarme a volver aquí y por nunca presionarme, sino darme apoyo para que encontrara de nuevo esa parte de mí.

—Te veías asombroso —dijo y eso casi me partió en mil pedazos.

—¿Estás lista? —le pregunté y empecé a jalarla con lentitud, con sus dos manos prendidas con todas sus fuerzas a las mías.

—Tú llévanos —dijo, y me permití disfrutarlo. Me permití este único momento de libertad pura, de una vida libre de la carga de la aflicción. Dejé que mi alma recuperara lo que la apasionaba y, también, permití que todo esto sucediera mientras tenía entre mis brazos a esa chica sureña que me había cambiado la vida, que la había mejorado día tras día, hora tras hora, de un nuevo país a otro.

Patinamos y patinamos bajo las estrellas, donde Savannah creía que vivía ahora su hermana, y un destello de paz encontró su sitio dentro de mi corazón cuando me permití imaginar que Cillian también estaba allá arriba, brillando también en todo su esplendor.

Libre al fin.

Arenas doradas y tristezas profundas

Cael
Goa, India

El contraste entre Noruega e India era impresionante. Desde el instante en que bajamos del avión, nos devoró el calor abrasador y la humedad que se pegaba a la piel. El sudor goteaba por mis sienes cuando nos bajamos del autobús y nos dirigimos a nuestro hotel en Goa.

Era un paraíso. Las palmeras se mecían en la cálida brisa y la playa se extendía ante nosotros, con la arena blanca y las azules aguas cristalinas que resplandecían como solo lo había visto alguna vez en una postal. Cuando jugaba *hockey* y viajábamos para los partidos, en la mayoría de los casos era a ciudades frías y estadios todavía más fríos.

Savannah se bajó del autobús antes que yo y la encontré en la acera, con la cabeza echada hacia atrás y disfrutando del sol que besaba su rostro. Tenía las mejillas encendidas por la elevada temperatura de Goa y su largo cabello estaba pegado al cuello, pero su rostro demostraba felicidad mientras tenía los ojos cerrados y adoraba el calor.

—Aquí se siente como un infierno —declare, pero Savannah solo entreabrió un ojo y soltó una risita juguetona hacia mí.

—Me encanta el calor —dijo y se quitó el suéter, descubriendo sus brazos desnudos del color de los duraznos. Tenía pecas que aparecían separadas unos centímetros entre sí, era perfecta. Debió haberme visto mirarla fijamente, ya que el color de sus mejillas se agudizó a lo que ahora reconocía como rubor.

»Me recuerda a casa —añadió y se levantó el pelo del cuello. Vi que una gota de sudor corría desde su cuero cabelludo y desaparecía bajo su camiseta blanca sin mangas.

—Bienvenidos a Goa —dijo Mia—. Su hogar durante los siguientes días.

Todavía no podía entender del todo el hecho de que, apenas un día antes, hubiéramos estado envueltos en ropa térmica y parados bajo una nevada interminable. Ahora, el sol resplandecía quemante y el aroma a protector solar permeaba en el aire.

Deslicé mi brazo alrededor de Savannah, sin importarme si el calor compartido de nuestros cuerpos se sumaba al estado ya candente del clima. Savannah tomó mi mano, que reposaba sobre su hombro y, en ese instante, me sentí tranquilo.

—Vengan por aquí —indicó Leo y nos condujo al centro turístico donde viviríamos por un tiempo. Nos llevaron a una habitación que podría utilizarse para hacer yoga, ya que era tranquilizadora, con música de meditación que flotaba desde unas bocinas ocultas. El cuarto estaba pintado de rojo profundo e intenso, con grandes cojines rellenos dispuestos en un círculo.

—Por favor —nos pidió Leo y señaló que nos sentáramos. Me desprendí de mi sudadera y me quedé solo con la camiseta sin mangas. Sentí que la mirada de Savannah me perforaba. Me quité la gorra y recorrí mi cabello despeinado con las manos. Le sonreí con actitud de suficiencia cuando vi que su mirada exploraba mis brazos, mi pecho y los tatuajes de mi cuello.

Al darse cuenta de que me percaté de su mirada, exclamó:

—Son tan hermosos. —Recorrió con la punta del dedo el ancla que era el dibujo central de mi antebrazo y luego hizo lo mismo con el trébol que indicaba mi origen irlandés. No pude resistir que me mirara así, de modo que me incliné y rocé sus labios con los míos. Ahora mi afecto era más libre y todos estaban enterados de nuestra relación, así que no sentía la necesidad de ocultarla. La besé y de inmediato sentí que desaparecía cualquier nerviosismo que hubiera tenido. Siempre sentía recelo de cualquier actividad o país al que llegáramos. En cuanto me acostumbraba a un nuevo lugar, Mia y Leo nos desestabilizaban llevándonos a un sitio completamente diferente, esa era la peor parte del viaje. Antes me encantaba conocer nuevos lugares, pero desde la muerte de mi hermano, eso solo me producía intranquilidad. Supongo que era la demostración de que no estaba ni cerca de sanar.

Alguien carraspeó y me alejé de Savannah. Leo estaba de pie y parecía exasperado. Aún no estaba seguro de si nos aprobaba, ya que no revelaba gran cosa.

—Cuando estén listos —dijo y se oyeron las risitas del resto el grupo. Estaban esperando a que nos sentáramos antes de poder iniciar.

El rostro de Savannah estaba rojo como tomate cuando corrió con rapidez hacia su cojín y se sentó. Seguía siendo tan tímida y reservada. Aunque eso era cuando no estaba conmigo, y eso me hizo sentir como el hombre más afortunado del mundo.

—Entonces —prosiguió Leo—, ¿alguno de ustedes sabe qué quisimos mostrarles en Noruega?

—¿La naturaleza? —preguntó Lili después de unos cuantos minutos de pensarlo.

—¿Una nueva cultura? —intervino Jade.

Leo sonrió ante sus suposiciones y luego dijo:

—Queríamos llevarlos a un lugar lleno de asombro y maravilla, que presenciaran vistas espectaculares, únicas y a menudo abrumadoras para el ojo humano.

—Muchas veces, cuando el duelo nos consume, nos sentimos solos y el mundo se reduce solamente a nosotros y al trauma que experimentamos. Nuestro mundo se vuelve miope —comentó Mia—. Cuando vemos paisajes tan imponentes y nuestros sentidos quedan abrumados, eso también puede modificar nuestra perspectiva. Puede darnos acceso a las maravillas de la vida y del universo, que quizá nos ayuden a abrir la mente y nos permitan acceder a una nueva forma de pensar. Eso nos puede recordar que estamos vivos y que, aunque seguimos luchando por superar el duelo, de todos modos, nos queda mucho por vivir.

El grupo asentía, como si eso calara en su interior. Incluso Savannah parecía coincidir y sentirse así. Las estrellas y la aurora boreal la habían hecho sentirse más conectada con Poppy de lo que había estado en años. Ya había observado un cambio sutil en ella y ni una sola vez se dejó sucumbir a la ansiedad. Para cuando nos fuimos, parecía un poquito más estable. No del todo recuperada, ya que seguía luchando con el pesado yugo del duelo, pero más serena de alguna manera. Podía verlo en todo lo que ella era.

Por mi parte, no me sentía del todo como los demás y el pánico creció dentro de mí. Había regresado al hielo y eso era un progreso, por lo menos con respecto a cómo me sentía acerca del *hockey*. Sin embargo, en lo que se refería a lo que pensaba de mi hermano, no había cambiado gran cosa. Intenté imaginarlo en las estrellas, pero no mucho después, la duda y los pensamientos oscuros volvieron a invadirme. ¿Por qué no podía mirar la aurora boreal y ver a mi hermano bailando entre esas luces? ¿Por qué no podía imaginarlo libre y en paz?

Mi rostro permaneció neutro porque no quería que Savannah viera cuán perturbado me sentía.

—Este tramo del viaje —dijo Leo— se refiere a enfrentar la mortalidad. —En nuestras sesiones individuales, Leo me había presionado gradualmente a contarle sobre Cillian, pero no le había dicho nada. Me gustaba cómo me sentía en Noruega cuando hice todo a un lado, se volvió adictivo y Savannah se había convertido en mi salvación. Cuando estaba con ella, abrazándola, la boca del estómago no me dolía, sino que se sentía cómodamente anestesiada. Mi furia había disminuido y eso era extraño. La forma en que me aferraba al enojo cambió a la manera en que me aferré a Savannah. Era la cuerda salvavidas que me ataba a ella, que impedía dejarme ir a la deriva, y me negaba a perder eso.

—¿Qué significa eso? —preguntó Dylan con nerviosismo.

—Exploraremos el trayecto natural que todos seguimos: vida y muerte, y todo lo que está en medio.

Volteé a mirar a Savannah, que se frotaba las manos. Era obvio que esa idea también la ponía nerviosa. Me puse atento a su respiración y, hasta el momento, se mantenía en calma.

—En esta parte del viaje visitaremos tres lugares —dijo Mia—. Goa es el primero, aquí no sumergiremos en sesiones grupales e individuales, al igual que en clases de terapia que pueden ayudarnos a atender algunos de nuestros traumas internos.

—Pero esta también es una oportunidad para recuperarnos —agregó Leo—. Tuvimos dos experiencias muy intensas en Inglaterra y Noruega —señaló a todos los presentes—. Este lugar es un paraíso y los instamos a que se relajen un poco, que naden y se den baños de sol. Coman juntos, convivan, *platiquen* —terminó, refiriéndose al grupo.

»Descansen un poco, pasen un rato en la alberca y mañana comenzaremos las sesiones y todo lo demás —nos indicó Leo al momento de darnos las llaves de nuestras habitaciones.

Mientras tomábamos nuestros equipajes, Travis nos preguntó:

—¿Deberíamos reunirnos en la alberca?

Yo le tomé la mano a Savannah.

—¿Quieres ir a nadar? —La besé de nuevo. No quería que esto se detuviera. La vida no se sentía tan desoladora cuando ella estaba entre mis brazos. Sonrió contra mis labios y respondió que sí.

Mi cuarto estaba entre el de Dylan y el de Travis. A medida que nos acercábamos a nuestras puertas, ellos iban juntos y se susurraban. No me percaté de lo cercanos que se habían vuelto en Noruega, pero, en todo caso, aparte de Savannah, no había atendido a mucho más.

Me puse el traje de baño, me dirigí a la puerta de Savannah y toqué. Cuando no respondió, fui a la alberca y me detuve en seco cuando la vi. Estaba en la orilla de la alberca con un traje de baño azul pálido, y la cálida brisa agitaba su cabello rubio oscuro alrededor de su cabeza como si fuera un halo. Tenía la mano sobre el tronco de una palmera cuando levantó la vista hacia la playa y el mar.

En ese momento, no pude creer lo afortunado que era de que alguien como ella me diera una oportunidad. Estaba hecho pedazos, lo sabía. Mientras acudía a más sesiones grupales y más nos reuníamos a pasar el rato, empecé a ver que todos los demás lograban mejorías graduales. Se reían más y algunos incluso hablaban más de sus familiares fallecidos. Los recordaban en buen sentido, compartiendo recuerdos felices.

Yo no le había mencionado a Cillian a nadie, más que a Savannah.

Por las noches, Savannah leía el cuaderno que le dejó su hermana y luego le escribía en el diario que Mia y Leo nos dieron, como si conversara con ella de nuevo.

A mí no me habían dado otro diario porque Leo y yo decidimos que no era parte de mi trayecto en este momento. Era algo que detonaba demasiadas cosas dentro de mí y, en lugar de ello, nos enfocábamos en hablar durante nuestras sesiones de terapia. Eso tampoco estaba funcionando mucho que digamos, pero yo no escribía nada en un diario y él lo entendía.

Esa nota con siete palabras que llevaba en mi cartera seguía allí, sin tocarse, convertida en un lastre en mi vida.

A pesar del calor abrasador, lo único que podía sentir eran escalofríos helados cuando me paré allí, perdido en mis pensamientos. Solo logré arrancarme de mi propia oscuridad cuando Savannah volteó y me localizó al otro lado de la alberca. Era como un espejismo con esos ojos azules, que eran aún más vibrantes gracias al traje de baño, y sonrió con timidez al detectar mi presencia.

No estaba seguro de merecer jamás esa sonrisa, pero aceptaba cualquier cosa que quisiera darme. Rodeé la alberca hasta donde ella estaba y levanté el dedo medio hacia Dylan y Travis, que ya estaban en el agua, cuando me salpicaron al pasar junto a ellos y me bañaron las piernas.

Cuando llegué junto a Savannah, el aroma de su protector solar fue lo primero que chocó contra mí, al igual que su belleza. Su cabello largo y lacio se había encrespado por la humedad. Decidí que así era como me gustaba más: en el sol, que era a donde pertenecía.

—Hola —me dijo cuando le tomé la mano.

—Hola, Duraznos —respondí y la envolví entre mis brazos, la sensación de su piel desnuda contra la mía era perfecta y, mientras me echaba atrás, la besé lenta y suavemente, saboreando su bálsamo labial de cereza.

—¿Estás bien? —le pregunté al separar nuestros labios y ella asintió. Ya podía ver que su nariz y sus mejillas se iban pintando de rosa bajo el sol.

—¿Y tú? —me devolvió la pregunta, con el ceño un poco fruncido por la preocupación.

—Ahora lo estoy —dije. En ese momento sentí otra salpicadura de agua en las piernas y volteé furioso hacia Dylan y Travis.

—Dejen de besuquearse y metan sus traseros aquí —nos ordenó Dylan. Sin advertencia, salté hacia la alberca, asegurándome de empapar a Travis, que estaba en su flotador. La risa de Savannah estalló en el aire detrás de mí.

—Métete, Duraznos —le pedí al salir a la superficie y la vi deslizarse en la alberca. La atrapé cuando cayó al agua y me rodeó el cuello con sus brazos, deteniéndose mientras nos paseaba a los dos en el agua. Todos nos congregamos en medio de la alberca cuando Dylan y Travis saltaron de sus flotadores para dárselos a Jade y Lili, que llegaron unos minutos después.

—Prefiero esto que la lluvia y la nieve —declaró Jade y cerró los ojos mientras se recostaba en el flotador. Dylan se hundió y brotó debajo del flotador. Jade lanzó un chillido al caer al agua con la cabeza hacia abajo—. ¡Dylan! —le gritó al salir y empezó a perseguirlo.

—Ni se te ocurra —le advirtió Lili a Travis al verlo sumergirse también. Solo instantes después, ella también estaba revolcándose en el agua cuando Travis se hundió y la empujó del flotador.

Savannah se aferró con más fuerza a mi cuello mientras reía y su pecho se agitaba al ver que los otros cuatro se perseguían por toda la alberca.

Pensé que era agradable escuchar esas risas despreocupadas. Cuando pierdes a alguien, la risa no sale con facilidad. En mi caso, nunca reía, por lo que cuando me di cuenta de que también estaba riendo suavemente, me pareció tan ajeno como si mi cuerpo no pudiera siquiera recordar *cómo* hacerlo.

—Cael —dijo Savannah y recorrió la mano sobre mi cuello, justo sobre la nuez. No sabía qué fue lo que trajo a sus ojos el brillo de esas lágrimas de felicidad.

—¿Qué pasa? —le pregunté, confundido.

—Te reíste —dijo—. No te había oído reír en todo el tiempo desde que estamos en el viaje. —Sus palabras fueron como balas que me atravesaron. Antes reía todo el tiempo, aceptaba la diversión, y entonces pensé en Stephen, mi mejor amigo. Recordé a mi equipo, allá en Massachusetts, la manera en que siempre echábamos relajo, nos salpicábamos con el hielo y nos hacíamos tropezar unos a otros con los palos, siempre entre risas. Extrañaba ese sonido, pero… acababa de *reír*.

Tal vez no estaba tan destrozado como creía.

—Cael, tenemos que empezar a hablar pronto —dijo Leo, pero mi cuerpo estaba rígido y simplemente no podía obligarme a ello. *Quería* estar mejor, que Leo y Mia me ayudaran, pero no sabía cómo empezar.

Leo se reclinó en su silla. Estábamos en el salón rojo al que nos llevaron el primer día que llegamos y donde se realizaban todas las sesiones grupales. Yo no había participado, pero sí escuchaba, lo cual era una mejoría con respecto a la mayoría de las sesiones anteriores.

—En lo que se refiere al suicidio —declaró Leo con cautela—, algo que es particularmente notable en los hombres es que no hablan. —Esas palabras hicieron que mi cuerpo se quedara inmóvil, todos mis músculos se trabaron y mis huesos se convirtieron en piedra. Leo se enderezó en su asiento y yo bajé los ojos al piso—. Hablar salva vidas —dijo mientras colocaba su cuaderno en el piso junto a él—. Alrededor del ochenta por ciento de los suicidios en Estados Unidos son cometidos por hombres. Es uno de nuestros principales asesinos. —Sentí que la furia se agitaba en mi interior, no tenía que decirme eso porque ya lo sabía, lo había investigado—. Me preocupas, Cael —afirmó y, esta vez, lo miré a los ojos—. No hablas con nosotros, ni siquiera mencionas a tu hermano, y no me refiero a su nombre, sino a que no hablas de él en absoluto. Sé que te abriste un poco con Savannah, pero Mia y yo estamos aquí para ayudar a superarlo, para apoyarte como profesionales, para darte las herramientas que te permitan seguir adelante.

Leo entrelazó las manos.

—Necesito que sepas que no hay nada que pudieras haber hecho —afirmó y empecé a sentir el estallido familiar del enojo que brotaba en mi interior, excepto que antes se reflejaba en una explosión de gritos, alaridos, y golpes con los puños contra la pared, pero, desde que estaba con Savannah, eso desapareció al instante y se convirtió en culpa, vergüenza y tristeza. Era tan intenso que de hecho me dolía cuando me sucedía, porque no le creía a Leo. No me conocía a mí ni a Cillian; no sabía lo cercanos que éramos, lo mucho que estaban entrelazadas nuestras vidas. Debí haber sabido que le pasaba algo malo. ¿Cómo lo pasé por alto? ¿Cómo dejé que se muriera?

Mi pierna empezó a saltar por la agitación y abrí la boca para tratar de expresarme, pero no salió nada. Era como si tuviera un bloqueo mental cada vez que intentaba hablar al respecto, exponer de viva voz el dolor, la vergüenza y los temores.

Leo volteó para revisar el reloj.

—Se acabó nuestro tiempo por hoy, Cael.

Salté de mi asiento porque necesitaba salir de allí, pero antes de alcanzar la salida, Leo me dijo:

—Sé que es difícil. Créeme, hijo, lo sé. —Sentí un escalofrío que me recorrió la espalda por el tono de su voz. ¿Alguien cercano a él hizo lo mismo que Cillian? En ese caso, ¿cómo logró seguir adelante?—. Pero, para ayudarte a recuperar tu vida, tenemos que empezar a hablar. —Su expresión era sincera, suplicante. Como no reaccioné, continuó—. También hablé hoy de nuevo con tus padres. —El estómago se me fue a los pies—. Les conté que estás bien. Ellos dicen que sigues ignorando sus llamadas y mensajes. —De nuevo, dejó que las palabras no expresadas quedaran pendientes entre nosotros.

Tenía razón, seguía sin llamarlos ni una vez desde que me fui. Todos los días intentaban hablarme a la misma hora, sin importar lo que pasara. También enviaban mensajes todos los días, sobre todo mi papá, pero no los leía.

No tenía nada que decirles.

Salí de la habitación y dejé que el pegajoso aire de India cubriera mi piel. Caminé sin dirección específica, perdido en mis pensamientos. Simplemente no sabía cómo abrirme y tampoco sentía que alguna vez fuera capaz de hacerlo. A mi mente vino el rostro de Savannah, a ella sí le conté de Cillian, le dije que se había quitado la vida, pero dejé fuera todo lo demás. No le hablé de aquella noche, de lo que vi...

No sabía si alguna vez sería capaz de hacerlo.

Di vuelta a la esquina del centro vacacional y vi que Savannah y Dylan estaban sentados en una mesa tomando café. Ella lo escuchaba hablar y le prestaba gran atención. Nunca juzgaba, nunca me hacía sentir como un estúpido. Con solo mirarla, mis músculos se relajaron y desapareció la tensión en mis hombros. Me seguía sorprendiendo cómo era posible que otra persona pudiera tener ese efecto en mí

Tal vez algún día podría contarle todo acerca de Cillian. De cómo me levantaba el ánimo cuando estaba decaído y cómo me enseñó a recibir un *slapshot.* O cómo lo encontré... cómo la última imagen que tengo de mi hermano mayor fue de cuando murió, por su propia mano, desfallecido en mis brazos.

Una oleada de emoción provocó que tuviera una sensación de ahogo, así que me agaché hacia el pasillo y salí corriendo, adquiriendo velocidad con cada paso. Salí a un camino de senderismo y solo seguí adelante. No podía hablar de eso con Savannah, ella estaba llevando el duelo de su propia hermana y luchaba a diario por no sucumbir a la ansiedad. No necesitaba que mis problemas también fueran un ancla en su vida.

Así que corrí. Corrí y corrí hasta quedar agotado, hasta que desapareció la desgarradora tristeza que me trajo la sesión con Leo. Corrí hasta que ya no pude pensar en nada, hasta que quedé tan exhausto que lo único que deseaba era dormir.

De nuevo, tuve éxito en huir de la muerte de mi hermano, tan rápido como me lo permitieran los pies, y no estaba seguro de cómo podría cambiar eso alguna vez.

La lección de hoy era al aire libre, en una glorieta oculta que daba hacia el mar turquesa. Miriam era nuestra terapeuta para esa actividad. Los días se dividían en lecciones grupales e individuales, teníamos días de yoga y de caminata por las rutas cercanas, de meditación y musicoterapia.

Hoy nos tocaba terapia artística, de pintura, para ser exactos.

—Todos tienen enfrente un lienzo en blanco —inició Miriam y yo volteé hacia las pinturas, los pinceles y un frasco con agua para limpiar la pintura entre un trazo y otro.

Yo no era muy artístico que digamos, así que no tenía muchas expectativas con lo que saldría de esta sesión. Las actividades de los últimos días habían estado bien y, con respecto a enfrentar nuestra propia mortalidad, fueron pacíficas y graduales, nada que nos llevara todavía a un extremo. No pensé ni por un segundo que esos días no fueran a llegar.

Savannah estaba junto a mí, pero ninguno de nosotros podía ver el lienzo de los demás. Me quedé mirando la superficie en blanco y me pregunté qué demonios nos pediría dibujar.

—Para la sesión de hoy, quisiera que recuerden a la persona o personas que perdieron —nos explicó Miriam, y mi mundo se detuvo por completo. Unas manos invisibles envolvieron mis pulmones y mi corazón, y empezaron a apretar. Escuché que mi corazón latía lento en mis oídos, mientras que un ruido blanco llenaba el resto del espacio vacío.

»Tienen enfrente una serie de colores de pinturas. Quiero que piensen en la persona que perdieron y que simplemente pinten. Puede ser un retrato o una representación conceptual de qué significaban para ustedes, quiénes fueron en su vida. Tal vez de cómo se sienten desde que ellos se fueron.

»Quiero que de verdad vuelquen su corazón en los recuerdos que tengan de esa persona y lo vomiten en el lienzo. —Miriam caminó lentamente alrededor de todos nosotros, dando vueltas por el espacio silencioso. La tensión entre todos se elevó a tal grado que podrías cortarla con un cuchillo.

»Quiero que de verdad escarben hasta lo más profundo. —Su voz cambió a un tono compasivo—. Esto puede ser agotador en un sentido emocional, pero debemos enfrentar del todo esas emociones. Debemos pensar en la persona que perdimos y no huir de su recuerdo o del dolor que pueda inspirar su fallecimiento.

—Miriam se paró al centro del círculo y se llevó la mano al pecho—. Sientan esta pintura. Dejen que su alma los conduzca en este viaje y permitan que toda la tristeza, felicidad e injusticia contenidas salgan de su cuerpo —nos sonrió a todos—. Cuando estén listos, por favor comiencen.

Me quedé mirando fijamente al lienzo por un rato tan largo que perdí por completo la noción del tiempo. Nada venía a mi mente. En mi periferia vi que los demás empezaban a llevar los pinceles a sus pinturas. No mire los colores que usaban o qué podrían estar pintando. Sin embargo, el lienzo frente a mí parecía como una montaña imposible de escalar.

Mi cuerpo se llenó de ese calor tan conocido, y hoy lo dejé actuar. *Necesitaba* sentirlo en este preciso momento. Estaba tan *furioso* con Cillian, había tomado nuestros sueños y los hizo pedazos a tal grado que nunca podrían volver a reconstruirse. Destruyó a nuestra familia, a sus amigos, a su equipo; destruyó tantas cosas a su paso que fue como el más mortal de los tornados. Y no le dijo a nadie. Ocultó su dolor con sonrisas fáciles y carcajadas. Jugó todos los juegos de *hockey* como si estuviera compitiendo por la final de la Copa Stanley. Hablaba de manera animada y era el alma de la fiesta en las reuniones familiares, cuando cenábamos en familia. Y yo fui el idiota que no pudo ver a través de las grietas, de sus fracturas. No vi la tristeza en sus ojos. No noté el agotamiento en su voz, ni el hecho de que, día tras día, se iba dando por vencido, fingiendo ante el mundo que estaba bien.

Pero, peor que todo, no le dijo a nadie *por qué*. No había razón obvia por la que hubiera hecho lo que hizo. Ninguna discusión con amigos, ni una novia que le hubiera roto el corazón, no estaba en problemas. Entró a la primera alineación en Harvard, de camino a los *Frozen Four*, con la NHL que resplandecía en su futuro. Tenía una madre, un padre y un hermano que lo adoraban.

Pero, maldita sea, de todos modos se fue.

Solo hasta el momento en que el pincel se rompió en mi mano y el lienzo se puso borroso ante mis ojos, me di cuenta de que pinté, que arrojé el color sobre el lienzo en blanco y vertí todo lo que estaba pensando en una especie de obra de arte.

Parpadeé y me quité las lágrimas que se formaron para solo quedarme mirando fijamente… aquello que tenía enfrente.

La negrura. Remolinos negros mezclados con rojo. Rojo por la sangre y el enojo. Negro por la pérdida y el estado en el que quedé. Tuve una sensación helada que recorría mi espalda, acelerando hasta que una idea me llegó a la mente: ¿esta pintura reflejaba cómo se había sentido Cillian la noche en que lo hizo? ¿Nada en su corazón por lo que valiera la pena vivir?

La muerte como su única opción.

Morir para detener el dolor.

Morir para escapar de cualquier infierno en el que se hubiera convertido su vida. Había sufrido en silencio y también murió de la misma forma.

Sentí una mano que se apoyaba en mi hombro y el contacto fue dulce y comprensivo.

—Es hermoso —afirmó Miriam con un tono tembloroso. No alcé los ojos, pero escuché las lágrimas en su voz—. De verdad es hermoso, Cael. —Me quedé mirando la pintura y no detecté ninguna belleza en ella. Era como un vacío que devorara toda la brillantez y la luz. Mientras más la miraba, el rojo mezclado con el negro, las pinceladas en remolinos, y el color opaco y profundamente negro del centro, una sensación de frío profundo se asentó en el resto de mi cuerpo.

La piel se me puso de gallina cuando analicé realmente la pintura. Era casi como si Cillian hubiera estado a mi lado, guiando el pincel. Como si quisiera que yo supiera *cómo* se sentía dentro de su alma, para darme un atisbo de por qué sintió que no le quedaba otra opción. Me removí en la silla.

No tenía idea de qué pasaba luego de que moríamos, pero ¿había tenido la posibilidad de mostrarme esto? ¿De algún modo estuvo en ese momento conmigo, instándome a *verlo*? A *entenderlo*. Tontamente volteé para encontrar cualquier señal de que estuviera cerca y luego sacudí la cabeza ante mi estupidez.

¿En qué estaba *pensando*?

Sin embargo, la pintura me devolvió la mirada, como si tuviera una fuerza ominosa, un propósito malévolo de devorarme también hacia la oscuridad. ¿La supuesta depresión de Cillian fue tan paralizante que le extrajo toda la luminosidad hacia el vacío de desesperación de la nada? ¿La desolación era demasiada como para seguir viviendo con ella y su salida fue quitarse la vida simplemente para detener esta angustia y oscuridad?

En ese caso, ¿cómo podría odiarlo? ¿Cómo podría siquiera cuestionar por qué no quería quedarse en este mundo si eso era algo con lo que vivía cada minuto de cada día? ¿Esa oscuridad también le había robado la voz? ¿Esa fue la razón por la que no me dijo que sufría? ¿Lo privó de pedir ayuda? ¿No le había dejado ninguna otra opción que sucumbir a su atracción?

Los labios me supieron a sal y me di cuenta de que era por las lágrimas que rodaban desde mis ojos. No quería sentir esto, no quería que este cuadro me representara también a mí. Si esa oscuridad estuvo en Cillian y pudo derribar a un héroe tan fuerte, ¿podría también hacerlo conmigo? El pánico me envolvió y casi me hizo caer de rodillas.

Leo se presentó a mi lado.

—Vamos a caminar, hijo. —Me levanté sin querer pensar, con el único deseo de que me sacaran de allí, de esa oscuridad que sentía que me estaba llamando.

Percibí las miradas del grupo en la espalda y supe que habría un par de ojos enfocados intensamente en mí. Sin embargo, dejé que Leo me llevara hacia las blancas arenas de la playa. Ni siquiera sentí el calor del ardiente sol que caía sobre nosotros, ya que el escalofrío me tenía congelado, como si estuviera dentro de un congelador y fuera incapaz de escapar.

Al principio, Leo no habló en absoluto y solo se sentó junto a mí, hasta que dijo:

—Fue mi padre. —Dejé de respirar y solo pude hacerlo de nuevo cuando continuó—. Yo tenía quince años —hizo una pausa y pude escuchar que inhalaba con fuerza—. Yo lo encontré.

Cerré los ojos y escuché el suave flujo de las olas. Entonces hice mi mayor esfuerzo por tranquilizarme antes de que mi corazón intentara saltarme del pecho.

—Durante años, eso me consumió —prosiguió Leo—. Tanto que me perdí también en la oscuridad. —Envolvió sus piernas con los brazos—. Fui autodestructivo, reprobé en la escuela y deseché cualquier futuro posible que tuviera.

Dejó que esa confesión quedara en el aire entre nosotros, hasta que la retuve, la pesqué en mi mente y le pregunté:

—¿Qué cambió?

—Me harté de eso, Cael —respondió y escuché la sinceridad en su voz profunda—. Perdí a mi padre, pero ese día también me perdí a mí mismo. Murió el niño que era y nació el chico en el que me convertí después. —Sonrió y yo fruncí el ceño—. Entonces conocí a mi esposa. —En automático, el bello rostro de Savannah apareció en mi mente y sentí que en mi interior brotaba un toque de gracia, como si una vela solitaria empezara a encenderse, absorbiendo más oxígeno del pozo de la aflicción dentro de mí para cobrar mayor fuerza.

»Quise ser mejor por ella. —Leo se dio unos golpecitos en el pecho del lado del corazón—. Pero necesitaba hacerlo por mí mismo. —Al fin volteó a mirarme—. Entonces regresé a la escuela y decidí que, en lugar de huir de la muerte de mi padre, la enfrentaría por completo y que honraría al hombre que lo fue todo en mi mundo, ayudando a aquellos que eran como él… y a los que estaban en la misma situación que yo: los dolientes.

—¿Por qué lo hizo? —pregunté y sentí como si se me abriera el pecho y empezara a sangrar, manchando de rojo la arena dorada.

—Nunca lo supe —respondió Leo y tomó un puñado de arena entre los dedos. Uno a uno, los granos regresaron a la playa como el reloj de arena de la naturaleza. Me les quedé mirando: mil millones de fragmentos diminutos que conformaban un todo—. Por lo que sé acerca de la depresión, imagino que a eso se debió, pero nunca lo supe. —Volteó de nuevo hacia mí—. Y Cael, tuve que hacer las paces con eso. —El sentimiento irradiaba del rostro de Leo, pero me di cuenta de que lo aceptaba y se lo ponía como una capa, en lugar de como un sudario.

Leo me puso la mano en el hombro.

—Siempre estoy listo para hablar cuando tú lo estés.

Se incorporó y me dejó en la playa. Me quedé allí hasta que el sol empezó a hundirse en el horizonte, un semicírculo anaranjado brillante que bañaba la playa de luz dorada. Solo me moví cuando cayó la noche y salieron las estrellas. Levanté la vista hacia cada una de ellas y pensé de nuevo en lo que Savannah me dijo en Noruega.

Busque una que pudiera ser Cillian; sin embargo, eran tantas, igual que los miles de millones de granos de arena sobre los que estaba sentado. Me levanté y caminé de regreso al hotel, pero vi que seguían encendidas las luces de la estancia donde estuvimos pintando.

Sentí que un hilo sujeto a mis entrañas me guiaba a volver allí, al cuadro que no recordaba haber pintado. Cuando llegué a la estancia, las pinturas de todos seguían allí, secándose. Caminé alrededor para ver lo que mis amigos estuvieron pensando cuando abrieron su corazón. El cuadro de Dylan estaba lleno de azules y colores pastel, era afectuoso de alguna manera, pacífico, como la sensación de volver a casa.

El cuadro de Travis me provocó dolor de corazón. Once cruces blancas sobre un campo verde brillante. El sol resplandecía y lanzaba una luz amarilla sobre ellas y, aparte, se veía el destello anaranjado y rojo de una mano colocada sobre una de las cruces, entendí que era la de Travis, que demostraba su duelo por sus amigos.

Lili pintó tres manos que se sostenían con fuerza, sin soltarse nunca. Solo dos de las manos eran más claras, casi transparentes, angelicales. El cuadro de Jade era un derroche con todos los colores que podían nombrarse. Hablaba de gente vibrante, esplendorosa y divertida, y estaba lleno de vida. Representaba a su madre y su hermano.

Luego me detuve frente al de Savannah. Flores pintadas con rosa pálido cubrían el lienzo. Un frasco estaba al lado y, al fondo, también se veía un árbol en floración y estrellas en el cielo que dominaban la escena desde lo alto. Era tranquilo y pacífico, y parecía un lugar que querría ver.

—Es el huerto —me indicó una voz dulce que salió de la oscuridad. Al voltear, me encontré con Savannah, que iba subiendo por la escalinata de piedra desde el hotel hacia la estancia. Llevaba un vestido verde grisáceo con tirantes, que flotaba alrededor de sus rodillas. Su cabello rubio estaba suelto y se le había esponjado por el calor. Era más bella que cualquiera de esas pinturas.

»Es un huerto de cerezos, en Georgia. Es de allí que proviene el nombre de nuestro pueblito. —Una sonrisa de nostalgia pasó durante un instante por los labios de Savannah—. Era el lugar favorito de Poppy. —Llegó a mi lado y pasó una mano sobre la base del árbol—. Allí es donde está enterrada.

—Savannah —dije y quise alzar las manos para abrazarla, pero estaba agotado y no me sentía como si fuera yo mismo. No quería abrazarla sintiéndome así, ni oscurecerla con mi contacto. Este día me había perturbado por completo y sentía ganas de estallar.

—Allí es donde era más feliz y es lo correcto que repose allí por toda la eternidad. —Me sentí tan orgulloso de Savannah en ese momento… y siempre. La chica que conocí en el aeropuerto JFK nunca habría hablado de su hermana de ese modo. Se paró a mi lado justo en ese momento, con una postura fuerte y el amor sincero por su hermana que albergaba en el corazón. Además, descubrí que Savannah Litchfield tenía el corazón más grande del mundo.

—¿Qué es eso? —pregunté con voz ronca mientras señalaba al frasco. Me dolía la garganta, como si mi alma estuviera tan cansada que no quisiera que hablara, pero tenía que hacerlo. Todos estos sentimientos hervían dentro de mí y subían a la superficie, empezando a escapar.

La sonrisa de Savannah se volvió más amplia.

—Mamá le dio a Poppy un frasco con mil corazones de papel antes de que muriera y le dijo que cada vez que le dieran un beso, pero uno que fuera trascendental, debía ponerlo por escrito y conservarlo. Tenía que coleccionar mil durante su vida. —La mano de Savannah tembló levemente al tocar el contorno del frasco—. Cuando le diagnosticaron cáncer, pensó que no lo lograría, pero sí lo hizo. Con Rune, su alma gemela. —Savannah levantó la vista hacia mí—. El beso número mil lo recibió al soltar su último aliento.

Mi corazón empezó a latir con rapidez, nunca había oído algo como eso.

—Cuando pensaba en Poppy, lo que me venía a la mente eran la pérdida y el dolor, además de la sensación de su pesada e irremplazable ausencia que caminaba junto a mí todos los días, ominosa y desgarradora. Pero cuando Miriam nos pidió que pintáramos a nuestro ser querido y lo que representaba para nosotros, cómo nos hacía sentir, no pude pintar nada que no fuera algo bello. —Inhaló temblorosa—. Aunque su vida fue breve, vivió en grande y de manera estrepitosa, sin desperdiciar ni un solo instante, incluso cuando estaba al borde de la muerte. Vivió la vida hasta su último aliento. Fue la gracia personificada hasta el final, e incluso después.

Pensé en mi pintura, que estaba allí junto a nosotros en la estancia. Los negros y rojos, el vacío que devoraba triunfante la felicidad. Había un muro detrás de mí y me dejé caer contra él, agotado. Savannah también lo hizo, no sin antes pasar su mano para acariciar mi pelo desordenado.

Enlacé mis manos sobre mi regazo y me quedé mirando el huerto de cerezos en flor, la belleza y los colores inspiradores, y dije:

—No sé cómo hablar sobre esa noche.

Savannah enlazó su brazo con el mío.

—Estoy aquí para cuando te sientas listo.

—Tú tienes bastantes cosas con las que lidiar, Duraznos. No necesitas también el peso adicional de mi trauma.

—No me pesa —respondió y me apretó el brazo—. Si te sirve para desahogarte, entonces es el peso más ligero del mundo. —Me besó el bíceps descubierto y las esquirlas de hielo que habían creado una armadura impenetrable alrededor de mí se derritieron en el sitio exacto donde sus labios me tocaron.

Me sentí culpable de siquiera contemplar la idea de poner mi trauma a sus pies, pero aquí estaba, en Goa, por la noche. Frente a una playa de ensueño, con una pintura que turbaba cada uno de mis movimientos, y lo único que tenía que hacer era purgar todo de mi alma.

«Quise ser mejor por ella, pero necesitaba hacerlo por mí mismo». Las palabras de Leo resonaron, alentándome en mi mente.

—No hubo nada diferente en ese día —empecé y se me nublaron los ojos al obligarme a revivirlo todo en mi cabeza—. Fui a practicar y luego Cillian tuvo un partido por la noche. —Resoplé con una risa que reflejaba infelicidad—. Fue el jugador más valioso de esa noche. Ganaron y quedaron invictos. Cillian anotó todos los goles, tres consecutivos. —Negué con la cabeza—. Le puso el corazón al partido y ahora me pregunto si se esforzó tanto porque sabía que nunca volvería a jugar. ¿Esa fue su despedida del equipo que tanto amaba y de los fanáticos que lo habían apoyado desde que empezó con el equipo de Harvard?

Mi pierna empezó a saltar por el nerviosismo. Nunca había hablado tanto en mi vida y se sentía como abrirme el corazón con un cuchillo y dejar que sangrara voluntariamente.

—Durante el partido, estuve con mis padres, pero después me reuní con mis compañeros de equipo. Stephan, que es mi mejor amigo, me invitó a una fiesta que darían los estudiantes de Harvard, a la puerta siguiente de donde vivía mi hermano fuera del campus.

Recordé el momento en que llegué a la fiesta y todos estaban celebrando.

—Habíamos ido a cientos de esas fiestas antes. Por supuesto, mi hermano estaba allí, pero cuando me vio entrar, en lugar de sonreírme como siempre que me veía, su mirada era turbulenta y me dijo que me fuera a casa.

Sacudí la cabeza, como si estuviera viviendo de nuevo esa noche.

—Nunca se había portado así conmigo y eso me sorprendió mucho. Nunca me mandaba a casa y siempre se quedaba a mi lado. Lo único que pensé fue que seguramente estaba cansado.

No pude continuar porque me ahogué con un sollozo.

—Esa fue una señal, Sav, y no la detecté. Nunca jamás se había portado así conmigo. No era el típico hermano mayor que iba creciendo, siempre fue bueno conmigo. —Su rostro volvió a mi mente: se parecía más a papá que yo, que tengo más las características de mamá, pero todos se daban cuenta de que éramos hermanos—. Era una buena persona y todo lo que le importaba era la familia. Nunca me trató como si valiera menos que él. Con un demonio, nunca me dijo que me saliera de su cuarto, nunca me corrió del estanque congelado que está en nuestra propiedad cuando sus amigos iban a jugar *hockey*. *Siempre* me incluyó. —Volteé hacia Savannah y vi que las lágrimas le corrían por la cara y que el labio inferior le temblaba—. Pero nunca me dijo que estuviera sufriendo. Nunca me lo dijo. Nunca mencionó lo más importante.

Sorbí mis lágrimas y simplemente me dejé caer en la tristeza que había mantenido atrapada durante tanto tiempo en mi interior.

—Nunca antes de esa noche me dijo que me fuera, pero *sí* lo hizo en ese momento. Debí haber discutido con él, debí haberle preguntado por qué actuaba así. Pienso que me dejó demasiado sorprendido. Me puso veinte dólares en la mano y me dijo que fuera a la tienda a comprar unas botanas para la casa.

Bajé la vista hacia la palma de la mano donde me puso el dinero.

—En ese momento no me di cuenta, pero rodeó con fuerza mi mano con sus dedos cuando me colocó el dinero. Apenas unos cuantos segundos más de lo normal, pero aun así pude sentirlo, como si me marcara.

Savannah me tomó esa mano y se la llevó a los labios para darme un beso en la palma. Un grito ahogado se escapó de mi boca ante su contacto, ante sus suaves labios que besaban esa piel áspera y llena de callos.

—Vas muy bien —dijo y puso la cabeza sobre mi hombro. El calor de su cuerpo se filtró dentro de mí, derritiendo parte del hielo.

—Miré a los ojos de mi hermano mayor y él me dijo: «Cuídate, chamaco». En retrospectiva, tenía la voz ronca y llena de sentimiento. Pensé que solo se debía a que le estaba dando gripe o algo. Le contesté que lo haría y pensé que se refería a la manera de conducir de Stephan, pero ahora sé que hablaba del resto de mi *vida*. *Por todos los cielos*, Savannah, esa fue su despedida y ni siquiera me di cuenta. Esa fue la última vez que escuché su voz o que sentí el contacto de su mano. Eso fue *todo*.

Savannah me rodeó los hombros con su brazo y me sostuvo mientras me derrumbaba sobre la curva de su cuello y mis lágrimas empapaban su pelo rizado.

—Reproduzco una y otra vez ese momento en mi mente, todo el tiempo, varias veces al día. Noto los indicios sutiles. Escucho el leve temblor en su voz, pero no lo hice en ese momento. La ventana no era transparente, estaba llena de condensación y simplemente no pude ver a través de ella.

Miré las flores de cerezo que pintó Savannah y luego las estrellas que colgaban como joyas del cielo.

—Stephan estaba conmigo e íbamos de camino a la tienda cuando se dio cuenta de que había olvidado su cartera en la casa. Quiso llevar un poco de comida porque tenía hambre y no teníamos el suficiente efectivo para pasar por el autopago de un restaurante. Cuando dimos la vuelta, vimos que el coche de mi hermano iba a gran velocidad por la calle en la que estábamos, pero en dirección contraria. Estaba tan confundido de a dónde iba, se suponía que se quedaría en la fiesta, pero lo que más me preocupó fue la velocidad a la que iba, era imprudente y él *nunca* era así. Siempre era tranquilo y mesurado. Le pedí a Stephan que lo siguiera, una sensación en el estómago me decía que algo estaba mal. —Rechiné los dientes al no saber si podría decir esta última parte. No estaba seguro de poder encontrar en mi interior la forma de expresar en voz alta lo que pasó después.

—Si eso es todo lo que puedes decir, está bien —dijo Savannah y fue evidente que interpretó bien mi silencio. Le di un beso en el pelo y luego miré sus ojos llorosos. Quería contarle, quería compartirlo con ella—. Nadie te está presionando a que digas más.

Exploré su rostro y luego pensé otra vez en mi pintura. *Tenía* que contarle, no quería que esa oscuridad estuviera en mi futuro. La verdad era que pensaba que ya se estaba apoderando de mí. Había llegado a creer que ese tipo de oscuridad actuaba de manera subrepticia, invadiendo lentamente un alma trozo a trozo, hasta consumirla sin que siquiera se diera cuenta, luego quedaba demasiado debilitada como para desprenderse de ella.

Me erguí y decidí que lucharía contra esa maldita cosa, no quería que me consumiera.

—Vimos los faros traseros de Cillian adelante y lo seguimos. Estaba muy preocupado por él porque su coche iba ganando cada vez mayor velocidad, virando bruscamente por la calle mientras se esforzaba por mantenerlo en línea recta. —Callé por un momento para quitarme el nudo que tenía en la garganta. Respiré y susurré—: Entonces lo vimos dirigirse a propósito contra un árbol enorme y sólido al dar una vuelta cerrada para salirse del camino. —Savannah inhaló con rapidez y yo me puse a temblar. Me estremecía tanto al regresar de golpe a ese momento, ya fuera que lo quisiera o no.

»Salté del auto de Stephan antes de que siquiera se detuviera y corrí a buscar a Cill. Corrí más rápido que nunca y, al llegar allí, forcé la puerta del lado del conductor y lo vi... —Sacudí la cabeza en un intento por librarme de la imagen—. Fue demasiado tarde, Sav. Ya había muerto. —Savannah me abrazó con más fuerza y me apretó contra su pecho. Me desmoroné, me ahogué en mis lágrimas hasta que el pecho me ardía y se me quemaban los pulmones a un grado que me dolía incluso respirar.

»No le encontraron drogas o alcohol en el organismo. Después descubrimos que deshabilitó la bolsa de aire antes de subirse al coche, Sav, y tampoco se puso el cinturón de seguridad. Se aseguró de no volver de lo que intentaba hacer. —Traté de aclararme la garganta, pero tenía la voz tan ronca que casi había desaparecido—. Lo saqué del coche... y lo puse en mis brazos. Sostuve su cuerpo destrozado hasta que llegaron los paramédicos y me obligaron a soltarlo.

Los sollozos que me carcomían el alma siguieron brotando, renovados y llevando consigo tanto peso como los anteriores.

—A veces lo sigo sintiendo en mis brazos, sigo sintiendo su cuerpo inerte contra mi pecho. Traté de volverlo a la vida, con reanimación cardiopulmonar y ruegos a Dios para que lo salvara, pero se había ido, Savannah. *Se fue*. Así de rápido... y yo lo vi.

—Aquí estoy —insistió Savannah mientras me deslizaba de la pared hacia el piso y ella me siguió también. Me abrazó en esa estancia bajo las estrellas, rodeados de las pinturas con los recuerdos de los muertos, y lo único que veía era a Cillian, así que la abracé más fuerte y le di la espalda al cuadro que me había reducido a este estado, luchando con todas mis fuerzas.

Me negué a permitirle que también me consumiera a mí.

Corazones rotos y recuerdos fragmentados

Savannah

El cuerpo grande y fuerte de Cael temblaba entre mis brazos y oré porque yo bastara para reconfortarlo, para sostenerlo mientras atravesaba por este momento. También lloré. Lloré mientras él recordaba lo que me había contado, por Cillian y también por Cael.

Lo había presenciado.

Él lo había encontrado.

Acunó a su hermano mayor entre sus brazos... No puedo imaginar el trauma que eso le dejó, las cicatrices que deben haber quedado impresas con fuego en su corazón roto. Lo mecí y no pude evitar regresar a la habitación de Poppy, a mi mano entre la suya cuando murió. Lo ingenua que fui al pensar que si no la soltaba, nada de eso sería real; que si me quedaba a su lado, sus ojos se abrirían y ocurriría un milagro.

Ella era tan devota en su fe en Dios que seguramente le concedería un milagro y la dejaría con todos nosotros. El cáncer desaparecería de su cuerpo y volvería a estar sana; viviría el resto de sus días con la gente que más amaba; vería nuestros cumpleaños, bodas y el nacimiento de nuestros hijos, y nosotros veríamos a los suyos; la veríamos casarse con Rune en el huerto de cerezos en flor que se habían convertido en sinónimo de ellos como pareja.

Sin embargo, ese milagro nunca llegó. Ahora sé que, en lo que se refiere a la muerte, rara vez ocurre.

Me abracé de Cael y dejé que se abrieran las compuertas. Me dolía el esternón a medida que mi pecho se agitaba por la pena. No creo haber llorado tanto en mi vida, siempre lo retuve, lo controlé; pero ver la forma en que Cael se desmoronaba, escuchar la historia de Cillian y de cuando Cael lo encontró, *verlo a él*, fue desgarrador para mí.

El interminable llanto de Cael mojó mi vestido, pero sentí cada una de esas lágrimas como una bendición. Había vivido con eso por tanto tiempo, tratando de ocultarlo con tatuajes y perforaciones, escuchando nuestras sesiones grupales con indiferencia y silencio forzados; incluso *yo* participaba, lo cual habría parecido imposible varias semanas antes.

Cael necesitaba esto.

Yo también necesitaba ver que lo enfrentara.

Pasé la mano entre su cabello oscuro. En algún momento de este viaje, mi corazón lo había buscado y se había unido con el suyo. Desde la muerte de Poppy, estaba tan aterrorizada de enamorarme de alguien, asustada ante la idea de perderlo también. Pero minuto a minuto en este viaje, había sentido un imán que nos atraía con tal potencia a Cael y a mí para que estuviéramos juntos, que era imposible de resistir. Compartimos el dolor que nunca entenderían las personas que no han pasado por esta experiencia.

Justo en este instante, con él tan desconsolado y vulnerable entre mis brazos, con el corazón que se me quebraba en su dolor compartido, llegué a la emocionante conclusión de que lo amaba, estaba total y absolutamente enamorada de este chico de Boston, que estaba hecho pedazos por la aflicción. Bañé de besos sus mejillas y su pelo, sus manos y dedos que estaban entrelazados con los míos.

—Estoy tan cansado, Savannah —me dijo con palabras exhaustas, dichas en voz baja, que me rompieron el corazón.

—Entonces, vámonos a dormir —le pedí y lo guie para que se pusiera de pie. Era tan alto y ancho de hombros, además de físicamente fuerte, pero todo en su caminar anunciaba a gritos que estaba hecho trizas, que estaba fracturado. Con su brazo sobre mis hombros, y con el mío alrededor de su cintura, caminamos de vuelta al piso donde estaban nuestras habitaciones. Al pasar junto a mi cuarto, la simple idea de dejarlo solo me provocó náuseas, y yo tampoco quería estar sola.

Cuando entramos al pasillo, Leo nos esperaba y nos detuvimos al verlo.

—¿Cómo estás, Cael? —preguntó y tuve la sensación de que lo había mantenido vigilado todo este tiempo; de hecho, estaba segura de que era así.

—Agotado —respondió Cael, que se deslizó entre mis brazos.

Levanté la vista hacia Leo y vi la tristeza en su rostro.

—Por favor —le supliqué en voz baja—. Por favor… déjame quedarme con él.

—Savannah… —respondió Leo y negó con la cabeza.

—No pasará nada, te lo prometo. Dormiremos sobre la colcha. Por favor… Solo quiero estar junto a él —dije, con un ruego en mi mirada. No podía dejarlo solo, mi corazón no me lo permitiría. «Está tan destrozado», intenté trasmitirle en silencio a Leo. «Se acababa de abrir conmigo y me lo contó todo. Está demasiado herido y vulnerable como para quedarse solo esta noche».

Leo regresó a su habitación y después volvió con una silla, que puso afuera del cuarto de Cael.

—La puerta se queda abierta y estaré checándolos con frecuencia —respondió—. *No* traicionen mi confianza.

—No lo haremos —susurré y el alivio que me trajo el permiso de Leo fue abrumador. Sostuve con más fuerza la mano de Cael y lo ayudé a entrar a la habitación, pero dejé abierta la puerta. En la mirada de desolación de Cael brotó una intensa y evidente gratitud. Supe que hice lo correcto, porque la pena duele más cuando estás solo.

Lo acompañé hasta la cama, completamente vestido, y Cael me abrazó, aplastándome contra su pecho como si fuera lo único que lo anclara a la esperanza. Yo le devolví el abrazo y simplemente inhalé su perfume a sal de mar. Me besó en la coronilla y soltó un largo suspiro de derrota.

—Gracias —exclamó y sus palabras llenaron todo el cuarto de hotel.

—No tienes nada que agradecerme —respondí y me acurruqué más cerca. Era cierto: esto era lo que hacíamos por aquellos que amamos: nos abrazamos en la oscuridad.

—No era una mala persona —dijo finalmente y estuvo a punto de romperme el corazón.

—Por supuesto que no lo era —respondí con firmeza y me incorporé recargada sobre el codo. Pasé las puntas de los dedos sobre su rostro y vi que tenía los ojos inyectados de sangre por el llanto, y la piel pálida, aunque también llena de manchas por las lágrimas.

—Solo es que estaba triste —dijo, casi más para sí mismo que para mí—. Solo estaba demasiado triste como para seguir adelante. —Parpadeó y de sus ojos volvieron a escapar las lágrimas—. No fue un cobarde. —Mi corazón se hizo añicos—. Era fuerte y valiente, y fue la mejor persona que haya conocido jamás.

—No pudo estar más lejos de ser un cobarde —hice eco de su sentir—. Fue fuerte hasta el final y nunca creas lo contrario.

Cael asintió, como si hubiera necesitado con desesperación escuchar eso. Entonces tomó mi mano.

—¿Cómo era Poppy?

Ramas de amor empezaron a crecer dentro de mí, eliminando la tristeza. Sonreí, aunque mis labios apenas se movieron. La extrañaba tanto.

—Era cariñosa —dije en voz baja y le apreté más la mano—. Era hermosa y también muy alentadora.

Me tragué las emociones desgarradoras que amenazaban con apropiarse de mis palabras. Por primera vez en mucho tiempo, *quería* hablar de Poppy y de lo maravillosa que era.

—Me alentó más que nadie en mi vida. Fue mi ancla, la persona que me ayudó a salir del caparazón en el que me escondía por naturaleza. —Reí cuando recordé a Ida—. Mi hermana menor, Ida, también es así. —Sentí que el estómago me daba un vuelco—, pero en realidad no le he permitido entrar desde que murió Poppy. —Las lágrimas empezaron a acumularse en mis ojos—. No he sido la hermana mayor para ella que fue Poppy para nosotras dos.

—Has estado sufriendo —dijo Cael y pasó uno de sus dedos de un extremo al otro de mi mejilla y de regreso.

—También ella —contesté y la veracidad de ese hecho me colmó de una sensación de culpa—. Fue Ida quien me persuadió a venir. —Miré a Cael a los ojos—. La verdad es que no he sido la misma desde la muerte de Poppy.

Un pensamiento que siempre mantuve en secreto gritaba por escapar. Cael me observó con detenimiento, como si supiera que también yo quería decir algo. Le besé la mano y pasé los dedos sobre los tatuajes de sus nudillos.

—A veces —mi respiración se volvió superficial y temblorosa—, a veces pienso que yo debería ser la que murió. —Mi corazón empezó a latir con gran velocidad al compartir esas palabras ocultas—. Poppy estaba tan llena de vida, tenía a Rune y se habrían casado, juntos hubieran tenido la vida más hermosa, eran verdaderas almas gemelas. —Volteé a echar un vistazo por toda la habitación porque Leo escuchaba cada una de nuestras palabras, pero no me importó. Quizá había llegado la hora de compartirlo también con él—. Ida es como Poppy, son tan enérgicas, y estar con ella significa quedar bañada de felicidad y esperanza. Yo... —dejé la idea incompleta—. Soy silenciosa y reservada. —Mi respiración vaciló—. El mundo hubiera seguido sin mí, no habría causado grandes consecuencias de dolor o sensación de injusticia si me hubiera ido apagando poco a poco, de manera tan callada como viví. Nadie se habría visto realmente afectado si yo hubiera sido víctima de la enfermedad.

—Yo sí —respondió Cael y su voz ya no era débil, sino audaz y tan llena de convicción que no pude evitar más que mirarlo. Lo decía totalmente en serio y pude verlo en la profundidad de sus ojos azules con tonos plateados—. Eso hubiera afectado mi mundo, Savannah, hubiera deambulado por la vida preguntándome por qué tenía un repentino dolor en el corazón. Mi vida hubiera quedado insatisfecha porque tú nunca habrías entrado en ella, como siempre se supuso que ocurriera.

—Cael... —dije, ahogada de emoción, y él se inclinó para besarme. Su mano tocó mi mejilla y sus dedos se entrelazaron con mi pelo. Le devolví el beso e intenté absorber todo lo que me dijo. Sentía henchido el corazón gracias a sus palabras y le regresé ese sentir. Cael entró en mi vida y combinó su alma con la mía, dos corazones que compartían una válvula. Era embriagador y abrumador, pero también era una sensación dichosa y casi insoportable.

Se echó atrás y juntó su frente con la mía.

—Por siempre sentiría que me faltabas, Duraznos, y habría buscado en cada rincón de la Tierra, y más allá, para tratar de encontrarte. —Se inclinó hacia atrás apenas unos centímetros para mirarme a los ojos y susurró—: Te amo, Savannah Litchfield. Estoy tan malditamente enamorado de ti.

El corazón me estalló como un cañón y esas mariposas que parecían estar solamente vinculadas con la voz de Cael revolotearon y abrieron tanto las alas que podía sentirlas en las puntas de mis dedos.

—Yo también te amo —respondí, sin duda alguna en mi corazón, que estaba colmado hasta los bordes con Cael. Estaba en mi médula y en mi sangre, en cada una de mis células. La sonrisa que se extendió por su rostro fue cegadora y entonces me besó tan suave y completamente que me pregunté cómo podríamos respirar.

Me envolvió entre sus brazos, donde cabía a la perfección, como si el universo nos hubiera hecho para encajar uno en el otro. Sostuvo nuestras manos unidas entre nuestros cuerpos y empezó a juguetear con mis dedos. Una profunda caverna se abrió dentro de mí. ¿Así es como se había sentido Poppy por Rune? ¿Así es como Rune se sintió por ella en respuesta? En ese caso, ¿cómo lograron sobrevivirlo? ¿Cómo se las había arreglado Rune para seguir adelante cuando le quitaron a su compañera del alma?

—Traté de convencerme de que fue un gran error —dijo Cael, sin nunca quitar los ojos de nuestros dedos que se movían—. Intenté convencerme de que fue un accidente y que Cillian no eligió abandonarnos. —Pasó saliva y esperé con paciencia a que continuara—. Pero, al regresar a casa esa noche, entre en mi habitación y vi un viejo boleto de los Bruins sobre mi escritorio, ese fue el primer juego al que fuimos juntos cuando niños y yo lo había fijado a la pared con una tachuela después de que volvimos, como un recuerdo que quise atesorar para siempre. —Mi pulso se aceleró cada vez más rápido—. Escribió siete palabras en la parte posterior. —Por un breve instante, la aflicción le robó el habla antes de que se aclarara la garganta—: «Ya no puedo aguantarlo más. Lo lamento».

Cuando esas palabras flotaron en el aire entre nosotros, quise tomarlas para agarrarlas en la palma de mi mano. *Irradiaban* dolor. Emitían tanta tristeza que las lágrimas rodaron por mis mejillas.

Abracé a Cael para acercarlo y puse nuestras manos unidas sobre mi pecho, sobre mi corazón, y las acuné.

—Todavía tengo el boleto, Sav, en mi cartera. Lo llevo conmigo siempre, pero no lo he mirado desde esa noche. —Cael sonaba agotado—. Cuando las leí, supe que lo que sospechaban la policía y los paramédicos era cierto, que lo que *vi* con mis propios ojos era verdad: se había quitado la vida.

—Lo siento tanto —respondí, y esas palabras sonaron más que inadecuadas.

—No puedo obligarme a verlas otra vez, Sav. —Cael sonaba tan torturado.

—Una vez me dijiste que no había un tiempo preestablecido para el duelo y necesitas concederte también esa verdad —respondí y le besé la mejilla, rozando mi nariz contra la suya.

—Te amo —me dijo y sus párpados empezaron a cerrarse por el agotamiento.

—Yo también te amo —le susurré, invitando al silencio de la noche.

Cael me besó la frente, y un suspiro profundo y exhausto brotó de sus labios. Volteó hacia la puerta abierta y sus hombros perdieron cualquier tensión que les quedara. Era obvio que en este momento también le contó a Leo todo eso, a sabiendas de que lo escuchaba, eso era un progreso.

Cael volteó de nuevo hacia mí, con los párpados pesados de sueño, y en unos cuantos minutos, ya estaba dormido. Sin embargo, lo único en lo que yo podía pensar era en Cillian y por mi mente pasó la idea de que Cael lo hubiera encontrado, lo hubiera visto. Luego recordé a Poppy y lo pacífica que fue su muerte. En ese momento cobré conciencia de algo: lo especial que fue ese momento, cómo su muerte fue realmente especial.

Miré a Cael sobre la cama, dormido. Era tan guapo, tan cariñoso y bello. Y me amaba. Cael Woods *me amaba*, y yo también a él. Me acurruqué contra su pecho y me quedé dormida en los brazos del chico al que adoraba.

Savannah
Distrito de Agra
India

—Guau —murmuró Lili a mi lado, y esa simple expresión reflejaba cómo me sentía por dentro: deslumbrada por la magnitud del imponente edificio, el mismo que había visto miles de veces por televisión y en los libros, y ahora estaba parada frente a él.

Parecía un sueño.

El sol matutino bañaba el blanco mármol con un brillo naranja quemado.

La mano de Cael se aferró a la mía a medida que la enorme maravilla se erguía frente a nosotros.

—El Taj Mahal —dijo Fatima, nuestra guía—, se construyó para honrar a un gran amor perdido. —La piel se me puso de gallina—. El Sha Jahan lo construyó en honor a la esposa que adoraba. Mumtaz Mahal murió por un parto en 1631 y el Sha Jahan quedó desconsolado. Ella fue todo su mundo y murió, así que quiso inmortalizar a la mujer que fue una constante a su lado, de modo que construyó esta tumba para mostrarle al mundo cuánto la quería.

Fatima volteó hacia todos nosotros.

—El Taj Mahal se convirtió en una de las siete maravillas del mundo. En efecto, es por su asombrosa arquitectura, pero también porque, en la vida, todos experimentamos la pérdida y todos les rendiremos honores a nuestros seres queridos de alguna manera personal. —Sonrió—. El Taj Mahal es un sitio donde la belleza se encuentra con la muerte, donde la pérdida se une a la eternidad, donde la muerte se encuentra con honrar a quien se fue. En verdad es una maravilla de contemplar.

A medida que recorríamos el famoso edificio, Fatima nos habló de los domos y de la historia de cómo se construyó.

—El mármol blanco se usó específicamente para que la luz cambie la tonalidad de la tumba a lo largo del día. El amanecer la tiñe con una sinfonía visual de anaranjados y rojos, en tanto que la noche crea una obra maestra de azules y platas bajo la luz de la luna. Toda la belleza natural del mundo está encapsulada en un solo día.

»Si gustan seguirme —nos indicó Fatima y nos guio al interior de la tumba. La decoración, los detalles y la riqueza que se había vertido en la edificación eran perfectos. Luego estaban los jardines, con fuentes y elegante vegetación, que convertían el paisaje en un jardín del Edén. Lo único que pensé al atravesar cada centímetro de este vasto monumento fue en cuánto debe haber amado el Sha Jahan a su esposa. Como nuestras pinturas en Goa, esta era una representación tangible de lo que ella significó para él. Había logrado que el mundo entero conociera a la mujer que adoró.

El poder de su amor lo había logrado y eso era casi demasiado para comprenderlo.

Llenos de asombro, rodeamos este testamento viviente a las almas gemelas, con los cuellos doliéndonos por tantas cosas que había que ver. Durante todo ese tiempo, Cael me sostuvo la mano. El chico al que amaba me tuvo cerca mientras recorríamos un edificio donde cada trozo de mármol y piedra pulsaban con amor. Una sensación de alegría se asentó sobre mí.

Después de caminar durante horas, vimos caer la noche y cómo el Taj Mahal absorbía la tonalidad azul plata de la luna. No pasé por alto que era del color exacto de los ojos de Cael. Ya de vuelta en el hotel, durante la cena de esa noche, Mia habló con nosotros.

—Los trajimos aquí en una breve parada técnica en nuestro viaje hacia nuestro próximo destino para hablar de cómo honramos a nuestros muertos. —Nos brindó una sonrisa alentadora—. Una enorme parte de afrontar la pérdida consiste en tratar de encontrar los aspectos positivos, aunque nos parezcan pocos y muy separados entre sí. Sin embargo, poner su energía en recordar con afecto a la persona o personas que perdimos es sano: es un progreso. Muchas religiones y culturas tienen ceremonias y festivales donde lo hacen, pero también es importante honrar a sus seres queridos de manera personal, a su propio modo.

—¿Alguien quiere tocar el tema de cómo se les rinden honores o, quizá, cómo planean honrar a sus seres queridos? —preguntó Leo.

Estábamos cenando los platillos locales de curry con pan naan y arroz, hechos con especias que nunca había probado. Esta no era como una sesión típica, se sentía relajada y reconfortante, como un grupo de amigos que comparten la comida y los sentimientos.

—Nosotros celebramos *shiva* —comentó Lili, mientas dejaba de comer—. Es una tradición judía donde la familia inmediata del fallecido guarda un periodo de siete días de luto después de enterrar a la persona o personas que perdimos. Es un tiempo para enfrentar la pérdida inicial, para luego recordarlos con afecto y aceptar la muerte —concluyó con una sonrisa—. A mí me ayudó. Lo hice junto con mis abuelos, mis tías y tíos, que fueron los que me sostuvieron cuando me estaba derrumbando.

—Eso es hermoso —comentó Mia.

—Nosotros tenemos el Día de Muertos —dijo Jade—. Soy mexicana y esa es una de nuestras principales tradiciones. Es una celebración gozosa para aquellos a los que perdimos. Los recordamos con afecto y celebramos la vida que vivieron. Se supone que sea inspiradora y sí lo es. Ayuda a quitar el dolor del duelo y lo convierte en una celebración de la vida de las personas que más amamos. Es una de mis festividades favoritas.

—Algún día me gustaría vivirla —señaló Lili y abrazó a Jade.

Se estaban volviendo amigas con gran rapidez y mi esperanza era que se apoyaran una a la otra después de que terminara este viaje. Ya me estaba dando cuenta de que tener gente con la cual hablar, que hubiera recorrido el mismo trayecto pedregoso del duelo como yo, era inconmensurable. Simplemente te entendían, no tenías que explicarles que te faltaba una parte de tu alma, porque a ellos también.

—Yo hice una recaudación de fondos para colocar una placa memorial en nuestro pueblo —dijo Travis—. Un sitio donde mis amigos y compañeros de clase siempre serán recordados. Un lugar al que nosotros, los que los perdimos, podemos ir y simplemente sentirlos de nuevo a nuestro lado.

—Qué hermosa idea —comentó Leo.

Mi corazón empezó a latir más rápido. Todavía no había logrado del todo compartir mis pensamientos, pero dije:

—Yo voy a ir a los cursos preuniversitarios de medicina en Harvard. —Cael volteó a mirarme y me di cuenta del interés que se reflejaba en su rostro—. Mi hermana, Poppy, murió por linfoma de Hodgkin, tenía diecisiete años, y mi sueño es convertirme en oncóloga pediátrica. —Miré directo a los ojos de Cael—. Quiero ayudar a los niños como ella y quiero honrar su memoria ayudando a derrotar o tratar esta enfermedad de cualquier manera que pueda. —Tragué para pasarme el nudo que se formó en mi garganta—. O incluso ayudar a quienes no puedan salvarse, para que mueran sin dolor y de la forma más digna posible.

—Mi amor —exclamó Cael y me besó en los labios. Desde la noche en que me contó sobre su hermano nos volvimos todavía más inseparables, como si aquello nos hubiera fundido permanentemente, dos mitades de un alma que recupera su naturaleza íntegra. Nos dábamos apoyo para atravesar nuestro dolor, hablábamos de lo que fuera que nos venía a la mente, a veces de nuestros hermanos, pero en otras lo hacíamos acerca de cualquier cantidad de cosas diferentes. Incluso me habló de su amor por el *hockey*, lo cual supe que fue un enorme paso para él. Nunca se me había ocurrido decirle que quería ir a la universidad.

—Esa es una forma muy noble de honrar a Poppy, Savannah —dijo Mia y sentí que me ardían las mejillas ante su felicitación.

—Cael —lo llamó Leo, y su mano se puso rígida en la mía. Nunca participaba en las sesiones. Aunque le estaba yendo mejor y hablaba con Leo en sus sesiones individuales, todavía había una nube oscura que flotaba sobre su cabeza. Me preocupaba mucho por él. Todos nuestros viajes por el duelo eran como subir a una montaña rusa, pero percibía que, para él, era más tumultuoso que para la mayoría.

Cael guardó silencio como siempre y Leo se dirigió entonces a Dylan; sin embargo, en ese momento Cael dijo con voz rasposa:

—Yo quería seguir jugando *hockey* como era nuestro propósito hacer juntos. En su honor, pero… —no pudo terminar y negó con la cabeza, que era una señal clara de que había terminado.

Sin embargo, sí habló. Contribuyó al grupo y habló de su hermano con los demás. Estaba tan orgullosa de él que podría haber explotado.

—Un día a la vez, hijo —indicó Leo y detecté la emoción que se reflejaba también en su voz.

Me incliné hacia Cael y le dije:

—Estoy tan orgullosa de ti. Te amo.

Cael me rodeó el hombro con su brazo y me acercó a él. Sentí que tenía un leve temblor en el cuerpo, pero no lo mencioné. Admitir eso le había costado mucho y sin embargo *lo hizo*.

—¿Dylan? —lo llamó Mia y se hizo el silencio a mi lado. Mi amigo sacudió la cabeza y yo le fruncí el ceño. Por lo común, Dylan era franco acerca de haber perdido a José, pero entonces pensé en lo que Cael decía de su hermano, que ocultaba su dolor entre carcajadas y grandes sonrisas. Me pregunté si Dylan era igual.

Una llamarada de pánico se encendió en mi corazón por mi amigo. No mucho después, cuando nos separamos para irnos a dormir, Cael me acompañó a mi habitación y entonces vi que Dylan estaba en el patio del hotel, mirando una escultura conceptual de mármol al centro de una gigantesca fuente. Estaba solo e inclinado hacia el frente, como si llevara sobre los hombros todo el peso del mundo.

Volteé hacia Cael.

—Me despediré aquí. —Cael miró por encima de mi cabeza y también debe haber detectado que Dylan parecía destrozado.

—Está bien —respondió y me dio un beso—. Buenas noche, Duraznos. —Se alejó y yo caminé por el sendero de piedra hacia donde estaba sentado Dylan, que levantó la cabeza cuando me senté a su lado. El sonido del agua en la fuente era reconfortante y las aves nocturnas cantaban desde los árboles circundantes, proporcionando un fondo musical paradisíaco en la brisa templada.

—¿Estás bien? —le pregunté, y Dylan se reclinó contra el respaldo de la banca. Su mirada se enfocó en la fuente, pero me di cuenta por el aspecto vidrioso de sus ojos que estaba perdido en sus pensamientos. Coloqué mi mano sobre la suya y él inclinó la cabeza hacia abajo, en esa dirección. Pasaron un par de minutos hasta que respondió.

—José no solo era mi mejor amigo. —Su voz apenas era audible, pero la oí y pude detectar el dolor grabado en cada una de sus palabras.

Permanecí en silencio para que pudiera hablar sin interrupciones. Dylan suspiró y después lanzó una exhalación temblorosa. Inclinó la cabeza hacia atrás y por el rabillo de uno de sus ojos brotó una lágrima—. Tuve que presenciar cuando lo enterraron y que toda la gente en su funeral creyera que solo era mi mejor amigo. —Al fin volteó hacia mí con sus ojos ambarinos llenos de aflicción—. La verdad, Sav, es que fue mi todo. —Su labio tembló y tomé su mano entre la mía para demostrarle sin palabras que me podía contar lo que fuera, nunca traicionaría su confianza.

»Nos conocimos en la primaria —continuó y la comisura de sus labios se elevó ante el recuerdo cariñoso—. De inmediato nos hicimos amigos, éramos inseparables. Vivíamos en la misma calle y nuestras familias también se hicieron amigas. Era perfecto. —Hizo una pausa y su mano apretó la mía.

»Cuando llegamos a la prepa, me odiaba a mí mismo porque, en algún momento de mi vida, o tal vez desde el principio, me enamoré sin remedio de él. —Quise envolver a Dylan entre mis brazos, pero también necesitaba darle tiempo para contar este secreto que llevaba enterrado profundamente—. Tuve miedo de dejar que se diera cuenta y cuidé cada uno de mis movimientos cuando estaba con él, por si lo tocaba por demasiado tiempo o por si notaba que yo pensaba que era hermoso. —Dylan apagó una risa—. Por supuesto, me confrontó. Me preguntó por qué me portaba tan raro. Así era José: con una franqueza que rayaba en el salvajismo. —Se encogió de hombros—. Traté de evitar sus incesantes preguntas hasta que ya no pude aguantarme y le confesé que lo amaba.

Sonreí cuando Dylan lo dijo.

—Resulta que también me amaba. Los dos sabíamos que nuestras familias no lo aprobarían, así que nos lo reservamos. Nos amamos en secreto e hicimos planes de dejar nuestra ciudad cuando fuéramos mayores para poder estar juntos sin vergüenza. —Dylan me miró a los ojos—. Nunca me sentí avergonzado de nuestro amor, Sav, porque él fue la mejor persona en el mundo y, cuando murió, maldije al universo por arrancarlo de mi vida antes de que tuviéramos la oportunidad de amarnos de manera libre y abierta. Estar en su velorio y escuchar que todos me decían lo buen *amigo* que fui para él. —Dylan apretó las mandíbulas—. Quise gritarles y decirles que era mi alma gemela y que nos amábamos tanto que a veces el corazón me dolía si estábamos separados, aunque fuera por unos cuantos minutos.

Dylan se puso más sombrío y supe que, sin importar lo que estuviera a punto de decir, lo partiría en dos.

—Una mañana totalmente normal, lo atropelló un coche al cruzar la calle, un conductor ebrio. José murió más tarde ese día en el hospital a causa de sus heridas, y a mí no me dejaron estar en la habitación porque no era su familiar. —La voz se le quebró—. Pero *sí* era mi familia. Era todo mi mundo y yo era el suyo.

La respiración se le trabó cuando hizo el intento de ahogar sus lágrimas.

—Cuando me dijeron que se fue, tuve que fingir que no se había llevado todo mi corazón con él. Tuve que decirle a la gente que perdí a mi mejor amigo, no a mi *novio*. Aunque «novio» nunca pareció bastar como descripción de lo que fue para mí. Era mi razón para respirar y he tenido que llorarlo en silencio desde entonces. En privado. Es insoportable.

Empezó a llorar y eso liberó la pena secreta que lo había estado carcomiendo. Entonces volteó hacia mí.

—Eres la primera persona a la que se lo he contado alguna vez.

—Me siento honrada por ello —respondí y esta vez sí lo rodeé con mis brazos. Él se dejó caer por su propia voluntad, esperando únicamente que alguien lo atrapara. No podía imaginar la necesidad de tener que ocultar así tu duelo. Lo injusta que era la vida a veces, y que Dylan y José hubieran tenido que esconder su amor por miedo a la desaprobación o a algo peor. La manera en que tuvo que esconder quién fue José en realidad para él cuando quería gritarlo a los cuatro vientos.

—Lo lamento mucho, Dylan —respondí y él asintió contra mi hombro. El sonido del agua nos envolvió en un capullo.

Dylan se hizo hacia atrás y se limpió las lágrimas.

—Cuando hoy en la noche estuvimos hablando de cómo honrar a nuestros seres queridos que ya se fueron, no pude participar.

¿Cómo podría hacerlo? No hay nadie que haya sabido alguna vez de nosotros y estoy aterrorizado de decirlo en voz alta.

—Ahora sí tienes a alguien —respondí y Dylan frunció las cejas porque no entendió—. Compartiste tu verdad conmigo, le dijiste a alguien que lo amabas como pareja y te aligeraste del peso de ese secreto, y, al mismo tiempo, también se lo aligeraste a José.

Un destello de alivio cruzó brevemente por el atractivo rostro de Dylan.

—No estoy listo todavía para salir del clóset —dijo con tristeza—. Mi familia… no lo va a aceptar. No me aceptarán y, en este momento, ellos son todo lo que tengo, no puedo perderlos también.

Pensé en lo que Cael me dijo acerca de que el duelo no tiene un tiempo preestablecido. Nunca he estado en los zapatos de Dylan y jamás podría entender el nivel de sus dificultades, pero pensé que el consejo quizá fuera algo que pudiera relacionarse con su situación.

—No tengo ninguna experiencia en esto, Dylan, y no estoy segura de tener alguna cosa que decirte que valga la pena, pero lo que sí sé es que, cuando reveles tu sexualidad, si alguna vez eliges hacerlo, será en tus propios términos, cuando estés listo. —Dylan me apretó la mano y le pedí a Dios que le estuviera diciendo lo correcto—. Si nunca le cuentas a nadie aparte de mí quién fue José para ti, creo que eso también está bien. Este es tu viaje, Dylan, tu vida, solo te debes a ti mismo cómo decidas vivirla.

—Gracias —respondió y regresó la mirada hacia la fuente. Su rostro se arrugó como si algo le doliera físicamente—. Lo extraño, Sav. Lo extraño tanto que algunos días no sé si seré capaz de sobrevivir.

Enlacé su brazo contra mi cuerpo para acercarlo a mí.

—Mi hermana Poppy —dije y calmé mis nervios—. Ella tuvo un amor de infancia cuando murió. Se llama Rune y fueron como tú y José, mejores amigos que se convirtieron en novios.

—Pasé saliva para eliminar el nudo que tenía en la garganta—. Cuando ella murió, Rune quedó totalmente destrozado.

—¿Cómo se siente ahora? —me preguntó.

Recordé a Rune cuando visitaba la tumba de mi hermana y las lágrimas que derramaba. Cómo le hablaba como si ella estuviera sentada justo a su lado, y pensé en todas las fotografías que colocaba en su tumba de los lugares a los que había viajado solo. Me di cuenta de que lo hacía en su honor, estaba viviendo por ambos y compartiendo sus experiencias con la chica a la que más amó a través de las fotografías que tanto apreciaba, que ella también adoraba.

—¿Sav? —Dylan llamó mi atención y me sacó de mis pensamientos.

—Lo siento —dije con voz gruesa por el sentimiento—. Está bien, Dyl. La extraña todos los días, pero está en la universidad y hace lo que le encanta hacer con su vida. —Dylan estaba concentrado en cada una de mis palabras—. No creo que haya encontrado a nadie más. Yo… —me detuve.

—¿Qué? —insistió y yo suspiré.

—No estoy segura de que algún día lo haga. —Dylan asintió como si entendiera—. Creo que, al igual que tú, siente que le falta la mitad de su corazón y de su alma. —Sacudí la cabeza—. En realidad, no he hablado con él a profundidad sobre ello. —El estómago me dio un vuelco—. *Debí* haberlo hecho, preguntado cómo estaba y hablado con él sobre sus sentimientos y de sí estaba, está, bien.

Levanté la vista hacia mi amigo.

—Estaré contigo cuando me necesites, aunque sea solo para platicar o hablar de José como tú lo recuerdas. Estoy aquí.

—Gracias —respondió con voz áspera y me quedé sentada a su lado en el patio durante el siguiente par de horas, mirando a la fuente, mientras que Dylan se fue enderezando con lentitud en su asiento y pareció un poco aliviado por haber dicho su verdad en voz alta.

Estaba tan orgullosa de él. Recé porque él también se sintiera orgulloso de sí mismo.

Supe que José lo habría estado y tuve la esperanza de que, sin importar cómo fuera el otro mundo, le estuviera sonriendo con orgullo al amor de su vida.

Profunda oscuridad y luz cegadora

CAEL
VARANASI, INDIA

Había gente por todas partes. Cada uno de los callejones estrechos y retorcidos por los que caminábamos se iba llenado gradualmente con multitudes más grandes. El aroma de especias y té impregnaba el aire al pasar junto a los puestos que vendían alimentos y bebidas en las aceras.

En Varanasi, todo estaba al aire libre y era casi abrumador para los sentidos, además de que la ciudad estaba llena de tantas cosas diferentes para ver y absorber que mi mente daba vueltas. Había peluqueros que le cortaban el cabello a la gente para propósitos religiosos. Cuadros en colores brillantes que representaban dioses hindúes decoraban la ciudad, que era ajetreada, ruidosa y llena de lo que solo podría describirse como *vida*.

Savannah me sostenía la mano con fuerza mientras zigzagueábamos por los callejones detrás de Mia y Leo, a medida que nos acercábamos al río por el que Varanasi era famosa: el Ganges. Nuestro guía, Kabir, ya nos había contado sobre ese río. La creencia en la cultura hindú es que tiene propiedades curativas.

Los peregrinos, que viajaban una vez en la vida hacia el Ganges, se sumergían en él para que las aguas limpiaran sus impurezas y pecados. Asimismo, el agua que fluía entre los dedos de una persona también representaba una forma de recordar a sus ancestros: los muertos. Sentí que mi pecho se encogió cuando Kabir mencionó eso.

Era temprano, y el sol apenas había salido cuando llegamos al Assi Ghat, un amplio tramo de escalinatas junto a la ribera del Ganges. En cuanto llegamos a la cima de la escalinata, me detuve ante la escena que tenía frente a mí: risas brotaban de la masa de gente congregada en el río, personas de todas las edades, desde ancianos hasta recién nacidos, sacaban agua y se la vertían encima, dejando que volviera al río.

Una sensación de asombro me invadió. Escuchar sus risas y verlos vivir el momento, creyendo que el agua purgaba sus pecados, fue un recuerdo que supe que nunca desaparecería.

—Para muchos, este instante —dijo Kabir— será uno de los momentos destacados de su vida. —Nuestro guía sonrió hacia los niños que se salpicaban y yo jalé a Savannah para acercarla a mí.

Este lugar tenía algo que parecía tranquilizarme. Kabir nos explicó cuando llegamos que esta ciudad era conocida como el sitio donde la vida se encontraba con la muerte. Un lugar sumamente espiritual, sagrado para los creyentes de la religión hindú, y eso se podía sentir. Era posible percibir la felicidad, tanto de los peregrinos como de los turistas, pero también sentías el pesado manto de la muerte flotando sobre todos nosotros. Como si cada etapa de la vida se arremolinara dentro de una enorme olla y burbujeara alrededor.

Levanté la vista para mirar las escalinatas al fondo, hacia la fila ochenta y tantos, junto a la rivera, eran las escalinatas de la cremación. Durante veinticuatro horas al día, los cadáveres de los muertos se incineraban allí y sus cenizas se arrojaban al Ganges para purificarlas en la muerte. Kabir nos explicó que una de las creencias de los hindúes era que, si una persona moría en Varanasi o traían su cuerpo a la ciudad para incinerarlo, podía liberarse del ciclo de reencarnación y alcanzar el nirvana.

Debido a eso, la ciudad siempre estaba llena de personas que querían darles a sus familiares muertos el mayor de los regalos: el eterno paraíso.

Miré esas escalinatas a la distancia y sentí un dolor agudo en el pecho. Me hubiera encantado darle a Cillian algo como esto, un trozo de paz en el cielo después del infierno en el que vivió en secreto. Las escalinatas de la cremación nunca se detenían y las cenizas de las chimeneas flotaban en el aire. Kabir nos dijo que Varanasi era una ciudad en la que la vida y la muerte eran estados entrelazados del ser. No se ocultaban detrás de las puertas, ni se mantenían en privado, sino que se vivían en público para que todos los vieran.

Savannah había permanecido en silencio desde que llegamos, al igual que la mayoría dentro del grupo. Era un sitio embriagador y podía ser confuso para aquellos que no practicábamos esta fe ni vivíamos en esta cultura, pero estábamos decididos a aprender. Leo y Mia nos dijeron que esta parte del viaje se refería a la mortalidad. Goa y el Distrito de Agra nos habían introducido lentamente en este concepto, en un proceso que, según dijeron los terapeutas, se conocía como desensibilización sistemática. Varanasi representaba entrar de lleno a él y pude sentirlo con la incomodidad de la muerte que ensombrecía cada uno de nuestros movimientos.

Nos sentamos en los escalones y miramos a las personas dentro de las aguas, estaban eufóricas.

—Es una visión tan hermosa —comentó Savannah, que iba vestida con anchos pantalones rosas y una camisa blanca suelta—. Presenciar cómo experimentan este momento las personas, con una fe tan inalterable. —Sonrió de un modo que llegué a identificar como la sonrisa de Poppy, que era cuando recordaba con cariño a su hermana, esta se presentaba de manera cada vez más frecuente desde que estuvimos en Agra. También tenía una mirada desolada, que de igual manera llegué a identificar, cuando sus pensamientos sobre su hermana no eran tan tranquilos, y me alegró notar que ese gesto se volvía menos frecuente.

»Poppy tenía mucha fe en un ser supremo. —Señaló a una mujer que se sumergía con delicadeza en el río hasta cubrirse por completo, demostrándole a las aguas el mayor de sus respetos—. Es como un bautismo.

Entonces Savannah me miró.

—Aunque no compartas esas creencias —dijo—, ¿cómo podrías ver una escena como esta y no llenarte de una sensación de calma y paz? ¿Cómo no podrías dejarte llevar por la dicha y serenidad que le proporciona este ritual a la gente? Es un instante monumental en su viaje espiritual, es increíble.

Había un hombre mayor hacia la derecha, solo y orando. Una pareja de jóvenes se tomaba de las manos al sumergirse juntos en el río. Mi corazón se detuvo por una fracción de segundos cuando emergieron y se miraron con tal amor que casi era demasiado como para presenciarlo.

—Nunca había visto nada como eso —exclamé y los seguí observando. Miramos la escena hasta que el sol se elevó al cénit y la escalinata en la que estábamos sentados se llenó de tanta gente que era imposible quedarnos allí.

Mientras regresábamos al hotel, me detuve cuando una procesión se acercó a pie. El alma se me fue a los pies al darme cuenta de lo que tenía enfrente; Kabir ya nos había advertido que estuviéramos preparados.

Era una familia que llevaba a uno de sus miembros, ya fallecido, en una especie de camastro. La persona iba envuelta en una sábana blanca y la cargaban en dirección a la escalinata de cremación. Me conmocionó tanto verlo de cerca que se me trabó el cuerpo, y los recuerdos de haber sostenido en mis brazos a Cillian se apoderaron de mí, negándose a abandonarme. Sentí que se me cerraba el pecho y que el corazón me empezaba a latir de manera desordenada. Eso se volvió todavía peor cuando la mano de Savannah se estremeció de pronto y, al mirar hacia ella, la vi caer en estado de pánico, con el rostro pálido y la respiración agitada.

—Sav —le dije con voz rasposa. Intentaba estar allí para apoyarla, pero no podía quitarme a Cill de la mente. Sentí que, si miraba hacia abajo, lo vería en mis brazos… muerto. Savannah se tropezó cuando la ansiedad asumió todo el control de su cuerpo, y su rostro atemorizado bastó para ponerme en movimiento. Me paré frente a ella para bloquear la vista.

La procesión se alejó y entonces tomé sus mejillas entre mis manos, y le dije:

—Concéntrate en mí, Duraznos. —Así lo hizo y allí, en medio del callejón, con las personas que empujaban para pasar, le pedí—: Respira contando hasta ocho. —Mi voz era débil a causa de mis propios pensamientos, pero tenía que lograr que superara ese estado. Lo había estado haciendo tan bien, pero así era el proceso de duelo. Un detonador y todo aquello por lo que nos habíamos esforzado parecía disiparse como el polvo y recaíamos varios escalones—. Sostén la respiración hasta contar hasta cuatro. Siente y escucha cómo van disminuyendo tus latidos. —Savannah siguió mis indicaciones, pero su atención se desvió de nuevo hacia el callejón, abrió mucho los ojos y su respiración se aceleró. Volteé a ver lo que ella miraba y detecté que otra familia iba en procesión, cargando a su familiar hacia la cremación. Un gemido tenso brotó de los labios de Savannah. Mia llegó pronto a nuestro lado y, con solo mirar un instante a Savannah, dijo:

—Vamos por aquí. Tenemos que regresarla al hotel.

Savannah se hizo bolita contra mí y casi la llevaba cargando. Parecía tan pequeña en mis brazos, mantuvo la cabeza oculta contra mi pecho y yo la protegí de más cosas que pudieran agitarla de nuevo. Pasamos junto a otras cuatro procesiones antes de que pudiéramos siquiera llegar al hotel.

Cuando nos reunimos en el lobby, Mia y Leo nos llevaron con prontitud a la sala de conferencias que usábamos para las sesiones grupales, había una en cada hotel en el que nos quedábamos.

Leo cerró la puerta y fue la primera vez que mire a los demás; todos estaban conmovidos y perturbados.

—Nunca había visto un cadáver —exclamó Dylan con voz temblorosa.

Travis estaba blanco como fantasma. Él sí había visto uno, de hecho, a varios. Dylan rodeó a Travis con un brazo. Jade y Lili siguieron a Leo al otro lado del salón para traer un poco de té que el personal del hotel dejó para nosotros.

Kabir también regresó y se dirigió hacia Leo y las chicas. Yo abracé con fuerza a Savannah, que tenía los ojos enrojecidos y lágrimas en las mejillas, se las sequé y le pregunté:

—¿Te sientes mejor, mi vida?

Asintió, pero luego negó con la cabeza.

—Me recordó a Poppy —dijo y sus manos temblaban entre las mías. Soltó una risa autocrítica—. Quiero ser pediatra de niños que sufren cáncer y no puedo siquiera enfrentar a una persona muerta. —Sacudió otra vez la cabeza—. Quizá, después de todo, no puedo hacerlo.

Mia se presentó a nuestro lado.

—Fue tu primera vez luego de tu hermana. —Mia volteó a mirar a Leo, que estaba al otro lado de la habitación y que regresaba hacia nosotros con una bandeja con tazas de té—. Vamos a sentarnos —nos indicó—. Deberíamos discutir lo que acabamos de ver y cómo nos hizo sentir. —Entonces se dirigió a Kabir—. Sería útil si le pudieras contar más al grupo acerca de Varanasi y su relación con la muerte. Tal vez nos ayude a todos a procesarlo.

Kabir asintió.

—Será un honor.

Nos sentamos y Leo nos dio a todos un té caliente. Me lo bebí de inmediato, intentando dejar que el calor de la bebida rompiera con la sensación helada que tenía en los huesos.

—¿Cómo se sintieron al ver esas procesiones? —preguntó Mia y volteó a mirarnos a todos.

—Triste —respondió Lili—. Ver a todos esos muertos con sus familias detrás de ellos, me hizo sentir realmente triste. Eso me llevó de nuevo a cuando me enteré de la muerte de mamá y papá.

—Me hizo recordar ese día —contribuyó Travis con la cabeza agachada—. No las cosas buenas, los recuerdos que tenía de mis amigos, sino la parte horrible, verlos a todos después de…

Travis sorbió para quitarse las lágrimas y Dylan le puso una mano en el hombro. Yo volteé hacia Sav, que tenía la cabeza gacha y su respiración era más tranquila, pero aún somera. Yo también me sentía atrapado en mi propio infierno, el de ver a Cill en el auto, de sentirlo, inmóvil, entre mis brazos.

Cuando nadie más se ofreció a hablar, Leo dijo:

—Saber acerca de la muerte y afligirse por un ser amado, e incluso verlo después de muerto, puede ser traumático. —La verdad de esas palabras era evidente en todos nosotros, que estábamos desplomados en nuestros asientos—. Recordamos ese momento más que cualquier otra cosa y lo tenemos grabado con fuego en la memoria. Cuando pensamos en la persona que amábamos, la primera cosa que viene a la mente de la mayoría es esa imagen. —Leo suspiró—. Pero la verdad es que la muerte nos rodea a todos, la vemos todos los días, aunque no nos demos cuenta de ello: caminamos entre los árboles en el otoño, con hojas que mueren y cambian de color al rojo, amarillo y café, para después caer al suelo; vemos la muerte de los animales, ponemos flores en nuestras casas y las tiramos cuando mueren. Por supuesto, la sentimos como algo más difícil y profundo cuando se trata de un ser querido, pero la muerte no será una experiencia de una sola vez para ninguno de nosotros. Experimentaremos la aflicción varias veces en el curso de nuestra vida; la vemos en la naturaleza en todas las estaciones, año tras año, y nunca se irá.

Mia asintió hacia Kabir, que se inclinó en su asiento.

—Según entiendo, en el mundo Occidental la muerte es algo que ocurre tras puertas cerradas, es un asunto más privado. —Pude detectar en el tono de su voz que no lo decía como crítica—. Aquí, en especial en Varanasi, celebramos *todas* las partes de la vida, incluso la muerte. Para nosotros, es solo otra parte del viaje que recorremos como personas. Vivimos la vida frente a todos y eso significa que también vemos la muerte al aire libre.

Sentí un escalofrío que me recorrió todo el cuerpo. Savannah levantó la cabeza, atendiendo cada palabra que había dicho Kabir.

Nuestro guía señaló a Mia y Leo.

—El propósito de traerlos a esta ciudad donde la vida se encuentra con la muerte, es mostrarles que esta no es algo que tiene que temerse, sino que puede verse como un rito de iniciación celebratorio que puede atesorarse y que también es sagrado.

»En el espacio de un par de horas, vimos que los peregrinos se bañan de manera dichosa en el Ganges para quitarse los pecados. Luego vimos que los seres queridos llevan a sus familiares para ser incinerados y enviados al cielo. Nosotros creemos que morir aquí rompe el ciclo de la reencarnación y envía las almas de nuestros seres queridos al nirvana. Para nosotros, eso es algo que debe celebrarse, no llorarse.

—Todos creemos cosas diferentes acerca del otro mundo —añadió Mia—, y Varanasi nos enseña a abrazar la muerte de la misma forma que abrazamos la vida. Sé que puede ser un concepto difícil de aceptar, pero esta parte del viaje se refiere a enfrentar la mortalidad. No existe mejor lugar para verlo que esta ciudad mágica y vibrante.

—Si me lo permiten, quisiera mostrarles algo —dijo Kabir y volteó a mirarnos en silencio para ver si estábamos de acuerdo—. Eso significa que tenemos que salir.

Savannah se enderezó, preparándose para enfrentar el ataque de la tristeza, pero luego inhaló profundamente y asintió. Estaba tan orgulloso de la fortaleza que estaba construyendo en su interior; pude ver que, día tras día, escalaba cada vez más alto la montaña del duelo y que estaba llegando a la cima. Era toda una revelación: era bajita por naturaleza, pero su fortaleza era la de un Titán. Una cosa sí estaba volviéndose evidente: era más fuerte que yo.

—¿Está bien? —dije al levantarme de la silla.

—Está bien —respondió y me apretó la mano, aunque solo una vez—. ¿Y tú?

—Todo bien —susurré, aunque para nada me sentía así. Mia y Leo no nos habían fallado, así que confiaría en ellos. Me tomó muchas semanas cederles un poco de control, pero podía ver lo que estaban haciendo y sí estaba sirviendo.

Seguimos a Kabir de regreso al laberinto de callejones. En solo diez minutos, vimos otras dos procesiones. Contuve el aliento al verlas y también sostuve a Savannah, que estaba temblorosa, pero mantenía la barbilla en alto. Al momento en que la familia pasó, ella inclinó la cabeza en señal de respeto y las lágrimas brotaron de sus ojos. Sentí que había aprendido más de la vida gracias a Savannah en un puñado de semanas que lo que cualquier escuela me hubiera enseñado en toda mi existencia.

Yo también incliné la cabeza y esperé que la persona hubiera tenido una buena muerte, que hubiera sido pacífica y que de verdad el nirvana la esperara. Qué imagen: llegar a un lugar donde no existe el dolor ni el juicio, y que está lleno de amor en todas sus formas. Ninguna tristeza o problemas, solo paz y felicidad. Esa idea me provocó una sensación cálida de esperanza de que fuera cierto.

Del otro lado de la esquina nos llegó el sonido de unas risas que me sacaron de mis pensamientos. Kabir nos condujo en esa dirección y, al llegar, se trataba de una especie de pastelería/dulcería donde había personas vestidas de blanco que reían y comían, *celebrando*.

Kabir señaló a la gente con la mano.

—Acaban de enviar a su familiar a la incineración.

Yo fruncí el ceño, incapaz de comprenderlo, y pensé de nuevo en el funeral de Cillian y en su velorio. Apenas lo recordaba; hubo mucho llanto de mi mamá y de mi papá, junto con el de mis otros familiares. Montones de silencios tensos, insensibilidad y temor.

No hubo ninguna risa y nada de celebración.

—Se regocijan porque sus seres queridos están ahora en el cielo, libres de las limitaciones terrenales, han sanado y se encuentran en la dicha eterna. El mayor deseo para alguien que amamos es que alcance eso. —En mi garganta se formó rápidamente un nudo cuando Kabir dijo esas palabras. Mientras, observaba a esas familias, sus sonrisas eran amplias y puras. Me pregunté a quiénes habían perdido y qué representaban para ellos, y cómo cambiarán sus vidas sin tenerlos.

—Aquí —prosiguió Kabir mientras señalaba alrededor de nosotros— celebramos la muerte. —Sonrió—. La muerte es la mayor lección en la vida, ya que nos enseña a *vivir* durante el corto periodo en el que estamos en este mundo. La muerte nos enseña a vivir con todo el corazón y con toda el alma, día tras día y en cada minuto que atesoramos.

Un hombre, que supuse que era el propietario de la tienda, salió para ofrecernos un dulce desconocido. Savannah extendió la mano y le dio las gracias, para luego quedarse mirando el trozo de dulce anaranjado como si fuera un momento decisivo en su vida. Estuvo completamente atenta a las palabras de Kabir, con los ojos muy abiertos, transfigurada por su explicación.

El dueño de la tienda también me dio un dulce y, al mirar ese dulce anaranjado, algo en mi interior quiso tomarlo y llevármelo a la boca, pero seguía habiendo una voz interior que no quería que lo tomara. Sabía que era irracional, pero era como si, en caso de aceptarlo, tuviera que admitir que la muerte de Cillian tenía algo de bueno. Mi mano se cerró en un puño, pero me obligué a aceptarlo. Asentí hacia el dueño de la tienda en señal de agradecimiento, a lo cual respondió con una amplia sonrisa.

Celebraba la muerte con esa familia, con nosotros, y podías ver en su expresión alegre que lo que Kabir nos había explicado estaba asentado firmemente en su corazón. Estaba aportando una parte integral de la celebración para una familia que acababa de enviar a su ser amado al nirvana.

Imaginé que no existía sensación más grande.

Levanté la vista al cielo, que estaba transparente y sin nubes, con el sol en alto, mientras que el calor iba subiendo. El aroma de azúcar y especias flotaba en la brisa y deseé que Cillian también estuviera allá arriba: feliz.

—Varanasi nos enseña a dejar ir a nuestros seres queridos —dijo Kabir, y el ruido a mi alrededor desapareció. Como en cámara lenta, vi que Kabir y el ajetreo circundante se convirtieron en ruido blanco. Sentí que volteó a mirarme, como si supiera que yo era el que más necesitaba esa lección—. Aquí, en Varanasi, debemos soltar las almas de nuestros seres queridos de los grilletes de nuestro corazón para que puedan elevarse, para que puedan irse libremente al nirvana sin estar atados a nosotros, aquí en la Tierra.

Savannah respiró con fuerza y, al mirarla, sus ojos estaban prendidos en mí, reflejaban el mismo temor que yo sentía en el corazón. No podía dejar ir a Cillian. Si lo hacía… eso significaría que de verdad se había ido.

—Por difícil que sea, existe una gran libertad en dejarlos ir —continuó Kabir mientras terminaba con cuidado su aportación, luego se volteó para hablar con el propietario de la tienda y con la familia que celebraba. Savannah y yo nos quedamos uno al lado del otro, atrapados en el resplandor de las palabras que Kabir acababa de decir.

—Regresemos al hotel —nos pidió Mia al tiempo que nos reunía a todos—. Creo que el resto del día debería dedicarse a la reflexión.

—Estamos orgullosos de todos ustedes —dijo Leo y, como anestesiados, caminamos detrás, de vuelta al hotel. Savannah y yo nos tomamos de la mano, como si fuera la única ancla que impidiera que nos quedáramos a la deriva. Cuando regresamos, Lili y Jade fueron al salón de juegos privado de nuestro grupo. Travis y Dylan salieron de nuevo a las calles en dirección al río.

Abracé a Savannah y la acerqué a mi pecho. No estaba seguro de quién de los dos necesitaba más el contacto en ese momento. Sentí que su corazón latía en sintonía con el mío, a un ritmo unificado de confusión. Su pecho se elevaba y bajaba. Era extraño, después de haber tenido a Cillian en mis brazos, inmóvil y sin respiración, pero la sensación del pecho de Savannah que se elevaba y volvía a caer, lleno de *vida*, me produjo un supremo nivel de consuelo.

Para mí, no había nada que me atemorizara más que un pecho inmóvil.

—¿Qué quieres hacer? —le pregunté y ella descansó la mejilla contra mi pecho. Cuando levantó la cabeza con ojos afligidos y cansados, no pude evitar inclinarme y tomar sus labios entre los míos. Cada vez que la besaba, sentía que me enamoraba todavía más.

—Caminemos —dijo. Había llegado a darme cuenta de que, cuando su ansiedad era alta, quería caminar. Se le dificultaba estar sentada por un tiempo, así que la tomé de nuevo de la mano y caminamos de vuelta a las calles de Varanasi; lo hicimos en silencio, sin una dirección establecida, hasta llegar a una escalinata desconocida.

—Mi amor, ¿ya te sientes cómoda como para estar sentada?

Savannah me sonrió y eso me quitó el aliento. Asintió y entonces nos sentamos en la pintoresca escalinata a mirar el río frente a nosotros, junto con las muchas lanchas que llevaban de paseo a los turistas. Todavía nos faltaba eso, y Mia y Leo nos dijeron que lo haríamos al final del viaje.

—Es tan diferente —le comenté, mientras ella reposaba la cabeza contra mi bíceps. No quería que nunca se fuera de mi lado—. Lo que Kabir nos contó acerca de la perspectiva que tienen aquí acerca de la muerte.

Unas aves se posaron en los escalones, buscando restos de comida, y Savannah levantó la cabeza para que pudiera mirarla de frente. Tenía las mejillas sonrosadas por el sol, con un ligero bronceado en su piel color durazno debido al tiempo que pasamos bajo el sol en India.

—Es importante —respondió luego de unos instantes de pensarlo. Así era Savannah, nunca hablaba hasta que tuviera algo significativo que decir, y eso hacía que sus palabras tuvieran mayor impacto—. Ser testigos de la manera en que otros países, religiones y culturas ven la muerte. —Se quedó mirando al Ganges y a la gente que pasaba la mano por el agua desde el borde de las lanchas para atrapar un breve momento de purificación del alma. Savannah sacudió la cabeza—. Supongo que ver a tantos dolientes en un sitio aislado te hace sentirte menos solo.

Crucé los brazos y los dejé sobre mis rodillas dobladas. Puse la mejilla contra mis brazos y la miré, con palabras ocultas en lo profundo de mi alma que ansiaban liberarse. Volteó hacia mí cuando sintió mi pesada mirada sobre ella, sintiendo claramente que la necesitaba en ese momento.

—*No puedo* dejarlo ir —susurré y sentí que los huesos me dolían por lo mucho que me costó admitirlo.

El rostro de Savannah se dulcificó y se inclinó para darme un beso ligero y gentil, igual que ella. Entrelazó su brazo con el mío y dijo:

—Cuando diagnosticaron a Poppy, sentí que no tenía nada más adentro que pavor. Me despertaba todos los días con un hueco en el estómago porque sabía que nos íbamos acercando al día en que la perderíamos. Me lamenté por cada mes que pasaba, porque era uno más que no recuperaría con mi hermana, a la que veía ir desapareciendo frente a mis propios ojos

Savannah soltó una leve risa ahogada que sentí como un puñal que penetró directo en mi corazón.

—Saqué todos los libros que pude encontrar en la biblioteca acerca de los tratamientos contra el cáncer. Era una adolescente, pero de verdad creía que, si tan solo encontraba algo que no hubiéramos intentado aún, podría salvarla. —El acento de Savannah se volvió un poquito más fuerte cuando dijo esas palabras sin límites y llenas de pasión. Podía imaginarla, despierta toda la noche buscando una solución—. Imagino que así es como lo afronté. Estaba muy enfocada en la lectura y era buena para la ciencia, así que sentí que podía ayudarla. Incluso hasta el último día, mucho después de que Poppy ya había aceptado su destino, yo seguía desesperada, tratando de encontrar una cura.

Savannah observó a una joven que bajó por los escalones de la escalinata y se sentó en uno que estaba más abajo. En la mano llevaba la fotografía de alguien, que entonces se llevó al pecho a la altura del corazón. Tuve la impresión de que también lo había perdido. Era otra persona igual a nosotros.

Savannah volteó de nuevo hacia mí y, mirándome directo a los ojos, dijo con voz entrecortada:

—Solía preocuparme la idea de perderla, pero ahora estoy aterrorizada de olvidarla. —La sangre me subió al rostro al escuchar cómo ponía en palabras los sentimientos que me carcomían a diario. Por largo tiempo me pregunté si me aferraba así a esta pena y al enojo porque entonces no tendría que despedirme realmente de Cillian, porque, al aferrarme a él, nunca se iría de mi vida.

Enfoqué la vista en las ondas que formaba el agua frente a nosotros y dije:

—Cada vez que intento imaginar un mundo en el que no esté Cillian, y en el que yo haya seguido con mi vida, no me parece correcto. —Negué con la cabeza—. Después de la muerte de mi hermano, mis amigos y familiares estuvieron más presentes, envolviéndonos con su apoyo: llevándonos comida, sentados a nuestro lado mientras nos derrumbábamos, pero luego pasaron los meses y esas personas continuaron con sus vidas, con sus propios problemas y familias, como debería ser. Sin embargo, nosotros seguíamos allí, inmóviles por la tristeza e incapaces de salir de una atadura semejante a la del asfalto que nos tenía sometidos contra el piso. —Me tragué el nudo que tenía en la garganta—. Veíamos cómo se reanudaba la vida alrededor, pero, aun así, éramos incapaces de movernos.

Savannah se recorrió para acercarse a mí y reclinó la cabeza en mi brazo. Entonces pude respirar con mayor facilidad.

—Siento como si todavía no me hubiera movido, como si aún siguiera enterrado en ese asfalto, mirando que el mundo existe a mi alrededor mientras que no vivo nada de eso.

—¿Qué me dices de tus padres? —La voz de Savannah era cauta, ya que era obvio que yo los había hecho a un lado. Un destello de culpa me atravesó. Leo hablaba con ellos, yo no, y la culpa me asaltó. Habían perdido a un hijo y sabía que solo intentaban ayudarme, pero yo simplemente estaba tan enojado, que me había desquitado con ellos por tanto tiempo.

—Ellos han intentado seguir adelante —respondí y dejé caer la cabeza sobre la de Savannah—. Volvieron a sus trabajos. Por Dios, Savannah, están haciendo el *intento*. —Mi voz tartamudeó al decir—: He sido un hijo terrible.

Savannah levantó la cabeza con mirada decidida.

—¡No lo crees! —declaró con firmeza—. Estás dolido, Cael. Estás en proceso de duelo y estás luchando, eso no te hace ser *malo*.

No pude más que sonreír en medio de mi dolor hacia mi chica de estatura tan pequeña que salía en mi defensa con la fuerza de un huracán.

—¿Qué? —preguntó, cuestionando mi sonrisa.

Tomé sus mejillas entre mis manos y sentí el corazón henchido mientras ella frotaba su rostro contra ellas, cerrando los ojos al contacto. Era tan suave bajo mis manos y, sin embargo, era tan tenaz como un tiburón. No pensé que lo viera en sí misma, ella se consideraba débil, pero yo nunca había conocido a alguien tan fuerte.

—Tú me ayudas a sobrellevarlo —respondí en voz baja, casi inexistente.

Savannah inclinó la cabeza hacia mí, y el amor que vi en sus ojos permanecería conmigo durante toda una vida. No estaba seguro de que nadie me hubiera visto alguna vez del modo en que ella lo hacía, y nunca había amado a nadie de la forma en que me consumía el amor que sentía por ella.

Savannah pasó meses y meses buscando un milagro para salvar a su hermana, mientras que yo recibí uno cuando menos lo esperaba: pusieron a Savannah en *mi* vida. Tal vez el universo sabía que nos necesitábamos para sobrevivir, quizá sabía que los dos estábamos perdidos y dolidos, así que nos envió la otra mitad de nuestra alma para completarnos de algún modo.

Estoy seguro de que Savannah me diría que fueron Cillian y Poppy los que conspiraron desde su lugar entre las estrellas.

—Te amo —le dije y la volví a besar. ¿Cómo no hacerlo?

Savannah me devolvió el beso.

—Y yo te amo, Cael Woods. —Se acercó todavía más a mí, pero no estaba lo bastante cerca, así que la levanté de su asiento para ponérmela sobre el regazo. Se rio y eso se sintió como escuchar la felicidad. Entonces la besé una y otra vez hasta sentir que me dolían los labios y que se me acababa el aliento.

Cuando al final nos separamos, las tersas mejillas de Savannah estaban sonrojadas, ese color se había convertido en mi nuevo favorito. Su sonrisa desapareció y recorrió un dedo alrededor de mi mandíbula.

—Necesito que sepas que tu aflicción no te convierte en una mala persona, y tu manera de procesarla no te vuelve débil.

—De acuerdo —respondí y la abracé firmemente por la cintura. Su sinceridad me hizo querer creerle con todas mis fuerzas.

Savannah bajó la mirada hacia la mujer que seguía en la base de las escaleras, con la fotografía del ser amado aferrada contra su pecho, estaba pérdida en sus oraciones. Un sitio como Varanasi tenía una espiritualidad casi tangible, incluso mágica.

—El duelo tiene una parte de miedo —dijo Savannah de pronto y volví a concentrar la atención en mi chica—. En mi caso, es un temor de que Poppy no haya pasado a un sitio mejor como era su creencia. Miedo de que el mundo sea demasiado ajeno sin ella en él. Y mi mayor temor… —su voz titubeó—. Mi más grande temor es que, de algún modo, yo alcance la felicidad sin ella aquí. —Volteó para mirarme a los ojos—. Porque, ¿cómo podría volver a ser feliz sin ella?

Savannah pasó saliva y luego puso su frente contra la mía.

—Pero te encontré y tú me produces una felicidad inconmensurable. —Una lágrima se derramó por su rostro y pasó hacia el mío como si compartieran la misma senda—. Encontré la felicidad contigo, sin que Poppy esté en mi vida, y eso es algo que alguna vez pensé que era imposible. Me está haciendo cuestionar todo lo que alguna vez me permití creer.

Echó la cabeza hacia atrás y parpadeó.

—La peor parte es que ella te habría amado y nunca llegará a conocerte.

Detestaba verla llorar, me hacía pedazos, pero sentí que un poco más de dolor abandonaba mi corazón cuando pensé en mi hermano.

—Cill también te habría amado —susurré y sentí un dolor que se me clavaba como daga en el corazón, pero la sonrisa que esa afirmación inspiró en Savannah fue como finalmente ver el sol después de un periodo eterno de oscuridad.

Savannah me rodeó con los brazos y reposó una mejilla contra mi pecho. La abracé en respuesta y la acerqué todavía más hacia mi cuerpo cuando me di cuenta de que se quedó dormida. Recordé la primera vez que la conocí en el aeropuerto, desde entonces sentí algo por ella, aun a través de la gruesa armadura de mi enojo. Cierta chispa de reconocimiento, como si mi alma despertara de un largo sueño. Besé su coronilla y recordé cada trozo de nuestro viaje hasta ahora. El Distrito de los Lagos, los interminables ascensos, las sesiones de grupo y las desastrosas sesiones individuales, pero Savannah estuvo allí a mi lado durante todo eso, siendo una completa desconocida. Noruega, la aureola boreal, la playa, el beso que nos dimos la primera vez. Y Savannah que, día tras día, hermanaba su corazón con el mío. La imagen de almas que se fundían hasta que era una se nubló, perdiendo forma. Sostenernos uno al otro cuando nos derrumbábamos.

El aroma a cerezas y almendras superó el del azúcar y las especias. El suave cabello de Savannah se presionó contra mi mejilla cuando recliné la cabeza sobre la suya. Se movió entre mis brazos y parpadeó al recibir la luz del ocaso.

—¿Me quedé dormida? —preguntó con voz cansada.

—Solo un momento —respondí y ella volteó el rostro hacia mí—. ¿Quieres que regresemos? —La verdad era que podría quedarme así con ella para siempre. A salvo, entre mis brazos, de cualquier daño.

Savannah sonrió y asintió.

Regresamos al hotel y, al caer la noche, me fui a la cama. Justo cuando estaba a punto de dormirme, mi teléfono se encendió con un mensaje.

Hijo, espero que estés disfrutando la India. Leo dice que te está yendo bien. Te amamos.

El corazón empezó a latirme con rapidez y recordé la escalinata en la que estuvimos por la tarde y la confesión que le hice a Savannah sobre ser un mal hijo. Las manos me temblaron al leer una y otra vez el mensaje hasta que se me nublaron los ojos. Cuando pensé en los muchos mensajes no respondidos que me habían enviado durante las numerosas semanas en que he estado lejos. Nunca dejaron de hacer el intento. En realidad, mis padres nunca se habían dado por vencidos en cuanto a mí, y yo los aparté, descargué mi enojo en ellos y convertí su vida en un infierno. Sin embargo, seguían allí, haciendo el intento, esforzándose tanto por mí. Puse la contraseña en mi teléfono y respondí el mensaje:

También los amo. Los extraño.

La respuesta de papá fue inmediata.

Cael, hijo, gracias por responder. Lo que más deseamos es hablar contigo, escuchar tu voz, pero esperaremos hasta que estés listo. Estamos tan felices de que hayas respondido. Te extrañamos tanto y estamos tan orgullosos de ti. Sigue adelante, Cael. Te amamos y, por favor, sigue hablando con nosotros.

Lo haré, te lo prometo. Estoy esforzándome, papá. Te amo.

Pude haberlos llamado si lo quisiera y sentí que se me cerraba la garganta por el sentimiento, al mismo tiempo que el mensaje de papá se ponía borroso mientras lo leía una y otra vez a medida que las lágrimas llenaban mis ojos.

No me odiaban, y el impacto que eso causó en mí fue total.

Solté el teléfono y el ritmo acelerado de mi corazón fue disminuyendo hasta volverse normal. Me sequé los ojos y entonces esperé que llegara el dolor usual que ocurría cuando trataba de dormir. Las noches siempre eran lo peor para mí, tal vez debido a que fue durante la noche cuando Cillian murió, en la oscuridad. Quizá fuera porque la noche me daba tiempo para pensar demasiado, pero, esta noche, el dolor había aminorado.

Con un corazón ligeramente más tranquilo, dormí mejor de lo que lo había hecho en un tiempo.

Colores intensos y risas más intensas

Savannah,

Mi parte favorita de ser tu hermana y la de Ida es lo mucho que nos reímos y cómo crecemos en nuestra compañía. Aunque hemos tenido amigos, nunca necesitamos de nadie más. Fuimos tan cercanas como podríamos serlo.

Creo que una de las cosas que más voy a extrañar cuando me vaya es reírme con ustedes. Incluso ahora, estoy pensando en la noche en que Rune vino después de que se enteró de mi enfermedad. Estaba allí para que saliéramos juntos y nos reímos de la reacción horrorizada de papi desde la puerta cuando vio a Rune parado allí, viéndolo como si fuera un chico problemático con su ropa oscura y sus botas. Recuerdo el golpe que esa imagen dejó en mi pecho. Extrañaré cada minuto las risas con mis hermanitas.

La risa es la medicina del alma. Tú siempre has sido la más seria de todas nosotras, Savannah, y por eso me esforzaba en hacerte reír. Y, cuando lo hacías... ay, ¡mi alegría no tenía freno! Tienes la risa más dulce y la más brillante de las sonrisas. Debes compartirlas más. Como tu hermana mayor, te insisto en que lo hagas. Así que, encuentra de nuevo la alegría en el mundo, Savannah. Encuentra razones para reír, sin importar lo triviales o diminutas que sean. Ríe con tal fuerza que te corran las lágrimas por la cara. Sé que yo estaré riéndome junto contigo, te veré ser bella y libre.

Siempre te adoraré,
Poppy

Savannah

Todos estábamos vestidos de blanco. Era temprano y ya podíamos escuchar que la gente se alistaba afuera. El olor de las fogatas apagadas después de que las encendieron anoche, y la emoción de las calles que pulsaba como una oleada de felicidad a través de los muros del hotel.

Hoy era el festival hindú del Holi. Un día en que los seguidores de esa fe celebraban la llegada de la primavera, el amor eterno y el triunfo del bien que vencía al mal. El festival era un derroche de color; agua y polvo de brillantes colores se lanzaban con dichoso abandono. Está llena de risas y felicidad y, por un día, todo es bueno y lleno de positividad y luz.

La gente de Varanasi se había preparado durante días. En general, yo me oponía a participar en ambientes sociales masivos, porque a menudo me sentía intimidada. Sin embargo, incluso *yo* sentí una grieta de emoción. Sonreí al ver que también Cael estaba completamente vestido de blanco.

—Ya te atrapé mirándome de nuevo, Duraznos —dijo alegremente y decidí que adoraba esa versión de él: pícara y juguetona. Me miró de soslayo por un tiempo prolongado.

Una carcajada brotó de mis labios y estalló en el aire encima de nosotros.

—Es que no estoy acostumbrada a verte con nada que no sea negro. —El corazón me latió más rápido—. Te ves tan guapo. —La mirada de Cael se suavizó. Era cierto, cuando estaba vestido de blanco, su cabello negro destacaba con orgullo y sus ojos azules con tonos plateados eran incluso más brillantes y llamativos de lo normal. La ropa blanca convertía su mirada turbulenta en un mar tranquilo y sereno.

Cael enroscó los dedos en mi pelo, que llevaba atado en una alta cola de caballo.

—Vas a caer, Duraznos —exclamó mientras sostenía con firmeza las bolsas de polvo de colores que Kabir nos entregó a todos. Podríamos conseguir más si se nos acababa, podría ser en el hotel o con los comerciantes callejeros.

Volví a reír y eso se sentía *bien*. La liviandad, este breve alejamiento de la aflicción. Celebrar el inicio de la primavera y la brillantez, de que el mal no prevaleciera. Es posible que no compartiera la fe hindú, pero estaba feliz de adoptar la ceremonia y lanzarme a ella solo un día, por pura diversión y felicidad dentro de la cultura más bella.

Me pareció que Cael también pensaba lo mismo.

—Oh, ya veo, esto será la guerra —exclamó Dylan, que se acercó a nosotros y se frotó las manos. Me dio un empujoncito en el brazo—. ¿Qué opinas, Sav? ¿Tú y yo contra Cael y Trav? —Me reí cuando Travis se paró al lado de Cael y colocó el brazo sobre su hombro. Travis era de menor estatura que Cael y verlo hacer el intento de descansar el brazo sobre Cael era cómico. El cabello rojo brillante de Travis también contrastaba con su ropa blanca.

—¿Equipos? —preguntó Lili, que sonreía emocionada cuando ella y Jade entraron en la contienda. Todos esperábamos en la puerta del hotel como caballos de carreras que patean dentro de sus establos, pidiendo que los liberen para correr.

—Tres equipos —declaró Travis, y Dylan pasó el brazo sobre mis hombros, irguiéndose sobre mí. Desde nuestra charla, Dylan parecía un poco menos abrumado y confiaba más en mí, me contó historia tras historia sobre José y él, y su vida juntos. Cada vez que terminaba una historia, aparecía una nueva chispa brillante en sus ojos ambarinos y convertí en mi objetivo verlos llenarse de vida otra vez.

Algunas personas simplemente se caen bien, y eso había ocurrido con Dylan. Volteé hacia Cael y pensé que también fue así con él.

Me vio observándolo y me apuntó de manera juguetona, para luego voltear sus pulgares hacia abajo. No pude evitar reírme de nuevo. No podía quitarle los ojos de encima: me estaba sonriendo. La última vez que lo vi sonreír con tal intensidad fue en la pista de hielo en Noruega.

Cael era un deportista nato y era evidente que prosperaba en las competencias. Necesitaba volver a jugar *hockey,* porque era más que el hecho de jugar, representaba la persona que era. No sabía cómo lograr que eso sucediera; pero era verdad: el deporte y la emoción de la competencia eran la fuente de su felicidad. Y él se había convertido en la mía.

Los sonidos de gritos y risas se acercaron a medida que las calles fuera del hotel se empezaron a llenar y la gente corrió hacia las escalinatas. El polvo colorido salpicaba las ventanas y Dylan se frotó las manos.

—Yo te apoyo, Sav —dijo y me dio un beso en la coronilla.

—Más te vale que te alejes de mi chica, Dyl —le advirtió Cael, con un fuerte acento de Massachusetts, pero con un tono gracioso alrededor de cada una de sus palabras.

Dylan sacudió las cejas y Cael rio, pero luego le apuntó de la misma forma en que lo hizo conmigo. En ese instante me di cuenta de algo, supe que estaba viendo un asomo del Cael que era antes de la muerte de Cillian. El chico que bromeaba con sus compañeros de equipo; el Cael libre, sin los grilletes del duelo.

No podía quitarle los ojos de encima al verlo así, con sus tatuajes y perforaciones que contrastaban con el blanco de su ropa. Era alto y ancho de hombros, con músculos definidos en sus brazos por los años de entrenamiento deportivo. No había conocido a nadie más bello.

Dylan me susurró al oído:

—Estás babeando, Sav.

De inmediato, la vergüenza me encendió las mejillas y le di un codazo a Dylan. Su risa era ligera y hermosa, y de nuevo le di un empujón en el estómago, a lo que respondió con un quejido mucho más dramático de lo que justificaba el contacto. En apariencia, también le pareció muy divertido.

—¿Lista? —me preguntó Dylan cuando Kabir se dirigió a la puerta. Incluso Mia y Leo estaban con nosotros, llevaban también sus bolsas de polvo de colores.

—Lista —respondí y aferré más mi bolsa. Tenía el pulso muy acelerado, ya que no sabía qué esperar, pero Kabir me había dicho que sería un momento que recordaría durante toda mi vida.

Cael avanzó por delante de Dylan y yo, y me dio un beso en la cabeza al pasar, mientras me susurraba al oído:

—Te amo, Duraznos. —Entonces la puerta se abrió de par en par hacia lo que parecía como el interior de un arcoíris. Justo antes de dar el paso hacia afuera, añadió—: Pero te tengo en la mira.

Me reí al momento en que Dylan me tomó de la mano y me arrastró afuera, hacia la calle atiborrada de gente. Apenas caminé unos metros cuando una pelota azul me golpeó en el pecho. Tosí cuando explotó en el aire frente a mí y, al voltear para ver quién me la había lanzado, otra pelota me golpeó rápidamente, esta vez era rosa. Apenas podía ver la calle entre los colores: azules, verdes, rosas y morados.

La gente no tenía un blanco en particular, era como estar dentro de una pintura de Jackson Pollock.

Una bola amarilla me golpeó en el costado y vi que Cael se erguía sobre el resto de la gente en la calle. Ya estaba cubierto de un arcoíris de colores y sus ojos plateados brillaban tanto como el polvo que llevaba encima, pero me di cuenta de que él fue quien me lanzó la bola amarilla.

—¡Sav, atácalo! —gritó Dylan a mi lado. Me moví por instinto y tomé el polvo verde de mi bolsita para lanzárselo. El rostro de Cael estaba iluminado por la felicidad y eso me quitó el aliento. Mi pausa momentánea representó una ventaja que aprovechó Cael, y me lanzó polvo morado al brazo. Luego se agachó y me dio un polvoso beso en los labios, como si eso aminorara el golpe.

Metí la mano en mi bolsa mientras Cael se echaba hacia atrás con sus dientes brillando bajo el sol. Las siguientes horas se convirtieron en un tumulto de color, risas y diversión. De celebración y experiencia de una cultura que solo nos había demostrado afecto. Corrimos por las calles sin que nuestro grupo se separara demasiado. Niños y adultos, por igual, nos arrojaban polvo y agua de colores, seguido de abrazos gentiles. El piso se convirtió en una enorme obra de arte, en tanto que las paredes de los edificios eran un derroche de vida. A lo largo de todo eso, Cael se mantuvo cerca. Las mejillas me ardían por tanto sonreír y me dolía el pecho por tantas carcajadas, en tanto que mi corazón se sentía pleno. La constante punzada de la aflicción se alejó por el momento y me deleité en esa sensación. Era la libertad. Era placentero.

Era algo increíblemente *necesario*.

Cuando necesité un descanso, me metí entre la multitud hacia una pequeña sección curvada de una pared, solo para recobrar el aliento. Puse la mano sobre mi corazón acelerado y reí cuando Dylan le lanzó el resto de su polvo azul a Lili, su grito fue ensordecedor. Jade perseguía a Travis por un callejón y, luego, Cael le saltó por sorpresa y la cubrió de rosa de pies a cabeza. Miré que todo se reproducía ante mis ojos como en una película y me di cuenta de que el pelo de Cael fue pasando hora tras hora de ser negro a la imagen onírica de un neón multicolor.

Estaba tan enamorada de ese chico que casi era demasiado para que mi corazón lo contuviera.

Esto era la vida: la risa y la felicidad, la conexión y el juego. La sencillez de este día me hizo sentir más viva de lo que me había sentido en años. Y el amor, amar a Cael fue la mayor bendición en mi vida. Permitir que alguien más entrara a mi corazón era una felicidad que evité por demasiado tiempo, pero ya no más. Quería aferrarme a lo que teníamos con cada trocito de fuerza. Ahora que lo tenía a él, no podía imaginar perderlo.

Un hombre mayor le lanzó agua anaranjada a Cael, y él reviró arrojándole una pelota de polvo azul sobre la espalda. Compartieron risas y abrazos, y no pude evitar que una enorme sonrisa se esparciera por mi cara, como un faro dirigido a Cael. Levantó la cabeza y empezó a explorar el área en mi búsqueda, y ver con cuánto esfuerzo me buscaba hizo que mi corazón latiera más rápido.

Cuando se detuvo para encontrarme, lo aporrearon con agua y polvo, pero solo se relajó cuando nuestros ojos se encontraron por encima de la multitud. La expresión de alivio, y luego de amor, que brotó de sus hermosos rasgos, casi hizo que me estallara el corazón. Cael avanzó a grandes zancadas entre la gente, mientras que el polvo y el agua de colores seguían golpeando cada parte de su cuerpo. Cuando entró al nicho que me dio refugio y un sitio donde ocultarme, se rio.

—Todos estos colores te quedan bien, Duraznos. ¿Cómo es posible?

Yo también reí. Me sentía increíble.

—A ti también te van —exclamé, mientras le difuminaba el revoltijo de rosas, rojos y azules en la mejilla con el dorso de mi mano.

—¿Estás bien? —preguntó. Habían pasado varias horas y las calles se iban despejando poco a poco, mientras que la ciudad se alistaba para las celebraciones más tranquilas de esa noche.

—Estoy bien —respondí y le tomé la mano. No sabía qué había pasado esa mañana, pero el hilo que sentía que nos ataba a ambos se volvió todavía más tenso, haciéndose más fuerte. Sus manos recorrieron de un lado a otro mis brazos desnudos, mezclando la pintura y dejando a su paso una sensación de escalofrío. Sentí una invasión de mariposas en el estómago y me quedé sin aliento. De algún modo hubo un cambio entre nosotros.

—Te ves hermosa —declaró y sentí que esas palabras me penetraban hasta los huesos.

No podía dejar de tocarlo y sentí que la alegría que brotaba de él era tan potente como el sol del mediodía en Georgia. Era un destello de lo que podíamos tener, de cómo podía ser el futuro. *Nosotros*, sanados y sin la carga de nuestro pesado duelo, cuando pudiéramos recordar a Poppy y a Cillian sin sentir como si nos hundiéramos, sino que flotáramos como plumas gemelas que viajan a la deriva sobre un mar tranquilo.

—Te amo —me dijo Cael y pasó la punta de su nariz por mi mejilla. Supe que también sentía este extraño cambio en nuestra relación, como si nos hubieran soldado el uno al otro, incapaces de separarnos. Mi corazón latía al ritmo de su nombre, con el deseo de sellarlo dentro de mi alma. Quería tenerlo más cerca de algún modo. No, lo necesitaba, lo ansiaba. Quería que conociera cada parte de mí, que nuestras almas chocaran. Intenté detectar exactamente cuándo llegamos a este cambio en nuestra relación. Llegó de manera tan gradual que nos asaltó con sigilo y de manera silenciosa, pero pudo haber sido por la manera en que ambos nos abrimos el uno con el otro, revelando nuestros temores y nuestras cicatrices más profundas. Pudo haber sido por cómo aprendimos a confiar uno en el otro al apoyarnos en nuestros momentos de necesidad, o por la risa que compartimos cuando nos permitimos ser libres y liberarnos de la aflicción por un momento.

O simplemente pudo ser que al fin entendimos que éramos almas gemelas y que solo si compartíamos una vida, nos sería posible acercarnos todavía más de lo que ya lo estábamos.

En ese momento, me besó. Fue un beso profundo y absorbente, pero también fue un contacto que me dio aliento. Fue un beso que podía sentir que nos cambiaba, que prometía un futuro, un compañero, un alma brillante que nos ayudara a atravesar cualquier senda de oscuridad que pudiéramos encontrar.

La mano de Cael se envolvió en mi cola de caballo, sin apretarla.

—No puedo creer que te haya conocido —susurró contra mis labios y el conocido aleteo recorrió todo mi cuerpo, como mariposas que respondían únicamente a las órdenes de los besos y el contacto de Cael—. Al despertar todos los días, doy gracias al universo que te trajo a mí. —Cael sacudió la cabeza como si no pudiera dar crédito—. ¿Cómo pude ser tan afortunado? —exhaló—. No te merezco, Sav, y nunca te daré por sentada.

Sus palabras sinceras me dejaron sin aliento.

Cael me besó una y otra vez, hasta que las multitudes se dispersaron y terminó la primera parte del día, con un arcoíris derramado en el suelo como única evidencia de la celebración que ocurrió. Al momento en que Cael levantó la cabeza, lo miré fijamente a los ojos y pude ver que era recíproco todo mi amor y afecto.

Era mi reflejo en todos sentidos.

Permanecimos allí, suspendidos en ese instante, mientras que el aire chisporroteaba alrededor. En ese instante, una increíble necesidad se apoderó de mí. Las risas, el color, el amor que se había lanzado a los aires alrededor de nosotros lo potenciaron todo. Quería aprovechar la vida, tomarla entre mis manos y no soltarla jamás, vivirla mientras estuviera aquí, feliz y sana, y envuelta en gratitud por mi salud y por el chico que sostenía mi corazón con tanto cuidado entre sus manos.

Los brillantes ojos de Cael expresaban la misma necesidad y volví a reír al vernos a los dos. La amplia sonrisa de Cael adornaba su rostro de nueva cuenta y apareció un diminuto hoyuelo. No lo había visto antes, porque no había visto una sonrisa tan grande en su boca. Ese hoyuelo era perfecto, y también parecía ser gemelo del mío.

—Estamos hechos un desastre —dije e intenté sacudir parte del polvo de nuestra ropa y de nuestra piel, pero no sirvió de nada. Estábamos embadurnados de un revoltijo de colores. Cael inclinó la cabeza hacia un lado.

—Pareces la aurora boreal —exclamó y contuve el aliento. Ambos lo parecíamos. Ese era otro recuerdo que atesoraría para toda mi vida, en especial porque Cael también estuvo allí conmigo.

Cael deslizó la mano en la mía.

—Regresemos al hotel, Duraznos.

En silencio me sacó del nicho aislado hacia las calles, mientras que esa nueva aura danzaba alrededor de nosotros. Todavía podían escucharse algunas risas a la distancia que venían de las escalinatas. Esta ciudad donde la vida se encontraba con la muerte era una maravilla. Hacía que la vida no se sintiera como algo tan atemorizante. Porque así es como me había sentido: atemorizada de vivir después de la muerte de Poppy. Aterrorizada del cambio en mi pequeña y cómoda vida. Sin embargo, la vida *sí* cambiaba, y eso era lo que Varanasi nos enseñaba a gritos y a la vista de todos.

La vida y las personas cambiaban. Ese era el recorrido de la humanidad y era algo que no teníamos más opción que aceptar.

Regresé a mi habitación y me bañé, sonriendo aún con los colores que llenaban el agua limpia que giraba en el desagüe. Ya limpia, me vestí otra vez de blanco. Me dejé húmedo el cabello y en rizos sueltos, y luego me reuní con el resto el grupo en el salón de juegos. Cael platicaba con Travis, pero seguía sonriendo y lleno de energía.

En tanto yo estaba desesperada y locamente enamorada de él.

—Lo miras como yo miraba a José —comentó Dylan en voz baja al aparecer de pronto a mi lado.

—Dylan... —exclamé al sentir que el corazón se me iba a los pies. No quería causarle dolor o incomodidad a causa de mi relación con Cael.

Dylan negó con la cabeza.

—No, eso es *bueno*, Sav. Es... —pasó saliva—. Es hermoso de ver. También me da esperanza, ¿sabes? De que algún día yo pueda tenerlo de nuevo.

Rodeé su cintura con mis brazos y lo abracé.

—Lo tendrás, sé que será así. Eres demasiado increíble como para no conseguirlo de nuevo cuando estés listo. —Dylan me dio un beso en la coronilla.

—Dylan, ¿qué te he dicho de besar a mi chica? —exclamó Cael en tono de risa. Me separé de mi amigo cuando Cael me jaló juguetonamente hacia sus brazos y de inmediato me cubrió con su cuerpo como en un capullo para darme un beso en la mejilla. Me llené de inmediato de una sensación cálida, la estática que se elevó entre nosotros seguía allí, más fuerte si eso es posible. En broma, Dylan volteó los ojos al techo.

—Si ya todos están listos, bajemos al río —nos indicó Mia. Todo el grupo resplandecía de limpio después de las celebraciones ocurridas en la mañana, y solo unas cuantas manchas coloridas empañaban nuestra piel. Pensé que necesitaríamos muchos más baños para que desaparecieran. Cael me mantuvo abrazada con fuerza; incluso el esfuerzo de esa demostración de afecto parecía serle más fácil hoy. Quería aferrarme a su lado por el mayor tiempo posible.

Las luces parpadeaban en las calles a medida que caía el ocaso. Todo estaba pacífico y silencioso luego de una mañana y tarde de caos, y casi podías sentir que la santidad del festival volvía más espeso el aire con cada paso que dábamos, creciendo cuando llegamos a una escalinata y nos sentamos en los escalones, solo para mirar y empaparnos de la cultura, para observar un mundo que estaba muy lejos del nuestro.

—La gente pasará las últimas horas de la tarde yendo a los templos para celebrar *Pooja* —explicó Kabir en voz baja. Yo estaba asombrada de la paz y la quietud que nos rodeaban. Recliné la cabeza sobre el hombro de Cael y dejé que mi cuerpo absorbiera esa serenidad y la importancia religiosa de esta ciudad para la gente que viajaba allí por una multitud de razones. Me quedé perdida observando cómo la gente entraba y salía de los templos. El sonido de la música religiosa llenaba el aire y miré cuando los líderes espirituales realizaban los rituales sobre los escalones de piedra en los que estábamos sentados. Vi cuánto significaba este festival para ellos dentro de su corazón y su alma.

Llegó la noche y abracé con fuerza a Cael, como hipnotizada. No sabía si era por las fuertes emociones del día o por la espiritualidad que podía sentir arremolinada en cada centímetro del aire, pero percibí que, de algún modo, había cambiado. «Así es como debe haberse sentido Poppy», pensé, no por primera vez. Experimentar la paz con la que vivió en su fe inquebrantable llenó otra parte del hueco que tenía en el corazón. «Esta es la razón por la que no tenía miedo». No podía estar más agradecida de que mi hermana haya tenido esa fe para ayudarla a enfrentar la muerte con tal valentía y gracia.

Cael me dio un beso en la cabeza e incline la barbilla para verlo. Pasó su atención de los religiosos que entonaban cánticos hacia mí, y nuestras miradas se enlazaron con algo enterrado profundamente en ellas. No pude explicarlo. Era simplemente… *más*. Algún tipo de bendición al nivel del alma que él trajo a mi vida cobró existencia entre nosotros. Sentí que se me ponía la piel de gallina por todo el cuerpo, pero no como producto del miedo, sino porque era *correcto*. Como si el universo que estudiaba y adoraba tanto me gritara que Cael era mío y que yo le pertenecía a él.

Supe que Cael era mi destino para siempre. Tal vez fue Poppy la que me envió esa confirmación. No quería vivir un día más sin que él no supiera lo amado y preciado que era.

Quería darle todo de mí. Si perder a Poppy me enseñó algo, eso fue que el tiempo es efímero. Ya no quería esperar ni un minuto para demostrarle cuán amado era, así que me acurruqué a su lado y conté los segundos hasta que pudiéramos estar a solas.

En cuanto regresé a mi habitación, esperé con impaciencia a que vinieran Leo y Mia para hacer la última revisión. Cuando me dieron las buenas noches y se fueron a sus propios cuartos, me levanté. Sabía que estaba desobedeciendo sus reglas y traicionando su confianza con lo que planeaba hacer, pero necesitaba a Cael. Esa era la única forma de explicarlo. Quería demostrarle todo mi amor y sentí en mi corazón que valía la pena el riesgo de que me atraparan.

Acababa de llegar a la puerta cuando escuché que alguien tocaba de manera silenciosa, casi inexistente. Confundida sobre quién podía ser, abrí y descubrí a Cael del otro lado. Estaba apurado y revisando el pasillo para asegurarse de que no lo hubieran visto cuando volteó a mirarme. Pasó saliva y se veía hermosamente nervioso. Acababa de abrir la boca para hablar cuando le tomé la mano y lo guie al interior de mi habitación. No necesitaba explicación de sus razones para estar allí, ya que yo también lo estaba sintiendo.

Cerré la puerta en silencio y luego volteé a mirarlo de frente. Cuando nuestras miradas se encontraron, los nervios cosquillearon por mis venas. No eran nervios por algo malo, sino que estaban encendidos y palpitaban, llenos de *vida*. Por la intensidad en los ojos de Cael, me di cuenta de que también quería estar conmigo. Lo miré tragar saliva y la nuez se agitó en su garganta, debajo de los tatuajes que intentaban disfrazar su pena. Sin embargo, pude ver al chico que estaba debajo de ellos. Siempre pude ver quién era en realidad dentro de su corazón.

Tomé su mano.

—Sav… —susurró y su profunda voz llenó el cuarto con preguntas no respondidas. Le besé la palma y luego cada uno de sus dedos. Temblaba ligeramente—. Sav —repitió y las palabras parecían escapársele.

—Quiero hacerlo —dije y acorté el espacio entre los dos. Llevé mis labios hacia los suyos y su beso fue tentativo, suave y muy, pero muy, cuidadoso. Me abrazó como si fuera una posesión frágil y valiosa que no podría soportar que se alejara de él. Yo también me sentía así por él.

Sin separarme de sus labios, lo guie lentamente hacia mi cama. Al acostarnos, Cael se levantó sobre mí y me miró a los ojos. Me quitó el cabello del rostro.

—¿Estás segura? —preguntó para verificar que fuera lo que yo quería.

—Sí —respondí con voz fuerte por la convicción, pero pasé saliva con dificultad al sentir cierta inquietud cuando le dije—: Nunca... nunca lo he hecho antes.

Puso su frente contra la mía.

—Yo tampoco. —Sentí un estallido luminoso y exhalé lo último de cualquier nerviosismo que albergara en mi corazón.

—Te amo —dije, y lentamente le quité la camisa por encima de la cabeza.

—Yo también te amo —respondió y buscó en el bolsillo trasero de sus pantalones para sacar su cartera. Sacó un anticonceptivo y yo esperé el golpe de un mayor nerviosismo, pero no llegó; mi convencimiento se mantuvo firme.

Estaba harta de sentirme asustada por todo y por nada, de no abrazar los momentos de la vida por el miedo. En lugar de eso, quería abrazar el amor y todo lo que traía consigo: la dicha, la maravilla, la excitación. Quería a Cael más que el aire que respiraba y deseaba estar con él en todos los sentidos.

Quería *vivir*.

Con adoración en su mirada azul con tonos de plata, Cael me besó y se fundió contra mi cuerpo, volviéndome totalmente suya. Sostuvo mis manos y las apretó dos veces, el corazón se me hinchó de gozo cuando lo hizo y me besó, con suavidad y ternura. Me apreciaba, me respetaba y le importaba más de lo que creí posible. Me hizo suya hasta que fuimos una sola alma. Nada en mi vida se había sentido así de especial.

Al terminar, se quedó sobre mi pecho y me besó la cabeza. Yo pasé la mano por su esternón y hacia el barco que llevaba tatuado sobre su pálida piel. Sus dedos acariciaron mi pelo, jugueteando con los rizos que se formaron a causa de la humedad del ambiente. Nunca me sentí en tanta paz y tan feliz. Cerré los ojos cuando me di cuenta de que mi mente se había calmado y eso hizo brotar lágrimas de mis ojos.

—¿Sav? —dijo Cael, que se quedó inmóvil cuando mi lágrima cayó sobre su pecho y corrió sobre su estómago. Me levantó la cabeza hacia él y puso un dedo bajo mi barbilla con preocupación cincelada en sus rasgos al momento en que lo miré a los ojos.

—Mi mente está en calma —susurré con una sonrisa bañada en lágrimas.

Cael se me quedó mirando atentamente, hasta que vi que entendió a lo que me refería y que eso era bueno.

—¿Sí? —preguntó en un susurro apenas audible, y pasó la punta de su dedo por mi mejilla. Cada movimiento estaba lleno de amor. No quería separarme de este chico en toda mi vida.

—Mi ansiedad… —callé por un instante, tratando de explicarle—. Mi mente siempre está llena de pensamientos que corren por todas partes, me hace sentir descontrolada, abrumada —sonreí y me quedé mirando los tatuajes de su estómago—. Ahora… —guardé silencio, entrelacé mis dedos con los suyos y volví a mirarlo—. Contigo… así —dije y me sonrojé. Cael arqueó los labios, mostrando un asomo de sonrisa. Había entendido que le encantaba que me sonrojara—. Cuando estoy contigo, se calma.

Cael acarició mi mejilla con su mano libre.

—Porque tu corazón sabe que te protegeré —pasó saliva, mostrando su vulnerabilidad—. Que siempre te mantendré a salvo. —Mi pecho se llenó de una sensación de calidez—. Porque no podría amarte más, aunque lo intente. —Cael cambió de posición hasta que estuvimos frente a frente. Me besó y supe que, después de esta noche, nada entre nosotros volvería a ser igual. Le había dado mi corazón para que lo guardara y él me dio el suyo, y confiaba en que Cael lo mantuviera a salvo; me mantuviera a mí a salvo. Confiaba en él con todo lo que tenía.

Cael me puso sobre su pecho y me quedé recostada encima de él. Lo amaba. Me entendía y yo lo entendía a él. Nuestro camino hacia la curación seguía en proceso y no sabía qué futuro nos esperaba, pero justo ahora, en este momento, estábamos en paz por primera vez. Pasaron muchos minutos hasta que Cael habló.

—Será mejor que regrese a mi cuarto, Duraznos. No quiero meternos en problemas.

—Está bien —respondí, pero lo abracé fuerte por unos segundos más. Su risita afectuosa me hizo sonreír. Se vistió y luego se inclinó hacia mí, colocando la mano sobre mi mejilla, y me besó con tal suavidad que me derritió el corazón.

—Te veo mañana, amor —dijo y luego salió por la puerta. Volteó a mirarme por encima de su hombro antes de escurrirse de regreso al pasillo y regresar a su habitación.

Me quedé acostada en la cama y me sentí tan feliz que pensé que estallaría. Supe que no lograría conciliar el sueño, tenía tantas ganas de gritar mi amor por Cael desde las azoteas. Quería que todos supieran que me había enamorado y que se sentía increíble, así que busqué mi teléfono y le llamé a la persona que sabía que entendería la seriedad de lo que acababa de ocurrir. Ida respondió al segundo tono.

—¡Savannah! —exclamó y pude escuchar cómo irradiaba felicidad al otro lado del teléfono.

—Ida... —susurré—. Tengo tantas cosas que contarte...

Corazones rotos y dejar ir

Savannah
Varanasi, India
Unos días después

La sinfonía de cánticos de los sacerdotes flotó en el aire hasta nuestra lancha sobre el Ganges. Era nuestra última noche en India y asistíamos a la ceremonia de Ganga Aarti, un rito diario que se realiza al atardecer, en el que los sacerdotes le agradecen al río Ganges sus cualidades purificadoras, hacen sonar conchas, tañen campanas y tocan címbalos. Es absolutamente majestuosa.

Ver la ciudad desde este ángulo era imponente. Las escalinatas estaban llenas de gente, con velas que se iban encendiendo a medida que el sol desaparecía en el horizonte para la caída de la noche.

Todos nos quedamos en silencio cuando Kabir nos entregó unos platos hechos de hojas y flores, con una vela encendida al centro. Sostuve la vela en mi mano.

—Es para agradecerle al río —dijo Kabir y luego añadió—: y para honrar a quienes perdieron.

Sentí que se me apretaba el corazón al escucharlo y ahogué un gemido cuando vi que las hojas iban apropiándose del río, mientras que la gente y los sacerdotes soltaban las ofrendas. Cael tenía la cabeza inclinada y miraba su vela. Bajo esa única llama amarilla, sus ojos brillaban con lágrimas no derramadas.

Se dio cuenta de que lo miraba y se obligó a ofrecerme una sonrisa a medias. Estaba dolido y luchaba tanto para dejar atrás la ira residual que tenía por su hermano. Pude ver lo torturado que se sentía, incluso ahora, y tuve un fuerte deseo de quitarle esa carga, pero este era su viaje y era algo que él tenía que hacer por sí mismo.

—Por los buenos recuerdos —dije en voz baja, dirigida solo a Cael. Él parpadeó para quitarse las lágrimas, pero sonrió. El corazón se me fue a la garganta cuando puso la vela en el platito, la soltó en el río y esta empezó a flotar, como símbolo de la razón que nos llevó a todos a estar allí: tratar de dejar ir a nuestros seres queridos.

Me quedé con mi plato un momento más que los otros y lo sostuve más cerca de mi pecho. Era la lección más dura de aprender hasta la fecha: tratar de dejar que Poppy saliera de mi corazón. Quería mantenerla conmigo para siempre, pero aferrarme tanto a ella me impedía seguir con mi vida. Recordé lo que Kabir nos dijo cuando llegamos a esta maravillosa ciudad: debemos liberar las almas de nuestros seres queridos para quitarles los grilletes de esta vida.

Quería que Poppy volara libre. Se merecía su sitio entre las estrellas y el cielo nocturno anhelaba su resplandor extraterrenal. Cerré los ojos y en silencio dije: «Gracias por amarme como lo hiciste. Gracias por enseñarme cómo amar. Te extraño tanto… Sé libre…».

Al abrir los ojos, una lágrima corrió por mi mejilla. Dejé la vela en el río y la vi navegar hacia la distancia. Me recliné en los brazos de Cael, que me esperaban, y él me abrazó con tal fuerza que casi no podía respirar. Me contuvo en ese abrazo. Realmente tenía la esperanza de que yo estuviera haciendo lo mismo por él. A veces pensaba que él iba progresando bien, pero en otras, me preguntaba qué pensaba esa mente callada. Él tenía que seguir haciendo el intento.

A medida que nuestra lancha flotaba sobre las aguas, en silencio le agradecí a esta ciudad por hacerme enfrentar la muerte, pero también por dejarme ver su belleza. Nunca creí que llegaría a verlo de ese modo, pero aquí, en Varanasi, era imposible no hacerlo.

Mientras me llenaba por última vez del paisaje de Varanasi, reflexioné sobre el tiempo que pasé aquí. No podía esperar a escribirle a Poppy en mi diario para contarle todas las cosas que había visto y sentido, de lo que compartí con Cael. Este lugar siempre sería la ciudad que me hizo enamorarme todavía más del chico que con gran rapidez se estaba convirtiendo en todo mi mundo. Eso era lo que Poppy deseaba para mí, así que estaría muy feliz.

Ese pensamiento también me hizo sentirme contenta.

No había terminado de sanar y me seguía doliendo, pero, al dejar esta ciudad, este país, me sentía más ligera y, quizá, un poco más esperanzada. Recliné la cabeza contra el amplio pecho de Cael mientras observaba a los religiosos en sus oraciones. Cael me besó la cabeza y yo sonreí.

En todo caso, seguramente estaba mucho más enamorada.

Angustias y espíritus afines

Cael
Las Filipinas

—Aquí tienes —dijo Savannah mientras me pasaba un clavo. Lo tomé de su mano y luego me sequé el sudor de la frente. El sonido de los martillos que golpeaban la madera hacía eco alrededor. El clima era cálido y húmedo bajo el fuerte sol que caía a plomo sobre nosotros.

Esta semana estaríamos en una zona rural de Filipinas. Era un sitio espectacular, tropical y verde, con suaves arenas blancas y un mar azul con aguas cristalinas. Era paradisiaco, aunque la razón para que estuviéramos allí no era tan idílica.

Había un tono de tristeza en el aire que nunca se iba de nuestro lado mientras reconstruíamos las casas, cuando menos en mi opinión y en la de la mayoría de nuestro grupo. Mia y Leo hacían retiros en Filipinas, pero en otra parte del país, en un sitio donde la gente podía acudir para enfrentar su duelo. En poco tiempo, nosotros haríamos lo mismo.

Sin embargo, primero nos habían llevado a una aldea rural que fue destruida por un huracán varios meses antes. Estábamos participando en una organización benéfica que reconstruía las casas y que ayudaba a los residentes que lo perdieron todo, incluso a miembros de sus familias.

—¿Otro? —me preguntó Savannah y me distrajo de ver la escuela que estaba cerca, arriba de la colina. Los voluntarios ya la habían reconstruido, y la mayoría del edificio estaba lleno de niños que perdieron a sus padres o hermanos, cuando menos a uno, y cada vez que veía esa escuela, el pecho casi me estallaba de tristeza. La mayoría eran menores a nosotros, pero también habían perdido a sus seres queridos y, además, sus hogares. Les habían arrancado de tajo su sustento, el agua potable y las cosechas quedaron destruidas. Eso me daba una perspectiva de la pérdida que nunca había visto y sobre lo devastadora que puede ser.

—Exposición —dijo Savannah, al seguir mi línea de visión hacia la escuela. Suspiré al escuchar la palabra, que me daba escalofríos cada vez que se decía. Era el tema dominante en este tramo del viaje. Solo nos quedaba un país al que iríamos después de aquí y sentí que se me helaba la sangre ante esa idea. No quería irme, ni volver a casa ni a la vida que tenía antes de esto.

Volteé hacia el cabello rubio oscuro que estaba permanentemente a mi lado en estos días, aquella de la que sentía que no podía apartarme. No podía dejar a Savannah, tan solo la idea me provocaba náuseas.

—Exposición —repetí. Mia y Leo nos dijeron que había llegado el momento de enfrentar lo que les pasó a nuestros seres queridos, y que los países anteriores nos habían ido reforzando para este, que sería el paso más difícil de todos. Aquí enfrentaríamos por completo lo que sucedió con nuestros seres queridos.

Se me heló la sangre de solo pensar en ello. No tenía idea de qué planeaban para nosotros en el retiro. Esta parte era obvia: estábamos ayudando a gente como nosotros, solo que en otro país muy lejano. En India, cuando estuvimos en Varanasi, estábamos rodeados de personas que habían perdido a alguien, eso estaba por todas partes; sin embargo, me ponía nervioso pensar en qué íbamos a enfrentar más adelante.

—Mia y Leo quieren que vayamos a la escuela después de esto para jugar —comentó Savannah y me sacó de mis pensamientos.

Asentí distraído cuando vi que ella esperaba una respuesta. Se paró frente a mí y puso la mano sobre mi hombro desnudo, con la cabeza inclinada hacia un lado.

—¿Estás bien? Has estado distraído desde que llegamos. —Sus ojos mostraban preocupación y se mordía el labio inferior con ansiedad.

Varanasi me provocó algo. Desde que nos fuimos de India, no me había sentido estable. No sabía por qué… No, sí lo sabía. Allí me había sentido en paz, como lo había estado en los Lagos en Inglaterra, pero colocar la vela en el río Ganges, ese simple acto, me había paralizado de alguna manera. Sentí que la nube de oscuridad que a menudo me acompañaba iba acercándose lentamente sobre mi cabeza a medida que esa vela flotó hacia la lejanía. Intenté de todo para ignorarla, pero estaba allí, adherida muy cerca.

—Estoy bien —le respondí y vi que la luz se apagaba en sus ojos. Se dio cuenta de que estaba mintiendo, pero no sabía qué decirle. Me sentía triste, deprimido. Ver que esa vela se alejaba sobre el agua había cerrado algo dentro de mí, y no sabía cómo explicarlo.

Savannah me acarició la mejilla.

—Estoy aquí a tu lado. Siempre. —Yo asentí, porque sabía que era cierto. La amaba tanto y, mejor aún, todos los días sentía el amor que ella tenía por mí—. Me puedes decir cualquier cosa —añadió.

Me sonrió con lágrimas en los ojos y luego tomó otra tabla para entregármela.

—La siguiente. —La tome y me sequé una lágrima de la mejilla, si Savannah me vio hacerlo, no dijo nada al respecto.

El patio estaba lleno de niños que jugaban. Travis y Dylan estaban en medio de un juego de competencia de quemados con lo que parecía ser un montón de chiquillos de diez años.

Savannah estaba leyendo con dos niñas que parecían tener seis años, en tanto que Lili dibujaba con un pequeño grupo de niños de ocho años debajo de un árbol y Jade cantaba canciones infantiles con pequeños que parecían estar en el jardín de niños.

Me paré a un lado, inseguro de determinar a qué grupo pertenecía. Leo me detectó desde el otro extremo y caminó hacia mí. Yo estaba reclinado contra un árbol, sintiendo que tenía un hueco en el estómago mientras observaba el juego de los pequeños. Había risas y felicidad. Perdieron tanto y, sin embargo, parecían haber encontrado una manera de seguir adelante. Todos, excepto uno: un niño de más o menos nueve o diez años, que estaba sentado lejos, a solas. Miraba a los demás con una actitud que me pareció de envidia y sentí que estaba viendo un reflejo de mí mismo. Era evidente que estaba apesadumbrado y no sabía cómo interactuar con los demás.

—Su hermano mayor murió —me comentó Leo y todos los músculos de mi cuerpo se pusieron tensos, y mi respiración se agitó—. Él fue quien lo salvó cuando vino el huracán. Sacó a Jacob, así se llama el niño, hasta un sitio seguro, pero él nunca logró salir.

Sentí náuseas y se me heló la sangre. Leo inclinó la cabeza hacia Jacob.

—Sabe inglés porque lo aprendieron en la escuela. —Yo tenía los pies pegados al piso y sentí el enorme peso de la mirada de Savannah cuando levantó la cabeza del libro que le leía a su grupo de niños. No volteé hacia ella, sino que mantuve mi atención en Jacob. El anhelo en sus ojos era tan claro como el día, un anhelo de estar con los demás niños, pero no se lo permitía.

Yo sabía cómo se sentía eso.

Mi mente me arrastró al pasado y me recordó cuando Cillian me llevaba a todas partes con él cuando yo tenía casi la misma edad de Jacob. Me pregunté si su hermano también habría sido así. Salvó a Jacob. Se me retorció el estómago porque no podía imaginar la culpa con la que probablemente vivía ese niño a causa de eso. El nudo en la garganta regresó y las lágrimas brotaron dentro de mis ojos porque supe que, si yo hubiera estado en peligro, Cillian también me habría salvado. Si hubiéramos estado en ese huracán, sabía en lo profundo de mi alma que Cillian me habría llevado a un sitio seguro, aunque eso significara sacrificarse.

Antes de que siquiera pudiera darme cuenta, mis pies ya me estaban llevando al otro lado del patio, a la banca donde Jacob estaba sentado solo. El niño tensó los hombros cuando me senté a su lado y yo me quedé mirando al otro lado del patio. Sonreí al ver que uno de los pequeños correteaba a Travis para tocarlo, y Travis gritó de manera juguetona cuando el niño lo atrapó; era bueno para jugar con ellos.

Inhalé profundamente y le pregunté a Jacob:

—¿No quieres jugar a los quemados?

Jacob negó con la cabeza y empezó a juguetear con sus manos, tenía la mirada baja.

¿Así de cerrado he estado todo el año? ¿Así es como miré a Stephan? ¿A mis padres? ¿Así miré a Savannah?

—Me llamo Cael —dije y Jacob me miró brevemente, para luego concentrarse otra vez en sus manos. Estaba nervioso y yo lo entendía—. ¿Tú te llamas Jacob?

Asintió, pero siguió callado. Odiaba esto. No que no hablara, sino el hecho evidente de que este pequeño había perdido a su héroe y no sabía cómo seguir adelante.

Sentí que el corazón daba un brinco en mi pecho al traer a mi mente una imagen de Cillian. Su sonrisa cuando me miraba. «Tú puedes...». Todavía podía escuchar su voz como si estuviera sentado en esta banca con nosotros, guiándome. Cerré los ojos y sentí que la cálida brisa me acariciaba el rostro. «Ayúdalo», dijo la voz fantasmal de Cillian. Ese era mi hermano, era una persona tan buena y, maldita sea, lo amaba tanto.

Lo imaginé poniendo el brazo alrededor de mis hombros y llevándome a ver los juegos de futbol americano en la prepa. «*Este es mi hermanito* Cael», le decía a cualquiera que estuviera dispuesto a escucharlo. «*Será el próximo Gretzky*», solía decir. El pecho se me llenaba de tanta luz que podría haber estado completamente hecho de sol. Estaba orgulloso de mí, e incluso semanas antes de su muerte, me elogiaba...

—¡Ey, Cael! —me gritó desde la base de las escaleras—. ¡Ya vámonos!

—¿A dónde? —le pregunté, al tiempo que me ponía la chamarra y corría para bajar.

—Vamos por comida —me respondió, y lo seguí hasta el auto.

Me puse el cinturón de seguridad y lo miré. Él llevaba su chamarra del equipo de los Crimson y pants. «Pronto, así me veré yo», pensé. «Cuando juguemos juntos».

—¿Estás entrenando como debes? —me preguntó y yo asentí.

—Claro —respondí. Era cierto. Estaba imparable, en últimas fechas, nada podía detenerme, y todo aquello por lo que me esforzaba parecía acomodarse en su sitio—. ¿Y tú? —le pregunté.

—No quiero hablar de mí —dijo Cillian—. Quiero enterarme de todo lo que pasa con mi hermanito y cómo va a conquistar el mundo del hockey. —Me reí y él también—. Lo sabes, ¿verdad? —insistió—. Mis compañeros de equipo ya están haciendo la cuenta regresiva para cuando te integres a los Crimson.

Entramos al autoservicio y Cillian pidió hamburguesas con papas fritas.

Cuando estuviéramos en temporada de juegos, no comeríamos esta basura, pero yo no iba a discutir. Cillian se estacionó y parecía perdido en sus pensamientos, solo miraba por el parabrisas.

—¿Cill? —llamé su atención y agité la mano frente a su cara. Él parpadeó, sacudió la cabeza y se plantó en el rostro la misma sonrisa de despreocupación de toda la vida.

—Lo siento, chamaco; me quedé en la luna.

Me reí mientras me entregaba la hamburguesa y las papas.

—¿Vas bien de calificaciones? —preguntó y yo asentí—. ¿Y tus entrenadores están conformes con cómo has estado jugando?

—Obvio —contesté y le di una mordida a la hamburguesa. Cillian venía a casa de visita, ya que, en términos generales, vivía a corta distancia en auto. Sin embargo, en últimas fechas venía con más frecuencia y pasaba más tiempo conmigo, para asegurarse de que estuviera en buen camino para llegar a la universidad.

—Bien. —Cillian dejó de comer y luego me puso la mano en la nuca para voltearme de frente a él. Parecía perdido en sus pensamientos, pero luego dijo—: Sé que vas a lograr algo grande en tu vida —afirmó y me sentí como si hubiera crecido un metro—. Algo fantástico.

—Tú también —respondí, porque ese era el plan: todo lo haríamos juntos. Cill me sonrió, pero no lo sentí real; luego no dijo nada más en respuesta. Empecé a fruncir las cejas cuando me dijo:

—¿Viste anoche el juego de los Bruins? —rio—. ¡Se fueron invictos, hermano!

Cillian se quedó unas cuantas horas platicando conmigo y luego me llevó a la casa.

—Te veré en el siguiente juego —le dije al despedirme, pero su sonrisa vaciló.

—Sabes que sí —respondió y bajé del carro. Me incliné para mirarlo por la ventanilla abierta del lado del pasajero—. Te amo, hermanito —afirmó—. No lo olvides nunca.

—Yo también te amo —respondí y me despedí agitando la mano. Odiaba cuando tenía que regresar a la universidad, pero lo volvería a ver en unas semanas. Luego, en muy poco tiempo, lo vería todos los días. Jugaría con él en Harvard y, al fin, todos nuestros sueños se convertirían realidad…

Parpadeé por la brillante luz del sol que me cegaba y que me arrancó de ese recuerdo. Pensé una y otra vez en aquella noche porque, en retrospectiva, en ese entonces también vi señales de que había algo mal con Cill. Exhalé con fuerza, pero saqué el aire con dificultad. Apenas sentía enojo cuando pensaba en Cillian; ahora, eso se había convertido en un profundo dolor en el pecho que nunca me dejaba. Miré a Jacob, que jugaba nerviosamente con sus manos a mi lado y no pude creer cuando mi voz brotó de mis labios sin que me diera cuenta.

—Yo también tenía un hermano mayor: Cillian. —Mi voz era áspera y tensa al pronunciar su nombre en voz alta, pero las palabras estaban saliendo y eso, en sí mismo, era un maldito milagro.

Detecté por el rabillo del ojo que las manos de Jacob estaban quietas.

—Era mi mejor amigo —dije y volteé a mirar a Savannah, que le ataba el pelo a una niña para hacerle una cola de caballo que debe habérsele soltado, sonreí al verla hacer eso. Quería trabajar con niños y le preocupaba no ser lo bastante buena, pero sí lo era, era perfecta. Al sentir mi mirada, levantó la vista y se sonrojó ante mi atención, y luego me ofreció una gran sonrisa.

Parte del dolor que sentía en el pecho se alivió un poco. Entonces volteé hacia Jacob, que me miró a los ojos y, esta vez, no desvié la mirada, me aclaré la garganta y continué.

—Él… —volví a toser— murió hace no mucho.

Los ojos de Jacob perdieron un poco de esa mirada dura y, en ese momento, me di cuenta de que sabía que éramos iguales: teníamos las mismas cicatrices por la pérdida de un hermano. Se movió intranquilo en su asiento y preguntó:

—¿Tu hermano también te salvo?

Sentí que me ardían los ojos por las lágrimas, así que apreté la mandíbula y parpadeé con rapidez para impedir que saliera mi llanto. Su pregunta me quitó el aliento, pero entonces volví a pensar en Cillian como si fuera un rollo de película con los viejos recuerdos que se reproducían en mi mente, mostrándome todas las risas y diversión que solíamos compartir: las horas y horas que pasábamos en el estanque congelado, los cumpleaños y las fiestas. Las vacaciones en México y simplemente reír juntos. Todas las veces en que tuve un mal partido y él me apretaba contra su pecho, me besaba la cabeza y me decía que todo estaría bien, que lo olvidara y volviera a enfocar mi mente.

Que siguiera adelante...

—Sí —respondí en voz apenas audible—. También... me salvo —añadí, porque era cierto. Él me salvó de todas las maneras que importaban. Incluso hasta el final, fue el mejor hermano mayor que alguien pudiera desear.

Jacob volteó la cabeza hacia el ajetreado patio cuando alguien lanzó una risotada.

—¿También lo extrañas? —me preguntó y luego volteó hacia mí. Sus ojos cafés estaban muy abiertos y llenos de tristeza mientras esperaba mi respuesta.

—Cada minuto de cada día —susurré.

—Me estaba enseñando a jugar futbol —dijo Jacob—. Daniel era mi hermano y había empezado a enseñarme justo antes de...

Vi el cobertizo de equipos deportivos a un lado del patio.

—¿Te gustaría jugar ahora? —El niño siguió mi línea de visión.

—¿Tú juegas futbol? —preguntó y yo sonreí con satisfacción.

—No lo hago mal —respondí—. Mi deporte es el *hockey*.

Jacob me ofreció una pequeña sonrisa.

—¿Sobre hielo?

—Sí, ese precisamente.

—Aquí no tenemos mucho hielo —declaró, pero entonces se puso de pie y fue directamente hacia el cobertizo. Me levanté y lo seguí. Al abrir la puerta, me quedé paralizado porque, frente a mí había un montón de palos de *hockey* de madera, sin marca, y una cubeta de pelotas de práctica.

—Una persona de Canadá nos visitó y también le gustaba el *hockey* sobre hielo, así que los fabricó con madera sobrante que no se estaba usando para las casas —me comentó Jacob y luego agachó la cabeza—. Les enseñó a algunos a jugar un poco sobre tierra. Yo quería integrarme, pero es que…

No pudo obligarse a jugar y yo lo entendía. Los palos de *hockey* casi resplandecían, recargados allí contra la pared del cobertizo, acumulando polvo. Sentí que mis manos se cerraban por la necesidad de tomar uno, mientras que mi mente se llenó de recuerdos que llegaron volando: de Cillian cuando me enseñó a jugar, cuando me enseñó como tomar el bastón…

—Con una mano hasta la punta —dijo. El palo de hockey se sentía enorme en mis manos, pero Cill acababa de empezar a practicarlo, y yo también quería hacerlo—. Ahora pon la otra mano abajo, aquí —me indicó al tiempo que llevaba mi mano cada vez más abajo en el palo—. ¿Cómo lo sientes? —preguntó al pararse frente a mí. Me puso una mano sobre el hombro y me dio un apretón. Estaba orgulloso.

—Bien —respondí con una sonrisa tan grande que me dolieron las mejillas—. Se siente superbien.

Metí el brazo dentro del cobertizo y saqué uno de los palos para quitarle las telarañas con un soplido. Pasé la mano sobre la superficie lisa y lo apreté en mis manos. La sensación de que era *lo correcto* para mí fue inmediata; cerré los ojos y me permití tener un momento de paz. Había pasado tanto tiempo desde que tuve un palo de *hockey* en las manos sin lanzarlo a un lado o hacerlo pedazos. Me detuve un momento, respirando el aire cálido y sintiéndome relajado. Pensé en Cillian. Por un instante, casi creí sentir que su mano me apretaba de nuevo el hombro, orgulloso otra vez de mí.

Cuando los abrí de nuevo, volteé hacia Jacob.

—¿Quieres aprender a sostenerlo? —La emoción brilló en sus ojos. Le entregué el palo y vi un asomo de vida que se prendía en sus ojos tristes—. Pon una mano en la punta —le indiqué, imitando lo que Cillian me enseñó hace tantos años—. Y luego la otra mano aquí —dije y pude escuchar la emoción que me cerraba la garganta mientras dirigía su mano—. ¿Cómo lo sientes? —le pregunté y traté de permanecer en ese momento irreal sin permitirle que me desmoronara.

—Bien —respondió Jacob y el aire alrededor pareció brillar. De verdad sentí que Cillian estaba justo a mi lado, quería creer que así era.

—Muy bien —contesté y le sacudí el pelo. Tomé una cubeta de pelotas y las redes improvisadas que también estaban tiradas allí. Las coloqué y ayudé a Jacob a aprender cómo maniobrar el palo, cómo controlarlo y meter la pelota en la red. No era *hockey* sobre hielo y en realidad ni se parecía a eso de ninguna manera, pero era algo.

No fue sino hasta que Jacob anotó y lanzó las manos al aire que me di cuenta de que todos se habían detenido a observarnos. Dylan se dirigió al cobertizo y sacó todos los palos de *hockey,* pero antes de que lo hiciera, volteó a mirarme a los ojos como si me preguntara en silencio: «¿Está bien?». Yo asentí, sintiendo que de verdad estaba bien, y Dylan le entregó palos de *hockey* a los demás niños, que se quedaron allí, esperando con la respiración llena de ansiedad para que les diera las instrucciones. Cuando miré hacia un lado, vi que Savannah me observaba con ojos brillantes por las lágrimas.

—Duraznos —grité y agité la mano—. Ven acá. —Sus mejillas se encendieron al caminar hacia mí, ya que odiaba estar bajo cualquier tipo de atención. Tomé uno de los palos y puse a Savannah frente a mí para colocarme a sus espaldas, y les demostré a los niños cómo sostener el palo, usándola como ejemplo. Mantuve el pecho pegado a su espalda y moví sus manos, mientras que le daba unos cuantos besos suaves en la mejilla sin que me vieran los niños.

Cuando los chicos se fueron a practicar, bajo la vigilancia de nuestros amigos, Savannah puso una mano sobre mi brazo.

—¿Estás bien? —preguntó—. Esto debe haber sido difícil para ti.

—Sí —respondí y supe que podría escuchar la ronquera de mi voz—, pero también se sintió bien. —Agarré con más fuerza el palo y abrí la boca para decir algo, pero luego me detuve.

—¿Qué? —me preguntó, negándose a dejar que me volviera a cerrar.

—Lo sentí... —Respiré profundamente—. Sentí como si mi hermano estuviera conmigo. Justo en este momento. —Mantuve la mirada hacia abajo, sintiéndome estúpido, pero entonces Savannah me acarició la mejilla y me levantó el rostro hasta que nos miramos a los ojos.

—Entonces, estuvo —respondió con absoluto convencimiento—. Lo creo con todo mi corazón. Todos formamos parte del mundo, nuestras propias energías. Incluso al morir, esas energías permanecen. —Se encogió de hombros—. Creo que esa es la razón por la que los sentimos a veces. Tal vez su energía se queda cerca y nos recuerda. —Acerqué a Savannah para ponerla contra mi pecho y la abracé, manteniéndola lo más cerca posible.

Escuchamos que alguien carraspeaba junto a nosotros y, al momento de soltar a Savannah, Leo estaba allí con un palo de *hockey* en la mano.

—Es posible que no haya formado parte del equipo nacional de *hockey* de Estados Unidos, como algunos que conozco, pero sí sé un poco de cómo se juega... ¿le entras? —Savannah rio y yo no pude evitar que mis labios se estiraran en una sonrisa.

—¿Estás seguro de que no eres demasiado viejo? —contesté y pude ver que un resplandor de alegría recorría mi cuerpo al bromear.

Leo apuntó el extremo del palo hacia mí.

—Solo por eso, no te haré las cosas fáciles.

—¡Salgan del patio! —gritó Travis al escuchar el reto y colocó las redes en ambos extremos. Puso una pelota en el centro y yo avancé hacia ella para enfrentarme a mi contrincante. Entonces miré que Savannah estaba en las líneas laterales. Se puso una mano sobre el corazón y asomaron las lágrimas a sus ojos mientras me veía.

Esta chica era perfecta.

Leo me sonrió con actitud competitiva y, entonces, Travis hizo sonar un silbato que encontró en el cobertizo. Allí comenzó el encuentro. Durante los siguientes veinte minutos, con el sudor que me corría por el rostro y la espalda, barrí con Leo mientras corría por todo el patio, con el palo en la mano y hundiendo la pelota en su red tantas veces que perdí la cuenta. Lamenté la falta de hielo y de patines, el escozor del frio contra mi piel, pero en ese momento me sentí más como yo mismo de lo que me había sentido en todo un año.

Leo se inclinó y una oleada de rendición se percibió en el aire, pero yo no me detuve. Incluso cuando los niños regresaron a sus clases, yo me quedé practicando hasta que terminé agotado y el sol amenazaba con provocarme una insolación.

Savannah y nuestros amigos se quedaron a mirarme, y creo que se dieron cuenta de lo importante que fue ese momento para mí. No me importó tener un público, estaba tan metido en mi cabeza que sentí que estaba solo, únicamente con el palo.

Lo extrañaba.

Extrañaba esto.

Entonces los pequeños salieron corriendo al terminar sus clases y, de inmediato, Jacob se me acercó. Seguía nervioso, pero me dijo:

—¿Vendrás otra vez?

—¿Te parece mañana? —respondí y Jacob sonrió. Corrió hacia una mujer que supuse que era su mamá, y ella agitó apenas una mano como saludo. Eso me hizo pensar en mi mamá y en cómo viajaba a cualquier parte con nosotros para los partidos. Era una mamá muy buena y la extrañaba. A papá también. Lo único que habían querido siempre era lo mejor para mí. Les había estado enviando mensajes todos los días y abriéndome más, acercándome de nuevo a ellos con cada día que pasaba.

Sentí que una mano aterrizó a mitad de mi espalda: era Savannah.

—¿Estás listo para que nos vayamos? —me preguntó. Asentí, un poco obnubilado por los sucesos del día. Me ayudó a guardar los equipos y luego me tomó de la mano.

No la conduje a las cabañas donde nos estábamos quedando, en lugar de eso, la llevé a la playa. El sol descendía por el horizonte y el día había perdido el fuerte golpe del calor, dejando solo una brisa templada.

Le solté la mano y caminé directo al mar para sumergir todo mi cuerpo bajo las tranquilas olas. Me libré del sudor en el cuerpo y la cabeza y, cuando salí a la superficie, Savannah estaba metida hasta los tobillos en el agua junto a la playa.

Tenía inclinada la cabeza hacia atrás mientras disfrutaba las últimas luces de la tarde, algo que siempre hacía. Sin que se diera cuenta, me acerqué a hurtadillas hacia donde estaba. Practicar otra vez mi deporte produjo una sensación de alegría en mi pecho, y los buenos recuerdos de Cillian alejaron parte de la oscuridad que llevaba en el alma.

Estaba a unos cuantos centímetros de Savannah cuando volteó hacia abajo justo en el momento en que le rodeé la cintura con los brazos y la arrastré hacia el agua profunda. La sostuve con firmeza cuando nos estrellamos contra la superficie y, luego, la levanté en vilo sobre las olas, sosteniéndola con fuerza.

—¡Cael! —me gritó, aferrada a mi cuello. Inhaló hasta el fondo y se quitó el agua del rostro. No pude evitarlo, y me reí desde lo más profundo de mi corazón, y ella también rio, deteniéndose solo para ponerme una mano en la mejilla, con una gran sonrisa que permanecía en su cara. Entonces se asomaron esos malditos hoyuelos…

»Me encanta cuando ríes —dijo mientras flotábamos en las tibias aguas— y me encantó verte jugar hoy. —Me quitó el cabello que estaba adherido a mi rostro y deslizó uno de sus dedos sobre el anillo que llevaba en la nariz y el otro que tenía en el labio—.

Eres maravilloso, Cael. —Se puso más seria y luego añadió—: y espero algún día poder verte jugar sobre el hielo.

Mi risa se apagó, pero no porque estuviera molesto o enojado, simplemente no supe cómo responder.

—¿Te presioné demasiado? —preguntó con una preocupación que se reflejaba en su dulce acento, haciéndolo más pronunciado; podría escucharla hablar todo el día.

—Para nada —respondí y besé una gota de agua que resbalaba por un lado de su cuello. Savannah se volvió a sonrojar y sus pecas aparecieron por millares bajo tanto sol. Volvió a pasar la mano entre mi pelo y su contacto me hizo sentir mejor, como siempre.

—Creo que... creo que me gustaría —dije y solté una risita amarga—. Pero no sé si es demasiado tarde. Simplemente me alejé de mi equipo juvenil y ni siquiera me comuniqué con Harvard, solo me negué a ir. —Miré sus ojos azules que hacían juego con el color del mar—. Por supuesto que mis padres le explicaron al entrenador, pero... —suspiré—. No fue nada profesional.

—Estabas; bueno, estás, en proceso de duelo. Cualquiera que no entienda eso no merece tu tiempo. El equipo de *hockey* de Harvard tendría suerte de contar contigo el próximo año. Eres increíble.

Sonreí al escuchar la intensidad de su voz; entonces volví a suspirar.

—Todavía estoy procesando el asunto del *hockey*, necesito un poco más de tiempo.

—Me parece bien —dijo simplemente y yo la besé, no podía evitarlo al mirar lo hermosa que se veía en ese instante. Cuando nos apartamos, me preguntó—: ¿Cuál era el número de tu camiseta?

—Ochenta y siete —respondí y acaricié de un lado a otro su cuello—. Cillian era el treinta y tres.

Ella sonrió, probablemente porque le di otro detalle sobre mi hermano. La volví a besar y dije:

—Hoy te portaste fantástica con esos niños.

Savannah suspiró.

—¿Lo crees?

—Lo *sé* —contesté y luego le pregunté—: ¿Estás preocupada por este tramo del viaje?

—Sí —respondió con sinceridad. El ocaso brillaba sobre el agua alrededor de nosotros, reflejándose en sus ojos y en su pelo mojado, la hacía parecer como un ángel—. Sé que lo que sea que planearon para nosotros será doloroso, y mucho, me imagino.

Un dolor agudo de temor me apretó las entrañas. Tenía razón, sabíamos que las semanas siguientes serían difíciles, pero ya habíamos llegado hasta aquí y quería seguir adelante. Apreté a Savannah más fuerte entre mis brazos.

—Por el momento, simplemente podemos disfrutar de estar aquí.

Savannah puso su frente contra la mía.

—Disfrutaré de estar donde quiera que tú estés.

Yo compartía ese sentimiento.

Historias desgarradoras y furia extinguida

CAEL
EL RETIRO, FILIPINAS
UNAS CUANTAS SEMANAS DESPUÉS

Me detuve en seco cuando Leo nos condujo hacia una puerta cerrada y se me heló la sangre al ver el letrero. Todos los días anteriores nos llevaron a este punto. Las sesiones individuales, las sesiones grupales, lo que se te ocurra, todo lo habíamos hecho aquí. Fue despiadado e intenso, y yo ya me sentía molido, agotado y al límite de mis emociones, pero hoy sería cuando tendría que enfrentar cara a cara lo que le ocurrió a Cillian. Hoy era el día en que enfrentaría lo que Cillian hizo.

No soy tan orgulloso como para no reconocer que estaba absolutamente aterrorizado.

Leo puso una mano en mi espalda.

—No te habría traído aquí si no pensara que eres capaz de hacerlo —dijo y se llevó una mano al pecho—. Yo pasé por lo mismo y, aunque duele, y mucho, *sí* ayuda.

Confiaba en Leo, y mientras más tiempo pasaba con Mia y con él, más fe tenía en ellos. Además, Leo había atravesado por el mismo camino que yo. Este era el trabajo de su vida y tenía que poner mi confianza en él si quería mejorar.

El tiempo que pasamos reconstruyendo las casas fue conmovedor, y acordé mantenerme en contacto con Jacob por medio de correo electrónico y cartas. El trabajo físico, como la construcción de casas y refugios, fue gratificante; sin embargo, el lado emocional era el que más esfuerzo representaba para mí.

Savannah atravesó por su experiencia de exposición hacía un par de días. Pasó un tiempo con los médicos en el retiro para aprender cómo trataban a la gente, en particular a aquellos que sufrían cáncer. Me di cuenta de que lo acogió con entusiasmo, absorbiéndolo todo como la magnífica alumna que era, pero también vi lo mucho que le dolía: la tensión que le provocaba su dolor por Poppy. Unos cuantos días, acudió al pabellón pediátrico de los pacientes con cáncer en el hospital. Esa era una verdadera exposición y me preocupé por ella. Había hecho tantos progresos y me preocupaba que eso la hiciera tener una regresión.

También me preocupaba por mí.

—¿Estás listo? —me preguntó Leo.

«No», quise decir. «No creo que algún día esté listo». Pero asentí porque tenía que hacer esto. Tenía que luchar por mi futuro, ya había llegado hasta aquí.

La empresa de Leo y Mia tenía varios retiros en todo el mundo, estaban en todas partes para que la gente pudiera alejarse de Estados Unidos y conseguir ayuda profesional para cualquier problema que estuvieran experimentando. Leo y Mia enfocaban su tiempo en el proceso de duelo en particular, aunque contaban con otros terapeutas y psicólogos que ayudaban a sus pacientes con una diversidad de problemas diferentes.

Pasamos por la puerta y vi que había un pequeño círculo de sillas, con unos cuantos hombres sentados en ellas. Leo me explicó que la gente que asistía a esta sección del retiro intentó quitarse la vida, pero, por múltiples razones, seguían vivos. Unos cuantos levantaron la vista hacia mí cuando entramos. En ese instante, lo único que pude ver fue a varios Cillians que me miraban, eso me azoró tanto que me costaba respirar.

—Leo —dijo un hombre que lo saludó con un apretón de manos, luego volteó hacia mí—. Y tú debes ser Cael. —También me estrechó la mano, pero yo parecía un robot, paralizado por el miedo—. Me llamo Simon y soy el líder de este grupo. —Asintió hacia Leo y continuó—. En términos prácticos, Leo es mi jefe. —Intentó bromear y sonreír con el propósito de hacerme sentir cómodo, pero yo no podía moverme. Lo único que veía era a esos hombres que me miraban. Trataron de suicidarse, pero no lo lograron. ¿Por qué Cillian no pudo seguir vivo igual que ellos?

En estado catatónico, Leo me llevó hacia el grupo y me senté. Acepté una botella de agua, pero solo me la quedé en la mano. Leo se sentó a mi lado, como un apoyo silencioso. Tenía la garganta seca y cerrada, mientras que mi corazón latía demasiado rápido. Mis ojos pasaban con gran velocidad de un hombre a otro, al tiempo que me preguntaba qué habían hecho, pero, más que nada, por qué lo habían hecho. ¿Tenían familias? ¿Alguno de ellos era el hermano mayor que casi dejó abandonado a su hermano menor?

—Cael, habla con el grupo, les conté que vendrías. —Mis ojos estaban muy abiertos y el sudor formaba gotas en mi frente—. Todos aquí están dispuestos a compartirte su historia para ayudarte a entender.

Mi respiración era entrecortada, tanto que Leo se inclinó hacia mí.

—Respira como te enseñamos, Cael. Tú puedes hacer esto. —Pensé en Savannah y recordé cómo respiraba con ella: inhalar hasta contar ocho, sostener la respiración hasta contar cuatro y exhalar hasta la cuenta de cuatro. La imaginé allí, contando junto conmigo. En ese momento, los hombres empezaron a contar sus historias. Una experiencia insoportable tras otra, y yo los escuché con gran atención.

—... entonces desperté —dijo Richard, uno de los pacientes, mientras que la sala estaba en total silencio, excepto por su voz. Se pasó la mano por el rostro, como si hablar de su experiencia lo lanzara de nuevo a ese momento, a ese sitio horrible—. Me di cuenta de que no estaba muerto y que, en lugar de eso, estaba en el hospital. Mis padres estaban sentados, uno a cada lado de la cama, y me tomaban las manos como si nunca fueran a soltarme. Los aterroricé. —Sentí que mis pulmones se cerraban al imaginar esa visión. Richard levantó la vista hacia mí y me miró directamente—. No tenían ni la menor idea de lo mucho que estaba sufriendo; no les dije y me convertí en un maestro para ocultarlo detrás de una máscara. —Muchos de los demás hombres asintieron—. Me *quería* ir. No fue un llamado de ayuda. Al principio, estaba tan furioso de que no hubiera funcionado, pero... —Suspiró y pude ver que parte del conflicto y dolor desaparecían de su semblante—. Pero luego conseguí ayuda y ahora estoy tan agradecido de estar aquí. Lo digo en serio.

De verdad me sentí feliz por Richard. Tan absolutamente feliz de que tuviera una segunda oportunidad en la vida. Sin embargo, lo único que me venía a la mente era Cillian. Que tal vez, si yo hubiera hecho un mejor esfuerzo en la reanimación cardiopulmonar, *pude* haberlo salvado. Pude haberlo traído de vuelta y le hubiéramos conseguido ayuda, como en el caso de Richard y de estos otros hombres.

A medida que el grupo daba su testimonio, todas sus historias eran diferentes, pero se destacaba un aspecto que siempre era el mismo: la depresión incapacitante que todos sufrían. El trastorno agobiante que causaba que muchos sintieran que la vida no valía la pena y que la muerte era la única salida. Sabía que Cillian se sintió así, porque la nota que guardaba en mi cartera me lo decía y, por las historias que me estaban contando, supe que muchos sufrieron a solas y en silencio.

Me avergonzaba que el enojo que siempre sentí hacia Cill siguiera allí. Pude dominar mis exabruptos y la forma en que la ira controlaba mi vida, pero en lo que se refería a cómo me sentía acerca de mi hermano, no podía sacudírmela. Estaba tan *furioso* con él. Me quedé sentado y escuché las historias de todos para no ser irrespetuoso con aquellos que se abrieron conmigo, pero en cuanto habló la última persona, me levanté de mi silla y salí de la sala.

Necesitaba respirar, moverme, porque Cillian pudo habérmelo dicho. *Debió* hacerlo. Éramos tan cercanos. ¿Por qué no simplemente me lo dijo?

—¿Cael? —me llamó Simon, el líder del grupo, que se paró a mi lado mientras yo caminaba de un lado al otro sobre un prado afuera del salón de terapia. Vi que Leo estaba en el umbral y que nos miraba.

—No puedo —respondí, apretando los dientes—. No puedo hablar de eso. —Simon se sentó en una banca cercana y dijo:

—¿Podrías sentarte?

No quería, porque me sentía inundado de una energía interminable. Necesitaba correr, trotar para quitarme esta sensación. Había vuelto a correr todos los días y estaba recuperando mi condición física. Eso me ayudaba, pero ahora no estaba seguro de si correr en un millón de maratones me ayudaría a apagar este quemante infierno dentro de mí. No quería estar enojado de nuevo, no podía volver a ser esa persona que fui antes.

—Por favor —insistió Simon. Leo volvió a entrar con el grupo. No creí que ni siquiera él pudiera comunicarse conmigo en ese momento. Simon me esperó varios minutos más hasta que me senté junto a él. La pierna me seguía saltando, pero hice lo que me pidió. Cuando me senté, volteé hacia las palmeras y el brillante sol. Era abrasador, pero, dentro de mí, se sentía como si fuera invierno.

—Yo no conté mi propia historia allá adentro —dijo. Me quedé quieto, pero mantuve la mirada al frente—. Yo no traté de quitarme la vida. —Me concentré en respirar y me di cuenta de que los hombres que estaban en esa sala tenían todo mi respeto por contarme sobre sí mismos y la manera en que la depresión les robó todo, hasta que sintieron que no les quedaba otra salida que la muerte. No obstante, seguía sin poder entender por qué Cillian no me dijo lo que estaba sintiendo. No existían dos hermanos más cercanos, nos lo contábamos todo.

»Cuando tenía dieciocho años, mi hermano se quitó la vida —me contó Simon, y en ese momento me quedé quieto. Sentí como si me hubiera golpeado un martillo en el pecho y, poco a poco, volteé hacia él. Tenía la mirada puesta en las nubes, pero luego volteó a verme de frente cuando sintió que lo observaba. En sus ojos seguía habiendo cierta aflicción—. Yo estaba como tú: enfurecido. Mi hermano Thomas y yo éramos muy cercanos —sonrió—. Lo hacíamos todo juntos. Yo era el menor, igual que tú. —Simon se inclinó en su asiento y colocó los codos sobre sus piernas—. E, igual que a ti, mi hermano no me dijo cómo se estaba sintiendo antes de dejarnos. Yo estaba furioso, me enojé tanto que eso me devoró como si fuera una enfermedad. Bueno, fue así hasta que un terapeuta me hizo una pregunta que puso todo de cabeza.

—¿Cuál pregunta? —cuestioné con la voz ronca, pero llena de desesperación. Quería todo lo que pudiera servir para alejar para siempre mi enojo, que me ayudara a ver de manera diferente a Cillian. Lo amaba y solo necesitaba una forma de *entender*.

Simon volvió a acomodarse hacia atrás y me miró otra vez.

—Todos sabemos que la depresión es un trastorno del estado de ánimo que es destructivo y cruel, pero el problema es que muchas personas eluden lo debilitante que puede ser. —Con gran velocidad, una fuerte sensación de culpa envolvió mi corazón. Simon suspiró.

»Deja que te pregunte algo, Cael. —Yo estaba prendido de cada una de sus palabras—. Si Cillian hubiera tenido una enfermedad terminal, si hubiera luchado una larga batalla contra, digamos, el cáncer, ¿estarías enojado con él por morirse?

La simple imagen de Cillian muriéndose de esa forma me provocó que el estómago se me hundiera hasta los pies y todavía más abajo.

—Por supuesto que no —exclamé con vehemencia—. ¿Quién podría hacer eso?

—Verás, Cael —dijo Simon en voz tenue y cuidadosa—. Para algunos, vivir con depresión puede ser tan difícil como vivir con una enfermedad terminal.

Algo empezó a pasar con el fuego que ardía en mi interior cuando dijo esas palabras: se estaba volviendo más débil y perdiendo su calor. Segundo a segundo, mientras repetía en mi mente las palabras de Simon, ese escudo protector que llevaba sobre el pecho empezó a caerse, exponiendo el corazón destrozado y lleno de pena que estaba debajo. «Para algunos, vivir con depresión puede ser tan difícil como vivir con una enfermedad terminal».

—La depresión es una enfermedad que devora toda la felicidad y la luz, hasta que no queda nada más que desesperanza y desesperación. Al igual que el cáncer arrasa con el cuerpo, la depresión destruye la mente, el alma y el espíritu. Es una asesina silenciosa que se roba la vida de manera gradual, momento a momento, y que extingue toda la luz del alma. —Simon me puso la mano en la espalda—. Entender eso puede ayudarte a apagar el enojo que tienes contra Cillian por haberte dejado y, tal vez, te ponga en camino hacia el perdón y hacia una oportunidad de llorarlo sin juzgarlo. Ayudarte a entender por qué lo hizo, y que tú no podías hacer nada para detenerlo… y, al final, tampoco él pudo hacerlo.

«Cillian… No…».

Me incliné y dejé que el fuego se desvaneciera por completo, hasta que quedé en carne viva, expuesto y retorcido por la culpa. Entonces llegaron las lágrimas de manera tan veloz y libre que apenas me dejaban ver. Cillian estaba enfermo. No quiso dejarnos, no quiso abandonarme, sino que su enfermedad se lo llevó. Igual que el cáncer se llevó a Poppy de lado de Savannah. Mi hermano no pudo evitarlo… no pudo evitarlo.

—Regresemos al salón —escuché que decía Leo en voz baja, interrumpiendo mi colapso emocional. Cuando levanté la vista, el sol había desaparecido del cielo y la luna se erguía, mientras que cientos de estrellas estallaban sobre el negro firmamento. Simon seguía a mi lado y se quedó conmigo mientras me desmoronaba.

Debimos haber estado allí por horas, suspendidos en el tiempo con esta nueva perspectiva.

Leo entrelazó el brazo con el mío y me ayudó a incorporarme. Me sentía débil, como si mis piernas estuvieran a punto de flaquear en cualquier momento. Una vez que pasó la culpa, sentí como si acabara de perder a Cillian otra vez.

—Yo lo tuve entre mis brazos —le susurré a Leo y me recargué contra él, aferrándome con fuerza a sus brazos.

—Lo sé, hijo. Lo sé.

—No va a regresar —exclamé y el llanto que me estaba desgarrando el pecho era despiadado y doloroso. Mis emociones cedieron y la tristeza que llegó fue como una avalancha que fue creciendo y creciendo hasta volverse imparable.

—¿Cael? —Una voz que reconocería en cualquier vida atravesó la niebla de mi aflicción y, al levantar la vista con los ojos hinchados, vi que Savannah corría hacia mí, con Mia detrás.

—Savannah... —dije y ella me envolvió entre sus brazos. ¿La había llamado? ¿Quizá? No podía recordarlo.

Era demasiado pesado como para que ella me sostuviera y ambos caímos al suelo, con las rodillas contra el pasto cuando me rendí a mi tristeza.

—No fue su culpa —dije en un suspiro y la apreté contra mi pecho. Su aroma a cerezas y almendras me rodeó, manteniéndome a salvo dentro de nuestra burbuja—. No fue su culpa, Duraznos, estaba enfermo. Estaba enfermo y no podía enfrentarlo... —Me desmoroné contra el recodo de su cuello. Sabía que Leo y Mia estaban cerca, vigilando por si acaso.

—Estaba enfermo, mi amor —respondió Savannah mientras recorría mi espalda hacia arriba y hacia abajo—. Era una persona tan buena y te amaba tanto. No te habría dejado si hubiera podido evitarlo. No lo conocí, pero sé que es cierto. —Apreté más entre mis dedos la camisa de Savannah y simplemente me aferré a ella, mientras que mi cuerpo derramaba meses y meses de enojo, culpa, vergüenza y pena hacia el suelo debajo de nosotros.

Después de un tiempo, Leo y Mia nos ayudaron a regresar a mi habitación. Me acosté en la cama, agotado y sintiéndome tan desgarrado que me dolía como una herida abierta. Savannah se sentó junto a mí y Leo hizo lo mismo en una silla colocada del otro lado.

A mi mente vino la imagen de Cillian entre mis brazos, hecho pedazos y muerto. No fue su culpa… No podía culparlo, pero así lo hice. Fui un mal hermano.

Parpadeé para mirar la habitación, sintiendo como si ahora viera todo de modo diferente. Savannah se acercó a mi lado y yo me hice bolita contra su regazo, con los brazos apretados alrededor de su cintura. Quería asegurarme de que ella no me dejara también. Escuché los leves gemidos de su propio dolor. Nunca en mi vida pude haber estado más agradecido por el amor y apoyo de una persona de lo que lo estaba en este instante.

—Los dejaré un momento a solas —dijo Leo, dirigiéndose claramente hacia Savannah. En un ratito vuelvo, pero llámenme si me necesitan.

—Gracias —respondió. Escuché que Leo salía de la habitación y me aferré con todas mis fuerzas a Savannah.

Me dolía el pecho al respirar y sentía como si mis extremidades estuvieran hechas de plomo. Levanté la vista hacia Savannah y, al encontrarme con sus ojos azules, dije:

—Te amo, Duraznos —declaré con voz áspera—. Lo… lo siento tanto —dije al sentirme culpable por haber arrojado todo esto en su camino.

Savannah cambió de posición en la cama hasta estar recostada a mi lado.

—Te amo —respondió y me quitó el pelo del rostro—. No hay nada de qué sentirte apenado. —Todo su hermoso rostro demostraba preocupación, y era por mí.

—Se fue, Sav —dije y, por primera vez en un año, de verdad dejé que ese hecho se instalara dentro de mí. Sentí como si me hubieran lacerado con mil navajas, pero permití que la verdad entrara en mí. *Finalmente*. Por completo y de manera absoluta, cada gramo de dolor.

—Lo sé —susurró ella y pude sentir la pena tanto en su voz como en el contacto de sus manos.

—Nunca lo volveré a ver ni a hablar con él.

—Lo sé. —Las lágrimas de Savannah dejaron un rastro sobre sus mejillas. —¿Qué tal si... no está en un mejor lugar? —El corazón se me encogió al tener ese pensamiento. ¿Qué tal si nunca llegó a donde se supone que todos vamos a ir?

—Está en paz —respondió Savannah con convicción y pude escuchar en su voz que lo creía.

—Es doloroso —afirmé y entrelacé mis dedos con los suyos. Le apreté dos veces la mano, repitiendo la señal para indicarle que me estaba desmoronando, pero supe que esta vez tenía que permitirlo. Tenía que sentir esto, debía dejar que entrara la verdadera sensación de duelo para mejorar.

—Eres fuerte —dijo Savannah—, y estaré contigo cuando no lo seas.

Recosté la cabeza sobre su estómago y la abracé. Mis párpados empezaron a sentirse pesados y el sueño me dominó. Sin embargo, mientras me quedaba dormido, imaginé el rostro de Cillian y le dije en silencio: «Lo siento, Cill. Lamento no haber entendido...».

«Te extraño».

«Te amo».

«Y quisiera que pudieras haberte quedado...».

Cielos oscuros y estrellas más brillantes

Savannah,

Creo que la parte más difícil de mi enfermedad es ver cómo les afecta a todos ustedes. Recuerdo un día en particular en que Ida y tú vinieron a verme al hospital. Me acababan de decir que el tratamiento estaba fallando y que me quedaban solo unos meses de vida. Savannah, recuerdo haberte visto a los ojos y saber que lo entendías. Que estaba muriendo. Yo estuve en paz con eso, pero sentir cómo te desmoronabas cuando te abracé fue uno de los peores momentos de mi vida.

No existe nada peor que ver derrumbados por la tristeza a quienes amas. Me duele tanto porque está fuera de tu control y rezo con todo el corazón porque mis últimos meses sean hermosos. Nunca quiero permitir que la oscuridad me consuma, incluso en la más extrema de las circunstancias.

Espero que, cuando leas esto, tu vida esté llena de amor y luz. Si no es así, la tarea que te dejo es que te esfuerces por dejar entrar esa luz. Llénate de la gracia, y la luz y la esperanza se extenderán a quienes te rodean. Contágialos con alegría. Cúbrelos con un amor tan implacable que no les quede otra opción que sentir ese amor hasta la médula de sus huesos.

Sentada aquí ahora, rezo por haber hecho eso mismo por ti. Por mamá y papi, por Ida. Y por Rune, a quien le lastimará tanto mi ausencia cuando se vaya a Noruega. No sé si alguna vez volverá a ser feliz, pero lo veo sonreír más y más cada día. Camina a mi lado, como el alma gemela que siempre supe que era.

Busca la felicidad, hermana, y luego propaga esa felicidad y esperanza a todos los que conozcas, en especial a aquellos que más las necesiten. Eres mi rayito de sol y siempre lo serás. Sé que puedes serlo también para quienes lo necesiten.

Con todo mi amor,
Poppy

SAVANNAH

Me até el pelo en una trenza francesa y me puse unos simples broqueles de oro. Luego alisé las arrugas de mi camisa y de mis pantalones, y estuve lista. Los latidos acelerados de mi corazón eran tan fuertes que pensé que podría verlos debajo de mi blusa, pero me concentré, me esforcé en controlar mi respiración y mantuve la espalda recta.

«Puedo lograrlo», me dije. Cerré los ojos y, en silencio, dije: «Poppy, por favor pon tu mano en mi espalda y dame fuerzas para enfrentar esto».

Al abrir los ojos, sentí que me ardían por las lágrimas que estaban a punto de salir, pero las retuve y volteé hacia Cael, que estaba sentado sobre la cama de mi habitación. Leo le permitió estar allí durante el día, siempre y cuando dejáramos abierta la puerta, y había llegado desde las primeras horas de la mañana. Leo ya había pasado varias veces para checarnos, más bien para estar al tanto de Cael, a quien apenas había dejado solo desde que tuvo su revelación.

Cael me observaba con tristeza. Los últimos días fueron difíciles para él y eso me rompía el corazón. Después de escuchar al grupo de hombres hace unos días, y luego de platicar con Simon, que lo ayudó a replantear sus pensamientos, ha estado enfrentando muchas dificultades.

Volteé y me senté a su lado, y él extendió la mano hacia mí. Aunque sea imposible de creer, los últimos días nos habían unido más. Lo vi llorar y, también, cómo el insomnio no lo soltaba de sus garras. Estaba atormentado por el dolor, pero yo lo sostuve mientras atravesaba todo eso y, en esas horas en que estaba más perdido y su corazón estaba herido, se me ocurrió que yo ya había avanzado más allá de esa etapa. Desde que estoy en este viaje con Mia y Leo, y con mis nuevos amigos y con Cael, de alguna manera me hice más fuerte. Encontré maneras de seguir adelante.

Una sensación cálida recorrió mis venas y recordé las palabras que escribió Poppy en su diario. «Busca la felicidad, hermana, y luego propaga esa felicidad y esperanza a todos los que conozcas, en especial a aquellos que más las necesiten. Eres mi rayito de sol y siempre lo serás. Sé que puedes serlo también para quienes lo necesiten».

—¿Cómo te sientes? —me preguntó con voz áspera.

El estómago me dio un vuelco.

—Nerviosa —respondí y puse los labios sobre nuestras manos unidas. Cael me puso la mano sobre la nuca y me acercó para darme un beso, suave y lleno de compasión. Me dejé caer entre sus brazos y sentí que se me henchía el corazón. A pesar de lo deshecho que estaba en este momento, seguía estando a mi lado, verificando siempre si me sentía bien.

Miré al sol del otro lado de la ventana.

—Tengo miedo de que no podré afrontar verlo. Ver a los pacientes. —Pasé saliva para deshacer el nudo que tenía en la garganta—. En especial a aquellos que no sobrevivirán.

Cael me abrazó con más fuerza y regó un montón de besos sobre mi pelo. Podía ver a Poppy en mi mente. Cuando estaba más enferma y frágil, con la piel amarillenta. La vi en los primeros días de su tratamiento, cuando su cabello había desaparecido y estaba acostada en la cama del hospital, con lo que parecía como un millón de cables pegados a su piel. La imaginé cuando estaba cerca del final, acostada en estado de coma, cuando pensamos que nunca podríamos volver a hablar con ella para despedirnos por última vez.

Sin embargo, si quería convertirme en médica, tenía que enfrentarlo. Tenía que hacer el intento, tanto por Poppy como por los niños como ella. Por las familias que ponían la vida de sus hijos en manos de los médicos que hacían su mayor esfuerzo por salvarlos.

Este sería mi primer paso para alcanzar ese sueño, que estaba decidida a cumplir en honor a mi hermana. En honor a mamá y a papá. Por mí misma y por Ida, y por todas las familias que eran víctimas del cáncer.

—Puedo hacerlo —dije. Me sequé las lágrimas y erguí la espalda. Tenía los ojos dirigidos al piso, ya que no sentía tanta confianza como había demostrado, pero Cael puso sus manos en mi rostro, rodeándome las mejillas, y me acercó a su línea de visión.

—No conozco a nadie que sea más capaz de lograrlo.

—Amor... —dije y giré la cabeza ante su contacto para besarle la palma de la mano.

Cael me acercó a sus labios y me besó para darme valor. Después dijo:

—Estaré aquí para ti cuando regreses —y entendí el significado entre líneas que transmitía con el tono de su voz.

Estaría aquí para mí si la terapia de exposición me deprimía, si quedaba destruida por los niños enfermos que vería hoy.

Escuchamos que alguien tocaba a la puerta y Mia asomó la cabeza hacia el cuarto. —¿Estás lista, Savannah? —Asentí y ella me sonrió. Luego miró a Cael—. Leo te está esperando. —Le di un último beso a Cael y me levanté para ir hacia la puerta, pero volteé una última vez hacia él para cobrar fuerza. Su sonrisa fue casi invisible y supe que debe haberse esforzado por esbozarla. Entonces salí con Mia hasta que llegamos a un auto que nos llevaría al hospital pediátrico.

—¿Cómo te sientes? —preguntó Mia cuando arrancamos y nos fuimos alejando de la seguridad del retiro.

—Nerviosa —confesé—. Pero... —respire profundo para tener fuerza—. Pero creo que estoy lista.

—Has llegado muy lejos, Savannah —afirmó y escuché el orgullo en su voz—. Has logrado avances increíbles.

—Gracias —respondí y recordé la cena de anoche. El grupo estuvo taciturno, ya que todos habían pasado por sus sesiones de exposición. Dylan se reunió con personas que perdieron a sus parejas o mejores amigos, y tenía los ojos enrojecidos cuando regresó, pero también había cierto alivio en su mirada. Travis se reunió con sobrevivientes de desastres en los que murieron sus compañeros de clase. Lili fue con adolescentes que perdieron a sus padres, en tanto que Jade acudió a una reunión de personas que perdieron a miembros de sus familias en accidentes vehiculares. Finalmente, por supuesto estaba Cael.

Mia y Leo me presentaron a algunos oncólogos a los que conocieron a través de sus programas y pasé el día hablando con ellos, escuchando sobre sus vidas y carreras. Eso solo consiguió que mi determinación de volverme doctora se volviera más firme. Cuando la doctora Susan Dela Cruz, una de las directoras de oncología en el hospital infantil local, me preguntó si me gustaría acudir al pabellón de cáncer y seguirla en sus rondas, no estuve segura de ser capaz, pero luego de platicar con Mia y Leo, decidimos que sería bueno para mí.

Me carcomía el miedo, pero si había aprendido algo gracias a este viaje, eso era que el temor tiene que enfrentarse y derrotarse. Tenía que vencerlo; ya estaba harta de salir huyendo.

Una hora más tarde llegamos a la ciudad y nos detuvimos frente a un alto edificio blanco: el hospital pediátrico. Mis recuerdos de los hospitales estaban envueltos en un manto de oscuridad, pero traté de modificar mis pensamientos y considerarlos como un sitio de seguridad y esperanza para las personas aquejadas por enfermedades mortales. Como un lugar donde se acude a sanar, no a perder la vida.

Al atravesar las puertas de cristal, el olor a desinfectante me rodeó y de inmediato me regresó a la imagen de Poppy recostada en su cama, en estado de coma y llena de agujas con alambres y oxígeno. No obstante, respiré para alejar el dolor de esos recuerdos y me concentré en el momento en que nos dejó, cuando estuvo en casa para pasar sus últimos días con aquellos que más la amaban. En paz.

Susan exploró mi rostro.

—¿Cómo te sientes?

—Quiero hacerlo —dije y tuve la esperanza de que la mano de Poppy estuviera puesta en mi espalda para darme apoyo como se lo pedí. Necesitaba que ella me guiara a través de esta experiencia. Seguí a Susan hasta que llegamos al pabellón de oncología.

—La sala está llena de pacientes —comentó Susan y el corazón se me fue a los pies. Tantos niños. Debe haberse percatado de la tristeza en mis ojos, ya que me puso la mano sobre el hombro—. Tenemos confianza de que podemos salvar a muchos de ellos.

«Pero no a todos...».

Asentí, incapaz de hablar. Me di un momento de tranquilidad. Mi fortaleza y convicción declinaron por un instante, pero estaban allí, haciendo el intento.

Susan introdujo el código de seguridad en la puerta y, al entrar al pabellón, las enfermeras se acercaron para hablar con ella. Como no entendía el idioma, no podía seguir la conversación, así que mi mirada se desvió hacia las ventanas que rodeaban la sala. La tristeza estrujó mis pulmones al grado de que me dolieron cuando vi que un chico, que había perdido todo el pelo, estaba acostado en cama, leyendo un libro. Era pálido y delgado y, junto a él, estaba una mujer, que supuse que sería su mamá, que le tomaba la mano como si nunca fuera a soltarla. A su lado estaba otra paciente, una niña que no tendría más de diez años y que estaba dormida, con unos cuantos mechones que le crecían en su cuero cabelludo liso.

El embate de los recuerdos cayó sobre mí. El recuerdo de Poppy en esas diversas etapas asaltó mis fuerzas como balas que me penetraban. La mano de Mia se posó sobre mi espalda y, por un segundo, sinceramente pensé que sentí a Poppy.

—Si esto es demasiado, podemos salir por unos minutos —me aclaró Mia y yo negué con la cabeza. Me iba a quedar porque quería hacerlo, para enfrentarlo. Ya había llegado la hora.

Mia asintió justo cuando Susan regresó hacia mí con una historia clínica.

—Estoy a punto de iniciar las rondas —me informó al observar el estado de agitación en el que yo estaba—. Sé que no entenderás el idioma en la mayoría de los casos, pero sí tenemos a una chica de catorce años cuyo padre es británico. Si quieres, pensé en que podrías hablar con ella. —El pulso aleteó en mi pecho y Susan me sonrió—. Sabe que vendrías y está muy emocionada por conocerte.

—Está bien —respondí con voz ronca. Catorce años, no mucho menor que Poppy cuando la diagnosticaron. Miré a Susan—. ¿Está mejorando? —Por la expresión triste en su rostro supe de inmediato que no era así.

—Tiene linfoma de Hodgkin en etapa cuatro y solo le quedan unos meses de vida. Dejó de responder al tratamiento.

Se me opacó la visión. Tenía la misma enfermedad que Poppy y estaba muriendo

—Queremos que enfrentes las cosas, Savannah, pero solo hasta donde seas capaz de tolerarlo —dijo Mia y Susan asintió.

En mi mente, vi el rostro sonriente de Poppy y lo fuerte y alegre que fue hasta el mismo final.

—Quiero hacerlo —respondí con voz gruesa por el sentimiento—. Quiero hablar con ella.

La sonrisa de Susan hacia mí fue muy amplia.

—Primero hagamos las rondas y luego te llevaré con Tala.

«Tala». Qué nombre tan hermoso.

Seguí a Susan a la primera habitación y permanecí atrás para darle el suficiente espacio para que trabajara. Escuché el tono dulce de su voz cuando hablaba con los niños, miré la enorme sonrisa en su rostro y cómo los trataba con un cariño y respeto tan grandes que fue impresionante.

Antes de entrar a cada habitación, Susan me explicó en qué etapa de la enfermedad se encontraba el paciente: si acababa de iniciar la quimioterapia, si estaba a punto de terminar, pero los que más dolor me produjo fueron aquellos que estaban en tratamiento paliativo. Miraba sus ojos y sonrisas cansadas. Cuando alguno intentaba devolverme la sonrisa, cuando sus padres me estrechaban la mano, sentía un golpe de puro enojo. No era justo que estuvieran perdiendo la batalla. No era justo que sus familias los perdieran lentamente, día tras día.

Incluso aquellos que estaban tristes, que lloraban y estaban exhaustos, tenían para mí un brillo que revelaba la fortaleza interna de un guerrero.

Igual que Poppy la había tenido.

Nos detuvimos en la última habitación y Susan volteó hacia mí.

—Este es el cuarto de Tala. —Se me estrujó el corazón y controlé mi respiración, porque no quería que ella me viera alterada. Ya estaba atravesando por suficientes problemas.

—Estoy lista —afirmé y enderecé la espalda. Susan ingresó a un cuarto privado y la seguí. Tala estaba acostada en su cama, se veía frágil y tenía el cabello corto. Su equipaje estaba a un lado de la cama y usaba ropa de calle. Al verme, su sonrisa fue cegadora.

—Tala —le dijo Susan—. ¿Cómo te sientes? —En esta ocasión habló en inglés.

—Bien —respondió y luego volteó a mirarme de nuevo. El corazón se me detuvo al ver sus ojos verdes y el labio inferior me tembló, pero respiré profundamente y me mantuve firme—. ¿Tú eres Savannah? —preguntó, con un leve acento en su voz, que era tan hermoso.

—Así es —confirmé y me acerqué a darle la mano. Tala la apretó con fuerza.

—La doctora Dela Cruz me dijo que tendría una visitante de Estados Unidos. —Una sonrisa de emoción se extendió por sus labios.

—Es un honor conocerte, Tala —dije, asegurándome de que mi voz fuera firme.

—¿Quieres ser doctora? —preguntó.

—Es correcto.

—¿Por qué? —preguntó y sentí que se me helaba la sangre. Levanté la mirada hacia Susan, la doctora Dela Cruz, y ella asintió para darme aliento. Entonces se dirigió a Mia.

—¿Dejamos un rato a las chicas para que platiquen?

Mia volteó hacia mí y yo asentí. Mia y Susan salieron, y Tala le dio unos golpecitos al borde de su cama.

—Siéntate, por favor —dijo—. Mi familia vendrá pronto —sonrió—. Hoy me voy a casa… —Dejó la idea en suspenso y yo me senté a su lado. Supe por qué iba a casa: por la misma razón que lo hizo Poppy cerca del final.

Tala nunca soltó mi mano, el apretón era débil y, sin embargo, contenía demasiada fortaleza.

—¿Por qué quieres ser doctora? —preguntó de nuevo—. ¿Para los pacientes con cáncer? —agregó

—Sí —respondí—. Específicamente para el cáncer infantil. —Me observó con cuidado y esperó a que respondiera la segunda parte de su pregunta—. Tenía una hermana mayor… —continué y de verdad me esforcé por mantener firme mi voz, al mismo tiempo que parpadeaba para desaparecer las lágrimas de mis ojos—. Tuvo cáncer: linfoma de Hodgkin, como tú.

El rostro de Tala se puso serio.

—¿Dónde está ahora? —preguntó y sentí que mi alma lloraba. La miré a esos ojos verdes como el bosque.

—En el cielo —contesté y me permití creerlo con todo mi corazón.

Los dedos de Tala apretaron los míos y bajó la mirada hacia nuestras manos unidas. Luego dijo:

—Yo también estoy muriendo. —Esas cuatro palabras provocaron un tremendo desgarro en mi alma.

—Lo sé —susurré y le apreté más la mano.

Una capa de lágrimas hizo que sus ojos verdes resplandecieran.

—Intento no asustarme, pero, a veces… —Pasó saliva y una sola lágrima cayó de uno de sus ojos y se deslizó por su mejilla—. A veces no puedo evitarlo.

—Es comprensible —afirmé y me moví más cerca de ella—. Lo que estás enfrentando es lo más difícil que puede encarar una persona.

—¿Tu hermana tenía miedo? —preguntó, y luego añadió—: ¿Cómo se llamaba?

—Poppy —respondí—. Se llamaba Poppy.

—Poppy —repitió Tala y sonrió—. Me gusta ese nombre.

Esperó a que respondiera su pregunta anterior.

—Poppy no tenía miedo —dije—. Por lo menos, trató de no tenerlo. —Recordé la resiliencia de mi hermana, sus sonrisas y la felicidad innata que irradió hasta su último aliento—. Era tan feliz, amaba con todas sus fuerzas a su familia y también a su novio. Amó la *vida*… hasta el instante final.

Tala giró la cabeza y se quedó mirando una foto que estaba al lado de la cama. En ella había una mujer filipina, un hombre caucásico y dos pequeños: un niño y una niña. Por supuesto, también estaba Tala, con los brazos alrededor de todos ellos.

—Yo también amo a mi familia —afirmó y deslizó un dedo sobre los rostros sonrientes. Luego volteó hacia mí y continuó—: Creo que lo que más miedo me da es dejarlos.

—A Poppy también. —Rodeé sus manos con las mías—. Pero estamos bien —dije y sentí que algo cambiaba dentro de mí.

Estaba mejor. Por primera vez en cuatro años, tenía esperanza de estar mejorando y de que estaría bien. Le sonreí—. Además, yo sigo hablando con Poppy —añadí—. Cuando visito su tumba cerca de donde vivimos. Y también le hablo en las estrellas.

—¿En las estrellas? —preguntó.

Esbocé un intento de sonrisa.

—Me gusta pensar que ella lanza su luz sobre mí y que vive entre las estrellas. —Una lágrima rodó por mi mejilla, pero era de felicidad. Estaba recordando a Poppy con *felicidad*—. Ella era resplandeciente cuando vivía y supe que simplemente tendría que serlo más en la otra vida.

Tala sonreía, pero luego titubeó.

—Eso me gusta —afirmó—, lo que dijiste de las estrellas.

—¿Qué pasa? —le pregunté al notar que tenía algo en su mente.

—Es que ahora me canso mucho. Estoy tan cansada. —Levantó la mirada para verme a los ojos—. No estoy segura de ser tan resplandeciente como tu hermana. A veces siento que mi luz se está apagando y que las cosas se están poniendo oscuras.

El corazón me dio un salto al escuchar sus tristes palabras. Me incliné y le apreté las manos, para entonces decirle:

—Las estrellas brillan más en la oscuridad.

La sonrisa que me ofreció en respuesta rivalizaba con el brillo de las estrellas, de la luna y del sol mismo.

—En tagalo, que es nuestro idioma —dijo—, mi nombre, Tala, significa «estrella brillante». Me llamo igual que la diosa de las estrellas.

Entonces lo sentí. Un halo del destino resplandeció entre las dos, junto con la sensación de una suave mano que me presionaba la espalda, entonces supe que Poppy estaba a mi lado. Percibí una sensación de que el destino, o algo parecido, llenaba la habitación; supe que el camino de Tala y el mío estaban destinados a cruzarse y que se suponía que ambas nos conociéramos.

Escuchamos un golpe en la puerta y Susan se asomó.

—Tala, ya llegó tu familia para llevarte a casa. —La puerta se abrió por completo y dos niños pequeños entraron y saltaron a la cama de Tala para abrazarla con sus bracitos.

—¡Ya regresas a casa, querida mía! —exclamó un hombre con acento británico desde la puerta y se sonrojó un poco cuando me vio al lado de su hija—. Oh, lamento interrumpirlas.

—No hay problema —respondí y, al mirarlo, noté que los ojos verdes de Tala me veían fijamente. Le sonreí al hombre y a la mujer que lo acompañaba: la mamá de Tala.

Me incorporé de la cama y solté la mano de la niña. Ella me sonrió.

—Adiós, Savannah.

—Adiós, Tala —respondí, sintiendo la garganta rasposa porque sabía que nunca la volvería a ver.

Ella pasó saliva y luego, por encima de las cabezas de sus hermanitos, afirmó:

—Te veré desde las estrellas.

Le sonreí entre lágrimas.

—Te estaré buscando —logré responderle antes de salir del cuarto e ir directamente al salón privado para familias que estaba a la izquierda. Alcé la cabeza hacia el techo y dejé que mis lágrimas corrieran como ríos gemelos desde mis ojos. Me cubrí el rostro con las manos y simplemente dejé que la pena por la situación de Tala se derramara.

Era tan valiente, tan pura, y tenía un alma tan bella que no merecía morir.

—¿Savannah? —Mia entró a la habitación, seguida de Susan, y cerraron la puerta tras de sí.

—Quiero hacer esto —dije sin la menor duda en mi corazón y con la voz gruesa por el sentimiento—. Quiero ser oncóloga pediátrica. Quiero ayudar a curar a estos niños que no merecen estar enfermos. Quiero dar todo mi esfuerzo para que algún día, el cáncer no aleje a la gente de sus seres queridos. Quiero ayudar para que el cáncer *de todos los tipos* sea curable. Es lo que más deseo.

Con cada palabra expresada, mi voz se fue volviendo más fuerte. Yo me volví más fuerte. Era tanto mi deseo que supe que iría a Harvard ese otoño. Estudiaría los cursos previos a la carrera de medicina y no me detendría hasta impedir que ninguna otra familia tuviera que perder a una Poppy, a una Tala, ni que le faltara una valiosa rama a su árbol familiar.

—Puedo lograrlo —le dije a Mia—. Sé que puedo. —Sonreí—. Porque llevo a Poppy en mi corazón.

Los ojos de Mia brillaron y me abrazó.

—Estoy tan orgullosa de ti, mi niña.

—Gracias —susurré.

La verdad era que yo también estaba orgullosa de mí misma y sentí también un orgullo inconmensurable por Poppy, que me hizo darme cuenta de esto. Por su diario, que me impulsó y me sostuvo a través de sus páginas cuando ya no tenía sus brazos que me abrazaran en el mundo real. También me sentí orgullosa de Tala, que me concedió el regalo de hablar con ella. Porque me ayudó a encontrar mi fuerza interior cuando pensé que la había perdido; me sentí muy honrada por conocerla.

Salí del hospital con una nueva determinación en mis pasos y una sensación de propósito dentro del corazón. Aceptaría con gratitud en el corazón lo que fuera que viniera después, porque tenía una luz que compartiría con el mundo, de la misma manera que Poppy la había tenido. Teníamos la misma sangre, lo que corría por sus venas, corría también por las mías, y yo lograría esto por ambas.

Gestos de consideración y el renacimiento de la música

Savannah
Manila, Filipinas
Unos días después

Esta sería nuestra última noche en Filipinas, que fue el país más emotivo y difícil de nuestro trayecto. Seguía en carne viva después de mi charla con Tala, pero mi determinación continuaba firme. Supe que no vacilaría en mi decisión de lo que quería en la vida, iba a ser médica y estaba resuelta a alcanzar esa ambición.

Eso no quiere decir que no me sacudiera emocionalmente conocer a niños enfermos y a aquellos que estaban muriendo, al igual que me sentía afectada por mi conversación con Tala en sus últimos días y sobre lo que vendría después.

Lo que le dije fue en serio, la buscaría en las estrellas, igual que lo hacía con Poppy y como ahora buscaba a Cillian.

Hoy estábamos en Manila y mañana volaríamos a Japón. Mia y Leo nos dijeron anoche cuál sería nuestro último país, y yo me quedé sin aliento cuando lo revelaron, porque era el inicio de la primavera y, en Japón, eso significaba una cosa: los cerezos estarían en flor.

Poppy siempre quiso conocer Japón y ver las flores de los cerezos, por lo que no pude pasar por alto el hecho de que estaría terminando mi viaje hacia la sanación entre las flores que tanto le encantaban.

—¿Estás lista? —escuché y, al voltear hacia la puerta del cuarto de hotel, Cael estaba allí, con una camisa de manga larga y abotonada, con el último botón sin cerrar, y unos elegantes pantalones negros. Se había arreglado el cabello y no llevaba su gorra. Sus mejillas estaban bien afeitadas y me llegó su aroma a sal de mar y nieve fresca hasta donde estaba sentada. Tragué saliva cuando vi lo realmente guapo que era.

—Cael —exclamé—, te ves deslumbrante. —Sentí que mis mejillas se ruborizaban, eso era algo que sabía que nunca se me quitaría: la facilidad con la que me sentía avergonzada.

La variedad de tatuajes de Cael destacaba con orgullo en su piel dorada por el sol, y un pequeño conjunto de pecas decoraba su nariz, haciendo que los *piercings* plateados que tenía en ella y en los labios sobresalieran incluso más.

Tenía los brazos cruzados sobre el pecho cuando se inclinó contra la puerta, pero su mirada azul-plata era dulce al posarse en mí. Me levanté del asiento del tocador y pasé mis manos sobre mi vestido veraniego azul pálido para alisar la tela. Llevaba suelto el cabello en ondas suaves, sandalias de tacón bajo y broqueles de oro, y me había puesto una delgada capa de maquillaje en el rostro.

Iba a levantar la cabeza para preguntarle cómo me veía, pero, antes de poder hacerlo, Cael me rodeó con sus brazos y me atrajo hacia su cuerpo para abrazarme con fuerza. Con sus labios junto a mi oído, dijo:

—Carajo, Duraznos, te ves increíble. Volví a sonrojarme aún más, pero con una enorme sonrisa en los labios.

Cael se echó hacia atrás y me quitó el cabello de la cara. Analizó cada uno de mis rasgos y dijo con su voz ronca:

—No entenderé jamás cómo demonios te atreviste a estar conmigo, pero nunca dejaré de estar agradecido.

—Mi amor —murmuré mientras él me besaba la frente, cada una de mis mejillas y, por último, los labios. Ni siquiera pareció molestarle el brillo labial que me había puesto, su beso fue profundo y total, en un encuentro entre su suave lengua y la mía. Envolvió sus manos en mi cabello y me mantuvo pegada contra su pecho. Me valoraba de todas las maneras posibles.

Algo que aprendí en este mundo era cómo se sentía ser amada, ser adorada; que te aceptaran tanto en tus momentos de mayor debilidad como en los de mayor fortaleza. Sabía lo que era en realidad un alma gemela.

Cael dio un paso atrás y entrelazó sus manos con las mías. Me observó detenidamente por tanto tiempo que sentí escalofríos que me recorrían la nuca.

—Espero que sepas cuánto te amo —susurró y mi corazón se abrió como una flor en primavera. Sin embargo, había un asomo de tristeza en mi alma que reflejaba la pena que seguía escuchando en su voz ronca, viendo en su modo de caminar.

Sus hombros no estaban tan erguidos como siempre, se desvanecieron sus sonrisas amplias y la risa desapareció por completo. En los últimos días estuvo trabajando de manera incansable con Leo, pero la verdad era que Cael tuvo un retroceso a causa de su terapia de exposición. No, no era un retroceso, sino que lo había puesto en el camino correcto. No obstante, se le estaba dificultando muchísimo y todos los días deseaba poder quitarle su dolor.

Ahora, yo respiraba con un poco más de facilidad, en tanto que la respiración de Cael era difícil. Lo observé anoche cuando estábamos con nuestros amigos y empecé a sentir pánico. Se mostró tan reservado, tan distante, y supe que los demás también lo notaron. Nunca había sido muy platicador, pero, en últimas fechas, había estado retraído y en silencio. Los últimos días me pareció que estábamos en niveles diferentes en nuestro proceso de duelo. Lo veía también en el grupo. Cinco de nosotros estábamos cambiando a una mentalidad y emocionalidad más sanas.

Cael se quedó rezagado y eso era muy difícil de presenciar.

——¿Estás bien? —le pregunté mientras recorría cuidadosamente el *piercing* de su labio con mi dedo, me encantaba su sensación de en los labios cuando me besaba. La mirada clara de Cael bajó al suelo y, al levantar la vista hacia mí, tenía los ojos atormentados por el dolor.

—Solo estoy triste, Duraznos —respondió en voz baja—. Simplemente… —exhaló un largo suspiro—. Estoy real y jodidamente triste.

—Lo sé —afirmé y lo abracé. Me pareció sentir que una lágrima caía sobre mi hombro, pero cuando él levantó la cabeza, se había secado los ojos.

—¿Te sientes capaz de ir a la cena de hoy? —le pregunté. Mia y Leo reservaron una cena en un restaurante local y esta sería una noche poco común, lejos de las pesadas sesiones de terapia a las que nos había sometido este tramo del viaje. Era una oportunidad para que todos nos diéramos un respiro antes del vuelo del día siguiente.

Cael asintió con una leve sonrisa en los labios.

—Si me permites.

—¿Qué? —le pregunté, sospechosa de su sonrisita de suficiencia.

—Podría tener planeado algo para nosotros más tarde.

Las mariposas empezaron a revolotear en mi estómago.

—Ah, ¿sí?

—Claro —confirmó, pero vi un destello de preocupación—. Solo… solo espero que sea lo correcto.

—Lo será —respondí y le besé el dorso de la mano—. Sé que así será.

Cael me condujo hacia el pasillo, donde nos encontramos con Travis y Dylan.

—¡Fiú, fiú! ¡Vaya que se ven bonitos cuando se arreglan! —Yo reí y luego admiré a Dylan y Travis, que llevaban elegantes camisas abotonadas y pantalones de vestir, los dos se veían muy guapos. Era agradable vestirse así después de todas esas semanas de ropa casual.

—Se ven encantadores —declaré y les di un beso en la mejilla a cada uno.

—Bueno, muchas gracias, señorita —dijo Travis y sonrió de oreja a oreja. Entonces volteó a mirar a Cael.

—¿Te sientes bien, hermano?

Cael asintió sin gran ánimo y luego oprimió el botón del elevador. Me di cuenta de que Travis y Dylan estaban preocupados por él, pero no querían decir nada que lo molestara. Todos queríamos que Cael sanara y poníamos todas nuestras energías en apoyarlo.

Nos encontramos con Mia, Leo, Lili y Jade en la recepción y recorrimos la corta distancia hacia el restaurante bajo las luces de Manila. El clima era agradable y la brisa ligera, y sentí como si la noche nos besara la piel. Ya en el restaurante, Cael se sentó junto a mí a la derecha, y Dylan lo hizo a mi izquierda. Era una mesa circular en un salón privado y podíamos vernos unos a otros.

Leo le dio unos golpecitos con el cuchillo a su vaso de agua y lo levantó para brindar. Todos seguimos su ejemplo y él dijo:

—Por Japón —exclamó y le dio un sorbo al vaso.

—Por Japón —repetimos y bebimos también.

Cuando todos bajamos nuestros vasos, Mia habló:

—Como saben, el tiempo que pasamos en Filipinas tuvo que ver con la exposición. —Nos ofreció una sonrisa de orgullo, pero también cautelosa—. Sé lo difícil que fue esta parte para todos ustedes y es lo mismo que sucede con todos los grupos que traemos. Es la parte que de verdad nos sacude, pero también es la que más nos ayuda.

Cael apretó su mano sobre mi muslo y yo bajé la mía para estrechar sus dedos. Sentí que sus músculos tensos se relajaban un poco al contacto.

Leo se aclaró la garganta.

—En Japón, llegaremos a la etapa final: la aceptación.

Un escalofrío me recorrió la espalda ante su anuncio. La mesa se quedó en silencio y, cuando miré a los ojos de Dylan, Travis, Lili y Jade, me sentí abrumada por la emoción. Lo habíamos logrado.

Me aferré con fuerza a Cael y también lo miré. Sus ojos estaban puestos en el otro lado de la ventana. Quise sostenerlo con más fuerza y librarlo de todo su dolor, pero no podía hacerlo, así que simplemente recosté la cabeza en su hombro y suspiré cuando me besó con suavidad en la coronilla.

—Japón es un país imponente y lo que planeamos para ustedes allí les servirá de inspiración, al mismo tiempo que los impulsará un poquito más lejos.

Leo inclinó la cabeza hacia Mia, que entonces dijo:

—Estoy tan orgullosa de todos ustedes y espero que, al embarcarnos a otro país, también se sientan orgullosos de sí mismos. —Hizo una pausa y luego continuó—. Todos ustedes. —Detecté su mirada sutil hacia Cael, porque él debería sentirse orgulloso de sí mismo. Se había desprendido de su enojo hacia su hermano, que lo tuvo cautivo, y abrió su corazón para sanar.

Yo me sentía más orgullosa de él que de mí misma.

La comida fue deliciosa y el ánimo alrededor de la mesa era desenfadado. En el aire se percibía el alivio por dejar la parte más difícil del viaje y compartimos muchas risas.

Al terminar la cena, Mia se incorporó.

—Travis, Dylan, Lili y Jade, ustedes vienen conmigo. —Nuestros amigos se levantaron y se despidieron para seguir a Mia fuera del restaurante.

Leo también se levantó.

—Los espero a los dos afuera.

Bajé las cejas porque me sentí confundida.

—¿Qué…? —pero luego recordé que Cael me dijo que tenía algo planeado. Volteé a mirarlo con una sonrisa, pero la preocupación estaba grabada en su rostro y mi sonrisa se apagó con rapidez—. Cael…

—Quería hacer algo por ti —espetó de manera apresurada—. Pero no sé si fui demasiado lejos.

—¿De qué se trata? —le pregunté y mi corazón empezó a latir con rapidez por la anticipación.

Cael se movió en su asiento con nerviosismo y me apretó la mano. Se me quedó mirando fijamente, como si intentara detectar una respuesta en mi rostro a una pregunta que todavía no hacía:

—Hace un tiempo, me dijiste que ya no podías escuchar orquestas en vivo, ni siquiera música clásica porque Poppy tocaba el chelo y quería ser chelista profesional. —Sentí que me subía el calor por el cuerpo y el pulso se aceleró en mi cuello y en mis muñecas. Asentí, sin saber qué responder, y él recorrió su labio inferior con la lengua—. Me enteré de que una orquesta profesional va a tocar justo en un lugar más adelante en esta calle, ¿así es como se les dice? —me preguntó, adorablemente nervioso.

—¿Una orquesta sinfónica? —pregunté, incapaz de respirar.

—Sí —contestó e inclinó la cabeza—. Le pregunté a Leo si me permitía conseguir boletos y llevarte. —Volvió a levantar los ojos hacia mí—. No te quiero presionar a que la veas y, si aún te es difícil escuchar ese tipo de música, Leo nos llevará para reunirnos con los demás en el parque, donde están tocando otro tipo de música. —Inhaló y luego exhaló como nos enseñaron—. Solo quería hacer esto por ti.

Sus largas y oscuras pestañas rozaron sus mejillas cuando cerró los ojos.

—Tú has estado a mi lado para tantas cosas y me has sostenido en estos últimos días cuando me sentí herido y lleno de dolor.

Me temblaron los labios. Este chico era tan amable y considerado. Lo amaba tanto.

—Me has dado tanto, Savannah, que no creo que sepas cuánto significa para mí. —Se apagó su voz y yo puse la frente junto a la suya, solo para sentirlo, respirarlo—. Nada más quería devolverte algo… regresarte una parte de Poppy.

—Cael —dije y mi voz se quebró cuando empecé a llorar suavemente.

Sus ojos se posaron con rapidez en los míos y detecté el pánico reflejado en su rostro. Tomó mis mejillas entre sus manos.

—Está bien, Savannah, te lo juro. No iremos. —Sacudió la cabeza—. No debí presionarte. Debí dejarte hacerlo por ti misma, cuando estuvieras lista. Yo… Dios, lo lamento tanto…

—No —respondí y me aferré a sus muñecas. La mirada insegura de Cael volteó hacia mis ojos—. No entendiste —dije y le sonreí, incluso entre mis lágrimas—. Es hermoso. —Deje caer la cabeza sobre la suya una vez más—. Es el regalo más amable y considerado que haya recibido en la vida.

La exhalación de alivio de Cael decía más que mil palabras.

Me volví a reclinar en mi asiento, sin soltar a Cael ni por un segundo.

—Sería un honor ir contigo.

Exploró mi rostro en búsqueda de cualquier duda, pero solo había una verdad: la mayor pasión en la vida de Poppy fue la música: su chelo. Quería escuchar que se tocara la música que fue su mayor amor, sentir que su recuerdo me envolvía como lo hacía el arco de su chelo alrededor de esas cuerdas de sonido familiar.

Quería romper con esta última barrera y hacerlo con Cael a mi lado. Me incliné hacia él y lo besé. Entonces me levanté de la mesa y Cael hizo lo mismo.

—¿Estás segura? —preguntó.

—Nunca he estado más segura.

Cael me condujo afuera, hacia Leo, que nos acompañaría, él nos indicó el camino por la calle hasta que entramos a un gran edificio. La gente deambulaba por el vestíbulo y Cael nos entregó los boletos. Leo se sentaría lejos de nosotros para darnos este momento a solas.

Mientras nos llevaban al interior del teatro principal, respiré el aroma de todo el lugar. La familiaridad de ver el foso de la orquesta. Nunca nos perdíamos una presentación de Poppy, siempre estábamos allí, viéndola tocar. Acostumbraba quedarme sentada allí, como hipnotizada, mientras ella tocaba con los ojos cerrados y una sonrisa en su lindo rostro. Se perdía en las notas, meciéndose en las melodías, en tanto que su mano delicada se movía como si representara un complejo *ballet* con su arco.

Me encantaba. Todas las veces.

Cuando nos sentamos en nuestros asientos, apreté con fuerza el programa que nos dieron. Una grieta de nerviosismo se abrió en mi pecho y sentí que Cael me observaba.

—Poppy practicaba todo el día —le comenté y Cael movió la mano para colocarla sobre mi muslo. Me quedé mirando el telón cerrado que ocultaba a la orquesta—. Yo solía acurrucarme en el sillón de la ventana en nuestra sala y leía mientras ella practicaba en el fondo—. Sonreí ante el recuerdo y, cuando lo hice, no sentí ningún dolor. Una leve molestia, quizá, pero el recuerdo ya no me abría una tajada en el pecho. Se sentía... *bonito* recordarla de ese modo.

»Por supuesto que tocaba en conciertos, era sorprendente y formaba parte de muchas orquestas. Siempre en la primera silla porque era así de talentosa, pero mi mente me lleva de regreso a esos días apacibles y lluviosos en los que yo leía en nuestra sala y Poppy tocaba a mi lado, con Ida que jugaba con sus muñecas en el suelo. —Pude sentir que Cael sonreía ante mis palabras.

Las lágrimas brotaron en mis ojos.

—La casa ha estado demasiado silenciosa por bastante tiempo. —Parpadeé para aclararme la vista—. Cerca del final, ella ya no tocaba, estaba demasiado débil como para sostener el arco, pero todo el tiempo seguía escuchándose música clásica en casa.

Cael volvió a apretarme la pierna y yo lo miré, para ver sus ojos que también brillaban por las lágrimas.

—Después de que se fue, la música también desapareció. —Pensé en leer otra vez en mi rincón de la ventana cuando regresara a casa—. Tal vez cuando regrese a mi casa, la pondré de nuevo. Por ella —dije y luego sonreí— y por mí.

—Creo que eso le gustaría, Duraznos —comentó Cael y yo recliné la cabeza contra la suya, y cerré los ojos cuando me besó en el pelo. De pronto, estallaron los aplausos y el telón se levantó y mostró a la orquesta. De inmediato, mis ojos buscaron a los chelistas, a los que miré extasiada mientras se sentaban, y el director subió al podio. La multitud fue guardando silencio y el aire se detuvo también alrededor de todos nosotros. El director dio la instrucción y la orquesta cobró vida.

Sonreí cuando las *Cuatro Estaciones* de Vivaldi empezaron a llenar la sala. Sonreí porque la «Primavera» era una de las piezas favoritas de mi hermana y, cuando comenzó, pude verla. Puede verla otra vez, allí arriba en el escenario, tocando con los ojos cerrados y una sonrisa en el rostro, con el arco en su pelo y meciéndose al ritmo de la música.

Yo también cerré los ojos y, al hacerlo, solo vi a Poppy, que me daba su última presentación. Solo ella sobre el escenario, tocando para mí desde el más allá. Sobre todo cuando empezó su pieza favorita de todos los tiempos: «El Cisne», de *El Carnaval de los Animales*.

Dejé que las lágrimas corrieran por mi rostro cuando la chelista empezó el solo. Dejé que las notas se hundieran en mi corazón y que la melodía llenara cada espacio de mi alma. Dejé que Poppy tocara para mí en mi mente. Dejé que mi hermana me regalara esto, que me devolviera el regalo de su música favorita.

La mano de Cael temblaba mientras me apretaba con fuerza. Incluso él podía sentir la belleza intensificada de este momento. Este instante que me dio y que era un valioso regalo que él me devolvió.

En el momento en que la última nota tembló sobre las cuerdas, vibrando en el espacio de todo el teatro, volteé la cabeza y abrí los ojos cuando el público aplaudió eufórico. Yo también aplaudí, pero me costó trabajo levantarme. Tenía los ojos muy abiertos y sentía un agudo dolor en el pecho, pero se debía a que había recuperado esa parte de mi hermana, de mi familia. No era de tristeza, sino de amor, de alegría y esperanza.

Era Poppy.

Volteé hacia Cael cuando la orquesta tomó sus arcos y empezó a salir del escenario. Nos incorporamos y me paré sobre la punta de los pies para besarlo. Me recliné en él y le susurré:

—Gracias. No sabes cuánto te lo agradezco.

Supe que me escuchó, incluso sobre los aplausos, porque se acercó a mi oído y susurró:

—Haría cualquier cosa por verte feliz, Duraznos.

Este chico tenía todo mi corazón.

Leo me abrazó cuando salimos del teatro y lo encontramos esperándonos. Incluso en sus ojos se veían los remanentes de las lágrimas, lo cual probaba lo conmovedoras que pueden ser la música y las artes.

Cael y yo regresamos al hotel tomados de la mano, y yo alcé la vista hacia las estrellas. En la ciudad se podían ver pocas, pero había algunas que resplandecían.

—Las estrellas —dije y Cael también levantó la vista. Presioné su bíceps con mi pecho—. Sabes que los dos están allí, mirándonos y sonriéndonos.

La respiración de Cael se detuvo un segundo, pero luego exclamó:

—De verdad espero que así sea.

Leo nos acompañó a nuestras habitaciones y cada uno entró a su respectivo cuarto. Solo esperé diez minutos antes de escabullirme para ir a tocar la puerta de Cael. Cuando me abrió, me coloqué en mi sitio junto a él, mientras sus brazos de inmediato me rodearon la cintura. Me quedé aferrada a él, sintiendo que jamás habría un lugar donde estuviera más segura que entre sus brazos.

Cuando me incliné hacia atrás, él me besó y yo le devolví el beso, sin querer desperdiciar un solo segundo a su lado. El estómago me dio un vuelco cuando pensé en que Japón sería nuestro último país. No podía soportar la idea de que me arrancaran lejos de este chico al que amaba con tanta desesperación. Sin embargo, aún teníamos tiempo, todavía quedaba tiempo

Lo besé una vez más y me despedí con renuencia. Esa noche, Cael Woods me había hecho el mayor regalo. Era tan altruista y hermoso y, en ese preciso momento, estaba destrozado. Pero era mío y yo era suya.

Por siempre y para siempre.

Y lucharía porque recuperara la integridad de su espíritu de cualquier manera posible.

Platos rotos y el encuentro con la belleza

CAEL
TOKIO, JAPÓN

Tokio era un derroche de color. Nos quedamos parados en la acera, simplemente mirando la ciudad, los edificios, los colores neón que decoraban este sitio especial con una luz que era un prisma digital. Incluso en el estado anestesiado en el que me encontraba, me di cuenta de lo cautivadora que era.

—Es increíble —murmuró Savannah junto a mí. Me acarició la espalda con la mano y yo cerré los ojos al sentir el contacto. Volteé a mirarla y vi cómo se reflejaban las luces en sus ojos y la sonrisa que apareció en su rostro. Al notar que la observaba, dijo—: ¿Alguna vez habías visto algo semejante?

—Nunca —respondí. Travis se paró a uno de mis costados, mientras que Dylan estaba del otro lado; Lili y Jade estaban al costado derecho de Savannah. Todos nos quedamos azorados ante lo que teníamos enfrente. Debemos habernos visto como los turistas estadounidenses por excelencia, ya que todos mirábamos los edificios con la boca abierta.

—El lugar de donde viene el manga —exclamó Travis y se frotó las manos—. ¡Llegué a casa! —Dylan rio y los dos empezaron a platicar de cosas que yo no entendía. Nunca había leído un manga en toda mi vida.

Savannah se rio por lo animada que era su conversación y su risa fue incluso mayor cuando Lili soltó un gritito.

—Aquí tienen cafeterías con gatitos. ¡Gatitos!

—Tenemos que ir a una —respondió Jade y ambas enterraron la cabeza en sus celulares para buscar la más cercana. En ese momento descubrí que Savannah miraba a nuestros nuevos amigos con un afecto tan profundo que se reflejaba en su linda cara. Me había dicho que aprovecharía cada segundo del tiempo que pasáramos en Japón.

Porque esto era todo. Era el final.

Sentí el corazón oprimido al pensar en que ya no estaría con ellos. Tal vez no fui el miembro más inspirador de nuestro grupo discordante, pero había llegado a sentir un cariño profundo por todos ellos, en particular por esa rubia, bajita y delgada que estaba a mi lado y que se inclinaba para ver la ubicación del café que Lili le mostraba.

Le rodeé el hombro y la abracé mientras ella platicaba con las chicas. No sabía que fuera posible extrañar a alguien antes de que se hubiera ido en realidad, pero eso era justo lo que sentía en ese momento por Savannah. Cada día que pasáramos aquí sería un paso más hacia tener que despedirme de la chica que se había convertido en mi mundo, el pilar del que me sostenía. Mi único alivio era que planeaba ir a Nueva Inglaterra en el otoño. La duda era cómo afrontaría las cosas sin ella.

—Vamos —me dijo Savannah cuando me rodeó la cintura con el brazo. Alcé una ceja—. ¿Qué? —comentó juguetona—. ¿No quieres una taza de café mientras los gatos te saltan encima?

Una sonrisita leve apareció en mis labios. En últimas fechas, las sonrisas eran poco comunes en mí y hacerlo me resultaba extraño. Como es evidente, Savannah pensaba lo mismo, ya que su mirada se tranquilizó cuando sonreí.

En cuanto a ella, le estaba yendo increíble. Seguía siendo introvertida, pero esa era su naturaleza; sin embargo, ahora era más desenfadada y una sensación de paz emanaba de sus poros. Además, no había tenido una crisis de ansiedad en semanas.

Sabía que Japón era especial para ella, ya que, según me contó, Poppy deseaba ver los cerezos de aquí y nunca pudo hacerlo. Incluso yo sentí la piel de gallina cuando me di cuenta de que llegamos a Japón cuando la mayoría de las flores de cerezo estaban brotando. Así como me sentía por Savannah, también sentí que algo más grande había conspirado para traerla a este país cuando estaban en plena floración los árboles que asociaba con su hermana. Habíamos visto algunos en Tokio, pero, en un par de días, viajaríamos a Kioto, donde participaríamos en los festivales donde se celebra a los cerezos en flor.

Quería sentirme emocionado, estar en paz y sentirme más fuerte, pero no era así. Seguía platicando mucho con Leo y sabía que estaba retrasado con respecto al grupo. No regresaría a casa ya sanado, sino que volvería sintiéndome en carne viva y había una parte de mí que temía en qué me convertiría sin este grupo. Sin Leo y Mia y, en particular, sin Savannah. ¿Me hundiría más en la tristeza o ese enojo que luché tanto por eliminar volvería como un torrente al instante en que me enfrentara con los detonantes emocionales de mi hogar?

Leo y Mia me ofrecieron más ayuda, pero la verdad era que reestructurar mis pensamientos acerca del suicidio de Cillian ya no era mi problema más importante. Era que, durante un año, no podía quitarme de la mente la forma en que murió. Cómo fui testigo de eso, cómo lo vi y lo tuve en mis brazos, verlo morir. Cada vez que cerraba los ojos, lo veía. Cuando estaba cansado, lo veía. Escuchaba el sonido de algún claxon, el chirrido de llantas y el recuerdo me lanzaba de regreso a ese momento, a Cillian entre mis brazos, hecho pedazos y jodidamente muerto.

Recordé la conversación que tuve con Leo apenas unos días antes, durante una de nuestras sesiones individuales…

—Cael, Mia y yo hemos estado platicando y creo que te beneficiaría recibir más ayuda. —Ni siquiera reaccioné, aparte del pequeño vuelco en el estómago. La verdad era que lo sabía, lo sentía. Asentí porque haría cualquier cosa que fuera necesaria; ni siquiera me opondría. Lo que atestigüé fue traumático y sabía que me llevaría más tiempo sanar, además, si quería estar mejor por Savannah, por mis padres y por mí, tenía que seguir adelante.

—Después de este viaje te encontraremos ayuda cerca de donde vives. —Leo se detuvo un instante y luego agregó—: Pensamos que un programa residencial podría ser lo mejor para profundizar y ayudarte a superarlo. —Él esperó hasta que lo miré a los ojos—. ¿Estarías dispuesto a hacerlo? —Le respondí que sí y vino a mi mente el rostro de Savannah. «Haré lo que sea necesario».

—Regresa conmigo —dijo Savannah y eso interrumpió el recuerdo. Tenía las manos puestas en mis mejillas y estábamos justo en el centro de Tokio, donde miles de personas pasaban alrededor como si fueran agua que corriera rodeando la piedra que nosotros representábamos. Respiré y sentí que estaba a punto de desmoronarme. Me estaba cansando tanto de lidiar con esta aflicción, me estaba destruyendo.

Al mirar a Savannah, supe que también la iba a destruir si no podía superar esta situación. No le había contado sobre la ayuda adicional que recibiría en casa y, la verdad, no quería que se preocupara.

—Aquí estoy —respondí con voz rasposa. Volteé y me di cuenta de que nuestros amigos se habían ido. Savannah debió haber detectado mi confusión.

—Se fueron al café. —Tomó mis manos entre las suyas—. Ven, iremos a otra parte.

Le impedí que me jalara.

—No —respondí con una sonrisa tensa—. Los alcanzaremos. —Respiré profundamente mientras pedía al cielo que me diera fuerzas. Ella no parecía convencida—. Ya no nos queda mucho para que el viaje termine y queremos pasar más tiempo con nuestros amigos.

—Solo si estás seguro —respondió luego de observar mi rostro con detenimiento.

Le rodeé los hombros y la conduje al otro lado de la calle.

—Estoy seguro, Duraznos. No se me ocurre nada más emocionante que ser atacado por gatitos mientras intento comer.

La breve carcajada de Savannah fue como un rayo de luz que penetrara mi cielo nuboso.

—Puedo notar su sarcasmo, señor Woods, pero lo voy a dejar pasar por esta ocasión. No quiero nada más que saber cómo enfrenta a veinte gatitos que compiten por atraer su atención.

Así que fuimos al café de los gatitos y enterré mi tristeza para otro día.

Era normal en estos días.

—Soy Aika y hoy trabajaré con ustedes. —Aika era una delgada mujer japonesa de un metro y medio de estatura, tenía cabello entrecano atado en un chongo. Sonreía mucho y exudaba una sensación de paz con cada respiro. Parecía de unos sesenta y tantos años, y tenía un estudio en el centro de Tokio.

Nos encontrábamos en un espacio grande y vacío, con paredes blancas brillantes. Ante nosotros había una mesa llena de platos, todos alineados frente a ella, y Aika estaba de pie frente a nosotros.

—Tienen frente a ustedes un montón de platos y les pido que todos tomen uno. —Hicimos lo que nos pidió y luego dimos unos pasos hacia atrás para esperar más instrucciones. Savannah me miró y se encogió de hombros, porque tampoco tenía idea de qué se trataba esto. Aika parecía ser una artista y, en apariencia, el estudio estaba dedicado también al arte, aunque en los muros blancos y desnudos no había nada que nos hubiera recibido al llegar.

—Denle una mirada a sus platos. ¿Qué ven? —nos preguntó.

—Es un plato —respondió Travis, que evidentemente estaba tan confundido como el resto de nosotros.

—Sí —contestó Aika—. ¿Y?

—Está liso —respondió Jade con nerviosismo.

—¿Y? —volvió a preguntar Aika.

—Es un círculo perfecto —dijo Lili.

Aika asintió de manera rápida e intensa.

—¿Tiene grietas?

—No, ninguna —contestó Dylan mientras examinaba su plato. Yo hice lo mismo y no detecté ninguna grieta.

—Es un plato tan perfecto como puede ser —dijo Savannah con timidez.

—En efecto —confirmó Aika y luego prosiguió—. Quiero que todos se separen y dejen un poco de espacio entre sí. —Seguimos la instrucción y Aika asintió aprobatoria, para luego decir—: Ahora, levanten sus platos —lo hicimos, un poco desconcertados cuando añadió—: y ahora tírenlos al suelo.

Nos quedamos inmóviles, sin saber si era broma o no. Nos miramos unos a otros para ver si alguno lo haría. ¿Era alguna prueba? En ese caso, no tenía ni la menor idea de cuál sería.

—Tírenlos —repitió, hacienda señas con un movimiento de la mano.

—¿Quiere que los rompamos? —preguntó Lili con voz insegura.

—Sí —respondió Aika sin rodeos—. Déjenlos caer, estréllenlos, rómpalos en pedazos.

Dylan fue el primero en dejar caer el plato, que se estrelló en cinco trozos en el piso frente a sus pies.

—Bien —dijo Aika y luego volteó hacia los demás—. Ahora ustedes.

Uno por uno, el sonido de los platos destrozados recorrió la habitación. Yo tiré el mío desde mis casi dos metros de estatura, lo cual le dio cierta velocidad. Conté que mi plato se rompió en nueve trozos.

Savannah miraba el suyo, que se había roto en seis trozos. Aika avanzó de un lado al otro de la fila, más allá de los platos rotos.

—Ahora, unan de nuevo los platos.

No tenía idea de lo que estaba pasando.

—¿Cómo? —preguntó Dylan.

—Recójanlos —indicó Aika— y unan los trozos.

Para hacer lo que pidió, me incline y tome los trozos. De rodillas en el suelo, los puse en la forma circular que el plato tenía antes. Restos de cerámica, o de lo que fuera que estuvieran hechos, desaparecieron y dejaron fragmentos del plato que no se podían restaurar. Uní las piezas rotas en el sitio correcto, pero el plato estaba roto, era así de sencillo.

—Levanten el plato como si estuviera íntegro —indicó la mujer y la única respuesta que obtuvo fue el silencio.

—No podemos —contestó Travis—. Se separará.

—Ah —dijo Aika con las manos detrás de la espalda y una expresión llena de significado en el rostro—. Entonces, debemos arreglar eso —afirmó y luego caminó hacia una puerta cerrada al otro lado de la habitación para abrirla—. Recojan los trozos y síganme.

—¿De qué se trata? —me susurró Savannah y yo negué con la cabeza. No tenía idea.

Recogí los pedazos de mi plato y seguí al grupo a la siguiente habitación. Fui el último en entrar, pero de inmediato vi por qué todos nos habíamos detenido. El cuarto estaba lleno de piso a techo con cerámica de todo tipo. Eran piezas de alfarería atravezadas por líneas de oro y plata.

Aika avanzó hasta una mesa que tenía muchos asientos y señaló alrededor.

—Estas son todas las piezas rotas que ya se repararon y que se pueden volver a usar.

—Pero, incluso con eso —exclamó Dylan— no son como fueron antes.

—Ah, ahora entienden —dijo Aika y me tomó apenas unos cuantos segundos darme cuenta de lo que estaba haciendo. Volteé a mirar el plato roto que tenía en la mano: los nueve trozos con las secciones donde habían desaparecido astillas que dejaron un borde áspero. De inmediato, se me cerró la garganta por el sentimiento.

El plato nunca volvería a ser igual. Estaba roto, pero…

—Ahora les enseñaré cómo lograr que vuelva a ser funcional —afirmó Aika y, con eso, simplemente arrancó un trozo de mi alma. Savannah se inclinó hacia mí y supe que entendió también la razón por la que esa mujer nos estaba enseñando esta lección.

Cuando volteé a mirar al grupo, pude ver que entendieron. Esos platos se habían despedazado, pero íbamos a tomar algo que tenía un daño irreparable y lograr que volviera a funcionar.

Nosotros éramos los platos rotos.

—Por favor, siéntense —nos pidió Aika y, cuando lo hicimos, nos entregó unos pinceles y una mezcla dorada. Una vez que recibimos nuestros materiales, se sentó y tomó un plato roto que debe haber guardado para ese momento. La miramos mientras conteníamos el aliento, sabíamos que esta clase no solo implicaba aprender una nueva habilidad, todos sentimos que se trataba de algo más. Algo para todos nosotros, para que sanáramos de alma y corazón.

Aika tomó dos de los trozos más grandes del plato y recubrió uno de los costados con el líquido dorado.

—Este es el arte japonés de *kintsugi* —nos aclaró sin quitarle los ojos de encima a lo que estaba haciendo—. Estoy usando una laca con oro como adhesivo para reparar el plato, para volver a unir las piezas rotas.

Aika juntó ambas piezas, los dos segmentos rotos del plato que ahora quedaron pegados. Una asombrosa línea dorada recorría el lugar donde antes estaba la rotura.

—Esta forma de arte es la manifestación física de la filosofía *wabi-sabi*, nos enseña a aceptar las imperfecciones de la vida, su impermanencia y su naturaleza incompleta.

—Como *sakura*, las flores del cerezo —susurró Savannah con voz gruesa por el sentimiento.

—Sí, como *sakura* —confirmó Aika, quien luego asintió hacia nuestros platos rotos y nuestras herramientas—. Por favor, comiencen, imiten lo que yo estoy haciendo.

La mano me temblaba cuando tomé el pincel y Savannah se quedó quieta unos cuantos minutos, con los ojos cerrados y respirando. Puse la mano sobre su pierna y abrió los ojos.

—¿Estás bien? —le pregunté en voz baja.

—Sí —respondió y me sonrió entre lágrimas—. Solo... necesito unos cuantos minutos. —Luego tomó el pincel y empezó a reconstruir su plato.

El silencio era total mientras todos trabajábamos, y entonces llegaron a mi mente fragmentos del último año de mi vida. El estado catatónico en el que estuve después de la muerte de Cillian, la furia que se arraigó y luego se extendió como una plaga por todo mi cuerpo hasta consumirme. Recordé la primera vez que rehuí a mis padres, gritándoles que me dejaran en paz, y cuando me fui de la pista de *hockey* de mi equipo sin mirar atrás, negándome a ingresar a Harvard en el otoño. La vez en que lancé mis patines al cobertizo junto al estanque y cerré la puerta de golpe. Cuando me llevé el palo de *hockey* de Cillian y lo hice pedazos en el estanque congelado que tanto amábamos los dos.

Cada recuerdo era una fisura en mi alma.

Crac.

Crac.

Crac.

Esas fueron las manifestaciones físicas de mi corazón roto, de mi alma destrozada en mil pedazos que nunca creí que pudiera volver a unir.

Hasta que vine a este viaje.

Hasta que me enamoré de la chica más increíble que me hizo arriesgarme a tener *esperanza* otra vez.

¿Eso fue mi laca dorada? ¿Eso es lo que le estaba ocurriendo a mi espíritu despedazado? ¿Este viaje, estas nuevas amistades, la guía de Leo y Mia, y enamorarme profundamente de mi chica, era mi *kintsugi*? ¿Podía yo, y todos, recobrar la integridad? ¿O quedé roto de nuevo desde la terapia de exposición? ¿Mis trozos se habían vuelto a fracturar? ¿Tenía que luchar por encontrarlos de nuevo o se habían roto en tantos pedazos que ya eran insalvables? Ese era mi mayor temor: que estaba demasiado dañado como para poder sanar.

—¿Te está costando trabajo? —me preguntó Aika y mis manos quedaron suspendidas en el aire al darme cuenta de que había estado sentado muy quieto, perdido en mis pensamientos. Luego escuché que su pregunta se filtró dentro de mis oídos. ¿Me estaba costando trabajo?

Muchísimo.

Tragué saliva y volteé a ver directamente la mirada inquisitiva de Aika.

—¿Está... —Me moví en mi asiento al sentirme incómodo de hacer la pregunta en voz alta, pero tenía que saber—. ¿Hay algún plato que esté demasiado roto como para repararlo? ¿Existe... algún caso sin remedio?

La sala estaba en silencio cuando mi pregunta cayó pesada. Sentí que la mano de Savannah se posaba en mi rodilla para darme apoyo, pero nunca quité la vista de Aika. Contuve la respiración y esperé su respuesta.

—No —respondió Aika con franqueza—. Es posible que se necesite más tiempo para encontrar las piezas rotas y, con toda seguridad, llevará más tiempo unirlas, pero cualquier plato roto se puede volver a arreglar con el tiempo y mostrando una absoluta tenacidad.

El alivio que sentí ante su respuesta casi me derribó de la silla. Pude sentir que Aika me miraba atentamente y, al levantar la vista, me encontré de nuevo con sus ojos, y asintió solo una vez, como si pudiera ver dentro de mi alma. El movimiento brusco de su cabeza fue una señal de aliento y supe que entendía cuál era mi razón real para hacerle esa pregunta, todos alrededor de la mesa lo sabían.

—¿Te sientes bien, amor? —me preguntó Savannah y en el susurro de su voz pude escuchar el temblor de la tristeza que sentía por mí.

—Estoy bien —respondí y le apreté la mano. Seguí con lo que estaba haciendo e ignoré la intensa atención de todos sobre mí.

Perdido en las horas que me llevó arreglar el plato, me recline en la silla cuando la última pieza quedó en su lugar. Al mirar mi plato laqueado, me quedé sin aliento.

Estaba reparado. No era como antes, pero estaba armado de nuevo, y era algo nuevo, aunque había vuelto a ser un plato.

—¿Qué vemos ahora al mirar a nuestros platos? —preguntó Aika y su voz era más afable y gentil ahora, como si supiera que todos estábamos tan frágiles como los platos que acabábamos de volver a armar durante todo el día. La laca necesitaría tiempo para secarse y hacer que el plato fuera tan fuerte como antes.

—Es hermoso —dijo Savannah mientras observaba su plato. Parpadeó para secarse las lágrimas y fijó su vista en los ojos de Aika—. Creo que, incluso, más bello que antes.

—Ah —exclamó la mujer—. Eso es cierto. —Señaló todos nuestros platos—. Entonces esta es la lección —dijo y sonrió—: aquello que está roto, una vez reparado, puede ser más hermoso de lo que fue antes.

Un escalofrío me recorrió la espalda y se esparció por todo mi cuerpo. Busqué la mano de Savannah y la apreté. Tenía los dedos temblorosos y, al levantar la vista, vi que las lágrimas corrían por sus mejillas, como si fueran sus propias grietas saladas de pegamento. La miré y quedé cautivado por mi chica. Era hermosa cuando nos conocimos, a pesar de estar hecha mil pedazos, pero ahora, que este viaje y la terapia sirvieron como adhesivo para reintegrarla con laca dorada, lucía más hermosa que nunca.

Supe que mis propios trozos seguían rotos y que no todos se habían rearmado con la laca... aún; pero al mirar mi plato, supe que podría hacerlo algún día. Nunca sería el mismo luego de perder a Cillian, como ninguno de nosotros lo sería después de perder a nuestros seres queridos. No puedes perder a alguien a quien amas tanto y volver a ser la persona que fuiste algún día. La pérdida te cambia.

Sin embargo, sí puedes *sanar.* Puedes reparar tu espíritu fracturado con laca dorada y aferrarte a la *vida.* Esa vida no se vería igual jamás, pero eso no significaba que no valdría la pena, que no sería hermosa. Tal vez la pérdida te enseña a amar más la vida, porque entiendes cómo es perder esa vida, y ya nunca la darías por hecho.

Supe que todavía no había llegado allí, pero, si seguía intentándolo, si seguía reparando mis piezas rotas, quizá podía lograrlo.

Sentí una mano sobre mi hombro y vi que Aika estaba a mi lado.

—Quiero darte un estuche para que lo lleves contigo y practiques en casa. —Sonrió y sus ojos cafés se llenaron de bondad—. Para cuando sientas que la vida no puede volver a ser bella.

—Gracias —susurré y me aferré al estuche de *kintsugi* que me regaló como si fuera un salvavidas. Como si tan solo con aferrarme con bastante fuerza, mis venas se llenaran de laca dorada que entrara a mis arterias y reparara mi corazón roto. Entonces escuché que la voz de Aika hacía eco en mi mente...

«*Wabi-sabi* nos enseña a aceptar las imperfecciones de la vida, su impermanencia y su naturaleza incompleta».

Nada dura para siempre: la vida, la felicidad… incluso el dolor.

Pero la *esperanza* sí. Y si acaso había aprendido algo al estar cerca de Savannah, eso era que la esperanza siempre flota en las cercanías y que, si se pierde, puede encontrarse de nuevo.

Savannah reclinó la cabeza sobre mi hombro y simplemente se quedó mirando su plato. Yo también miré el mío y el mundo desapareció alrededor. *Tenía* que encontrar una forma de reparar mis trozos rotos. Le besé el pelo y olí su aroma a cerezas y almendras. Quería una vida con esta chica y también quería encontrar la felicidad con ella.

Simplemente la *quería,* en todos los sentidos.

La laca dorada resplandecía bajo las luces. Tal vez el corazón de Savannah y el mío se rompieron por la pérdida de nuestros hermanos, pero cuando empezamos a repararlos, quizá se combinaron para crear un solo corazón a partir de los de ambos.

Así éramos más fuertes, al latir al unísono. Estaba seguro de que eran más hermosos de lo que fueron cuando estaban solos.

Botones en floración y viejos amigos

Savannah,

Sé que mucha gente se pregunta por qué me gustan tanto los cerezos en flor. Siempre ha sido así. Nos criaron entre ellos, y sus colores, y su fragilidad, siempre fue algo que me fascinó. La mayoría de los niños cuentan los días para que llegue Navidad, en tanto que yo contaba los días hasta la temporada en que brotan las flores de cerezo.

Sentada aquí en este momento, acaban de brotar las flores. El huerto está lleno de pétalos rosas y blancos. Está vivo, tan vivo. La dulce fragancia floral y la imponente belleza que está brotando me quitan el aliento cada vez que me llevan allí.

Ya no puedo caminar y ahora uso una silla de ruedas, pero no me importa, siempre y cuando pueda ver mi huerto florido en toda su belleza una vez más; eso me hace feliz, en especial cuando Rune está conmigo. Podemos quedarnos sentados allí por horas y me siento segura entre sus brazos, debajo de esos árboles. Cada respiro que doy es algo preciado. Cada beso que Rune me da es un regalo que no creí que tendría de nuevo. No he dado nada de esto por sentado.

Sin embargo, los brotes de este año son agridulces, ya que sé que serán los últimos que vea sobre esta Tierra. Sé que pronto, cuando caigan los primeros pétalos, mis días estarán contados, mis latidos serán finitos. Me canso, Savannah. Incluso ahora, el simple hecho de sostener la pluma y escribirte me agota, pero no siento temor, quiero que lo sepas. Como la flor del cerezo, es posible que mi vida sea breve, pero ha sido vibrante y plena, y también muy dulce.

Es más dulce aun cuando estoy con la gente que amo. Lo es cuando estoy contigo y con Ida. Con mi Rune.

Dios sabía que mi vida sería corta, Savannah, y esa es la razón por la que me concedió el amor que siento por las flores de los cerezos, para que pudiera entender lo que es vivir una vida limitada, aunque plena. Nací en un huerto florido para vivir entre los árboles que inspiraron tanto mi vida. Eso creo. Nada es permanente en esta vida, Savannah, así que abraza su belleza mientras puedas.

Cuando leas esto, quiero que sepas que estoy en el cielo, a salvo entre las flores de cerezo que ya no mueren, y que estaré muy feliz de sentarme debajo de ellas a pensar en mi familia que prospera en su vida hasta que regresen a mí y, como los celestiales cerezos en flor bajo los cuales espero, se quedarán a mi lado para siempre.

Hasta ese día,
Poppy

SAVANNAH
KIOTO, JAPÓN

Era demasiado como para asimilarlo. A todas partes donde volteaba, había un tapete rosa y blanco. Los árboles bordeaban cada sendero y los parques estaban llenos hasta los topes de árboles en flor. El aroma de las flores llenaba cada segmento del aire y todo lo que veía, a donde quiera que volteara estaba Poppy. Me sentí feliz de ver Kioto en este momento, al final del viaje, porque si lo hubiera visto hace seis meses cuando el recorrido apenas había comenzado, no hubiera sido capaz de soportarlo.

Ahora podía mirar esos árboles, llenos de una vida temporal, y admirarlos con el respeto que merecían, además de que en cada esquina veía a Poppy y eso no me derribaba, sino que me *fortalecía.* Sonreí, aunque mi pecho estaba agitado por los suaves gemidos que brotaban a medida que caían lágrimas de mis ojos. Estas caían al piso, dejando para siempre un trozo de mí en este lugar, como la ofrenda de una hermana. Cael me sujetaba la mano izquierda mientras se llenaba de esta maravillosa visión a mi lado. Levanté la mano derecha y la brisa corrió entre mis dedos; entonces, en mi mente vi a Poppy a mi lado, aferrándome con fuerza. Ella habría contemplado los árboles que tanto le gustaban sintiendo solo amor y gratitud en su corazón.

—Es increíble —susurró Dylan, que estaba detrás de nosotros. Abrí los ojos y vi que las aves volaban en círculos arriba de nosotros, como si estuvieran igual de extasiadas por lo que veían—. ¿Es como el huerto de flores, Sav? —me preguntó, yo le había contado todo al respecto.

Pensé en mi hogar y sentí una aguda punzada de nostalgia. Por magnífica que fuera la vista, *nada* podía sustituir a nuestro pequeño huerto florido, en especial ahora que mi hermana descansaba allí. Era un lugar mágico, sereno y bendito. Abrí la boca para responder cuando escuché una voz aparte de la Dylan que decía:

—Nada puede reemplazar jamás nuestro huerto florido.

La conmoción me dejó inmóvil por unos segundos porque conocía esa voz. *Extrañaba* esa voz. Solté la mano de Cael y caminé alrededor de Dylan para encontrarme con Rune Kristiansen en persona, junto a nosotros en este imponente parque en Kioto.

—Rune —exclamé y brotaron nuevas lágrimas en mis ojos. Corrí hacia él y lo abracé con todas mis fuerzas. Rune me sostuvo contra su cuerpo y sentí que su largo cabello rubio rozaba mis mejillas. Esto era tan irreal: estar aquí, entre tantos árboles en flor, y ahora con el Rune de Poppy a mi lado.

Me eché hacia atrás y me sequé los ojos. Rune estaba vestido como siempre: pantalones negros, camisa negra y botas de motociclista. No había cambiado ni un ápice y, justo como el Rune de antaño, llevaba una cámara en la mano.

—Sorpresa —dijo y yo sacudí la cabeza, incapaz de hablar. Me sonrió—. Estuve unas semanas en Corea del Sur con mi mentor para unas tomas y tenemos unos cuantos días libres entre proyectos, así que se fue a reunir con algunos de sus viejos colegas, y yo decidí subirme a un avión para darme una vueltecita rápida por aquí. Solo me quedaré un día y una noche, pero tu mamá me contó que también vendrías y me comuniqué con los líderes de tu grupo, me dijeron dónde estarías y quise sorprenderte.

—Estás aquí —susurré, todavía anonadada.

La mirada de Rune se volvió más tierna y un asomo de tristeza parpadeó al fondo de sus ojos por unos cuantos segundos.

—Nunca paso por alto las flores de cerezo, Sav. —Tocó su cámara—. Porque sigo mostrándoselas a mi novia.

Las fotos en la tumba de Poppy.

Todos los años, al final de la temporada de floración y cerca del aniversario de su muerte, en la lápida de Poppy aparecía una nueva fotografía de algún festival de los cerezos en flor de alguna parte del mundo.

Rune y yo nos quedamos viendo uno al otro por un largo rato, compartiendo una mirada cómplice, y el sentimiento me cerró la garganta a tal grado que no podía hablar. Rune inclinó la cabeza y vi que sutilmente se secaba los ojos. Cuando volteó de nuevo hacia mí, me di cuenta de lo mucho que extrañaba a mi hermana porque lo llevaba escrito en su apuesto rostro.

—¿Duraznos? —Cael se acercó detrás de mí y puso su brazo alrededor de mi hombro para que volteara a verlo—. ¿Estás bien? —Observó a Rune con confusión en la mirada. Rune inclinó la cabeza a un lado por lo cerca que estaba Cael de mí y sentí que mis mejillas se encendían. Era evidente que mi familia no le había contado acerca de Cael, Rune levantó la ceja con actitud de complicidad. Eso despejó la incomodidad del momento.

—Cael —dije y señalé a Rune—. Él es Rune, es… —me quedé callada sin saber qué decir. El estómago me dio un vuelco hasta que Rune dijo:

—Soy el Rune de Poppy.

El Rune de Poppy… Porque siempre había sido más que un novio para mi hermana. Era su vida entera, el latido de su corazón y su alma gemela. Solo estaban separados por un tiempo breve.

Cael quitó su brazo de alrededor de mí y su rostro se iluminó con reconocimiento.

—Soy Cael —dijo y estrechó la mano de Rune, quien le sonrió y luego volteó hacia mí como lo haría cualquier hermano mayor, como si le debiera alguna explicación.

—¿Rune? —preguntó Dylan, y entonces volteé hacia mi amigo, que observaba con todo detalle a Rune.

—*Hei* —respondió Rune, con su idioma noruego que se filtraba de pronto, y le estrechó la mano. Tenía que recordar pedirle a Rune que hablara con Dylan en algún momento antes de irse, ya que pensaba que también podría ayudarlo.

—Soy Dylan —se presentó—, amigo de Savannah, estoy en el viaje con ella. Dylan señaló hacia los demás, que se acercaron con interés. En los ojos azules de Rune apareció el resplandor de la comprensión. Uno a uno, conoció a todos mis amigos, mientras que Cael me puso la mano en la espalda como un apoyo silencioso. Rune nos brindó a todos una leve sonrisa porque sabía con exactitud cuál era nuestra situación emocional. Él también había recorrido, *estaba recorriendo*, el mismo camino que nosotros.

—No puedo creer que estés aquí —dije cuando finalmente pude encontrar mi voz.

Rune inclinó la cabeza hacia el parque.

—¿Tienes tiempo para que nos pongamos al corriente?

Volteé hacia Mia y Leo, que estaban detrás de nosotros, era obvio que ya conocían a Rune y lo ayudaron a planear este encuentro. Mia hizo movimientos con la mano para indicarnos que nos fuéramos y yo miré a Cael. También quería ver esas flores de cerezo con él, pero debe haber visto escrita en mi rostro la batalla que enfrentaba porque puso su frente contra la mía y dijo:

—Iré con el grupo. Tómate todo el tiempo que necesites con Rune y yo te estaré esperando cuando regreses. —Me besó de manera suave y tierna, y sentí un escalofrío que me recorría la espalda.

—Nos vemos pronto —le susurré y luego caminé hacia Rune, que se había alejado un poco para darnos privacidad.

Rune empezó a caminar y me rodeó con su brazo para acercarme a él.

—Te he extrañado, Sav. —Me soltó y se puso a observarme con detenimiento—. Te ves mejor. —Respiró larga y profundamente—. Te ves más fuerte.

—Lo estoy —respondí y dije cada palabra con convicción—. Me siento mejor y estoy más fuerte. —Levanté la mano y pasé mis dedos con suavidad sobre un botón sonrosado a punto de florecer—. Este viaje... —sacudí la cabeza—. Ni siquiera sé por dónde comenzar.

Llegamos hasta un prado que tenía mesas bajas para los días de campo y Rune me hizo un ademán de que nos sentáramos. Esta sección del parque estaba cubierta por un dosel formado por las ramas de los cerezos en flor, lo cual lo convertía en un techo de pétalos. Sonreí mientras levantaba la vista hacia la gruesa capa de flores, que eran tantas que bloqueaban la mayoría del sol primaveral.

—Diría que empecemos con el chico que acaba de besarte —dijo Rune con voz graciosa.

Mis mejillas se pusieron rojas, pero estaba orgullosa de Cael. Me enorgullecía que fuera mío.

—Para este momento ya sabes que se llama Cael —dije y, tan solo por el sonido de mi voz, me di cuenta de lo enamorada que estaba de él. Rune me dio un empujoncito en el brazo y ambos nos reímos de su actitud juguetona, pero no tardamos mucho en ponernos serios—. Perdió a su hermano mayor —continué y toda la actitud alegre de Rune desapareció—. Cillian... su hermano... se suicidó.

—No —susurró Rune, imaginando sin duda a Alton dentro de su mente.

—Cael estuvo presente cuando sucedió y lo tuvo en sus brazos después. —Inhalé profundamente para alejar el dolor que traía a mi mente imaginar a Cael de esa manera—. Ha sido... todo le está resultando muy difícil.

—Por supuesto que sí —contestó Rune, demostrando todo su apoyo. Estaba segura de que esa era una de las razones por las que Poppy lo amaba—. ¿El viaje le ha servido? —me preguntó.

—Sí —respondí, aunque tenía que admitir la verdad ante mí misma—, pero sigue sufriendo. Las terapias que nos han dado sacaron a relucir cosas con las que sigue luchando.

Rune asintió y luego levantó la vista hacia las flores. Cerró los ojos y la brisa danzó en su cabello. Me gustaba pensar que era Poppy, que deslizaba su mano sobre los largos mechones, sentada a su lado. Por la sonrisa que apareció en sus labios, me pareció que quizá también él lo pensaba.

Abrió los ojos y dijo:

—Cuando perdí a tu hermana —sacudió la cabeza—. En esos primeros días después de que partió, no sabía *cómo respirar*, Savannah. —La voz se le quebró y también brotaron lágrimas de mis ojos, porque yo me había sentido exactamente igual—. Luego, a medida que pasó más tiempo, se puso peor, porque *sentía* su ausencia. La brecha entre la última vez que la besé y ese momento presente se sentía como un tiempo muy largo. *Demasiado* largo como para que pudiera afrontarlo.

Rune levantó su cámara y, al ver algo que yo no noté, tomó una fotografía. Luego bajó la cámara y continuó:

—Esos meses finales con tu hermana... con *Poppymin*, fueron todo para mí. —Su voz se volvió más gruesa y entrecortada. Supe que esos meses fueron especiales, lo había visto. Vi a mi hermana y la felicidad que Rune trajo a su vida en sus últimos meses. Por mucho que Poppy amara a su familia, solo Rune pudo lograr que su muerte fuera tan bella como fue. La volvió perfecta para ella y él estuvo en su vida justo cuando ella más lo necesitaba.

Igual que Cael entró a la mía. Rune posó su mano en la mía y la apretó.

—¿Lo amas?

No tenía ninguna duda en el corazón al responderle.

—Sí. Más de lo que nunca creí posible.

Rune sonrió ampliamente, y supe que también lo hacía en nombre de mi hermana.

—Entonces lo conociste —declaró—. El chico con el que pasarás el resto de tu vida.

Le di un codazo y dije:

—Mi Rune.

Rune ahogó su risa y una lágrima apareció en el pliegue de su ojo.

—Tu Rune —repitió.

—Es un jugador de *hockey* que viene de las afueras de Boston —le conté.

—¿Así que Boston? —dijo en clara referencia a mi futuro en Harvard.

—Se suponía que entrara a Harvard el otoño pasado, por una beca de *hockey*, pero abandonó tanto la universidad como el deporte cuando su hermano murió. Su hermano también jugaba y se volvió demasiado duro para Cael seguir practicando el deporte... porque los recuerdos eran demasiado difíciles.

—Dale tiempo —comentó Rune—. Ha recorrido un camino difícil, pero podrá encontrar cómo volver de allí. —Volteó hacia mí—. Aunque sí es cosa del destino —continuó—, que Cael debería estar también en Harvard...

Eso era justo lo que yo pensaba. Rune señaló el cielo.

—Diría que esto tiene el sello personal de tu hermana pintado por todas partes.

Me reí.

—Amaba el amor.

—En efecto, amaba el amor —repitió Rune con melancolía—. Por Dios, Sav, la extraño tanto. Estar en estos lugares me hace sentir que la extraño más, pero también que está justo aquí, a mi lado.

—Sé a lo que te refieres —dije. Luego le pregunté lo que sabía que le debería haber preguntado hace mucho tiempo—. ¿Tú estás bien? ¿De verdad? —En su rostro vi que sabía que no le estaba preguntando en términos generales, sino en cómo se sentía sin Poppy.

—Lo estoy —respondió y la apariencia tensa de su pecho se suavizó—. Porque de ninguna manera no volveré a ver a tu hermana algún día, y sé que de nuevo estaré con mi novia. Volveré a besarla y abrazarla, a oír su risa y a escucharla tocar el chelo. Conseguiré dormir a su lado y solo estar con ella, como siempre debimos haberlo estado, y que todos los años que hemos tenido que estar separados se convertirán en polvo.

Agaché la cabeza para que no me viera quebrarme, pero evidentemente no funcionó porque dijo:

—Por ahora, la veo en mis sueños, Sav, y le hablo todos los días, porque sé que me escucha. Veo su perfecta sonrisa llena de hoyuelos; y dentro de mi alma, ella me tranquiliza porque está feliz y sin dolor. Hablo con ella cada vez que tengo oportunidad y eso la mantiene viva para mí. —La voz se le puso ronca por el sentimiento—. Nunca habrá nadie más para mí. Incluso desde el cielo, Poppy me da más amor del que jamás pueda necesitar. —Levantó la cámara—. Viajo por el mundo y tomo fotografías para *ella,* en su honor. Ella me da un propósito todos los días y eso me ayuda a seguir adelante, a permanecer lejos de la oscuridad del duelo. —Sus labios se estiraron con afecto—. Poppy me enseñó eso: cómo atesorar y amar la vida. Aún sin su presencia, vivo por ambos, se lo prometí y nunca rompería la promesa que le hice a mi chica.

—Un propósito… como estudiar medicina será el mío —dije al pensar en Tala y en todos los niños de Filipinas, en especial aquellos que no podrán salvarse.

—Como estudiar medicina —repitió para mostrar que estaba de acuerdo—. Honramos a Poppy al seguir viviendo en su nombre, eso me bastará hasta que la vea otra vez.

Se quedó callado unos cuantos minutos y nuestra plática flotó encima de nosotros.

—No me arrepiento ni de un solo instante de mi vida con tu hermana, Sav —dijo— aun en los malos tiempos. En los peores tiempos, cuando estaba deprimida, luchando en el frente de la batalla, y yo estaba allí a su lado. Ella lo sabía y eso es lo que nos hizo tan fuertes. Fuera en la prosperidad o en la desgracia, estaba a su lado, tomándole la mano, y nada podría haber logrado que la dejara… ni siquiera la muerte.

Cael vino a mi mente y supe que eso también valía para nosotros. Estaría con él contra viento y marea, cuando bailara bajo la luz o estuviera perdido en la oscuridad. Rezaba porque supiera que me tenía cien por ciento de su parte. Me imaginé que pensaba que era una carga para mí, pero estaba lejos de ser eso. Él me elevaba. Sabía que odiaba desmoronarse cuando se deprimía y se hundía en la oscuridad, pero lo que Cael no entendía era que su vulnerabilidad solo provocaba que lo amara más. Llegué a entender que mostramos nuestro peor lado con aquellos a los que más amamos. No había ningún juicio, sino apoyo completo e inquebrantable.

Me aferré al brazo de Rune.

—De verdad que me alegra que estés aquí —afirmé y puse la mejilla contra su brazo—. Un trozo de mi hogar a mi lado, hasta el otro lado del mundo. —Sonreí cuando las flores de cerezo se agitaron de nuevo con la brisa—. Un trozo de Poppy.

Rune me dio un beso en el pelo y nos sentamos en silencio, mirando solamente los árboles que mi hermana amaba tanto. Recordándola. Honrándola. Pensando en ella.

Amándola.

Por siempre jamás.

Adiós

Savannah
Ōtsuchi, Japón

Llegamos al pequeño pueblo costero de Ōtsuchi en una tarde llena de niebla. Era muy diferente a Kioto y el mar dominaba la vista. Había árboles y campo, pero era remoto y tranquilo.

Salí de Kioto con una sensación de plenitud, pero también de dolor. Al ver tantos árboles en plena floración, y después de encontrarme con Rune y hablar con él... era bello, pero igualmente difícil. Me di cuenta de que las pequeñas cosas eran las que podían despertar una punzada de aflicción en el corazón. Una sensación tan abrumadora e intensa que, por unas cuantas horas, podía lanzarte de nuevo a una hoguera. Sin embargo, aprendí a salir de ella, un poco chamuscada, pero sin quemarme, y eso era un progreso.

Aunque en ocasiones Kioto fue difícil, hice mi mayor esfuerzo por sentir su belleza. Visité el sitio que Poppy ansiaba tanto conocer y estuve allí con Rune. Sabía que ella hubiera estado tan dichosa por eso. Rune tomó fotos de los dos juntos, entre el mar rosa y blanco de los pétalos, y supe que, a regresar a Blossom Grove, Georgia, esa foto estaría reclinada contra la tumba de mi hermana.

Rune vino a cenar con todos los que participábamos en el viaje y hablamos de Poppy, con amplias sonrisas en el rostro y lágrimas en los ojos al recordarla con afecto. Era algo que debí haber hecho hace mucho tiempo con el chico al que consideraba mi hermano.

Además, siendo Rune como era, esa noche dio una caminata con Dylan. Cuando regresaron, Dylan parecía andar con mayor ligereza y su mirada no parecía tan abrumada. El corazón se me estrujó al verlos a los dos: hombres buenos que tuvieron que separarse demasiado pronto de sus almas gemelas. Entonces miré a Cael, que me rodeaba con sus brazos sin decir palabra, como si hubiera interpretado que cierta tristeza invadía mi alma. Como si él hubiera tenido los mismos pensamientos oscuros acerca de que, si algo le llegaba a suceder… no sabía si podría regresar de ello. Eso me hizo asombrarme más de Rune de lo que jamás lo estuve. Cómo había logrado recuperar su vida y, de hecho, la estaba *viviendo*. Estaba volviendo realidad su sueño de ser fotógrafo y había convertido en un propósito seguir vivo por Poppy.

El honor. Japón me enseñó eso por encima de todo, que cada acción debe hacerse con honor, con un propósito. Que nosotros, como personas, necesitamos entender que nada dura para siempre. Que todo es temporal, desde las flores de los cerezos hasta las estaciones del año, pasando por las breves vidas de las flores o las mascotas, y hasta los buenos y malos tiempos. Todo pasa y todo comienza renovado.

En especial la vida.

Todo menos el amor.

La vida es un desastre, puede hacerte pedazos, pero eso no significa que, a pesar de todas sus imperfecciones, no pueda convertirse y reconvertirse en algo bello, y que estar destrozado tenga que ser horrible. Puede ser cautivante y e imponente.

Simplemente ver a Cael me recordaba eso. Además, ahora estábamos aquí, en una nueva parte de Japón que era pequeña y tranquila. Era nuestra última parada y eso me hacía sentir un poco melancólica. Me esforcé tanto por no venir a este viaje y, ahora, estaba desesperada por quedarme, pero sabía que teníamos que salir de nuestra burbuja si íbamos a seguir adelante de verdad. Teníamos que tomar todo lo que aprendimos y llevarlo a nuestra vida normal.

Mi único ruego era que persistiera la fortaleza que sentía en mi interior en este momento, y sentí que así sería. Contemplar otras culturas y enfrentar los problemas que enterré tan profundamente fue liberador y me sentí como si un ave que antes estuvo enjaulada se encontrara cerca de salir a la libertad.

Sin embargo, teníamos una última parada, solo una más antes de poder extender las alas y volar.

—Mañana —dijo Leo al reunirnos en el salón de usos múltiples del hotel que reservaron para nosotros— será la culminación de todo lo que les ha enseñado este viaje.

El nerviosismo cruzó por todo mi cuerpo como si fuera electricidad. Mia y Leo no nos habían dicho lo que iba a pasar, pero yo sabía que debía ser algo emotivo. Traté de no entrar en pánico por ello, sino solo dejarlo llegar. Para ese momento, había adquirido una mayor destreza para enfrentar lo que la vida me lanzara.

Estaba en el sofá, envuelta en los brazos de Cael, y sentí que su cuerpo estaba tenso y que su mirada era afligida. No podía creer que pronto ya no estaría caminando a mi lado. Como si hubiera sentido que ese pensamiento hizo que el alma se me fuera a los pies, me atrajo más cerca de su cuerpo y me derretí en su fuerte abrazo.

Después de que terminamos de cenar, caminé de la mano con Cael hacia mi habitación y se quedó esperando en la puerta. En ese momento lo necesitaba conmigo porque esta noche fue conmovedora para mí. Fui hacia la cómoda, sobre la cual estaba el cuaderno de Poppy; volteé hacia Cael, que me miraba con gran atención y sus ojos azules con tonos plateados asumieron una mirada más afectuosa cuando apreté el cuaderno contra mi pecho. Con labios y voz temblorosos, le dije:

—Llegué a la última página.

De algún modo pude leer las decenas y decenas de notas que Poppy me dejó, y le escribí cartas de respuesta en el diario que

Mia y Leo nos dieron. Se sentía bien compartir este viaje con ella porque me ayudaba a conectarme de nuevo. A través de sus cartas, Poppy me levantó el ánimo cuando estaba derrumbándome, como la laca dorada que adhiriera los trozos astillados del momento en que me desmoroné. A través de las páginas, Poppy mantuvo una vigilia a mi lado en este viaje, cuando había llorado hasta que me vencía el sueño, cuando extrañaba mi casa… pero no tanto como lo esperé, porque tenía a mi hermana que me hablaba todas las noches.

Pero esto fue todo.

Era la última noche y el capítulo final de su despedida. Por mucho que no quisiera leerlo, sabía que tenía que hacerlo. No quería despedirme de sus impactantes palabras, de su prosa inspiradora. Cuatro años atrás no quise decirle adiós a mi hermana y, con toda certeza, no quería decírselo ahora, pero tenía que hacerlo. Los adioses tienen que decirse, ya sea que quieras hacerlo o no. Como enseñaba *sakura*, el cerezo florido que ella tanto amaba, nada dura para siempre y yo, *todos* nosotros, teníamos que aceptar ese hecho. Podemos creer en otra vida, encontrar significado en el universo, y lo que fuera que creyéramos acerca de qué sucede después de la muerte. No obstante, en cierta forma, el adiós debe ocurrir en la Tierra.

Le ofrecí la mano a Cael y él no dudo. Puso su mano callosa en la mía y me la apretó dos veces. Lo miré llorosa y sonreí. Las lágrimas se habían acumulado en mis ojos y sentía que se me cerraba la garganta, pero logré decirle:

—¿Te quedarías conmigo… —respiré profundamente— para esta última nota?

Cael parpadeó para quitarse las lágrimas y respondió:

—No querría estar en ninguna otra parte. —Su voz era ronca, con su fuerte acento bostoniano. Había soportado su propio dolor, pero también estaba allí, para acompañarme.

El hotel en que nos quedamos era un lugar japonés tradicional, con mesas bajas y muros de papel que separaban las secciones de la habitación, además cada uno de los cuartos tenía una vista privada y aislada hacia un jardín perfectamente podado. Aferrada a la mano de Cael, lo conduje a un asiento bajo y acojinado en el exterior, y nos sentamos. Él me estrechó entre sus brazos y su cuerpo alto y de anchos hombros creó un escudo de protección alrededor de mí.

Me quedé mirando al sol poniente y a las estrellas que comenzaban a aparecer. El universo era basto e imponente, y tan eterno que debería sentirse como algo abrumador. Sin embargo, tenía algo, había algo tranquilizador en él por el hecho de que toda la gente en el mundo mirara las mismas estrellas y la misma luna todas las noches, sin importar dónde estuvieran.

Acaricié la portada del cuaderno una vez más y sonreí al mirar la letra de mi hermana. Alguna vez, este cuaderno me resultó aterrorizante y lo había evitado, manteniéndolo oculto en un cajón de mi cuarto. Ahora era una fuente de paz, era mi línea personal hacia una hermana a la que amé sin comparación. Cael se inclinó hacia mí y me dio un beso en el cuello que se sintió apenas como un suspiro. Siguió besándome en un recorrido por mis mejillas hasta mi pelo. Cerré los ojos mientras lo hacía y escuché el canto de un ave en las ramas oscuras de los árboles circundantes. Sonreí al oír las risas contagiosas de Travis y Dylan que venían de otra parte del jardín.

«La vida», pensé, «es realmente una cosa maravillosa».

—Estoy lista —afirmé en voz baja al reconocer la importancia de este momento, que era casi sagrado, para mí lo era. Los brazos de Cael me rodearon y me sostuvieron, para dar vuelta a la última página.

Sentí un vuelco en el estómago al mirar la letra de Poppy, que era tan meticulosa como en las primeras páginas. A lo largo del cuaderno pude ver que se estaba cansando, su caligrafía era más débil, pero sus palabras eran todo lo contrario.

Recordé esos días cuando la veía en cama, cuando se le dificultada tanto respirar que tenía que usar oxígeno de día y de noche. Su piel estaba amarillenta y sus ojos parecían demasiado grandes para su cara. Bajó de peso, pero seguía siendo tan hermosa como los pétalos que empezaban a caer fuera de la ventana de su habitación. Inhalé largamente para cobrar firmeza y poder leer la despedida de Poppy hacia mí, la hermanita que adoraba con todo el corazón a su hermana mayor.

Savannah:

Me temo que llegó la hora. Mientras te escribo esto, mi mano se esfuerza por sostener la pluma y, para ser franca, puedo sentir la pesada atracción de la muerte que pesa sobre mí. No quiero que te preocupes, porque no se siente opresiva. No me da tristeza ni miedo.

Se siente como si me estuvieran llamando a casa.

La gente le teme a la muerte porque la considera oscura y aterradora, pero estoy aquí, al final, y se siente como todo lo contrario, como una ligereza embriagante que flota cerca de mí. Puedo oler las flores que me rodean y, no sé por qué, pero me gusta pensar que es la abuela que está a mi lado para guiarme en estas horas finales, hasta conducir la salida de mi alma de este cuerpo destrozado. Entonces reviviré. Seré fuerte de nuevo y me iré con las últimas flores de cerezo.

Rune está a mi lado en este momento. Se ha resistido al sueño durante muchos días. Me llevó a la fiesta de graduación, Savannah. Bailó conmigo mis canciones favoritas y no me ha soltado ni una vez. En este preciso instante, está dormido junto a mí, con su brazo alrededor para tenerme cerca.

Hace un momento viniste y te sentaste a mi lado también. No dijiste nada, pero nos sentamos una junto a la otra y miramos cómo caían los pétalos fuera de la ventana, como si fueran una lluvia de verano.

Gracias, Savannah. La silenciosa dentro de mi tormenta. Mi solaz. Mi respiración firme. El latido de mi corazón.

Espero que cuando leas esto, hayas sanado. Créeme que ya no sufro dolor. Cree que camino a tu lado por la vida y pido a Dios que puedas mirar al cielo y sonreír, sabiendo que sigo viva. Que regresé al hogar al que pertenezco y que espero con paciencia a tenerte entre mis brazos una vez más.

Te amo, Savannah. Mientras te escribo esto, las lágrimas caen de mis ojos, pero no son lágrimas de dolor o enojo, sino de dicha, por lo afortunada que fui al tenerte como hermana. Lo afortunada que soy por haber tenido en mi vida un alma tan bella como la tuya.

No puedo esperar a mirarte desde el cielo y ver que eres realmente feliz. Que vives tu vida con un propósito y que eres amada por la persona más perfecta. No puedo esperar a ver que tú también la amas. No pudo esperar a ver hacia dónde te lleva la vida.

Por favor, cuídate. Sé feliz. Eso es todo lo que quiero para ti: que seas feliz, porque la felicidad lo es todo. Y el amor. Ama con tanta fuerza y profundidad como para que irradie desde tu misma alma. Vive. En este momento sonrío de solo imaginar tu hermoso rostro lleno de dicha, amor y vida.

Savannah, ser tu hermana ha sido una bendición y aunque ya no esté en esta Tierra, siempre seré tu hermana mayor. Habla conmigo con frecuencia, yo te escucharé. He amado cada instante de crecer a tu lado. Mi hermana, mi mejor amiga. Tú eres parte de mí como yo soy parte de ti, eso nunca podrá extinguirse.

Eso nunca podrá morir.

Ahora debo irme, porque estoy sintiéndome muy cansada, pero recuerda: te amo más que a todas las estrellas en el cielo.

Con todo mi amor para siempre.
Tu muy orgullosa hermana mayor,
Poppy

No pude ver la última oración porque las lágrimas me empañaron los ojos. El pecho de Cael ascendía y descendía en movimientos rápidos, y supe que también había leído la despedida. Volteé hacia él y rodeé su cuello con mis brazos. Enterré mi cara en el hueco de su hombro y me desmoroné. Solté cuatro años de aflicción reprimida sobre el chico al que más amaba en la vida.

Cael entrelazó la mano dentro de mi cabello y me sostuvo contra él. Lloró conmigo y lloró por mí. Lloró por Poppy y supe que también lloraba por Cillian, el hermano mayor que lo amó tanto, pero que lo dejó expuesto y sin una despedida real.

Pensé que el adiós de Poppy podía venir también de Cillian, porque sabía que el hermano de Cael lo amaba tanto como Poppy me amó a mí.

—Tu hermana te amaba —dijo Cael contra mi pelo—. Te amaba tanto.

No podía sentirme triste por ello, ya que era cierto. Ser tan amada lo cambiaba todo. Es posible que haya perdido a mi hermana mayor y la extrañaría todos los días, pero me *amaba*. Había sentido su amor y lo seguía sintiendo como si girara en el mismo aire que me rodeaba. En los árboles y en la tierra, en el viento y, en especial, en las estrellas.

El amor no moría: era eterno. Era un tatuaje en nuestras almas, un regalo que ni siquiera la muerte puede llevarse. Si has sido amado, aunque haya pérdidas, ese amor nunca se irá. Llenará tu corazón y reparará las grietas que deja a su paso la pena. Debemos aferrarnos a él cuando todo parece imposible.

—Te amo —le dije a Cael. Necesitaba que lo supiera, que el amor repararía las grietas en su corazón cuando tuviéramos que dejarnos después de este viaje.

—Yo también te amo —respondió y sentí que la verdad de sus palabras llegaba hasta mis huesos.

—Tenemos que hacer un pacto —dije y Cael se me quedó mirando con detenimiento—. Tenemos que prometer que siempre seremos sinceros el uno con el otro, que compartiremos nuestras esperanzas y sueños, pero también nuestros temores e inquietudes. —Le puse una mano en el rostro—. Si algo nos enseña la vida es que hay altibajos, pero que también hay momentos dichosos y preciosos. —Cael bajó la mirada y yo puse mi frente contra la suya—. Debemos decirnos todo… aunque duela. Ese es el verdadero amor, Cael. Eso es poner toda tu confianza en alguien.

Cael buscó en mis ojos y luego susurró:

—Leo me ofreció ayuda adicional. Cuando vuelva a casa, quiere que vaya a una institución residencial que profundizará y me ayudará a afrontarlo todo. —Cael suspiró, estaba abatido—. Creo que tiene razón. —Sus brazos tenían la fuerza del hierro alrededor de mí, como si fuera a salir volando si no me sostenía—. Fue verlo… ver a Cillian cuando lo hizo… —se quedó en silencio.

—Cael —murmuré con el corazón roto por el chico al que amaba—. Debiste habérmelo dicho.

Su cuerpo se derrumbó por el agotamiento.

—Supongo que no quise admitirlo. No quería preocuparte, pero…

—¿Pero? —lo cuestioné, rogando que eso no lo presionara demasiado.

—Pero tiene razón —confesó y, en ese momento, me sentí tan orgullosa de él. Cael enfrentó muchas dificultades en este viaje, le costaron mucho trabajo las terapias que requerían hablar, pero me di cuenta de que había dado tanto de sí mismo como pudo. Sin embargo, necesitaba seguir adelante. Para ser más fuerte, todavía le quedaba más camino por andar.

—Gracias por decirme —exclamé y le besé sus labios temblorosos.

—Gracias por amarme —respondió en voz baja contra mis labios, que no querían otra cosa que tener los suyos. Es posible que Cael no se haya considerado digno de amor ni valioso, pero, ante mis ojos, era maravilloso.

—Superaremos esto —le prometí, porque creía en él y creía que juntos podíamos enfrentar cualquier cosa.

Cael me abrazó y yo a él, como un eco de la despedida de Poppy y de su confesión. Cuando se secaron nuestras lágrimas y solo quedó el agotamiento, levantamos la vista para mirar las estrellas y entonces sonreí, porque sabía que Poppy estaba allá arriba; a últimas fechas, esto me consolaba tanto como tener los brazos de Cael alrededor de mí.

Vientos cálidos y palabras sinceras

Savannah
Ōtsuchi, Japón
Al día siguiente

Me quedé mirando hacia el jardín al que nos llevaron y a la caseta telefónica que había ahí. El mar se detenía frente a una calle transitada, pero allí estábamos, en un terreno lleno de vegetación silvestre, mirando una simple caseta telefónica blanca. Tenía un estilo inglés anticuado y había bancas dispersas alrededor, pero el teléfono simplemente estaba allí, bastante solitario y fuera de lugar.

—Hace años, este pueblo y Japón sufrieron un tsunami —comentó Leo y el corazón se me detuvo un instante. Volteé hacia el pequeño pueblo, que debe haber quedado devastado—. Este pueblo costero, en particular, sufrió un gran impacto. Murió mucha gente, los habitantes perdieron a muchos familiares por esa catástrofe.

Cael me apretó la mano con más fuerza.

—Esta caseta telefónica se construyó un año antes. —Leo caminó hacia ella—. Se le conoce como El Teléfono de Viento, y en su interior hay un cable telefónico desconectado. —Observé el teléfono del interior, y era algo que verías en una película antigua, antes de que existieran los celulares.

—El hombre que lo creó perdió a un primo debido al cáncer y lo extrañaba tanto que no sabía cómo procesarlo. —Esas palabras fueron como una puñalada en mi pecho, porque sabía cómo era eso—. Sintió que necesitaba un lugar donde poner en palabras sus pensamientos y un sitio donde expresarlas, así que construyó esta caseta telefónica en su jardín como una manera de comunicarse con él.

Fruncí el ceño, confundida.

—Este teléfono está diseñado para ayudar con el duelo. Es una línea directa al otro mundo y a aquellos que ya murieron.

—Para entender por qué es significativa esta caseta telefónica, es importante señalar unas cuantas cosas sobre Japón y las creencias que muchas de las personas tienen aquí —dijo Mia con voz serena—. Japón es primordialmente budista y, dentro del budismo, la gente cree que la línea entre esta vida y la siguiente es delgada. Creen que todo en el mundo, en la *vida*, está conectado, y eso incluye a aquellos que ya murieron.

Me gustó ese concepto, me recordaba lo que yo creía sobre el universo y el polvo de estrellas, y la idea de que, a la larga, ocuparíamos nuestro sitio entre las estrellas de donde nos originamos. Sobre que nuestras energías sobreviven más allá de la tumba, permaneciendo en esta vida, aunque solo en forma diferente, nunca se van.

—En los hogares de todo Japón, mucha gente tiene altares en sus salas, dedicados a sus seres queridos fallecidos —prosiguió Mia. No podía quitarle los ojos de encima y escuchaba con atención cada una de sus palabras—. Están llenos de fotografías y recuerdos de quienes ya murieron, así como fruta, arroz y otras ofrendas de ese tipo que se ponen frente a ellos. La gente cree que, aunque están muertos, los seres queridos siguen atados a sus familias y deben ser honrados.

«Como el diario que Leo y Mia nos dieron», pensé. Me había mantenido conectada con Poppy y supe que, incluso después de terminar este viaje, seguiría hablando con ella a través de sus páginas. Podía imaginarme escribiendo durante el resto de mi vida. No sabía si eso era sano, pero estar aquí y escuchar esto sobre el budismo y la cultura japonesa, me decía que estaba bien. Que era correcto mantenerme conectada con la hermana que perdí. A través del diario, encontré de nuevo su voz.

—Esta caseta telefónica es una extensión de los altares que hay en las casas. Forma un puente sobre esa línea delgada entre la vida y la muerte de una manera sana y personal —afirmó Leo y luego señaló la simple caseta blanca—. El teléfono no está conectado con nada en esta Tierra, sino, más bien, con el otro mundo. El hombre que lo construyó sabía que no había una línea directa con el primo que perdió, pero le gustaba pensar que sus palabras hacia él, en lugar de transmitirse por una línea conectada, eran transportadas por el viento. Por eso se le llama «El Teléfono de Viento». —Las manos me temblaron al fijar la vista en ese teléfono y esa caseta, y sentí que un escalofrío me recorría la espalda al momento en que una oportuna ráfaga de viento sopló alrededor de nosotros. Cael me apretó la mano dos veces y yo le devolví nuestra señal; sentí que él también temblaba.

»Otra parte de las creencias budistas, que no se diferencia mucho de lo que aprendimos en Varanasi, es que, debido a que nuestros seres queridos siguen conectados con nosotros, debemos aprender a dejarlos ir. Dentro del pensamiento budista, si no podemos soltar a nuestros seres queridos, no podemos deshacernos del dolor de perderlos y, por ende, no pueden ser libres. En lugar de ello, quedan suspendidos en una especie de tierra de nadie en el otro mundo —dijo Leo—, así que algunas de las frases más comunes que se usan en esa cabina telefónica son «No te preocupes por nosotros» y «Estoy haciendo mi mejor esfuerzo». La gente cree que eso ayuda a serenar a aquellos que amamos al confirmarles que estamos bien, aunque no sea así, y les sirve para pasar al otro mundo y a la siguiente parte de su viaje.

Cael estaba rígido como una tabla a mi lado. Esa era la parte más difícil de todas para él: dejar ir a su hermano. Soltar en el Ganges la vela que representaba a Cillian le resultó verdaderamente doloroso y supe que esto no sería diferente. Recliné la cabeza sobre su brazo solo para tratar de ofrecerle algún consuelo.

—Luego del tsunami. —Mia retomó la idea en donde Leo la dejó—. Muchos de los habitantes del pueblo empezaron a aparecer aleatoriamente en este jardín para usar el teléfono y despedirse de aquellos que les fueron arrebatados. Igual que muchos de nosotros lo hemos sufrido. Accidentes mortales, enfermedades súbitas… suicidios… —terminó Mia con voz cariñosa y cauta—. No hay adioses. No hay oportunidad de decirles todo lo que queríamos a nuestros seres queridos.

En ese momento me sentí afortunada, porque sostuve la mano de Poppy y pude despedirme. Le dije a mi hermana todo lo que necesitaba decirle, pero Cael… y muchos de mis amigos en este lugar, no pudieron despedirse, no lograron encontrar un cierre.

—No todos querrán hacerlo y eso está bien, pero hemos descubierto que, en especial para aquellos que no pudieron despedirse, hablar en el teléfono puede ser benéfico para sanar. Puede ayudarlos a expresar lo que necesitan decirles a sus seres queridos, a solas y en completa privacidad —apuntó Leo y nos sonrió a todos—. Los trajimos hoy aquí como nuestro último ejercicio del viaje, para que puedan decirles lo que necesiten a aquellos que más amaron. —Escuché el sonido de los gemidos, sollozos y llanto desgarrador de mis amigos, pero mi mano apretaba la de Cael como si fuera un salvavidas. Cuando me atreví a mirarlo a la cara, su piel estaba ceniza y sus ojos azules con tonos de plata estaban muy abiertos y llenos de temor.

Volví a recostar la cabeza en su brazo, que estaba frío, su cuerpo temblaba.

—Les daremos tiempo a cada uno de ustedes para que entren a la cabina —nos informó Mia—. Leo y yo venimos aquí con frecuencia para acompañar a nuestros grupos y hemos tenido la fortuna de obtener un poco de tiempo a solas, lejos del público, para que ustedes usen el teléfono. —Mia se hizo a un lado—. Así que, por favor, si lo quieren y si se sienten dispuestos, entren a la cabina.

Leo se acercó a Cael y le dijo en voz lo bastante baja como para que solo nosotros lo oyéramos.

—Hijo, no tienes que hacer esto si todavía no has llegado a ese punto. —Cael asintió sin mostrar ninguna emoción y sinceramente no supe qué haría.

Sentí que alguien apretaba mi otra mano. Era Dylan y, al mirar a la fila, vi que todos estábamos conectados. Lili con Jade, que le daba la mano a Travis y este a Dylan, quien me tomaba la mano a mí, y yo a Cael. Todos llegamos hasta aquí a través de las lágrimas, el dolor y el sufrimiento, de abrirles nuestro corazón a los otros, los seis llegamos a este ejercicio final.

—Hemos llegado tan lejos —nos dijo Dylan. Era cierto, juntos nos sostuvimos unos a otros. Lo logramos codo a codo, secándonos unos a otros las lágrimas y consolándonos cuando nos desmoronábamos. Forjamos un vínculo tanto por medio del duelo como del amor y sabía que estaría unida para siempre con estas personas.

Lili fue la primera en avanzar, luego de soltarle la mano a Jade. Vi que sostenía el aliento al ascender los escalones hacia la caseta telefónica y cuando entró. Bajé la cabeza cuando tomó el auricular, sabiendo que mis amigos le concedían el mismo respeto.

El viento que soplaba entre los árboles y el canto de las aves en el cielo, junto con el sonido de las lentas olas que acariciaban la playa y de los autos que pasaban a gran velocidad por la ajetreada avenida detrás de nosotros, creaba el fondo musical de esta escena, pero, más importante, le daba total privacidad a la persona que estaba en el teléfono.

Uno por uno, mis amigos hicieron sus llamadas, y cada uno salió triste y bañado en lágrimas… pero, de alguna manera parecían diferentes: purificados, renovados, con una mezcla de emociones. Nos volvimos a tomar de la mano, rebosantes de apoyo, y cuando Dylan regresó, con las mejillas rojas y los ojos húmedos, llegó mi turno.

Volteé hacia Cael, que arrancó su mirada de la caseta para verme a los ojos.

—Puedes lograrlo, Duraznos —me dijo con voz ronca y llena de dolor. Asentí y luego lo solté. Pensé que era una metáfora: podíamos sostenernos, apoyarnos y secarnos las lágrimas unos a otros, pero, a la hora de la verdad, nuestro recorrido por el duelo es propio. Estábamos *solos* y también teníamos que sanarnos por nuestra propia cuenta.

Cada paso hacia la caseta telefónica era como un maratón. La pesadez de la puerta se sentía como diez toneladas, pero al estar adentro, y cuando el auricular negro me miraba, todo se quedó en silencio y me envolvió una sensación de paz.

Con mano temblorosa, levanté el auricular y me lo llevé al oído, donde solo encontré silencio, pero sabía que ella estaba allí, esperándome en el viento.

—Poppy —dije y mi voz sonó tan fuerte en el espacio silencioso—. Sé que puedes oírme —añadí y apreté los ojos para cerrarlos—. Anoche leí tu último escrito en el cuaderno. —Se me trabó la respiración y los ojos se me llenaron de lágrimas—. Fue tan hermoso. *Tú* eras tan hermosa, espero que lo sepas. —Sonreí a pesar de mis sollozos sosegados—. Anoche te despediste de mí, por lo que es justo que hoy haya legado mi turno de decirte adiós. —Sostuve con más fuerza el auricular—. Solo que no quiero hacerlo, porque, si este viaje y tu cuaderno me enseñaron algo, eso es que creo, con toda mi alma y mi corazón, que estás a mi lado. —Sorbí y respiré profundamente, con el pecho dolorido y en carne viva.

» Cuando moriste, todo mi mundo hizo implosión, pero ahora te siento cerca de mí. Te veo en las estrellas, te veo en mis sueños. Y ahora estoy hablando contigo en este teléfono.

Me sequé las mejillas y me quedé muy quieta cuando una mariposa se posó en una flor afuera de la cabina. Alguna vez fue una oruga que se transformó en mariposa y, por hermosa que fuera, solo tendría una vida breve. Sin embargo, su belleza permanecería en el recuerdo de todos los que la vieron.

—Te amo más que todas las estrellas del cielo, Poppy. Nunca dejaré de afligirme durante todo el tiempo que me faltes en la vida, pero atesoraré las bendiciones que me diste mientras estuviste aquí. —Mi llanto fue disminuyendo y mi respiración se tranquilizó—. No te preocupes por nosotros —susurré, queriendo liberarla—. Cuídate, mi amada hermana. Te adoro. Te amo y te extrañaré cada minuto de cada día —concluí y luego devolví el auricular a su base.

La mariposa emprendió el vuelo y la vi elevarse en la brisa hacia el cielo, hasta que desapareció de mi vista. Cerré los ojos y sonreí, incluso más cuando me llegó el aroma de la vainilla que llenó el espacio alrededor de mí.

Abrí la puerta y vi a mis amigos, y al amor de mi vida, que me esperaban tomados de la mano, con expresiones de orgullo en el rostro. Entonces simplemente lo supe, pude sentirlo en lo profundo de mi corazón...

... Iba a estar bien.

Voces silenciosas y momentos decisivos

Cael

La paz en el rostro de Savannah al salir de la caseta telefónica fue como una espada de dos filos. Por un lado, me sentí orgulloso y rebosante de felicidad por mi chica, que tuvo la suficiente valentía como para desnudar su alma con su hermana a la que tanto extrañaba. Tan orgulloso de su aspecto cuando la vi caminar con la espalda muy derecha y la frente en alto. Sin embargo, por otro lado, me concientizó de todo el maldito trabajo que me faltaba por hacer. Cosas que no quería enfrentar, el dolor que no quería tolerar.

Leo posó una mano en mi hombro.

—De nuevo, no tienes que hacerlo, hijo.

Savannah me apretó la mano y la miré. Sus ojos azules estaban muy abiertos y mostraban el conflicto que sentía por mí. Quería ser mejor por ella. Con un demonio, quería ser mejor por mí mismo.

—Sí puedo —respondí con voz áspera y Leo analizó con reserva mi rostro. Después de unos cuantos segundos asintió, pero su mirada era cauta; supe que estaba preocupado por mí.

Justo antes de que soltara la mano de Savannah, ella me besó el dorso y se alejó. A medida que avanzaba, me aferré a la sensación de su beso, que permanecía impreso en mi piel. Cuando caminé hacia la caseta, sentí como si avanzara por el pabellón de la muerte. Para mí, la caseta telefónica no era tentadora sino, más bien, como si mis mayores temores cobraran vida.

Me detuve en la puerta y me obligué a abrirla. El silencio era ensordecedor en el interior y la ausencia de sonido me perforaba los oídos como si tuviera una frecuencia dolorosamente aguda. Entonces puse la mano sobre el auricular, que se sentía helado y duro. Mi pecho empezó a sacudirse con demasiada velocidad y mi respiración estaba demasiado acelerada. La frente se me llenó de sudor, pero respiré hasta el fondo de los pulmones y me obligué a tomar el auricular, temblaba cuando lo acerqué a mi oído.

Tan solo imaginar a Cillian del otro lado, esperando a escuchar mi voz, me destrozó. La voz se me atoró en la garganta y, como pasaba con tanta frecuencia, aquella noche volvió a reproducirse en mi cabeza como si fuera un rollo de película. Me mostraba a Cillian cuando se estrelló, con sonido envolvente y en alta definición. Intenté hablar, pero no salió ningún sonido y, a pesar de mis esfuerzos, mis rodillas cedieron y caí al suelo. El teléfono se quedó colgado sobre la repisa, moviéndose de un lado a otro. Lo solté, aunque mi deseo era decirle a Cillian cuánto lo amaba, cuánto lo extrañaba y cómo, algunos días, la vida sin él no se sentía como si fuera una vida. No obstante, lo único que veía era a él, hecho pedazos entre mis brazos… muerto.

Muerto.

¡Mi hermano estaba muerto!

En ese instante me desmoroné y los sollozos desgarradores agitaron mi cuerpo sin que pudiera detenerlos. No podía levantarme del suelo frío de la caseta telefónica y, entonces, la puerta se abrió de golpe; Leo se inclinó para ayudarme a incorporarme y conducirme por el sendero. Sin embargo, los sollozos no se detuvieron. Dylan se puso de mi otro lado y ayudó a Leo a llevarme por el sendero hasta el autobús que nos esperaba. Una mano conocida se posó en mi espalda y supe que era Savannah. Esa era mi chica, que siempre estaba allí, acariciándome para demostrar su apoyo. Con su amor y los dos apretones en la mano que eran nuestro código compartido. El viaje de regreso se volvió borroso y el tiempo cedió a la tristeza. No podía despedirme, simplemente no podía decirle adiós, todavía no.

Leo y Dylan me ayudaron a bajar del autobús y me llevaron a mi habitación, donde me acostaron en la cama y, antes de que mi cabeza tocara la almohada, Savannah me envolvió entre sus brazos. En ese momento pude respirar un poco, siempre podía hacerlo cuando la tenía cerca.

Pero el llanto no cesaba y siguió así hasta que ya no me quedaron lágrimas que cayeran por mis mejillas y el sol cedió el paso a la luna. Todo ese tiempo, Leo se quedó en la habitación con nosotros, dejando que purgara por completo todo lo que llevaba en el alma.

Luego de un rato se levantó de su asiento.

—Necesito hablar con Mia —dijo—. Volveré en un minuto. ¿Estás de acuerdo? —Asentí, porque no podía hablar, mi voz estaba perdida.

Cuando salió, Savannah se incorporó de inmediato, tenía los ojos rojos por la tristeza.

—Lo siento tanto, mi amor —exclamó—. Lamento que esto te lastime tanto.

Me quedé mirando la profundidad de esos ojos azules y supe que, si podíamos aspirar a tener cualquier futuro, necesitaba mejorar.

—Te amo —respondí, justo cuando alguien tocó a la puerta y luego entró Mia, seguida de Leo.

—Savannah —la llamó Mia con amabilidad—. Vamos a cenar.

—No. —Savannah agitó la cabeza. Quise sonreír ante su tenacidad, pero no lograba reunir la suficiente energía como para hacerlo.

—No has comido —insistió Mia y luego volteó hacia Leo—. Vamos a dejar que Leo y Cael platiquen un poco.

Savannah abrió la boca para discutir, pero yo le dije:

—Ve, Duraznos. —Volteé a mirar a Leo y la mirada que me dio fue suficiente para entender que necesitaba hablar conmigo acerca de algo que no estaba seguro que fuera a gustarme—. Ve a comer.

Savannah observó mi rostro con cuidado.

—¿Estás seguro? —preguntó y bajó la mirada—. No quiero dejarte.

—Lo sé, amor —respondí al tiempo que me incorporaba y rodeaba su rostro con mis manos. Le besé la frente, las mejillas y, finalmente, la boca—. Voy a estar bien, te lo juro —añadí, pidiéndole al cielo que esas palabras fueran ciertas.

—Está bien —contestó, llena de confianza en mí, lo cual me hizo sentir un poco más fuerte. Seguía estando conmigo en este trance.

La vi irse con Mia y de nuevo se me rompió el corazón, pero le sonreí entre lágrimas. Cuando se cerró la puerta tras su salida, volteé hacia Leo.

—Necesito esa ayuda adicional cuando llegue a casa —afirmé—. Este día me hizo darme cuenta de lo mucho que me falta por recorrer.

Leo asintió y luego dijo:

—Te sugiero que nos vayamos ahora. —Al instante me recorrió una sensación de conmoción y pánico.

—¿Ahora? —respondí y salté de la cama—. No quiero irme ahora, no quiero dejar a Savannah. Quiero viajar a casa con ella y con los demás, llegar hasta el final.

Leo se me acercó con expresión recelosa.

—Hijo, nunca te obligaría a hacer nada que no quisieras, pero me preocupa que si ves de nuevo a Savannah, o te quedas hasta el final, no irás. —Imaginé el rostro de mi chica y recordé sus brazos aferrados a mí, cómo me hacía sentir a salvo y cómo simplemente me apoyaría en ella para siempre... Exhalé derrotado. Leo tenía razón, lo sabía, pero solo quería verla una vez más, quería despedirme. Hacer planes para cuando estuviéramos separados, para aclarar cómo podríamos seguir más adelante.

—Cael, ¿la amas? —La pregunta de Leo provocó que levantara la cabeza de golpe y me sacó del torbellino de mis pensamientos. Lo miré a los ojos.

—Por completo —respondí con voz firme. Mi amor por Savannah era la única cosa de la que estaba seguro. Todo lo demás me desconcertaba hasta el fondo del alma, pero mi amor por ella era concreto.

—Entonces, hijo, tienes que irte ahora. Para tener cualquier tipo de futuro con ella, debes seguir adelante con la terapia. Este viaje no basta y, justo ahora, estás en un momento inestable. Mi consejo es que nos vayamos de inmediato. He visto qué le sucede a la gente cuando se desmorona y retrasa la ayuda. —Se me revolvió el estómago al pensar que ese era Cillian y yo no quería ser como él—. Deja que te ayude Cael, acepta mi consejo y déjame ayudarte.

El corazón me latía demasiado rápido y no podía concentrarme. No sabía qué era lo mejor que debía hacer. No estaba seguro de poder alejarme de Savannah.

—Tienes una verdadera oportunidad de alcanzar la felicidad, para ambos —insistió Leo, hablándole directo a mi corazón—. Hagamos que tu meta sea entrar a Harvard este otoño para que estés de nuevo con Savannah. Cuando hayas sanado y puedas darle todo de ti.

Podía verlo: los dos felices y sanos, lidiando con nuestro duelo en la universidad, esa misma donde el destino había decidido que estuviéramos juntos. Quería tener eso, lo deseaba tanto que, de pronto, era lo único que podía ver en mi mente.

Leo se dio cuenta de mis dudas.

—No quieres que tu amor por ella pierda importancia por tu pena, ni que ella tenga que compartirte con esa oscuridad residual. Ven conmigo y deja que te ayudemos, y luego dale tu corazón por completo, ya sanado. Date a ella por completo.

Esas palabras me sacaron el aire de los pulmones. Savannah merecía el mundo, merecía ser amada por completo. Leo esperó con paciencia mi respuesta.

—Está bien —dije finalmente con voz ronca y el corazón roto. No era lo que quería. Lo único que quería era a ella, pero necesitaba sanar y tenía que hacerlo solo.

Leo exhaló con alivio.

—Tomaste la decisión correcta, Cael. Te daré diez minutos para que empaques tus cosas y yo iré a hacer los últimos arreglos.

Leo salió de la habitación y yo me quedé parado, inmóvil y en silencio, por unos cuantos minutos. No podía lograr que mis pies se movieran, como si estuvieran protestando por lo que estaba a punto de hacer. Pero pensar en llegar a Harvard este otoño, con Savannah a mi lado y viviendo felices y sin dolor, no solo existiendo… hizo que me moviera en segundos.

Arrojé mi ropa dentro de mi mochila y volteé a mirar el cuarto, la huella que dejó el cuerpo de Savannah en la cama y que seguía allí. Esa chica me amaba y le probaría que podía estar con ella en esto, cien por ciento; que aunque fuéramos jóvenes, podíamos lograrlo.

Al ver un bloc de notas del hotel sobre el escritorio, corrí hacia él y le escribí un mensaje. Mi única esperanza era que entendiera mis motivos. Estaba rompiendo nuestro pacto y le estaba ocultando algo de nuevo, dejándola sin siquiera despedirme, pero por muy doloroso que fuera, por mucho que mi alma me gritara que me quedara a salvo entre sus brazos, esto era importante para los dos.

Tomé mi cartera del escritorio y me le quedé mirando, sentí la pesadez de la nota de Cillian en su interior. Sin pensarlo demasiado, la saqué con fuerza y respiré con dificultad al ver la caligrafía conocida y las siete palabras que me destruyeron en el último año. Esa nota me había perseguido, asolado y devorado hasta que no quedó nada más que un desastre hecho pedazos. Ya no quería vivir así, estaba harto de eso.

Recibí con agrado un último brote de enojo y rompí el papel en trocitos antes de arrojarlo al piso. Era un lastre que me impedía sanar, un peso que me arrastraba al fondo.

Tomé mi maleta y caminé por el pasillo hasta que encontré a Leo en la recepción. De inmediato busqué a Savannah. Quizá si lograba darle un último beso, tendría la fortaleza de irme sin caer en sus brazos.

Pero no estaba en ninguna parte y, en el fondo de mi corazón, supe que todo lo que pensé era falso. Con solo una mirada a mi chica, lucharía por quedarme. Me quedaría y sufriría, y las cosas solo empeorarían para mí, para ella, hasta que mi dolor nos consumiera a ambos. Ella merecía ser libre, había llegado demasiado lejos como para que yo fuera un freno.

Solo necesitaba tiempo para alcanzarla.

—Mia los llevó a un restaurante lejos del hotel —me informó Leo—. No regresarán hasta que pase mucho tiempo de tu partida.

El corazón se me llenó de tristeza. Me obligué a salir del hotel mientras que mi alma exigía que me diera la vuelta, pero me esforcé por subir al autobús y sentarme al lado de Leo. En cuestión de segundos, el camión salió del hotel y, a la distancia, vi la cabina telefónica iluminada. La cabina que me expuso y que les mostró a Leo y Mia que, en mi caso, el viaje apenas comenzaba.

Saqué mi celular, pero me resistí a marcar el número de Savannah y, en lugar de eso, hice una llamada que había pospuesto por demasiado tiempo.

—¿Cael? —la voz de papá me llegó por el auricular y sentí que el pecho se me desgarraba cuando ese sonido familiar entró en mis oídos.

—Papá… —respondí con una voz que era más semejante a un graznido.

—¿Qué te pasa, hijo? —La voz de papá demostraba su pánico y escuché que mamá hablaba en el fondo, expresando también su preocupación.

—Vuelvo a casa —dije y Leo me puso una mano sobre el hombre como apoyo—. Es que… necesito más ayuda. Voy a regresar a casa.

La voz de papá vaciló.

—Estamos orgullosos de ti, Cael. Tan orgullosos. —Pausó y luego dijo—: Te veremos en el aeropuerto, pídele a Leo que nos envíe la información del vuelo. Estamos contigo, hijo. Te vamos a ayudar a superar esto.

—Está bien —respondí y me quedé en la línea por un momento más, simplemente sintiendo el consuelo de tener el apoyo de mis padres a través del teléfono.

Un par de horas más tarde, cuando esperábamos en la puerta de abordaje y me sentía entumecido por el dolor, sonó mi teléfono. El corazón me dio un vuelco al ver que era Savannah. Pasé la mano por la imagen de mi teléfono que le había asignado a su rostro y luché por no quebrarme.

—Duraznos —respondí con la garganta cerrada por la culpa.

—¡Rompiste nuestro pacto! —exclamó y su tristeza atravesó el teléfono como si fuera una daga—. Me prometiste que me dirías todo. ¡Ni siquiera te despediste!

Savannah estalló en llanto y no pude soportar el sonido de su respiración que se resquebraba por mi culpa.

Fui hasta una esquina de la sala de abordaje para tener privacidad y dejé que mis lágrimas empezaran a caer.

—Leo estaba preocupado por mí y necesitaba que me fuera para conseguir más ayuda. —Sacudí la cabeza en un intento por encontrar las palabras que le explicaran—. No pude, Savannah, no pude despedirme de ti. Me estoy haciendo pedazos, amor. No estoy sanando como debería. Tenía que irme…

—No es justo —dijo, interrumpiéndome y con sollozos que la doblaban de dolor—. Yo te hubiera apoyado, pero debías despedirte de mí, debiste abrazarme una última vez. Dejarme besarte y asegurarme de que estuvieras bien. Me heriste. Tú…

—¡NUNCA ME HUBIERA IDO! —grité sin darme cuenta, más fuerte de lo que quería cuando mis emociones exaltadas brotaron a la superficie y se apoderaron de mí. Volteé a mi espalda y vi que varios rostros me observaban, incluido Leo. Puse la frente contra la ventana y miré las luces de los aviones que se alistaban para el despegue. Me tranquilicé y sentí el latido de mi corazón que golpeaba contra mi pecho—. Si te hubiera visto para despedirme, Sav —susurré encima del sonido torturante de su llanto—, no habría sido capaz de dejarte. Pasé saliva y supe que Leo tenía razón. Incluso ahora luchaba con la idea de salir corriendo del aeropuerto para regresar al consuelo del lugar donde ella estaba—. Y tengo que hacerlo. —Un sollozo brotó de mi garganta cuando le dije—: Estoy... estoy hecho pedazos, Duraznos. Estoy tan destrozado que tengo que conseguir ayuda antes de que me destruya. —Mi voz era apenas audible. Estaba agotado, cansado de luchar.

Savannah lloraba cada vez más fuerte en el teléfono y eso me hizo pedazos, pero tenía que ser así. Lo sabía en lo profundo de mi alma y supe que ella también.

Me limpié las lágrimas de las mejillas y le dije:

—Quiero tener una vida contigo, Savannah. Quiero reunirme contigo en Harvard este otoño, más fuerte y capaz de funcionar. Quiero que tengamos una oportunidad; lo necesito. Tú eres lo único que me hace seguir adelante, pero decirte adiós... No tengo la fuerza suficiente para tolerar eso, Duraznos. Nunca podría decirle adiós al amor de mi vida. —La respiración de Savannah estaba agitada por tanto llanto, pero me estaba escuchando—. Te amo —dije en un susurro—. Por favor, créeme, te amo tanto. Eres mi todo.

—Cael —dijo Savannah y se le quebró la voz—. Yo también te amo. Te amo... tanto. Lamento haberte gritado. Es solo que... voy a extrañarte.

—Yo también te voy a extrañar —contesté, sintiéndome todavía abatido y como si me partieran el corazón—. Voy a entrar a un programa residencial, así que no sé qué tanto podré hablar, pero te llamaré y te enviaré mensajes cada vez que pueda. Necesito que me ayudes a superarlo.

—Estoy tan orgullosa de ti —murmuró en voz baja y eso alivió parte del dolor que amenazaba con derrumbarme—. Pensaré en ti todos los días.

—Harvard —le dije con la garganta cerrada, pero declarando esa meta en voz alta—. Nos volveremos a encontrar en Harvard.

—Harvard —repitió y una sensación de paz me inundó—. Estaré contando los días.

Leo me dio un golpecito en el hombro y vi que la gente abordaba el avión.

—Tengo que irme —le avisé. No quería colgar el teléfono.

—Te amo —me dijo—. Hazme saber que aterrizaste a salvo.

—Yo también te amo —repetí y necesité todas mis fuerzas para terminar la llamada, pero mantuve el rostro de Savannah en mi mente y su amor en mi corazón, sabía que eran lo bastante fuertes como para ayudarme a superar esto.

Después de un día de viaje, aterricé en el aeropuerto JFK. Me resultó extraño ver de nuevo los cielos de Estados Unidos, y lo único en lo que pude pensar fue en qué estaría haciendo Savannah en ese momento. Viajarían hoy a casa, pero ella iría a Georgia y yo, a terapia.

Seguí a Leo por el aeropuerto hacia la zona de llegadas. Solo me llevó unos cuantos segundos encontrarlos y, sin siquiera buscar mi equipaje, corrí entre la multitud y choqué contra los brazos de mamá y papá. Las lágrimas brotaron de mis ojos y les susurré:

—Lo lamento. Lo lamento tanto.

—No hay nada de lo cual lamentarse —me dijo papá con voz apenas audible.

Di un paso atrás y vi que tenían los ojos rojos, pero que también mostraban felicidad en el rostro. Su hijo había regresado y no me refiero solo en sentido físico. Es posible que todavía estuviera sanando, pero estaba más cerca de ser el chico que fui antes que aquel que estuvo hecho pedazos por el duelo.

Leo saludó a mis padres y les explicó lo que vendría a continuación. Encendí mi celular y apareció un solo mensaje.

Te amo tanto. Siempre recuérdalo.
Sé que puedes lograr esto.

Suspiré profundamente y luego le mandé un mensaje con una sola palabra.

Harvard.

Mamá enlazó su brazo con el mío y nos fuimos directamente al retiro. El trabajo duro apenas comenzaba, pero el amor que sentía por Savannah, por mamá y papá, por mí mismo... y por Cillian... el amor que tenía por todos ellos me ayudaría a superarlo.

Y tendría a Savannah de regreso entre mis brazos, aunque fuera la última cosa que hiciera.

Corazones de regreso a casa y almas restauradas

Savannah

Cuando el avión inició el descenso, saqué la carta que me dejó Cael y la leí una vez más. Para este momento ya la había memorizado, pero, aun así, la leí porque me hacía sentir más cerca de él, aunque estuviéramos a kilómetros de distancia

Duraznos:
No te enojes porque me fui. Tengo que hacerlo. Para ser el hombre en el que necesito convertirme para ti, tengo que irme con Leo.

Por favor, no pienses que esto significa que te estoy dejando, sino todo lo contrario. Me voy para que, cuando nos encontremos de nuevo, nada nos separe. Para que nada entorpezca nuestro camino y podamos tener el futuro que soñamos. Tú eres el amor de mi vida.

Cuando vine a este viaje, estaba destrozado en mil pedazos, pero, uno a uno, tú los volviste a pegar a medida que nos fuimos volviendo más cercanos. Todavía no he sanado por completo, pero estoy decidido a lograrlo por nosotros. Te amo, Duraznos. Dame tiempo y correré de regreso a ti lo más rápido que pueda.

Te amo,
Cael

Solté la carta y saqué mi celular. Estuve tan furiosa con él por dejarme y sin decir adiós. Después de todo lo que pasamos juntos, sentí que eso era lo mínimo que me debía. En ese momento me rompió el corazón, pero cuando hablé con él… escuché lo que me estaba diciendo. Escuché lo destrozado que estaba, pero también, la determinación en su voz.

Acaricié con un dedo el mensaje de texto que me mandó.

Harvard

Sonreí y sentí colmado el corazón. Esa era nuestra meta. Inicié este viaje con el deseo de mejorar lo suficiente como para asistir a Harvard y convertirme en médica. Ese seguía siendo mi objetivo, solo que esta vez me ofrecía mucho más de lo que nunca pude haber imaginado. Ahora me ofrecía una vida con Cael. Toda una vida de amarlo, de estar a su lado.

Cuando aterrizamos en Atlanta, suspire de felicidad al sentir la ráfaga de calor que entró al avión cuando la auxiliar de vuelo abrió la puerta de salida. Encendí mi teléfono y de inmediato llegó un mensaje de Cael.

Ya estoy aquí en el retiro. Nos quitan los teléfonos, excepto por unas cuantas veces por semana. Te enviaré mensajes
y te llamaré cuando pueda. Te amo
y te extraño.

Se agitó mi corazón. Mi fe en él era total y si un tiempo de separación era el sacrificio para conservarlo el resto de mi vida, podía vivir felizmente con eso.

Descendí del avión y fui a recoger mi equipaje. Apenas se habían abierto las puertas de llegadas cuando escuché:

—¡SAVANNAH! —Levanté la vista justo a tiempo para que Ida se estrellara contra mis brazos. Reí cuando saltó y me rodeó el cuello con los brazos. Yo también le di un abrazo apretado y las dos reímos. Ese sonido fue como una sinfonía para mis oídos.

Mi hermana.

Mi hermanita menor.

Ida me plantó un beso en la mejilla.

—¡Te extrañé tanto! —exclamó y se echó hacia atrás. Abrió la boca de manera dramática mientras me analizaba de arriba abajo—. ¡Te ves increíble, Sav! —Se inclinó más cerca—. ¿Esto es gracias a Cael? —Yo reí ante su expresión sugestiva. La había extrañado y no solo en este viaje, sino durante cuatro años en que no le di entrada. Eso cambiaría a partir de ahora.

—Te extrañé —dije y la jalé para abrazarla—. Siento mucho no haber estado presente para ti.

Ida dio un pequeño paso hacia atrás y me miró directamente. Sus ojos brillaron por las lágrimas no derramadas.

—¿Ya volviste? —preguntó, tentativa.

—Ya volví —respondí con una sensación de alivio y una promesa en cada palabra.

—¡Recuperé a mi hermana! —exclamó con dramatismo y entonces me besó la mejilla.

Se sintió glorioso.

—¡Cariño! —Los brazos de mi mamá eran seguros y cálidos cuando me envolvió con ellos y mi papi nos abrazó a todas, incluso a Ida. Papi me besó en el pelo.

—Todas mis nenas están de regreso en casa. —Sabía que se refería también a Poppy, que nos esperaba a todos en Blossom Grove. Meses atrás, esas palabras me hubieran destrozado, pero ahora eran perfectas.

—Vayamos a casa —dijo mi mamá y papi fue a recoger las maletas. Sonreí al momento en que el sol de Georgia me besó el rostro y la cálida brisa nos rodeó, susurrando «Bienvenida a casa».

Casa. No había nada parecido.

Ya en el auto, Ida me entretuvo con cada detalle de su vida desde que me fui. Al entrar a casa, un millón de recuerdos revolotearon alrededor y, si cerraba los ojos, casi podía escuchar el eco de las risas de tres niñas que se perseguían por las escaleras. Fue celestial y sentí henchido el corazón al darme cuenta de que podía caminar por esta casa y sentirme reconfortada por los recuerdos de Poppy, sin que eso me paralizara. De nuevo estaba en mi santuario, no en mi prisión.

Me di un regaderazo y me cambié la ropa de viaje, preguntándome todo el tiempo qué estaba haciendo Cael en el retiro. Me dolía saber por lo que estaría atravesando, pero rogué al universo que le ayudara a superarlo, que lo volviera más fuerte.

Salí de mi cuarto y caminé hasta la sala. Mamá estaba haciendo la cena y los aromas llenaban la casa. Al pasar por la habitación de Poppy, en lugar de pasar de largo como lo hice tantas veces antes, abrí la puerta. No había cambiado en absoluto. Fui hacia la ventana y miré al exterior. Sabía que allí fue donde me escribió en su cuaderno. Pasé la mano sobre el asiento y susurré:

—Gracias.

Al abrir los ojos, reí. Cuando miré por la ventana, vi que Alton Kristiansen estaba sentado en el asiento de la ventana del viejo cuarto de Rune. Lo saludé con la mano y él me devolvió el saludo, se veía como un mini Rune y, por un instante, casi me sentí como una Poppy más joven que miraba al chico al que adoraba. Pasé la mano por su escritorio y su cama, y murmuré:

—Te amo, Poppy.

Cerré la puerta tras de mí. Ida me esperaba en el pasillo.

—¿Estás bien? —me preguntó con cautela.

—Sí —respondí, orgullosa de decir que lo estaba. Siempre habría una parte de mí que se sentiría triste por la pérdida de Poppy, pero así era la pérdida, así era el duelo. Siempre quedábamos con unas cuantas cicatrices; sin embargo, podíamos seguir adelante al ritmo que necesitáramos hacerlo.

—Entonces, ahora que regresaste y tenemos todo el tiempo del mundo, cuéntame cada detalle de Cael —me pidió Ida.

Le conté sobre él cuando hablábamos por teléfono o por texto, y eso me hizo sentirme bien: poder hablar así otra vez con mi hermana.

—Se fue antes —dije, mamá y papi también me escucharon. Nos sentamos a la mesa de la cocina—. Necesitaba regresar a Estados Unidos para recibir más ayuda.

—Tuviste que escoger al chico con tatuajes ¿no es cierto? —dijo mi papi con una sonrisita en los labios. Ida rio a carcajadas al escuchar la descripción de papá acerca del chico que tenía mi corazón en la palma de su mano.

—Papi, no es solo un chico con tatuajes —exclamó Ida—. ¡Es el amor de su vida! —Mi rostro se sonrojó ante la atención de mis padres. Sabían que Cael y yo estábamos juntos, pero solo Ida estaba enterada de cuánto lo amaba.

Mi papi resopló y luego dijo:

—¿Es cierto, nena? ¿Amas a ese muchacho?

Me puse seria al pensar en Cael y en que lo que más deseaba era protegerlo del dolor y vivir entre sus brazos.

—Él... —no supe cómo continuar para intentar explicarle. Luego, con una sonrisa cómplice, dije—: Es mi Rune.

El rostro severo de mi papi cobró dulzura. Mi mamá extendió el brazo para tomarme la mano.

—Eso es tan romántico —susurró Ida con melancolía—. Yo también quiero a mi propio Rune. —Papi la fulminó con la mirada, lo cual me provocó un estallido de risas.

—¿Por qué necesita más ayuda? —me preguntó mi papi, así que le conté. Le dije por qué Cael estaba allí. Aunque mantuve en secreto la mayoría de su historia por respeto a él, estaba segura de que lo conocerían algún día y que también serían un apoyo para él, y para serlo, necesitaban saberlo todo.

—Que Dios lo bendiga —susurró mi mama con tristeza en la voz. Papi extendió el brazo para tomarme la mano en una muestra silenciosa de apoyo.

—Es fuerte y tan valiente. Tan amable y paciente, y me ama más que a la vida misma —concluí.

Ida reclinó la cabeza contra mi hombro.

—Solo necesita más tiempo.

Yo asentí.

—Está sufriendo, pero sé que logrará superarlo.

Comimos todos en familia y reímos. Al terminar, fui hacia el huerto y me quedé sin palabras. Todos los años era igual; no obstante, cada año se formaba un tapiz completamente nuevo en el bosquecillo apartado. Los pétalos rosas y blancos estaban en plena floración y, debajo de ellos, había una lápida de mármol blanco que resplandecía con el mismo brillo. Al llegar a la tumba de Poppy, sonreí cuando vi la foto de mí y Rune en Kioto, pegada con cinta adhesiva en la base.

Me senté y dejé que la brisa cálida bailara entre mi pelo. Suspiré y luego, sin ninguna duda, dije:

—Poppy… voy a estudiar en Harvard.

Sanar

Cael
Massachusetts
Fin del verano

Semanas interminables me llevaron hasta aquí. Había vuelto finalmente a casa. Puse la mano sobre la puerta del cuarto de Cillian y cerré los ojos, mientras inhalaba aire con fuerza. Todas las terapias, todas esas sesiones de un día entero con Leo, Mia y los muchos psicólogos que me guiaron hasta sanar me trajeron aquí. El apoyo inquebrantable de mamá y papá, además de la única hora que podía hablar una vez por semana con Savannah, me impulsaron a alcanzar un nuevo estado de paz.

Ahora me sentía más fuerte, podía respirar con más facilidad, me paraba más erguido. Ya no estaba furioso y, más que nada, entendía. Entendí a Cillian de una manera que nunca antes hice. Entendí su depresión devastadora y por qué no pudo hablar conmigo. Fue difícil, pero entendí.

Era mi hermano mayor y lo extrañaba. Siempre lo echaría de menos, pero también debía seguir adelante.

Inhalé profundamente y, con la mano en la perilla, la giré y entré a su habitación. Un rayo del sol entraba por la ventana orientada al sur. La cama estaba tendida y cada centímetro de sus muebles estaba limpio; mi mamá lo mantenía bonito. Respiré el aire de la habitación y aún podía sentirlo presente. Había sido tan alegre y lleno de vida cuando estaba allí. Era como si hubiera dejado su huella en ese cuarto.

En todos los que más lo amábamos.

Las paredes de su habitación eran un santuario para el *hockey*. Pasé los dedos sobre la playera firmada de los Bruins, enmarcada y protegida por un cristal. Luego me detuve en la camiseta de Harvard, la misma que recibió en su debut en el primer año de ingreso. Estuve en ese juego y recordé que sonreía tanto que me dolían las mejillas.

Luego me quedé inmóvil cuando vi toda una pared llena de fotografías de nosotros dos juntos.

Hace meses, eso me habría hecho trizas. Seguía triste al ver esas fotos de nosotros dos felices, con la promesa de un futuro sorprendente reflejada en nuestras amplias sonrisas. Sin embargo, lo que captó más mi atención fue el boleto viejo y desgastado por el tiempo de un partido de los Bruins que estaba sujetado con un alfiler a su tablero de corcho.

Era igual a aquel en el que me escribió su despedida.

Se me contrajo el estómago. Yo rompí ese boleto porque estaba harto de sentirme triste y, en un momento de rabia, lo hice trizas y lo dejé en Japón. Ahora deseaba más que nada tener ese boleto. Meses de terapia aligeraron todo lo malo que veía en la muerte de Cillian. Verlo estrellarse y sostenerlo entre mis brazos... Suspiré profundo cuando mi cuerpo empezó a sentir escalofríos, ya que el recuerdo de aquella noche seguía siendo difícil, siempre sería así.

No obstante, la terapia me ayudó a reestructurar las cosas. Me hizo ver que tuve el privilegio de estar allí, con él, en el final. Estuve allí cuando murió y lo abracé después, cuando su alma emprendió su camino. Ese boleto... era un recuerdo feliz que había significado tanto para nosotros, y ahora era más especial por su despedida escrita de su puño y letra. Ese boleto era también un trozo de él que lamentaría profundamente haber dejado atrás.

Al final, estaba contento de haber estado con él cuando abandonó esta Tierra. Lo amaba lo suficiente como para desear que él me tuviera cerca al final. Su hermano que lo amaba más que a la vida, a su lado en el momento en que se lo llevó la muerte. Pensé en que era mejor tener compañía cuando morías.

Me había aferrado a esa idea cuando la imagen de aquella noche intentaba destruirme. Desvié la vista de esa pared, orgulloso de haber enfrentado regresar aquí, cuando me detuve en seco. Reclinado contra el muro estaba el palo que destruí hace tantos meses cuando mamá y papá me dijeron que iría a ese viaje para enfrentar el duelo. Solo que ahora, el palo, forrado de nuevo con los colores de los Bruins, el palo de Cillian, estaba reparado y relucía bajo el sol.

Levanté la mano para tocarlo y sostenerlo con cuidado en mi mano. Podía ver dónde estaban las grietas, pero, igual que el plato que Aika nos hizo romper en Japón y luego repararlo, era todavía más especial después de haberse roto. Hablaba de sanar y de perdonar.

Hablaba de mí y de Cill.

—Lo encontré en el estanque. —Levanté la cabeza súbitamente por la sorpresa. Mi papá estaba en el umbral, con mamá que merodeaba detrás. Habían estado tan preocupados por mí, pero en estos días parecían más serenos al ver que estaba mejor. No podía imaginar el dolor que habían atravesado.

Mi papá dio unos pasos dentro del cuarto y sus ojos brillaron por las lágrimas contenidas cuando miró las paredes. Mamá sí permitió que sus lágrimas brotaran. Solía creer que esta habitación estaba maldita, contaminada. Pero al estar aquí de nuevo en este momento… todo representaba a Cillian. Estaba llena del hermano al que extrañaba. Ya no tenía nada que temer. Era… se sentía como volver a casa.

Papá metió las manos en sus bolsillos, acababa de volver del trabajo y seguía con su uniforme de policía.

—Lo mandé a reparar. —Volteó a mirarme con timidez—. Pensé que querrías… algún día. Tal vez, no lo sé…

Acaricié la madera. Demasiados recuerdos estaban ligados con la imagen de Cillian con ese bastón en la mano. Yo junto a él, mi hermano mayor, mi héroe...

—Gracias —susurré.

Me dejé caer en su cama y mamá se sentó a mi lado. Me rodeó con su brazo y se quedó viendo la pared llena de fotos.

—Ustedes dos... —dijo, riendo entre lágrimas—. Me salieron canas cuando tenía apenas más de treinta años gracias a ustedes dos y el *hockey*. — Reí y me sequé los ojos—. Pero de todos modos me encantaba —añadió, abrazándome con más fuerza—. Llevarlos a los dos por todo el estado, levantarme al amanecer para las prácticas, verlos jugando en el estanque cuando no sabían que estaba allí. —Mamá reflexionó un momento—. Cuando es difícil —comentó con voz temblorosa—, eso es a lo que me aferro y encuentro felicidad en ello. Puedo ser feliz con esos recuerdos.

El rostro de Savannah pasó por mi mente, fue la mención de la felicidad la que lo trajo. La extrañaba como no sabía que fuera posible. Extrañaba la sensación de su manita en la mía, sus mejillas sonrojadas cuando se avergonzaba con tanta facilidad. Extrañaba sus besos y su marcado acento sureño.

Simplemente la extrañaba, y punto.

—¿Estás pensando de nuevo en esa chica? —me preguntó mi papá y yo ahogué una risa. Les había contado todo sobre ella. ¿Cómo no podría? Ella era lo único en lo que podía pensar. Cuando la terapia me puso de rodillas, su rostro y sus llamadas semanales eran lo que me detenía de desmoronarme. Su tranquila fortaleza y la manera en que atravesaba el duelo con tal dignidad y gracia.

Esa era mi chica.

—La extraño —dije y mi mamá me abrazó más fuerte.

—No podemos esperar a conocerla —afirmó mi papá. Esa idea me gustaba.

Nos quedamos otra hora en el cuarto de Cillian, rememorando las ocasiones más cercanas a nuestro corazón. Sonreímos y lloramos, pero cuando salí por la puerta de la casa, sentí que otro peso se me había quitado de encima. Día tras día, los grilletes que me detenían empezaron a aflojarse, hasta que entonces los dejé caer por completo.

Era un día a la vez, pero cada día me sentía más y más fuerte. Conduje mi Jeep al lugar que alguna vez fue mi segundo hogar. Sabía que hoy no habría prácticas y que estaría vacío. Ahora que volví a casa, mi antiguo entrenador dijo que podía ir a practicar allí cuando la pista estuviera libre. Él estaba simplemente feliz de que hubiera vuelto a ser el mismo y que hubiera encontrado el camino de vuelta al hielo.

En cuanto atravesé la puerta, el viento frío y el fresco aroma del hielo invadieron mis sentidos. Caminé por el pasillo hasta el vestidor que me era tan familiar. Arrojé la mochila sobre la banca y empecé a ponerme la ropa de práctica, hasta que al final me puse los patines.

Cuando llegué a la entrada de la pista, dejé que la brisa helada me golpeara el rostro. Sostuve mi palo, entré al hielo y exhalé con facilidad. Di vueltas en círculos por la pista, cada vez a mayor velocidad, hasta que sentí como si estuviera volando. Es posible que haya pasado un año sin practicar, pero esto tenía más que ver con la memoria muscular. Era algo para lo que nací y eso no se olvida.

Me quedé mirando las gradas, imaginándolas llenas de nuevo, con las luces que brillaban sobre el hielo y la música que sonaba a todo volumen desde los altavoces. Me vi a mí mismo y al equipo alineándonos, con las manos sobre el corazón y entonando el himno nacional.

Quería eso, deseaba recuperarlo con todas mis fuerzas.

—¡Woods! —Al abrir los ojos me detuve de manera abrupta con más rapidez cuando vi a Stephan Eriksson, mi mejor amigo, que patinaba hacia mí. El entrenador me dijo que no habría nadie hoy y, por la mirada de asombro de Stephan, supuse que le dijo lo mismo. Era muy su estilo lanzarnos de este modo a que nos encontráramos.

—¿Regresaste a la pista? —me preguntó Stephan con la voz llena de esperanza.

—Sí —me permití decirle y sentí esa respuesta hasta la médula de los huesos. Estaba de regreso—. Volví —le dije y Stephen me saltó encima, envolviéndome el cuello entre sus brazos.

Se mantuvo aferrado por un tiempo demasiado largo.

—Me alegro de tenerte aquí de nuevo, hermano —exclamó y, esta vez, ese término cariñoso no me dolió. Stephan había sido mi mejor amigo por años. Había sido mi hermano… y lo seguía siendo.

—Lo lamento —le dije cuando se apartó de mí. Nos quedamos solos en el centro de la pista, que estaba en silencio excepto por nuestra respiración—. Lo siento tanto…

—No tienes nada de qué disculparte, ¿me entiendes? —afirmó Stephan y en su rostro vi que lo decía en serio. Quise debatir, diciéndole que lo había tratado como una mierda por demasiado tiempo, pero me interrumpió al poner su mano en mi brazo—. No tienes *nada* de qué disculparte, Cael. *Nada*.

Asentí con la garganta cerrada por el sentimiento. No podía hablar y fue evidente que Stephan se dio cuenta de eso, así que patinó hacia atrás.

—¿Entonces qué, Woods? —me dijo en tono de reto—. ¿Qué te parece si nos echamos un partido uno a uno? Es probable que ahora te gane, ya que estás un poquito oxidado.

Sentí que la tranquilidad invadía mi pecho y que se llenaba de calidez. Sonreí ampliamente.

—No importa si dejo de jugar por diez años, Steph. Seguiría pateándote el trasero cuando sea y donde sea.

Stephan rio y fue a traernos un disco. Estiré los brazos y el cuello, y luego jugué contra mi mejor amigo como si nunca hubiéramos dejado de hacerlo.

Jugamos cuatro horas. Reímos. Sonreímos. Y yo pude respirar de manera profunda y sin sentir dolor. Le gané todas las partidas.

Más importante aún, tenía un futuro al que aferrarme. Le prometí a mi chica que nos encontraríamos de nuevo y no iba a decepcionarla.

Invitados sorpresa y corazones enlazados

SAVANNAH
UNIVERSIDAD DE HARVARD
OTOÑO

—¡Asegúrense de leer el material para la semana siguiente! —gritó el profesor por encima de la masa de gente que guardaba sus apuntes y se apresuraba a salir por la puerta.

—Creo que me inscribí en más materias de las que puedo manejar —comentó Cara, mi nueva compañera de cuarto.

—Tú puedes —respondí mientras me echaba la mochila al hombro y salíamos del edificio. La universidad apenas comenzaba. Tuvimos una semana de orientación y hoy era el primer día de clases, y, mejor aún, pronto vería otra vez a Cael. Justo cuando llegué, el equipo de *hockey* se iba de viaje al campamento de entrenamiento fuera de las instalaciones. Me dijo que regresarían hoy y yo contaba los segundos para verlo de nuevo.

Estuvimos hablando todos los días desde que salió del retiro y apenas era capaz de respirar por lo mucho que quería volver a verlo. Que me rodeara con sus fuertes brazos y me apretara contra su pecho. Aunque también me sentía nerviosa. Pasaron meses desde que se fue de Japón, y desde que me besó o nos abrazamos.

A veces lo extrañaba tanto que mi impulso era subirme a un avión para ir a verlo, pero sabía que necesitaba enfocarse y que volvería a verlo en la universidad.

Apenas podía creer que nos encontraríamos en cuestión de horas. Cara y yo caminamos hacia el pasillo y salimos del edificio, donde nos topamos con la belleza otoñal de Boston, era tan hermoso que no parecía real. Revisé mi celular para ver si me había llamado, pero todavía no había nada. Volví a meterme el teléfono en el bolsillo y luego levanté la vista. Me detuve en seco. Mi corazón se aceleró con fuerza cuando vi que, al pie de las escaleras y reclinado contra un árbol en el patio central, estaba Cael. Buscaba por todas partes, buscaba a alguien… y me di cuenta de que me buscaba a *mí*. Los estudiantes murmuraban cuando tenían que pasar con dificultades junto a mi cuerpo semejante a una estatua, pero no podía moverme porque estaba demasiado impactada por verlo otra vez justo frente a mí.

—¿Savannah? ¿Qué…? —preguntó Cara, pero entonces se quedó en completo silencio y luego dijo—: es Cael Woods. —Sin embargo, mi mirada estaba fija en el chico que me robó el corazón en el instante en que le puse los ojos encima. El chico que tuvo mi corazón en sus manos durante meses, manteniéndolo a salvo hasta que estuviera de regreso entre sus brazos.

Llevaba ropa deportiva, pants y chamarra. Empecé a respirar de manera entrecortada por la felicidad cuando vi que su chamarra decía *Crimson Hockey*. Sus tatuajes asomaban por encima del cuello y llevaba el cabello corto a los lados, con un revoltijo de pelo encima de la coronilla… entonces me vio y nuestros ojos se encontraron.

Su mirada se llenó de ternura en ese momento y, como si yo hubiera estado en un barco a la deriva en el mar, sus ojos y su mera presencia se volvieron un ancla. Con piernas temblorosas y sin romper nunca el contacto visual, empecé a correr por los escalones y por el patio hacia donde él estaba.

Los ojos se me atiborraron de lágrimas mientras me llenaba la vista con su figura a cada paso que daba. Estaba aquí, Cael estaba realmente *aquí*. No dudó y también empezó a correr en mi dirección. Incapaces de seguir separados un segundo más, terminamos envueltos en los brazos uno del otro, con nuestros pechos unidos y abrazados como si nunca fuéramos a soltarnos. Me aferré con fuerza a él y mi alma se elevó ahora que estaba otra vez entre sus brazos.

—Duraznos —murmuró contra mi cuello y yo casi me desmoroné al escuchar su marcado acento de Boston que decía esa palabra, *mi* palabra.

—Amor —susurré en respuesta y lo apreté más, tan imposiblemente cerca de mí que nos fundimos en una sola figura en el patio de la universidad.

Cael se echó hacia atrás y me observó de cerca. Era como ver el más glorioso amanecer después de demasiadas noches de oscuridad.

—Te extrañé, Duraznos —dijo con su voz profunda y sentí la verdad de esas palabras en cada milímetro de mi corazón—. Dios, te *extrañé* hasta el maldito fondo de mi alma.

Bajó la frente contra la mía y entrelazamos los dedos.

—Yo también te extrañé —respondí, apenas capaz de encontrar mi voz por sentirme demasiado abrumada por la felicidad, y por su aroma a sal de mar y nieve recién caída que me hacían sentir como si hubiera llegado a casa.

Cael respiró profundo y luego me besó en las mejillas, en la frente y, después de buscar permiso en mis ojos, el cual estaba más que concedido, me besó en los labios. En cuanto lo hizo, el dolor por su larga ausencia se desvaneció. Mi Cael me estaba *besando*. Estaba *aquí*.

Le devolví el beso y me dejé hundir en él mientras me besaba de manera más profunda, sincera y verdadera. Mientras me besaba, percibí una nueva sensación de ligereza en este chico al que amaba con todo mi ser. Sus besos eran anhelantes, pero llenos de amor. Eran optimistas, no mezclados con la tristeza y la desesperación.

Una lágrima se me escurrió por el rabillo del ojo cuando me atrajo más hacia su cuerpo. Me sentía a salvo de nuevo entre sus brazos y él estaba seguro en los míos.

Cael se separó de mí.

—Te amo, Savannah, susurró con voz áspera y sentí que el amor irradiaba desde su alma.

Acaricié su mejilla con la mano.

—Yo también te amo y te extrañé tanto.

Cael dio un pequeño paso hacia atrás y analizó mi rostro como si fuera una pintura renacentista. Luego su mirada reflejó su nerviosismo.

—Por favor, ¿me acompañarías esta noche? —pidió, mostrando su vulnerabilidad en la voz.

—¿Qué pasa hoy en la noche? —pregunté.

—Una práctica abierta —respondió y soltó una de mis manos para pasarme los dedos entre el pelo. Cerré los ojos al sentir su contacto—. Quiero que estés allí. —Pasó saliva—. Es el primer evento del equipo fuera de las prácticas cerradas. —Respiró profundamente y luego exhaló con lentitud. Le tomé las manos y se las apreté dos veces: nuestra señal secreta. Una cegadora sonrisa iluminó su rostro y era tan intensa que rivalizaba con el sol.

Dios, era tan bello.

—No me lo perdería por nada del mundo —respondí y acosté la cabeza contra su pecho. Cael exhaló, aliviado. El sonido de los latidos acelerados de su corazón despertó mariposas en mi pecho.

Lo tenía de vuelta y estábamos juntos otra vez.

Su mano siguió acariciando mi largo cabello como si no pudiera soportar no tocarme de alguna manera después de todo ese tiempo que estuvimos separados. Entonces rodeó mi barbilla con sus manos y me besó en los labios.

—No puedo creer que estés aquí, frente a mí. No se siente como si fuera real —dijo y le sonreí al mismo tiempo que volteaba la cabeza y le besaba la palma de la mano.

—Es real —afirmé y envolví su cintura con mis brazos—, *somos* reales.

Cael me abrazó. Era mucho más alto que yo y me sentí tan a salvo entre sus brazos. No quería separarme nunca de él, deseaba que nos quedáramos así para siempre.

—Harvard —murmuró solo para mí, reconociendo en voz alta que habíamos alcanzado nuestra meta.

—Harvard —susurré en respuesta, sintiéndome abrumada por la emoción.

Cuando Cael se separó, con renuencia me dijo:

—Ahora tengo que irme, pero…

No quería dejarlo ir.

—¡Cael! —Miré por encima de su hombro y vi que un joven rubio lo llamaba. Cael levantó la mano en un ademán de que iba en camino.

—Es Stephan, mi mejor amigo y mi compañero del *hockey*. Tenemos una reunión del equipo a la que tenemos que asistir.

Sentí el corazón oprimido en el pecho, no porque tuviera que irse tan pronto, sino porque había vuelto a recibir a Stephan en su vida. Estaba tan orgullosa de él que pude haber estallado.

Cael caminó hacia atrás, incapaces ambos de separar nuestras miradas hasta que estaba demasiado lejos de mi vista y tuve que darle la espalda. Me sentía conmocionada y el corazón me latía con tal velocidad que me sentí mareada.

Estaba tan increíblemente feliz. Cara se acercó.

—¿Estás saliendo con Cael Woods? —preguntó un tanto deslumbrada. Olvidé que estaba cerca y que era fanática del *hockey*.

Al voltear hacia ella, sentía el corazón tan pleno que casi no podía respirar.

—¿Quieres venir conmigo a la práctica abierta de hoy en la noche? El amor de mi vida estará en el hielo.

El estadio estaba lleno a la mitad, lo cual Cara me informó que era normal para una práctica abierta. Busqué a Cael en la pista, pero no pude encontrarlo. Justo en ese momento, lo vi salir del túnel y entrar al hielo. El número ochenta y siete se destacaba con orgullo en su espalda. Con el corazón en la garganta lo miré patinar por toda la pista, acelerando con cada nueva zancada.

Era irreal verlo así. Sabía que jugaba *hockey* y habíamos platicado de ello de manera interminable cuando salió de su programa de terapia y le devolvieron su puesto en la alineación de Harvard para este año. Incluso me envió los *links* de algunos de sus partidos anteriores cuando expresé mi deseo de verlos, pero ahora que estaba allí, sintiendo que el frío del hielo me pegaba en la cara, era diferente de lo que jamás pude haber imaginado.

Vi que Cael buscaba entre la multitud y supe que me había localizado justo cuando pasó frente a mí. Me miró directo a los ojos y le sonreí, él me devolvió la sonrisa. Era tan perfecto.

Uno de los entrenadores hizo sonar el silbato y Cael se puso en su puesto. Soy la primera en admitir que no tenía idea de lo que sucedía en una práctica. Estaba tratando de aprenderme las reglas y pasé muchas noches durante el verano intentando documentarme. A la larga lo lograría, pero, por el momento, solo me senté allí, asombrada de mirarlo en su elemento. Aunque no entendía el juego, cualquiera podría darse cuenta de que Cael estaba un paso por delante de los demás: era más rápido y dinámico, y anotaba un tiro tras otro en la red, parecía como si pudiera seguir así toda la noche sin cansarse jamás.

Al observarlo, me quedé sin aliento y mucho más cuando lo vi reír, sonreírse y celebrar con sus compañeros. Se sentía feliz allí y lo había logrado, se había recuperado. Ese chico que estaba en la pista de hielo se encontraba un mundo aparte de aquel al que vi por última vez en Japón. Si acaso era posible, verlo así me hizo enamorarme todavía más de él. Como Aika le dijo, contaba con la tenacidad para volverse a construir y era incluso más hermoso que nunca antes.

Cuando la práctica concluyó, los rostros asombrados de los fanáticos que veían cómo se iba aplacando gritaban lo talentoso que era y si nunca hubiera encontrado su camino de regreso a este juego, hubiera sido un completo fiasco.

Cael se acercó a donde estaba sentada y yo me puse de pie para acercarme a las vallas.

—Amor —le dije, sacudiendo la cabeza e incapaz de poner mis sentimientos en palabras. Sus mejillas enrojecieron por la vergüenza ante mi elogio. Era tan adorable que quería besarlo y nunca dejar de hacerlo.

—¿Nos vemos afuera de los vestidores? —preguntó y yo asentí. Por mucho que hubiera disfrutarlo de verlo en la práctica, quería hablar con él y recuperar horas a su lado.

—Voy a regresar a los dormitorios —me dijo Cara y yo asentí. Después seguí los letreros hacia los vestidores, donde me quedé esperando la salida de Cael. Algunas otras personas también estaban esperando y saludaban a diferentes jugadores a medida que salían.

Cael salió con el chico que, ahora sabía, se llamaba Stephan. Miró por todas partes hasta que me encontró de inmediato. Entonces se apresuró hacia mí y me abrazó, me apretó contra su pecho y sentí la humedad de su pelo recién lavado, que se pegó a mi mejilla. Reí y, al escucharme, me apretó todavía más.

Escuchamos que alguien carraspeaba y entonces Cael me soltó. Stephan estaba parado a un lado. Su cabello rubio y ojos azules me recordaron a Rune.

—¿Eres la famosa Savannah? —preguntó y sentí que mis mejillas se encendían al escuchar sus palabras. Stephan le dio un golpe en el pecho a Cael—. Amo a este tipo, pero si tengo que escuchar de ti una vez más, la cabeza podría explotarme.

—Tarado —dijo Cael, pero se rio de su amigo.

Stephan me guiñó un ojo.

—En cualquier caso, me da gusto conocerte, Savannah. —Abrazó a Cael—. Te veré cuando regreses al dormitorio.

Cael lanzó su brazo sobre mis hombros y me dio un beso en la sien.

—Ven conmigo, Duraznos, tenemos muchas cosas que contarnos.

Cael

Llevé a Savannah hasta mi auto, que estaba en el estacionamiento. Arrojé mi mochila en el Jeep y luego levanté la mano. Savannah la tomó si dudarlo.

—¿Caminarías conmigo? —le pregunté.

—A donde quieras —respondió con una sonrisa. Carajo, no podía creer que estuviera aquí conmigo, me parecía como un sueño. Me había enfocado en ella por tanto tiempo en todos esos largos y difíciles días en el retiro. En especial en los más complicados, cuando creía que ya no podía más, su rostro y sus llamadas telefónicas fueron lo que me mantuvieron fuerte.

Cuando sentí que temblaba por el naciente frío del otoño, regresé corriendo a la cajuela de mi coche para tomar una chamarra. Eso me recordó lo difícil que fue para ella en el Distrito de los Lagos y en Noruega. Mi durazno de Georgia necesitaba recibir su dosis de sol. Levanté la chamarra y ella rio cuando se la puso y su pequeña figura se sumergió por completo.

No podía imaginar que se viera más perfecta que con mi nombre en su espalda. Atravesamos el campus en un placentero silencio y llegamos a un parque iluminado con luces brillantes. Allí nos sentamos en una banca alejada, acompañados solo por unas cuantas personas que paseaban a sus perros y deambulaban por los senderos cercanos. Le apreté la mano y me acerqué sus dedos a la boca para besárselos. No podía dejar de hacerlo.

Estaba aquí.

De verdad estaba aquí.

—Cael —iba a decir algo, pero yo hablé antes de que lo hiciera.

—Sav, fue tan difícil. —La adrenalina producida por el juego de esa noche se estaba acabando y empezaba a sentir la presencia de la fatiga.

Savannah se recorrió hacia mí y yo volteé a mirarla. Ya me estaba observando. No podía quitarle los ojos de encima, como si fuera algún tipo de espejismo que hubiera conjurado en la terapia y que, si desviaba la vista, desaparecería.

—Aquí estoy —afirmó, pero era como si mi corazón necesitara entender que no era algún sueño producto de la fiebre. Mi chica estaba en Boston y estábamos juntos. Listos para iniciar nuestras vidas, uno al lado del otro.

Inhalé profundamente y repetí:

—Fue tan difícil, pero tenía que ser mejor. Por ti y por nosotros, tuve que…

—No —exclamó ella al tiempo que sacudía la cabeza—. No mejor, Cael. Estabas *sanando*. Estabas procesando tu duelo. No existe mejor o peor cuando se trata de eso, solo es lo que es. Tenías roto el corazón y lo estabas curando, día tras día, y tuviste éxito. —Puso su mano en mi mejilla y me obligó a ver esa tenaz mirada azul—. Nunca necesitaste ser mejor para mí, siempre fuiste suficiente. Incluso cuando estabas metido de lleno en la batalla, siempre fuiste suficiente.

Demonios, ¿alguna vez hubo alguien que hubiera luchado tanto por otra persona como lo hizo ella por mí?

—Soy el tipo más afortunado del planeta. ¿Lo sabes? —le dije y besé sus heladas mejillas. Cerré los ojos para simplemente sentirla junto a mí—. Conseguí vivir mi vida a tu lado, Duraznos. Pude entregarte mi corazón, por remendado y lleno de cicatrices que esté. —Le temblaron los labios y pasé mi pulgar sobre ellos, mirando el brillo de sus ojos azules—. Lo tienes y yo obtuve a cambio tu hermoso corazón y tu bella alma. —Apunté hacia mi pecho—. Soy el tipo más suertudo.

—Ambos lo somos —dijo y me levantó el pelo que se había caído sobre mi frente, y que seguía húmedo por el baño que me di luego del juego. Savannah sonrió y supe que daría el mundo entero con tal de que permaneciera así—. Estamos vivos, somos más fuertes y estamos juntos. Eso hace que ambos seamos afortunados. Además… —Se quedó callada y miró las estrellas, que comenzaban a brillar.

Seguí su línea de visión y luego le pregunté:

—¿Además de qué?

Volteó de nuevo hacia mí y sus hoyuelos relucieron cuando sonrió. Quise grabar en mi memoria su rostro justo como estaba ahora.

—Que recorrimos ese difícil camino para alcanzar esta felicidad y, por eso, nunca daremos por sentada nuestra vida juntos. —El corazón me saltaba en el pecho, porque lo que dijo Savannah era verdad. Me besó el dorso de la mano sobre el tatuaje del corazón. Recorrió la tinta negra con su mano y luego levantó la vista—. Perdimos a alguien y sabemos lo que es el duelo y extrañar tanto a otra persona que no somos capaces de respirar. Pero, por esa pérdida, amaremos de manera más profunda, nos apoyaremos todavía más y estaremos presentes el uno para el otro con más fuerza. La pérdida nos enseña cómo apreciar el amor. Ese es nuestro futuro, Cael, amarnos de la mejor manera que sepamos hacerlo, por completo.

—Te amo, Savannah. Nunca dejaré de decírtelo.

Ella sonrió.

—Y yo nunca dejaré de aceptártelo.

Yo reí y Savannah también lo hizo, despejando la sensación de pesadez en trozos de luz alrededor de los dos. Cuando nuestras risas ser apagaron, me dijo:

—Tengo algo para ti, pero no sé si sea bueno o malo. No sé si hice lo correcto. —La inquietud en su voz era evidente.

—Nada de lo que puedas hacer es malo, mi amor —respondí, pero su expresión preocupada continuó. Exploró mis ojos y luego metió la mano en su bolsillo. Cuando la levantó, en el centro de su palma estaba la despedida de Cillian, su disculpa escrita de manera presurosa en mi valioso boleto viejo de los Bruins. Ese mismo que destruí en Japón.

Solo que este boleto fue reconstruido con todo cuidado utilizando laca dorada. Mi respiración se volvió pesada al mirar ese boleto hermosamente reparado en la gentil mano de Savannah.

—Lo encontré cuando te fuiste —dijo en voz baja y llena de sentimiento—. Cuando te fuiste... entré a tu cuarto de hotel solo porque... —Savannah tragó saliva—. Vi tu nota para mí y luego me encontré con esto en el suelo, hecho pedazos. Cuando armé los trozos, me di cuenta de lo que era y lo reparé con el estuche de *kintsugi* que nos regaló Aika. —Entonces parpadeó y me miró a los ojos—. Lamento si me pasé de la raya, solo pensé que...

Apreté mis labios contra los suyos, impidiendo que expresara lo que fuera que iba a decir. Había hecho esto por mí: tomó eso que era mi mayor arrepentimiento y lo corrigió. Además, lo hizo más bello, porque lo arregló por amor a mí. Por amor a mi hermano, al que nunca conoció. Cuando me separé de su boca, sin aliento y tan jodidamente agradecido con mi chica, susurré:

—Gracias. Te lo agradezco tanto, amor.

Tomé el boleto, que estaba protegido dentro de una envoltura plástica transparente, y me lo metí a la bolsa. Lo había recuperado, de nuevo tenía conmigo un trozo de mi hermano y el alivio fue abrumador.

—Esto es todo —le dije.

—¿Qué? —preguntó, reclinada contra mi costado y con la cabeza sobre mi brazo. No pude resistirme a darle un beso en la cabeza.

—El inicio de nuestra vida para siempre —declaré y sentí que la esperanza corría por mis venas. Era una sensación tan agradable que se me subió a la cabeza.

—Para siempre —repitió Savannah.

—Estamos aquí, juntos en la universidad. Puedo verte todos los días y puedo jugar *hockey*; puedo ser yo mismo otra vez. Y tú... puedes convertirte en doctora, mi amor. Yo puedo ser tu novio...

—Y yo puedo ser la tuya —dijo, con la felicidad reflejada en el tono de su voz—. Podemos vivir juntos esta vida.

La vida. Ese extraño viaje lleno de altibajos, de penas y pérdidas, pero también una vida con el mundo, las estrellas y el sol; la dicha y el amor.

Por supuesto, el amor. El amor por encima de todo.

Vueltas de honor y estrellas de esperanza

Savannah
Universidad de Harvard
Siete semanas después

El estadio estaba lleno hasta el tope y me quedé mirando con asombro a la multitud, toda vestida de rojo. La música sonaba a todo volumen y los gritos emocionados de los alumnos eran ensordecedores. Me aferré a Cara como si mi vida dependiera de ello.

Este era el mundo de Cael y las prácticas no eran nada en comparación con esto. Haber estado en el viaje hizo que esa parte de lo que él era se volviera tan distante, casi conceptual, pero este era su escenario. Mis nervios estaban de punta y tuve que hacer varias respiraciones profundas para calmarme. Cuando llegamos a nuestros asientos teníamos la vista perfecta de la pista, donde las luces bailaban sobre el hielo al ritmo de la canción que se estaba tocando.

Un anunciador decía las estadísticas mientras yo esperaba intranquila a ver que Cael saliera. Estaba muy ansioso por el juego y me reuní con él detrás del estadio una hora antes…

—Estoy nervioso —me dijo y se pasó la mano por el pelo.

—Vas a hacerlo muy bien —le aseguré, haciendo mi mayor esfuerzo por aplacar su nerviosismo.

Cael cerró los ojos y levantó la cabeza hacia el cielo. Veía con gran atención hacia las estrellas y supe que estaba tratando de controlar las lágrimas. Sus ojos brillaban cuando volvió a mirarme.

—Siempre pensé que estaría aquí, ¿sabes? En este momento. —Suspiró—. Supongo que me acaba de pegar el hecho de que no está.

Apunté hacia las estrellas.

—Sí está —respondí y eso serenó su rostro.

Me envolvió entre sus brazos.

—No sé qué haría sin ti, Duraznos —dijo y me besó en los labios. Detrás de él sonó la señal de que su equipo entraría a la pista para el calentamiento—. Tengo que irme.

—Estaré en las gradas —respondí y oré porque fuera capaz de superar este primer partido…

Parpadeé y regresé al presente, con un millón de pensamientos que me corrían por la mente, todos relacionados con Cael. Tanto así que, en lo que me parecieron como solo unos cuantos segundos, la música bajó de volumen y se escuchó la voz del anunciador.

Enfoqué la mirada en el túnel de donde saldrían y, de pronto, las luces se atenuaron y el anunciador dijo:

—Esta noche, el juego será en honor de Cillian Woods, quien fue nuestro centro estrella y que lamentablemente falleció. Tenemos entre nosotros a su hermano menor, y el jugador central más reciente dentro de los Crimson de Harvard, Cael Woods, quien dará una vuelta a la pista en su memoria.

Todo pareció detenerse por un instante: la música, mi respiración y mi corazón. El estómago me dio un vuelco y la embriagante combinación de dolor y orgullo revoloteó en mi interior. La multitud se puso de pie y aplaudió en apoyo a Cael, quien, sin su casco y guantes, y con una banda negra alrededor del brazo, salió a la pista y empezó a patinar en nombre de Cillian. En nombre del hermano a quien amó tanto, pero al que perdió tan joven y de manera tan trágica...

Contuve el aliento cuando Cael patinó en dirección contraria y pude ver su espalda, porque el chico al que amaba y a quien le había dado mi corazón entero ya no portaba el número ochenta y siente en su camiseta, ahora llevaba el treinta y tres impreso en ella: el número de Cillian, que era por quien estaba patinando.

Honraba a su hermano de la mejor manera que sabía.

De mi garganta brotó un sollozo callado al mirarlo patinar lentamente alrededor de la pista, con el palo en el aire en tributo a su hermano mayor, un hombre que debía haber estado aquí para patinar a su lado. Esta era la razón por la que Cael estaba tan nervioso antes: iba a honrar a Cillian sobre el hielo que ambos adoraban tanto. Yo sí creía que Cillian estaba aquí, justo ahora, con el viento frío que fluía a través de su cabello, con el brazo alrededor del hombro de Cael como lo vi en esa fotografía hace tantos meses.

Cara me acompañaba en el partido y me abrazó justo cuando el resto del equipo de Harvard salió a la pista, para patinar también en honor a Cillian. Era un equipo que lamentaba la muerte de uno de los suyos. Observé que Cael se acercó a donde yo estaba y me cubrí la boca con la mano a medida que se fue acercando.

—Cael... —susurré cuando se detuvo frente a mí. De sus ojos rodaban las lágrimas y puso la mano contra el cristal frente a donde yo estaba. Alcé la mano y también la puse allí, como si no hubiera un vidrio entre nosotros y las palmas de nuestras manos se besaran. Bajó la frente y yo hice lo mismo. Lloré por el hombre al que nunca conocí, pero al que extrañaba tanto. Lloré también por el chico del que estaba locamente enamorada, que compartía su dolor con el mundo para honrar la memoria del hermano al que tanto añoraba.

Cuando retiramos nuestras manos, le dije con los labios: «Te amo. Estoy muy orgullosa de ti».

—También te amo —exclamó Cael y luego se dirigió al túnel. Mantuve la mano contra el vidrio mientras él volvía a salir para iniciar el juego, y nunca desvié la mirada de él cuando parecía volar por el hielo como si hubiera nacido con cuchillas de acero en los pies y un palo de *hockey* entre las manos.

Jugó con todo su corazón para honrar al hermano que perdió y anotó cuatro goles.

Harvard ganó.

Por Cillian.

Cael

La adrenalina corría por mis venas cuando me senté frente a mi casillero en los vestidores. Incliné la cabeza hacia atrás y cerré los ojos mientras escuchaba que el equipo celebraba nuestra primera victoria de la temporada. El sudor me corría por la espalda y el corazón me latía con fuerza en el pecho.

Ganamos. Ganamos por Cillian. Volteé la cabeza como si estuviera a mi lado. Esa noche lo sentí junto a mí en la pista. Luego de su muerte, sentí que me habían robado nuestro futuro en el que jugaríamos juntos, pero estuvo aquí esta noche, lo sabía. Y una cosa que aprendí en este último año era que Cillian siempre estaría conmigo, ya que era una parte de mí. Ni siquiera la muerte podía quitarme eso.

Sonreí al imaginarlo a mi lado. «Lo lograste, hermanito. ¡Lo lograste!». «Lo logramos», le habría dicho. «Lo logramos, como siempre lo planeamos».

Sentí que una mano se posaba en mi hombro y, al levantar la vista, vi que era mi entrenador. Todo el equipo me miraba. Conocía a la mayoría porque eran amigos de Cillian y, por las lágrimas en sus ojos, ellos también sentían su presencia.

—El disco te pertenece, hijo —dijo el entrenador y yo lo tomé de sus manos. Yo no era muy dado a hablar, así que simplemente me puse de pie, besé el disco y lo levanté hacia el cielo.

«Este va por ti, Cill. Este es para ti».

Salí de los vestidores y sonreí al ver que Savannah me esperaba. Estaba acurrucada y sola contra el muro, haciéndose lo más pequeña posible, y era obvio que su amiga se fue a casa. Siempre sería mi chica tan introvertida. La mirada de alivio y de orgullo en su lindo rostro y en sus brillantes ojos azules cuando me vio casi me hizo caer de rodillas.

En cuanto llegué a su lado, la levanté en mis brazos y se dejó caer contra mí, susurrando:

—No... no tengo palabras para describir esta noche, mi amor. Yo... —Echó la cabeza hacia atrás y continuó—: Simplemente estoy tan orgullosa de ti y tu nuevo número de camiseta, lo fuerte que fuiste... —Sacudió la cabeza cuando las palabras se escaparon de su mente.

—También te amo, Duraznos —contesté y ella me ofreció una sonrisa temblorosa justo antes de que la besara una y otra vez, sin querer detenerme jamás.

—¿Cael? —Una voz conocida interrumpió los besos que le daba a mi novia. Reí cuando, al voltear, vi que mi mamá y mi papá estaban parados allí, con sonrisas divertidas en la cara. Savannah debe haber reconocido la semejanza familiar, ya que al instante se puso roja por la vergüenza.

—¿Imagino que esta será la famosa Savannah? —preguntó mi papá y le extendió la mano.

—Sí, señor —le respondió ella y me derritió el corazón con su timidez y sus impecables modales sureños.

Papá le estrechó la mano, pero mi mamá se acercó y la abrazó. No pasé por alto cuando le susurró al oído:

—Gracias. Gracias por ayudar a salvar a mi hijo.

Savannah le devolvió un abrazo fuerte a mi mamá y luego le dijo:

—Es un gusto conocerla, señora. —Luego volteó a sonreírme con timidez—. Amo tanto a su hijo. Él también ayudó a salvarme.

Esta chica…

—Los dejaremos solos —declaró mi papá y luego me dio un fuerte abrazo—. Hijo, nunca he estado tan orgulloso de nadie en toda mi vida —dijo y eso hizo que se me cerrara la garganta.

Mamá se acercó después:

—Es tan bonita, Cael, tan hermosa y dulce. —No podía esperar a que mis padres conocieran a Savannah. Mi mamá dio un paso hacia atrás y apretó con fuerza la mano de mi papá.

—Este domingo prepararé la cena en la casa. —Volteó hacia Savannah—. Estaríamos muy contentos de que vinieras, cielo.

— Me encantaría, gracias, señora —respondió y de nuevo me hizo pedazos con eso.

No podría amarla más aunque lo intentara. Mi mamá y mi papá se mantuvieron lejos para darme espacio mientras me adaptaba a la universidad, pero sí los quería presentes en mi primer partido y, de hecho, quería que al fin conocieran a la chica que me salvó.

Pensar que hace tantos meses me resistí al viaje con Leo y Mia. Luché con todas mis fuerzas, pero el universo me había deparado un viaje para sanar y eso me llevó hasta mi chica, la otra mitad de mi corazón, mi alma gemela. Me esforzaría por hacerla feliz todos los días y que se sintiera orgullosa de mí, y recorreríamos la vida tomados de la mano, con nuestros hermanos a nuestro lado, que nos pondrían la mano sobre los hombros para mostrarnos el camino.

Y seríamos felices.

Estaríamos juntos.

Y viviríamos por siempre para honrar el recuerdo de aquellos a los que perdimos.

Epílogo

Bajo las estrellas y los cielos eternos

SAVANNAH
DISTRITO DE LOS LAGOS, INGLATERRA
OCHO AÑOS DESPUÉS...

—Se ve diferente en el verano —le dije a Cael mientras caminábamos de la mano por la conocida ribera. El lago Windermere se extendía ante nosotros como una reluciente alberca llena de diamantes. La noche estaba cayendo y los ocasos del verano inglés le daban al lago un brillo etéreo.

Cael me apretó la mano y volteé hacia él con una sonrisa. Era tan guapo. No había pasado un día en que no diera las gracias a las estrellas por traerlo a mi vida, en especial en últimas fechas. Muy a su estilo, la vida había arrojado otra pérdida en nuestro camino.

Rune.

Por vivir la vida que había soñado como fotógrafo estaba en una zona de combate, filmando el conflicto, cuando un misil se desvió de su objetivo y cayó en el hotel donde estaba, llevándoselo de nuestro lado. Cael me apoyó durante ese periodo de dolor por la pérdida de otro ser querido, pero esta vez, aunque me dolió, no me derrumbé, porque sabía que Rune había regresado con Poppy, reunido con su alma gemela en su huerto florido, felices de nuevo. Pensar en ellos de ese modo fue el mayor consuelo. Ya no estaban separados por la vida, sino juntos, como siempre debían haber estado.

Me acurruqué en el brazo de Cael mientras nos dirigía hasta un muelle que tenía un aspecto muy familiar, solo que, en lugar de haber un bote de remos en la cercanía, nos esperaba un pequeño bote de motor. Reí cuando Cael me ofreció la mano.

—Señorita Litchfield —exclamó, muy estirado y correcto, lo cual me hizo reír todavía más. Era tan bromista, con su propio sentido del humor tan discreto.

—Recuerdo esto —le dije y Cael me levantó por la cintura. Antes de bajarme en el bote, me besó. Me senté y él subió con rapidez detrás de mí para luego encender el motor.

—Es donde todo empezó, Duraznos —afirmó con un brillo cómplice en los ojos.

Todo parecía estar tan lejos en el pasado. Ese viaje predestinado por todo el mundo. Acababa de terminar mis estudios de medicina y ahora pasaría a mi residencia. Estaba incluso más cerca de convertirme en la médica que siempre quise ser y me encantaba. Era difícil, y con frecuencia doloroso, pero regresaba a casa, a la seguridad que representaba Cael, y él siempre me hacía sentir mejor. En los días en que me desmoronaba, él estaba allí para sostenerme.

Cael se quedó en Harvard solo dos años antes de ingresar en la selección de la NHL. Ahora jugaba con los Bruins y llegaba al cuadro de las mejores figuras del deporte en cada temporada. También era un destacado jugador del equipo de Estados Unidos. Era excepcional y yo no amaba otra cosa que mirarlo jugar, era como ver la verdadera libertad.

Nuestra vida estaba en Boston y no podía ser más feliz, pero visitábamos Georgia con frecuencia. Ida estaba viviendo su propia vida, feliz y sociable como siempre. Mi familia adoraba a Cael y, por supuesto, yo tenía que regresar para ver a Poppy... y ahora a Rune, que estaba enterrado junto a ella en el huerto florido.

—Se siente raro que no estén los demás esperándonos en el hospedaje —comenté y Cael asintió. Mantuvimos nuestra promesa de que el grupo se reuniría una vez al año. Ellos eran algunos de nuestros mejores amigos, en especial Travis y Dylan que, en los siguientes años, encontraron su propio camino en los brazos del otro. Lili y Jade se casaron con hombres maravillosos y ahora Lili esperaba a su primer hijo.

No podía estar más orgullosa de todos.

—La próxima vez los invitaremos —dijo Cael y yo miré sus ojos azules con tonos de plata, semejantes a la tonalidad de la luna llena que estaba suspendida en el cielo sobre nosotros. Los años habían sido amables con Cael, sus hombros eran todavía más anchos gracias al *hockey* y seguía teniendo sus tatuajes, entre los cuales mi favorito era el árbol de duraznos que ahora estaba sobre su corazón.

Además, al estilo *kintsugi,* una línea dorada cruzaba el tatuaje del corazón sobre su mano, en señal de que ya no estaba roto.

Cerré los ojos y sonreí cuando la cálida brisa me cubrió. Este sitio era mágico para los dos, aquí fue donde empezamos a enamorarnos cuando estábamos desconsolados y débiles. Este sitio fue la génesis de nosotros y de nuestro viaje hacia la fortaleza.

Nuestro viaje para encontrarnos uno al otro.

Nuestro viaje hacia el poder sanador del amor.

No pude dejar de imaginarlo en aquel entonces. Vestido todo de negro y con el gorro negro sobre la cabeza, con ese cabello despeinado que me parecía tan perfecto. Hoy llevaba unas bermudas tipo militar en azul marino y una camisa blanca abotonada. Se había arremangado hasta los codos y mostraba la gran cantidad de tatuajes complejos en sus antebrazos musculosos, se veía hermoso. Yo llevaba un vestido veraniego azul. A Cael le encantaba que me vistiera de azul porque decía que combinaba con mis ojos.

—Duraznos... —me llamó y abrí los ojos. El corazón se me aceleró cuando me encontré con que Cael estaba reclinado en una rodilla, con un anillo en la mano. Me cubrí la boca por el asombro. La mirada de Cael estaba inundada con lágrimas de felicidad, en tanto que a mí se me dificultaba respirar.

—Savannah —dijo con voz ronca—. Cuando vinimos aquí hace años, ambos estábamos destrozados. Los dos sentíamos que no había forma de reencontrar la felicidad. —Vi aparecer en sus ojos un resplandor de tristeza al decir esas palabras—. Pero no sabíamos que nos encontraríamos en ese viaje. No sabíamos que encontraríamos a nuestra alma gemela y a la otra mitad de nuestros corazones fuera de Estados Unidos, al otro lado del mundo. —Cael sonrió mientras un torrente de lágrimas corría por mis mejillas—. Ese viaje me cambió la vida entera. Me enseñó a vivir, a ser fuerte, pero, más que otra cosa, me enseñó a amar, incluso a través del dolor. Y te he amado, Duraznos. Te he amado más de lo que jamás creí posible. Eres mi razón para respirar. Me haces más feliz de lo que nunca pude haber soñado. Eres la cosa más grande de mi vida y quería preguntarte... si me harías el honor de ser mi esposa.

Todo se quedó quieto, desde las aves y las ramas que se mecían con el viento hasta mi corazón cuando enunció las dos palabras más preciosas: «Cásate conmigo».

Mi mundo se llenó de luz cuando levanté la mano y me arrodillé frente a él. Al mismo tiempo que tomaba su rostro perfecto y bien parecido entre mis manos, lo besé en los labios.

—Sí —respondí, asintiendo y llorando, superada por tanta felicidad—. Sí, definitivamente sí.

Con manos temblorosas, Cael me puso el anillo de zafiro azul con diamantes en el dedo, donde resplandeció bajo el crepúsculo.

—Esperé tanto tiempo para hacerlo porque quería darte tiempo para tus estudios sin la presión de una boda, pero para ser franco, mi amor, no podía esperar ni un día más para poner este anillo en tu dedo y volverte realmente mía de manera oficial.

—Te amo —contesté. No había una persona en el planeta que me entendiera más que este hombre.

Luego me dejó sin aliento al confesar:

—El fin de semana pasado no estuve en el campamento de entrenamiento. —Fruncí las cejas por la confusión—. Estuve en Georgia, pidiéndole permiso a tu papi para casarme con su nenita.

—Cael… —exclamé y se me derritió el corazón.

—Quería hacer esto —afirmó y me quitó el pelo del rostro. Me acercó hacia él, con la espalda contra su pecho y, al momento de envolverme entre sus fuertes brazos, dijo:

—Quiero tanto que seas mi esposa que casi no puedo soportarlo.

Ahora podía verlo con toda claridad. Nos casaríamos; yo me convertiría en doctora y Cael seguiría viviendo su sueño con el *hockey*. Luego tendríamos una familia y seríamos tan felices que no desperdiciaríamos ni un solo día en la vida. Nos amaríamos con todo el corazón y le sacaríamos el mayor provecho a nuestra breve estancia en esta Tierra. La vida nos había enseñado a no dar por sentado ni un solo día, ni a desperdiciar un solo minuto.

—Te amo —repetí y volteé para besarlo, llenándome de tanta felicidad que casi no podía retenerla dentro de mí. Él me dio un profundo beso con tanta adoración que supe que nuestro amor nunca desaparecería, igual que las estrellas, pensé al levantar la vista hacia ellas en ese momento. Cuando veía el Cinturón de Orión, pensaba que nos simbolizaba a Poppy, a Ida y a mí, pero ahora, al verlo, pensaba que eran Poppy, Rune y Cillian, que nos miraban desde arriba, cuidándonos y llenándonos también de su amor celestial.

Aparte estaba la estrella polar, por Tala.

—Sabes que también están celebrando allá arriba, ¿verdad? —dijo Cael mientras volteaba al cielo. Lo sabía porque perder a un ser amado, sin importar las circunstancias, era la cosa más demoledora que podía soportar una persona. Sin embargo, vivir por ellos y amarlos después de perderlos también nos sanaba. Porque ellos siempre estarían alrededor, deseando que viviéramos con todo el corazón. Deseando que amáramos y quisiéramos tener una vida tan plena que no dejara espacio para remordimientos cuando llegara nuestra hora de irnos.

Tenía eso con Cael: una vida tan dulce que nunca querría nada más. Era feliz, realmente feliz y me aferraba a eso con ambas manos. Sabía que Poppy y Cillian estaban junto a nosotros. Así que vivíamos y amábamos en su honor, ese es su legado. De verdad amaba a Cael, más de lo que nunca creí posible. Iba a ser su *esposa* y él sería mi esposo. Nunca hubo dos palabras que sonaran más hermosas.

No podía esperar a que iniciara el resto de nuestras vidas.

~~Fin~~

Principio

Agradecimientos

Cuando escribí *Mil besos tuyos,* la historia provino de años y años de observar a los miembros de mi familia sufriendo por el cáncer. Esa espantosa enfermedad devastó a mis abuelos, a mis padres y a mi suegro. Después de perder a mis abuelos y a mi suegro, quería, más bien *necesitaba*, expulsar todo el dolor y la amargura acumulados por causa de la enfermedad que fue desarrollándose a lo largo de los años. Se llevó de mi vida a tres personas a las que amaba mucho. Por suerte, mi mamá entró en remisión, pero mi padre seguía sufriendo por la enfermedad. Su cáncer era incurable y, para él fue una batalla constante, pero la enfrentó con valor todos y cada uno de los días.

Cuando empecé a escribir sobre todos mis sentimientos acerca de la pérdida, y a vivir y aceptar cualquier dificultad que enfrentáramos, *Mil besos tuyos* fue el resultado final.

Nunca planeé escribir una secuela y jugueteé con unas cuantas ideas, pero nada me llamaba como la historia de Rune y Poppy. El mundo que creé en Blossom Grove, Georgia, me parecía completo. Vertí mi corazón en esas páginas y compartí mi dolor con el mundo. Hice lo que me había propuesto lograr.

Después pasó lo inconcebible: perdí a papá y, sin importar el largo tiempo que sufrió por un cáncer incurable, al final, su muerte fue veloz e inesperada. Dentro de su cuerpo se desarrolló otra forma de cáncer, de la que no nos enteramos, y se lo llevó de nuestras vidas en un abrir y cerrar de ojos.

Decir que estaba desconsolada no le hace justicia a lo que sentía. Una aflicción que nunca había experimentado horadó mi interior y me arrastró hasta un abismo en el que sentía que no era capaz de respirar. Conocía lo que era perder a alguien, pero no había sufrido la muerte de uno de mis padres. Conocía el dolor, pero no ese sufrimiento candente que experimentas cuanto te arrancan de tajo a tu papá, tu fuente de seguridad.

Después de que ocurrió eso, los meses pasaron sin que me diera cuenta mientras intentaba encontrar de nuevo alguna semejanza de vida. Como escritora, como alguien que es creativo, una nueva historia empezó a crecer en mi interior. A medida que contemplaba mi «nueva» vida sin papá, en mi mente se formó una nueva pregunta: ¿Qué le pasó a la gente que Poppy dejó atrás? De inmediato, mis pensamientos se inclinaron hacia Savannah: la hermana silenciosa. Esa que amaba en silencio, pero a la que todo le importaba de una manera inmensa.

Sufro de ansiedad crónica y escribir es una forma de terapia, y cuando empecé a escribir, la historia de Savannah y Cael brotó de mis dedos. Era una historia de amor y del proceso de duelo, de perder a un ser al que se ama tanto que te hace sentir como si nunca pudieras volver a ser feliz.

Pero sí volverás a serlo. Mi recorrido por el proceso de duelo, y lo que intenté mostrar dentro de este libro, es que poco a poco empiezas a vivir otra vez. Empiezas a recordar no solo las cosas tristes relacionadas con perder a tu ser querido, sino también los momentos felices que compartiste con él. Durante el tiempo que me dediqué a escribir este libro, ese era mi mayor deseo para Savannah y Cael, porque sabía que mi papá también lo quería para mí. No hubiera querido que nos desmoronáramos, sino que sanáramos lo mejor posible y que viviéramos en su nombre.

Mil recuerdos tuyos fue el libro más difícil que haya escrito alguna vez porque se basó en la época más difícil de mi vida, pero también se convirtió en una gigantesca fuente de consuelo para mí. Observar cómo se fueron reconstruyendo lentamente Savannah y Cael, cómo enfrentaron su duelo y cómo se esforzaron para superarlo, al igual que todo su dolor, me resultó inspirador. Espero que, para aquellos que amaron y perdieron a alguien, este libro los haya ayudado de alguna manera, aunque sea pequeña. A mí me proporcionó un lugar seguro donde llorar la muerte de mi padre y, por ello, Savannah y Cael siempre tendrán un sitio especial en mi corazón.

Desnudé mi alma en estas páginas y mi esperanza es que mi papá esté orgulloso. De verdad, todo esto fue en su nombre.

Para llegar al momento en que *Mil recuerdos tuyos* salió al mundo, se requirió de un ejército de personas. Es posible que haya escrito el libro como una ayuda para mi propio recorrido por el proceso de duelo, pero sin el apoyo y amor de todos los que me rodean, nunca hubiera cobrado vida.

En primer término, quiero darle las gracias a mi marido. La cantidad de lágrimas que vertí al escribir este libro no tenía precedentes y tú estuviste a mi lado en cada paso del camino, sosteniéndome cuando no estaba segura de poder seguir adelante. Eres mi fortaleza y te amo con cada trozo de mi corazón.

Tú eres mi Rune.

Hijos míos, ustedes son la razón para seguir adelante. Cuando las cosas se volvieron oscuras y estaba hecha pedazos, ustedes me levantaron, me hicieron sonreír y reír cuando no podía imaginar que sonreiría de nuevo. Los amo tanto a los dos, son mi todo.

Mamá, qué época ha sido esta. Como siempre, has sido el pilar de apoyo a través de todo lo que pasó y sé que es probable que te hayas sentido atemorizada al leer este libro por lo que significó para mí y para todos nosotros, pero espero que también estés orgullosa. Eres la persona más fuerte que conozco. La mejor mamá, la mejor abuela, la mejor persona, espero que lo sepas.

Samantha, caminaste de mi mano a lo largo de la muerte de papá como solo puede hacerlo una hermana. Sé que nunca leerás

Mil besos tuyos o *Mil recuerdos tuyos* porque te resulten demasiado difíciles, porque tú también lo viviste, pero sé que siempre estaré agradecida hasta el infinito por tenerte a mi lado. No puedo imaginar haber pasado los últimos dos años yo sola.

A mis mejores amigos, ustedes me mantuvieron en marcha, y su apoyo ha significado todo para mí. A las *T-T-Teessiders*, el aquelarre que es el grupo de mamá y que se han convertido en una pieza valiosa en mi vida, gracias por ayudarme a superarlo.

Liz, mi agente superestrella. Diez años y seguimos en marcha. Me respaldaste desde el primer día y no puedo esperar a los siguientes diez años y a todas las cosas que hemos planeado. Qué viaje ha sido este. Soy afortunada de tenerte a mi lado, en las buenas y en las malas.

A Christa Heschke, Danielle y Alecia, y a todos en McIntosh y Otis, gracias por trabajar de manera incansable en mi beneficio.

Christa Désir, la editora que cambió mi vida. Gracias por todo lo que hiciste por mí. Tomaste *Mil besos tuyos* y lo catapultaste hasta la luna. Hemos llorado juntas, nos hemos reído y me has sostenido en el más oscuro de los momentos. No puedo esperar a todos los proyectos futuros que haremos. ¡Este es solo el principio!

Dom y todos los demás que trabajan en Bloom Books: gracias por todo. Estoy muy emocionada de seguir escribiendo libros y trabajando con ustedes, son un equipo increíble.

Un enorme agradecimiento para Rebecca de Penguin UK, Federica, Simona, y Alessandra de Always Publishing, Italia. Para mis otros equipos editoriales en Brasil, Alemania y los territorios de habla hispana, y para todas las demás casas editoriales del mundo que aceptaron *Mil besos tuyos* y le dieron un hogar. De verdad estoy muy agradecida con todos ustedes.

Nina y el equipo de Valentine PR, gracias por ser un asombroso equipo con el cual trabajar, los valoro más de lo que se imaginan. Y una felicitación especial a Meagan Reynoso, quien ha sido un ángel para mí, en especial durante los momentos más duros. Muchas gracias.

A mis lectores. ¿Por dónde podría comenzar? Ustedes son el grupo de gente más amorosa y leal que pudiera haber deseado en la vida. Me sostuvieron y me mantuvieron en movimiento durante las épocas en las que tuve dudas. Me apoyaron y pregonaron mis libros a los cuatro vientos. Los amo tanto y no tienen idea de cuánto los valoro y adoro a todos ustedes.

A todos los que promovieron mi trabajo por Instagram y TikTok, y a quienes lo reseñaron y ayudaron a contarle al mundo sobre mis libros: ustedes cambiaron mi vida. Gracias.

A la comunidad de escritores: qué espacio de apoyo ha sido ese. Gracias por siempre echarme porras. No deseo nada más que lo mejor para todos ustedes.

Si me faltó alguien, ¡debes saber que también estoy agradecida contigo!

Por último, para mi papá. Tú fuiste la razón principal para que escribiera *Mil besos tuyos* y te encantó ser testigo del viaje que emprendieron Poppy y Rune. Fuiste la razón para que escribiera *Mil recuerdos tuyos.* Como Savannah y Cael, es posible que mi corazón se haya remendado con lentitud, pero las cicatrices producidas por perderte siempre quedarán allí. Siempre estaré triste de que ya no estés presente, pero como Savannah, sé que estás allá arriba, entre las estrellas como siempre quisiste hacerlo. Vivo por ti, papá. Seguiré creando en tu nombre y simplemente sé que nos miras desde arriba, tan lleno de orgullo por todo lo que nos está pasando a todos.

Te amo.

Todos te amamos y te extrañaremos por siempre.

Guía para lectura grupal

1. Tanto Cael como Savannah tuvieron experiencias llenas de aflicción que alteraron sus vidas. ¿En qué difieren las experiencias de Cael de las de Savannah? ¿En qué se parecen?
2. Cael tiene una reacción muy diferente sobre su duelo a la de Savannah. ¿Por qué Cael tiene más dificultades para expresar cualquier cosa aparte de su enojo al inicio de esta historia?
3. Al final, Savannah decide leer el diario de Poppy cuando está en Inglaterra. ¿Cómo le afecta el principio del diario? ¿Por qué creen que finalmente se sintió lista para leerlo?
4. Cael y Savannah sintieron una conexión inmediata entre sí. ¿Piensan que eso tiene que ver con las personas que ambos perdieron?
5. El duelo es una parte destacada de esta historia. ¿Cómo muestra este libro las diferentes facetas del proceso de duelo y la manera en que es diferente para todos? ¿Cómo se ayudan entre sí cada una de las personas que hicieron este viaje para superar las diferentes etapas y tipos de duelo?
6. Dylan finalmente le cuenta a Savannah sobre su novio, José. ¿De qué manera crees que le ha pesado su secreto después de la muerte de José? ¿Por qué la respuesta de Savannah fue tan importante en ese momento?
7. Savannah, Cael y los demás chicos que están en el viaje son capaces de experimentar muchas culturas. ¿De qué

manera contribuye a sanar la experiencia de cada cultura? ¿En qué se diferencia el proceso de duelo en cada cultura?

8. ¿Qué le enseña a Savannah y Cael la lección de *kintsugi* en Japón? ¿Por qué es una metáfora tan bella del duelo que su grupo ha estado experimentando?
9. Cael decide dejar a Savannah y viajar un día antes para iniciar su proceso intensivo de terapia. ¿Creen que fue una decisión difícil para él? ¿Por qué eligió decirle adiós a Savannah por medio de una carta, en lugar de hacerlo en persona?
10. Cael honra a su hermano en su primer juego de *hockey* en el equipo de Harvard. ¿Cómo demuestra esto lo lejos que llegó? ¿Por qué es significativo que Savannah esté allí con él?

Sobre la autora

Tillie Cole nació en un pequeño pueblo del noreste de Inglaterra y creció en una granja con su madre inglesa y su padre escocés, además de una hermana mayor y una multitud de animales rescatados. En cuanto pudo, Tillie cambió su origen rural por las brillantes luces de la gran ciudad. Luego de graduarse de una licenciatura honoraria en estudios religiosos en la Universidad de Newcastle, Tillie se dedicó a acompañar por todo el mundo a su marido, quien es jugador profesional de *rugby*; mientras tanto, se convirtió en maestra y disfrutó enseñar ciencias sociales a estudiantes de preparatoria antes de tomar la iniciativa de escribir y terminar su primera novela.

Después de varios años de vivir en Italia, Canadá y Estados Unidos, ahora Tillie se asentó en su pueblo natal, Inglaterra, junto con su marido y sus dos hijos. Es una escritora que publica tanto de forma independiente como tradicional, y que abarca muchos géneros, incluyendo romance contemporáneo, romance gótico, ficción para adultos y adultos jóvenes.

Cuando no se dedica a escribir, Tillie no goza más de ninguna otra cosa que no sea pasar tiempo con su pequeña familia, acurrucada en su sofá para ver películas y beber demasiado café, mientras trata de convencerse de que en realidad no necesita el último pedazo de chocolate.

Sigue a Tillie

- https://www.facebook.com/tilliecoleauthor
- https://twitter.com/tillie_cole
- Instagram: authortilliecole

Envía un *email*: tillie@tilliecole.com
O visita la página: www.tilliecole.com

Índice